MORGANE MONCOMBLE

Never Too Late

MORGANE MONCOMBLE

# NEVER TOO LATE

ROMAN

*Ins Deutsche übertragen*
*von Ulrike Werner-Richter*

LYX

LYX in der Bastei Lübbe AG
Dieser Titel ist auch als E-Book und Hörbuch erschienen.

MIX
Papier aus verantwortungsvollen Quellen
FSC® C014496
FSC www.fsc.org

Die Originalausgabe erschien 2018 unter dem Titel
»Aime-moi je te fuis« bei Hugo et Compagnie, Paris, Frankreich.


Redaktion: Hannah Brosch
Covergestaltung: ZERO Werbeagentur, München,
unter Verwendung eines Motivs von © PixxWerk®, München
Satz: Greiner & Reichel, Köln
Gesetzt aus der Adobe Caslon
Druck und Einband: GGP Media GmbH, Pößneck

Printed in Germany
ISBN 978-3-7363-1167-1

1 3 5 7 6 4 2

Sie finden uns im Internet unter: www.lyx-verlag.de
Bitte beachten Sie auch: www.luebbe.de und www.lesejury.de

Liebe Leser*innen,

dieses Buch enthält potenziell triggernde Inhalte.
Deshalb findet ihr auf Seite 476 eine Triggerwarnung.

Wir wünschen uns für euch alle
das bestmögliche Leseerlebnis.

Euer LYX-Verlag

*Für die stärksten, schönsten und intelligentesten Frauen, die ich kenne:*
*Agathe, Marie, Doriane, Clara, Lucie, Lydia, Roxanne, Andréa, Audrey.*

## Playlist

NEIKED ft. Dyo – Sexual
The Spencer Lee Band – The Wolf
Brigitte – Ma Benz
Dua Lipa – Bad Together
Hailee Steinfeld – Capital Letters
G-Eazy, Halsey – Him & I
Selena Gomez – Only You
Hayley Kiyoko – Girls Like Girls
Shawn Mendes – Mercy
OneRepublic – I Lived
DNCE – Body Moves
Meghan Trainor – All About That Bass
Ed Sheeran – Perfect
Nick Jonas ft. Tove Lo – Close
Ariana Grande ft. Future – Everyday
Olivia O'Brien – Fuck Feelings
Neon Trees – Everybody Talks
DNCE – Be Mean
Demi Lovato – Wildfire
Ariana Grande – Into You
Alessia Cara – Scars To Your Beautiful
DNCE ft. Nicki Minaj – Kissing Strangers
Carly Rae Jepsen – Run Away With Me
Beyoncé – Pretty Hurts
Taylor Swift – Shake It Off
ZAYN – TiO
Shawn Mendes – Mutual

»Dein Seelenverwandter kommt nie friedlich
in dein Leben. Er kommt, stellt dich infrage und ändert dabei
deine Sicht auf bestimmte Dinge: Danach gibt es ein Vorher
und ein Nachher. Es handelt sich nicht um die Person, die
du dir vorgestellt hast, sondern um einen ganz gewöhnlichen
Menschen, dem es gelingt, innerhalb einer Sekunde
dein Leben auf den Kopf zu stellen …«
(Anonym)

# Prolog

## Vier Jahre zuvor

### Zoé

Soll ich euch mal was völlig Abgedrehtes verraten?

In der Milchstraße gibt es zwischen zweihundert und vierhundert Milliarden Sterne. Verrückt, nicht wahr? Schaut mich nicht so an, ich wusste es auch nicht. Sarah hat es mir beigebracht.

Ich bin mir nicht ganz sicher, ob sie sich tatsächlich damit auskennt, sie gibt eben gern ein bisschen an. An der Decke ihres Zimmers kleben ungefähr dreißig Sterne. Sie sind aus Kunststoff und leuchten im Dunkeln. Eigentlich gefällt es mir, auch wenn ich sie immer wieder damit aufziehe, dass sie wie ein Kind ist, das im Dunkeln nicht einschlafen kann.

Sarah und ich kennen uns erst seit fünf Monaten, und doch habe ich den Eindruck, dass es schon eine Ewigkeit ist.

Eine kleine Ewigkeit.

Unser Kennenlernen verlief keineswegs romantisch, was ich ein wenig enttäuschend finde. Tiago, mit dem ich befreundet bin, seit wir klein waren, hatte zu einer Geburtstagsparty eingeladen. Sarah gehörte nicht zu Tiagos Freundeskreis, sondern kam mit ihrer damaligen Freundin Lise. Wir fühlten uns sofort zueinander hingezogen; sie hielt meine Haare, als ich mich im Garten übergeben musste. So etwas schafft natürlich eine gewisse Verbindung.

Inzwischen, fünf Monate später, sind wir unzertrennlich. Sarah ist wie ein frischer Luftzug: Sie flucht, raucht wie ein

Schlot und bricht alle nur vorstellbaren Regeln. Eine wahre Rebellin. Manchmal wünschte ich, ich könnte meiner Umgebung gegenüber genauso gleichgültig sein.

Ich habe sie noch nicht in alles eingeweiht, was bei mir zu Hause los ist, aber sie weiß, dass die Situation ziemlich mies ist. Deshalb hat sie mir angeboten, mich unter ihren Sternen zu entspannen, wann immer es nötig sein sollte.

So wie heute.

»Sind Sterne unsterblich?«, frage ich in die Dunkelheit.

Sarah neben mir bewegt sich nicht und denkt über meine Frage nach. Wir liegen beide auf ihrem ungemachten Bett, ich auf dem Rücken, sie auf dem Bauch. Mein Blick ist an die Decke geheftet, während sie mich beobachtet.

Als ich ihren Blick auf mir spüre, bekomme ich Lust, ihr Haar zu streicheln … ihre Lippen mit meinen Fingerspitzen zu berühren … und den Kokosduft ihrer Haut zu riechen.

Aber ich habe Angst, ihre Signale falsch zu deuten. Wenn ich sie küsse, wirft sie mich vielleicht raus. Eigentlich ist sie nicht so, aber man weiß ja nie.

Im Gegensatz zu ihr, die seit ihrem siebten Lebensjahr weiß, dass sie lesbisch ist, hatte ich lange Zeit meine Zweifel. Während der Schulzeit war ich in Schauspieler verknallt, aber auch in Schauspielerinnen – Emma Watson ist die Frau meines Lebens und wird es immer bleiben. Trotzdem habe ich noch nie ein Mädchen getroffen, das mir so gut gefiel, dass ich sicher sein konnte. Bis Sarah kam.

Und ich weiß beim besten Willen nicht, wie ich mich verhalten soll. Das ist echt blöd, das kann ich euch versichern.

»Nein. Nach einiger Zeit sterben sie, genau wie wir«, flüstert sie und streckt ihre Hand nach mir aus. »Meine Mutter und ich versichern uns immer, dass wir uns bis zu den Sternen lieben. Irgendwie doof, oder?«

»Finde ich eigentlich nicht«, sage ich, nachdem ich darüber nachgedacht habe. »Bei deiner Mutter ist es in Ordnung. Bei einer Freundin wäre es allerdings wirklich doof. Liebe bis in alle Ewigkeit ist Schwachsinn, der nur erfunden wurde, um vergessen zu lassen, dass der Mensch an sich sehr schnell vergisst.«

Sie schweigt einen Moment und presst die Lippen zusammen.

»Wenn du eines Tages eine berühmte Modeschöpferin bist und ich dich hasse, weil du dich in ein echtes Biest verwandelt hast – wirst du mich dann vergessen?«

Ich verkneife mir ein Lächeln. Es ist gemein, aber ich bin glücklich, dass sie mit Lise Schluss gemacht hat. Lise hat Sarah nicht verdient, denn sie hat sie betrogen.

Damit will ich keineswegs behaupten, dass ich auch nur einen Deut besser wäre. Die beschissene Familie, die ich mit mir herumschleppe, macht mir einen Haufen Probleme. Aber ich bin egoistisch genug, um mir zu wünschen, dass Sarah sich für mich entscheidet.

»Ich nehme an, das hängt von dem Eindruck ab, den du hinterlässt«, murmle ich.

Die zärtliche Berührung ihrer Finger, als sie meine Haare zurückstreicht, elektrisiert mich. Ein Schauder läuft über meine Arme bis hin zu meinen Beinen. Mein Herz schlägt so schnell, dass es mir fast zu viel ist.

Ich schaue sie an und sehe sie lächeln. Es ist ein anderes Lächeln als sonst, nicht ihr berühmtes Grinsen, das »Ich zeig's euch allen« in die Welt hinausposaunt. Dieses hier ist zurückhaltender und weicher. Irgendwie intimer.

Sarah ist wunderschön. Ihr rabenschwarzes Haar ist lang, viel zu lang, und fällt in seidigen Locken über ihren Rücken. Ihr Mund ist von Natur aus rot, und ihre tiefblauen Augen ertränken das Feuer, das in ihr lodert.

»Ich gebe mein Bestes«, sagt sie mit einem Lächeln, das mein Herz zum Beben bringt.

Ich werde schwach.

Meine Lippen legen sich sanft auf ihre. Ich glaube zu sterben. Zuerst reagiert sie überrascht, doch ihr Körper braucht nicht lange, um sich in meinen Armen zu entspannen. Schon bald spüre ich ihre Zungenspitze an meinen Lippen und öffne den Mund, um sie einzulassen. Meine Hand legt sich um ihren Nacken.

Ich bin dabei, ein Mädchen zu küssen.

Nein. Ich bin dabei, Sarah zu küssen.

Ich bekomme eine Gänsehaut auf den Armen. Sarah grinst und holt tief Luft.

»Okay, das hätten wir geschafft.«

»Entschuldige«, sage ich lächelnd und reibe meine Nase an ihrer.

»Oh nein, entschuldige dich bloß nicht! Ich mag es, wenn du die Initiative ergreifst. In Zukunft solltest du nie mehr zögern.«

Also zögere ich nicht mehr. Wir verbringen den ganzen Nachmittag damit, uns auf ihrem Bett zu küssen, bis ich nach Hause muss. Obwohl ich in meine persönliche Hölle zurückkehre, ist mir ganz leicht ums Herz.

Denn dieses Mal weiß ich, dass alles gut wird.

Ich bin nicht mehr allein.

# Erster Teil

## Folge mir, ich laufe weg

# 1

## Dezember 2015

### Zoé

»Ich will mal wieder so richtig flachgelegt werden.«

Tiago hört mir nur mit halbem Ohr zu. Er ist viel zu beschäftigt damit, den Kellner hinter der Bar zu beobachten. Ich runzle die Stirn und folge seinen glühenden Blicken. Der Typ ist zweifellos schnuckelig. Allerdings …

»Er ist hetero«, sage ich und nippe an meinem Cocktail.

Endlich schenkt mir mein bester Freund seine ungeteilte Aufmerksamkeit und errötet. In Wahrheit habe ich nicht die geringste Ahnung, und es ist mir auch egal. Ich will nur, dass er aufhört, diesen Kerl anzustarren, und sich endlich auf mein Problem konzentriert. Schließlich habe ich gerade eine echte Krise, verdammt.

»Quatsch! Wie kommst du darauf?«

Ich zucke lässig mit den Schultern.

»Das sieht man doch.«

»Ja klar, weil jeder weiß, dass alle Schwulen Rosa tragen und tuntig reden«, nörgelt er und spricht dabei so gekünstelt, dass ich grinsen muss. »Man kann es nicht auf den ersten Blick sehen, also halt die Klappe. Und außerdem war es nicht er, den ich beobachtet habe.«

Ich packe sein Kinn und zwinge ihn, in die Richtung des gut aussehenden Kellners zu schauen. Dieser ist gerade dabei, eine

Gruppe junger Frauen in kurzen Röcken und High Heels zu bedienen. Als er einer von ihnen in den Ausschnitt schielt, verzieht Tiago das Gesicht.

»Okay, aber das hat nichts zu sagen. Vielleicht ist er bi.«

»Vielleicht. Wie auch immer. Jetzt lass uns endlich über mich reden.«

»Du, du, du. Du willst flachgelegt werden, das habe ich kapiert«, wiederholt er leise und starrt in sein Glas. »Das erzählst du mir schon seit zwei Wochen. Wenn du mit jemandem schlafen willst, dann tu es. Oder aber … warte … willst du etwa mit mir schlafen?«

Ich werfe ihm einen abweisenden Blick zu. Auf den ersten Blick mag Tiago zurückhaltend, manchmal sogar unsozial erscheinen, aber wenn man ihn besser kennt, entdeckt man einen witzigen und sehr intelligenten Mann.

Er hat diesen dunklen und bezaubernden Charme, der einen sofort schwach macht. Er ist groß, schlank und hat braune Augen und schokoladenfarbige Haare, die seidiger sind als meine. In der Abschlussklasse habe ich im Sportunterricht ein Mädchen kennengelernt, das zu mir sagte, als es erfuhr, dass ich sowohl Frauen als auch Männer mag: »Ah, dann bist du also bi! Aber warum hast du dann noch nicht mit Tiago geschlafen?«

Die nächste halbe Stunde habe ich damit verbracht, ihr zu erklären, dass Bisexualität nicht bedeutet, dass man sich zu jeder und jedem hingezogen fühlt.

»Natürlich will ich nicht mit dir schlafen, keine Panik. Es ist nur … In der Weihnachtszeit ist es einfach schwerer zu ertragen.«

Jetzt ist es heraus, ich habe es ausgesprochen. Was bin ich doch für ein Jammerlappen! Aber endlich versteht Tiago, worum es mir eigentlich geht und legt seine warme Hand auf meine. Der ohrenbetäubende Lärm einer Pariser Bar am Abend eines 24. Dezember verschwindet, und einen Moment lang befinden sich nur mein bester Freund und ich in diesem Raum. Ich verbiete mir jedoch, mit meinem Schicksal zu hadern. Es ist Zeit, sich mit anderen Dingen zu beschäftigen, wie es alle anderen auch tun.

Zumindest heute Abend.

»Tut mir wirklich leid … Aber du musst an dich selbst denken, Zoé. Es ist schon zwei Jahre her.«

Ich winke ab. Schließlich bin ich nicht in diese Bar gekommen, um über Sarah zu reden.

Damals trugen wir gerne alberne Weihnachtspullover und tranken Magners in einer irischen Bar, dem Galway in der Gegend von Saint-Michel. Die Kneipe war unser Hauptquartier. Später legten wir uns vor die Kathedrale von Notre-Dame, um die Sterne – die echten – zu betrachten, anschließend gingen wir über den Pont des Arts zum Louvre.

Trotz allem, was geschehen ist, kommt es keinesfalls infrage, guten alten Gewohnheiten untreu zu werden.

»Weißt du was? Heute Abend wirst du flachgelegt«, verspricht Tiago und leert sein Glas in einem Zug. »Du brauchst es dringender als ich.«

Ich schenke ihm ein dankbares Lächeln und trinke meinen Cocktail aus.

Eigentlich wollte ich heute Abend Violette einladen, die ich an unserer Hochschule, der *École supérieure des arts et techniques de la mode,* kennengelernt habe und mit der ich mir jetzt eine Wohnung teile, aber sie verbringt die Ferien bei ihrem Vater im Jura. Ich mag dieses Mädchen sehr, obwohl unsere Freundschaft damit begann, dass sie ihr Moussaka über meinen Burberry-Pullover kippte.

Damals schwor ich mir, sie für immer zu hassen, aber als sie bei ihrer Entschuldigung irgendwie – ich weiß nicht mehr, wieso – auf ihr Faible für Colin Firth zu sprechen kam, verzieh ich ihr.

»Ich bestelle uns noch zwei Drinks und bin gleich zurück«, sagt Tiago und verschwindet.

Ich verdrehe die Augen und schaue ihm nach. Dieser Mistkerl lässt mich hier sitzen, um den Kellner genauer unter die Lupe zu nehmen, und glaubt anscheinend, dass ich zu blöd bin, um das zu kapieren. Ich warte lange, aber er kommt nicht wieder.

Na ja, vielleicht ist der Kellner tatsächlich bisexuell.

Irgendwann halte ich es auf meinem Platz nicht mehr aus und beschließe, in der Nähe der Toilette auf Tiago zu warten. Vier Frauen stehen bereits Schlange. Mit verschränkten Armen lehne ich mich an die Wand. Es war eine dumme Idee, herzukommen. Ich hätte es besser wissen müssen.

Ich lausche der Musik und singe im Geist mit, bis eine Art Unterhaltung meine Aufmerksamkeit auf sich zieht.

»... sie am nächsten Tag anzurufen. Ich meine, okay, ich habe es versprochen. Aber jeder weiß doch, dass das nur eine Floskel ist, und ich kann wirklich nichts dafür, wenn sie das nicht kapiert hat.«

*Wie bitte?* Ich ärgere mich dermaßen, dass ich mich stirnrunzelnd umdrehe. Rechts von mir stehen zwei Typen an die Bar gelehnt. Der, der gerade gesprochen hat – nennen wir ihn Blondie –, wendet mir den Rücken zu, während der andere ihm gegenüber steht, ihm zuhört, unbestimmt nickt und sich offenbar total langweilt.

»Mm-hm«, antwortet er und dreht sein Glas. »Sie muss wirklich dumm sein, dass sie das nicht verstanden hat.«

Ich meine, einen Hauch Ironie aus seiner Stimme zu hören, bin mir aber nicht ganz sicher.

»Am liebsten hätte ich zu ihr gesagt: ›Mädchen, wenn ich

verspreche, dich anzurufen, mir aber deine Nummer nicht geben lasse, kommst du dann nicht von ganz allein drauf, dass es ein Problem gibt?‹ Ich verstehe sowieso nicht, warum sie alle die Sache noch vertiefen wollen. Wenn ich eine Frau zwei Stunden nach dem Kennenlernen mit nach Hause nehme, dann ist doch wohl klar, dass ich nur das Eine von ihr will, oder?«

Ich verkneife mir ein nervöses Lachen, löse mich von der Wand und baue mich mit einer Hand an der Hüfte unmittelbar hinter Blondie auf. Eigentlich habe ich gehofft, dass er meine Anwesenheit spüren und sich umdrehen würde, doch es ist sein Gesprächspartner, der meinen wütenden Blick und meine zusammengepressten Lippen bemerkt. Sein Blick schweift von Blondie ab und heftet sich auf mein Gesicht. Provozierend hebe ich eine Augenbraue, aber nachdem die Überraschung vorbei ist, beginnt er breit zu grinsen.

»Ja, schon klar«, sagt er. »Und weiter?«

*Dieser Arsch.*

»Deshalb kommen Frauen vom Mars und wir von der Venus. Sie wollen Liebe, wir wollen Sex.«

»Ich glaube, es ist genau umgekehrt, Mann«, sagt der Dunkle. »Frauen kommen von der Venus.«

»Wie auch immer. Wichtig ist an dieser Geschichte nur eins: Schlaf bloß nie mit einer Feministin. Du ziehst immer den Kürzeren. Sie wollte nicht mal, dass ich sie von hinten nehme.«

Der andere grinst und verkneift sich ein Lachen, indem er sich die Faust vor den Mund hält.

»Ich werde mich bemühen, deinem Rat zu folgen, Mann.«

Ganz klar: Dieser Depp amüsiert sich. Während Blondie-der-Liebesguru sich darüber auslässt, dass es die Feministinnen sind, die eines Tages die Welt zugrunde richten werden, nutze ich die Gelegenheit, um dem Schwachsinn ein Ende zu setzen:

»Wow. Danke, Einstein. Man merkt, dass du viel über deine Theorie nachgedacht hast, weißt du.«

Überrascht dreht er sich um. Er ist ein gutes Stück größer als ich, aber ich halte die Stellung und schaue ihn bitterböse an. Ich bin schon den ganzen Abend schlecht gelaunt – das passt jetzt.

»Tut mir leid, aber wir unterhalten uns hier von Mann zu Mann.«

»Eine Unterhaltung zwischen sexistischen Idioten, schon kapiert«, korrigiere ich ihn. Das Grinsen des Dunklen wird noch breiter. »Wenn eine Frau, mit der du geschlafen hast, dich nicht mit Beschwerden belästigen soll, weil du sie nicht anrufst, solltest du vielleicht einfach mit deinen leeren Versprechungen aufhören. Du wirst feststellen, das hat eine geradezu magische Wirkung.«

Blondie öffnet den Mund, um ihn sofort wieder zu schließen und erneut zu öffnen, aber ich komme ihm zuvor:

»Nicht alle Frauen streben ausschließlich nach der großen Liebe, und nicht alle Männer wollen ausschließlich Sex; du bist einfach nur ein von seinem Schwanz besessener Idiot.«

Eine Sekunde lang scheint er überrascht zu sein. Wie vermutet schaltet er auf stur und gibt sich aggressiv, was mich allerdings keineswegs erschreckt. Würde er den Mann kennen, mit dem ich aufgewachsen bin, käme er gar nicht erst auf die Idee, mich mit seinem Gangstergehabe einzuschüchtern.

»Mein Schwanz geht dich absolut nichts an, also verzieh dich.«

Ich gebe mich bitterlich enttäuscht.

»Es fällt schwer, die Wahrheit zu hören, nicht wahr? Ganz besonders aus dem Mund einer Frau.«

»Wo zum Teufel liegt dein Problem?«

Der andere schaut mich unverwandt an, kommt näher und legt seinem Kumpel eine Hand auf die Schulter. Mit einem dämlichen Grinsen rät er ihm, lieber aufzugeben. Der Blödmann schwankt davon, der Dunkle bleibt. Wir fordern uns so lange mit Blicken heraus, dass es allmählich peinlich wird. Aber wenn er davon ausgeht, dass ich einen Rückzieher mache, weil er mich so ansieht, als könne er mich allein mit der Kraft seiner Gedanken ausziehen, dann irrt er sich. Es würde mir nämlich sogar gefallen, wenn er nicht ein solcher Idiot wäre.

»Du solltest mit deinem Kumpel gehen.«

»Der da?«, unterbricht er mich und deutet über die Schulter. »Ich kenne den Kerl überhaupt nicht.«

»Wie bitte?«

Er kommt ein Stück näher, damit ich ihn besser hören kann, und lehnt sich völlig entspannt an die Bar.

»Ich war gerade dabei, eine Whisky-Cola zu bestellen, als er anfing, mir die schmutzigen Details seines letzten One-Night-Stands zu erzählen. Ich will nicht lügen – normalerweise liebe ich solche Einzelheiten, aber nur, wenn es um meine eigenen One-Night-Stands geht.«

Ich höre ihm kaum zu und bin viel zu aufgekratzt, um ihm zu antworten. Während meiner Auseinandersetzung mit dem anderen Kerl hat er sich nämlich im Halbdunkel der Bar aufgehalten, aber jetzt steht er im Licht.

Und ich kann einfach nicht anders, ich muss laut lachen. *Also das ist jetzt wirklich der Gipfel.* Der Mann blickt mich fragend an.

»Du bist Colin Firth«, stelle ich statt einer Antwort fest und zeige mit dem Finger auf seine Brust.

Ein Lächeln erscheint auf seinen sinnlichen Lippen. Die Situation scheint ihn durchaus zu belustigen.

»Ich weiß zwar nicht, welchen Cocktail du getrunken hast, aber ich hätte gern den gleichen.«

Ist Colin Firth der Gott zweifelhafter Begegnungen? Tatsächlich trägt der Typ den scheußlichsten Weihnachtspullover, den ich je gesehen habe. Marineblau, mit rotem Kragen und grün gestreiften Ärmeln; es tut geradezu in den Augen weh. Aber das ist noch nicht das Schlimmste. Auf der Vorderseite ist ein Weihnachtsbaum mit Augen abgebildet – klar, was denn sonst? –, der fröhlich erklärt: »I don't want your BALLS on me.«

Noch nie habe ich etwas Kitschigeres gesehen. Und natürlich finde ich es super.

»Ach so!«, begreift er endlich. »Ja, entweder musste es der sein oder der mit dem Weihnachtsmann im Tanga.«

»Ausgesprochen schick.«

»Die Wahl war wirklich schwierig. Doch dann kam ich zu dem Schluss, dass ich sowohl in dem einen als auch in dem anderen unglaublich attraktiv aussehen würde, also …«

Ich verschränke die Arme vor der Brust und hebe eine Augenbraue. Ich habe keine Ahnung, ob er Witze macht oder ob er es ernst meint, aber ich beschließe, ihm auf keinen Fall zuzustimmen. Sein Ego hat das offenbar nicht nötig.

»Ist ›unglaublich attraktiv‹ ein Codewort für ›unglaublich dämlich‹?«

Er lacht, und sein Lächeln strahlt über sein halbes Gesicht. Es ist die Art von ansteckendem Lächeln, bei dem einem warm ums Herz wird. Ich betrachte ihn noch eingehend, als ihm ein Typ auf die Schulter klopft und etwas zu ihm sagt, was ich wegen der lauten Musik nicht verstehen kann.

Das erste, was mir auffällt, ist sein Adamsapfel. Er rollt beim Sprechen jedes Mal so deutlich auf und ab, dass es fast hypnotisierend wirkt. Die Bar ist nur sehr dezent beleuchtet, aber ich kann die braune Farbe seiner makellosen Haut, die Linie seines markanten Kinns und seine sinnlichen Lippen gut erkennen. Ich will es gar nicht erst leugnen, weil ich nämlich kläglich scheitern würde: Sein Körper könnte einen dazu bringen, sich dem Teufel anzubieten.

Ganz einfach, dieser Mann ist die personifizierte Unanständigkeit.

Seine braungoldenen Augen sind mandelförmig geschnitten, und ich stelle mir vor, wie ich die Hand durch sein schwarzes Haar gleiten lasse, das an den Seiten kurz und oben lockig ist. Ich weiß nicht, wo er herkommt, aber mir läuft ein wohliger Schauder über den Rücken.

*Mann, das gefällt mir überhaupt nicht.*

Er winkt seinem Freund zu, dass er auf dem Sprung ist und dreht sich wieder zu mir um. Trotz meiner giftigen Blicke hat das Lächeln sein Gesicht nicht verlassen. Ich mag keine Leute, die ständig lächeln, denn ich habe immer den Eindruck, dass sie falsch sind.

»Entschuldigung, das war ein Bekannter. Ich bin übrigens Jason. Und du bist …?«

»Nicht dein Typ.«

Damit drehe ich mich um und lasse ihn stehen. Natürlich schwenke ich dabei meinen hübschen Arsch und freue mich, dass ich superenge Jeans trage.

Und wenn er zehnmal an einem 24. Dezember in unserem Hauptquartier herumsteht und obendrein einen Weihnachtspulli trägt – mit diesem Kerl schlafe ich ganz bestimmt nicht.

*Ich schlafe mit diesem Kerl.*

Ja, schon gut, verurteilt mich nicht!

Ich hasse Alkohol. Ich hasse auch sein Lächeln. Es ist viel zu breit für sein Gesicht, und wie viele Zähne hat er überhaupt? Menschlich ist das nicht.

Ich schaue zu Tiago hinüber, der neben uns mit einem Kerl tanzt. Er ist in guten Händen. Genau wie ich. Elektrische Hände, die überall an meinem brennenden Körpers entlang gleiten und jede meiner Kurven so nachzeichnen, wie Botticelli seine nackte Venus gemalt hat.

Besagter Jason bewegt sein Becken in sinnlichen Wellen gegen mich, seine Nase berührt meine Wange. Ich spüre seinen Atem auf meinen Lippen und frage mich, wieso ich plötzlich hoffe, dass er mich küsst. Schlimmer noch: dass er mich auf dem Vordersitz seines Autos nimmt.

*Noch vor drei Stunden habe ich diesen Kerl gehasst!*

Als ich früher am Abend unser Gespräch beendete, geriet er durchaus nicht aus der Fassung. Ganz im Gegenteil. Er starrte mich aus einiger Entfernung mit einem amüsierten Grinsen an. Dafür zeigte ich ihm den Stinkefinger.

Normal.

Allerdings hatte ich nicht damit gerechnet, dass die Geste seine Entschlossenheit noch bekräftigen würde – der Kerl muss ein ernsthaftes psychisches Problem haben. Kein Wunder, dass er genau mein Typ ist.

Deshalb habe ich mir dann auch einen Drink ausgeben lassen. Dann zwei. Dann acht. Irgendwann saß ich auf seinem Schoß und wir sprachen darüber, welcher der Avengers den meisten Sexappeal hat (für mich ist es Iron Man, er tendiert mehr zu Thor: »Warum kann ich nicht auch ein eins achtzig großer Blonder sein?«), über unsere Lieblings-Snapchat-Filter (der Hund, ganz klar) sowie den Namen der Bar, die wir gemeinsam eröffnen würden (»Le Bar«).

Ich erinnere mich nicht einmal mehr daran, wie es dazu kam, dass wir so eng miteinander tanzen.

Plötzlich landen seine Hände auf meinen etwas zu rundlichen Hüften und mein ganzer Körper erbebt. Ich seufze, lehne mich an seine feste Brust und meine Finger erkunden die Muskeln seines warmen Bauchs unter dem grauenhaften Pullover. Bei meiner Berührung zittert er und flüstert an meinem Hals:

»Ab heute betrachte ich Mark Darcy offiziell als meinen neuen Gott.«

Sein Duft vermischt sich mit dem Schweiß unserer beiden verschlungenen Körper. Sanft legt er die Lippen auf meinen weichen Hals. Ich schließe die Augen, während seine Zungenspitze meinen Nacken und die sehr empfindliche Stelle unter meinem Ohr erkundet.

Dies und das Gefühl seines Knies zwischen meinen Oberschenkeln bringen mich dazu, jede Zurückhaltung fallen zu lassen.

»Verdammte Kacke.«

Ohne Vorwarnung schmelze ich seinem Mund entgegen. Unter meinem Ansturm schlingt er einen Arm um meine Taille und stöhnt leise auf. Es ist das erotischste Geräusch, das ich je gehört habe. So verrückt es auch klingen mag – ich wüsste gern, welches Geräusch er macht, wenn er kommt.

Seine Lippen sind weich und schmecken nach Whisky, Schweiß und Zimt. Ich wühle meine Finger in sein lockiges Haar und öffne den Mund. Seine Zunge dringt sofort ein und schmiegt sich zärtlich aber selbstbewusst um meine. Mein Herz erglüht, meine Brüste werden schwer, und ich bekomme am ganzen Körper eine Gänsehaut.

Es ist Gott weiß wie lang her, dass mich jemand in einen solchen Zustand versetzt hat.

Der Kuss wird drängender, und ich vergesse völlig, dass wir uns an einem öffentlichen Ort aufhalten. Als Jason wieder Luft holt, hypnotisieren mich seine angeschwollenen und feuchten Lippen. Ich will sie woanders haben, und ich glaube, ich habe diesen Gedanken laut ausgesprochen, denn seine Pupillen weiten sich.

»Verdammt«, flucht er völlig außer Atem. »Vielleicht hältst du mich ja für ein Arschloch, aber im Gegensatz zu dem Idioten vorhin bin ich immer ehrlich zu den Frauen, die ich mit nach Hause nehme. Zwei Dinge solltest du unbedingt wissen: Erstens möchte ich wirklich gern mit dir schlafen. Und zweitens verspreche ich nicht, dass ich anrufe.«

Ich schlucke mit Mühe. Heute Abend werde ich tatsächlich flachgelegt.

»Wir gehen zu dir.«

»Gott sei Dank.«

Er küsst mich hart und nimmt meine Hand. Wir holen unsere Jacken von der Garderobe, und ich sage Tiago kurz Bescheid, dass ich gehe. Dabei tue ich so, als würde ich die Bedeutung seines amüsierten Lächelns nicht verstehen.

Die Fahrt zu Jasons Wohnung kommt mir schier endlos vor.

Weil wir beide viel getrunken haben und verantwortungsbewusste Erwachsene sind, nehmen wir ein Taxi. Auf dem Rücksitz berühren wir uns nicht. Ich spüre jedoch seine verstohlenen Blicke auf meine eng aneinander gepressten Oberschenkel.

Kaum sind wir ausgestiegen, zieht er mich an sich und küsst mich wieder. Ehrlich gesagt habe ich keine Ahnung, wie wir es in den fünften Stock schaffen.

Ich lasse die Finger unter seinen Pullover gleiten, während er den Schlüssel ins Schloss steckt. Meine Güte, dieser Kerl hat wirklich Bauchmuskeln wie aus Beton! Ich schiebe meine kalten Hände unter seinen Gürtel und streichle die Ausbuchtung seiner Boxershorts, was ihm ein heiseres Knurren entlockt.

»Los, lass uns reingehen, sonst machen wir es noch hier auf dem Treppenabsatz.«

»Die Wette gilt«, flüstere ich und gehe vor ihm auf die Knie.

Seine Augen leuchten auf, als ich mich an seiner Hose zu schaffen mache, aber er packt mich an den Schultern und richtet mich auf. Meine Initiative scheint ihn zu überraschen.

»Versteh mich nicht falsch: Ich bewundere deine Selbstsicherheit und ich habe wirklich große Lust darauf, deinen Mund *dort* zu spüren, aber ich will nicht, dass die Nachbarn etwas davon mitbekommen. Ich muss meinen Ruf eines braven jungen Mannes wahren!«

Er schenkt mir ein flirtendes Lächeln und dreht endlich den Schlüssel im Schloss. Ich zucke die Schultern und trete als Erste ein. Es ist stockdunkel, und ich sehe nichts, aber das ist mir egal. Ich werde mit ihm schlafen und dann verschwinden – und das war's.

»Also nicht der exhibitionistische Typ?«, frage ich.

»Nicht vor Madame Michot«, erklärt er und zwinkert mir zu.

Ich lächle, doch dann stoße ich einen überraschten Schrei aus, weil er mich hochhebt und gegen die geschlossene Tür drückt. Instinktiv spreizte ich die Oberschenkel, um ihn aufzunehmen, schlinge atemlos keuchend die Beine um seinen Rücken.

Wild küsst er meinen Hals und lässt seine Zunge an meiner Kehle entlang bis in mein Dekolleté gleiten. Zitternd vor Erwartung drücke ich meine Brüste an ihn. Er legt seinen Mund auf das zarte Gewebe meines BHs, während er seine Erektion an meinem pochenden Schritt reibt.

Ein heißer Tsunami überwältigt mich, an dem ich fast ersticke. Mein Begehren ist so groß, dass es schmerzt. Die unerfüllte Sehnsucht bringt mich fast zum Weinen.

»Dein Bett«, keuche ich. »Wo ist dein Bett?«

Er pflückt mich von der Tür und trägt mich in einen Raum, der sein Schlafzimmer zu sein scheint. Erregt küsse ich ihn immer wieder … bis er vor lauter Eile ausrutscht.

Mein Gewicht bringt ihn aus der Balance, und wir fallen wie ein Klotz zwischen ein Sofa und einen Couchtisch. Er flucht leise und fragt mich, ob ich mir wehgetan hätte. *Was für ein verdammter Idiot.* Ich brumme, dass es mir gut geht und stehe trotz meines schmerzenden Knies auf. Ich verabscheue Eile.

»Ich denke, ich laufe lieber, okay? Scheint mir sicherer.«

Er nickt, fährt mit den Händen durch mein Haar und küsst mein Ohr, als wolle er mich um Verzeihung bitten.

Wir gehen bis zu einem kleinen Raum, der im Dunkeln liegt. Ich löse mich kurz von ihm, um meine Schuhe auszuziehen und …

… quietsche laut auf, als mein Fuß auf etwas Lebendiges und Haariges tritt.

Das Etwas fiept unter meinen Füßen. Mit der Hand vor dem Mund springe ich hastig aufs Bett und schlage hektisch um mich, wie um eine unsichtbare Spinne loszuwerden. Jason aber sieht keineswegs verängstigt, sondern eher besorgt aus.

»Du hast Han Solo getreten!«, beschuldigt er mich.

»Wie bitte?«, frage ich empört, während er sich hinunterbeugt und das Etwas auf den Arm nimmt.

Ich höre ihn flüstern, bin mir aber nicht sicher, ob er mit mir spricht. Endlich knipst er das Licht an, und ich entdecke ein kleines rotes Pelzknäuel, das sich an seinen Hals schmiegt. Ein Kätzchen. Ich habe ein verflixtes Kätzchen getreten.

Erstaunt sehe ich zu, wie Jason das Tier streichelt. Schon bald kommen zwei weitere Katzenbabys dazu und reiben sich an seinen Beinen. Eines ist schwarz, das andere weiß. In was zum Teufel habe ich mich da hineingeritten?

»Du hast Kätzchen«, stelle ich dümmlich fest.

So etwas habe ich nun wirklich nicht erwartet. Er blickt mich an und lächelt mit allen Zähnen.

»Ja, die Katze meiner Schwester hat vor zwei Wochen geworfen. Und ja, *ich weiß*, dass sie nicht die gleiche Farbe haben. Frag nicht warum, sie sind da ein wenig empfindlich. Aber sie und ich, wir verstehen uns.«

Mir fehlen die Worte. Sprachlos starre ich ihn an, ehe ich mich räuspere.

»Okay … Und wie hast du ihn eben genannt?«

»Der kleine Unglücksrabe, den du beinahe getötet hättest, heißt Han Solo. Der Schwarze ist Darth Vader, und die kleine Weiße hört auf den Namen Leia. Du kannst ruhig runterkommen, sie sind ganz süß. Das einzige Problem, das ich im Moment mit ihnen habe, ist, dass sie überall hinpinkeln, wenn es ihnen gut geht.«

*Na großartig.*

Ich habe es nicht so mit Filmen, schon gar nicht mit Science-Fiction, aber ich bin nicht völlig ignorant. Verblüfft starre ich ihn an. Aus welchem Universum kommt dieser Typ?

»Du hast deine Kätzchen also nach Figuren aus *Star Wars* benannt.«

Seine Augen leuchten auf, und er sieht mich an, als hätte ich das Geheimnis des ewigen Lebens entdeckt. *Oh Gott.*

Ich bin an einen echten Fan geraten.

»Magst du es?!«

»Nein.«

Ich halte es für besser, ihm sofort den Wind aus den Segeln zu nehmen. Ich bin hergekommen, um flachgelegt zu werden und nicht, um mit Katzen, die alles vollpinkeln, *Star Wars* zu schauen.

»Ah.«

Er wirkt ein wenig enttäuscht, aber er erholt sich schnell, setzt das verängstigte Kätzchen auf den Boden und sagt ihm, es solle sich verkrümeln.

»Wenn du es vermeiden könntest, meine Katzen zu ermorden, wäre das wirklich toll«, sagt er, kommt zu mir aufs Bett und legt seine Stirn an meine. »Und wenn es absolut nicht anders geht, nimm am besten Leia. Sie kann eine echte Nervensäge sein.«

Ich bringe ihn mit einem Kuss zum Schweigen. Er soll jetzt bloß nicht mehr reden. Ich möchte, dass er der heiße und arrogante Unbekannte bleibt, den ich in einer Bar aufgegabelt habe, und sich nicht in einen süßen, sexy Nerd verwandelt, der Kätzchen in seiner Wohnung hält.

Er scheint zu verstehen, denn er fängt endlich an, mich auszuziehen. Wie jedes Mal, wenn ich mit jemandem schlafen will, schlägt mein Herz schneller bei dem Gedanken, dass er mich nackt sieht. Es gelingt mir, meinen Schuh auf den Lichtschalter zu werfen und uns wieder in Dunkelheit zu tauchen.

Selbst betrunken möchte ich vermeiden, dass er mich nackt sieht. Zum Glück kommt er damit zurecht.

Er braucht unendlich lange, um mich auszuziehen. Meine Blusenknöpfe machen ihn ungeduldig, und irgendwann reißt er einen Knopf ab. Ich ärgere mich echt, denn diese Bluse hat mich ein Vermögen gekostet.

Als er das gleiche Problem mit meiner Jeans hat, lege ich mich auf den Rücken, um ihm zu helfen. Er zieht daran, ohne die Hose über meine Knöchel zu bringen. In diesem Tempo sind wir morgen früh noch nicht fertig.

»Nun zieh endlich, um Himmels willen!«

»Bin dabei, aber danke für den Tipp«, antwortet er. »Warum musstest du auch eine so enge Jeans anziehen.«

»Leck mich. Du bist wirklich der Letzte, der modische Ratschläge geben sollte, Monsieur-Weihnachtsmann-im-Stringtanga«, fauche ich ihn an und ziehe die Jeans selbst aus.

Er wirft sie irgendwo hin und greift nach meinem schwarzen Spitzenhöschen, das leicht an meinen glatten Beinen hinuntergleitet. Auf meinen Oberschenkeln bildet sich Gänsehaut. Endlich schmiegen wir uns nackt aneinander.

Ich lege Jason die Arme um den Hals, während er eine Spur feuchter Küsse über meinen flachen Bauch zieht. Meine Atmung beschleunigt sich. Als er die Lippen auf meine empfindlichste Stelle legt, höre ich ihn flüstern:

»Möge die Macht mit uns sein.«

*Oh.* Wow.

Ich liege auf dem Rücken und starre zur Decke hinauf. Reglos und stumm tut Jason neben mir das Gleiche. Bisher hat noch keiner von uns gesprochen. Das Licht ist immer noch aus, und das Einzige, was wir hören, ist das Dauerrauschen des Pariser Straßenverkehrs.

Ich weiß nicht, was ich tun soll. Gehen? Hier schlafen und mit ihm frühstücken? Lieber sterbe ich.

Das Beste wäre, so schnell wie möglich zu verschwinden, aber ich will nicht unhöflich erscheinen. Zumindest bin ich schlagartig nüchtern geworden. Ich beiße mir auf die Lippen und wage es, das Schweigen zu brechen.

»Brauchst du Creme oder geht es so?«

»Ich komme schon klar.«

Na gut. Wenn es nicht so peinlich wäre, würde ich laut lachen.

»Es war …«, murmelt er plötzlich, lässt seinen Satz aber unvollendet.

Ich runzle die Stirn. Erwartet er etwa, dass ich diesen Satz ergänze? Scheiße. Ich zögere einen Moment, ehe ich sage:

»… gut?«

»Ja«, bestätigt er. »Es war … sehr gut.«

Ich presse die Lippen zusammen, ohne etwas hinzuzufügen. Es war – irgendetwas. Jedenfalls werde ich mich den Rest meines Lebens daran erinnern, so viel ist sicher.

Nach einiger Zeit schläft Jason neben mir ein, und ich nutze die Gelegenheit, um mich anzuziehen und hastig zu verschwinden. Ich habe nicht die Kraft, einen nächsten Morgen dieses One-Night-Stands zu ertragen, ihm in die Augen zu schauen und ihn anzulügen.

Es war der schlechteste Sex meines Lebens.

# 2

## Jason

Heute ist zwar der Tag nach einem feuchtfröhlichen Abend, trotzdem klingelt der Wecker meines Handys zur gleichen Zeit wie sonst.

Weihnachten, Neujahr, Dreikönig und der ganze andere Mist sind vorbei. Heute Morgen findet meine letzte Zwischenprüfung statt, und ich habe meine Unterlagen seit ... tja, drei Wochen nicht mehr angeschaut.

*Mit einem kleinen Missverständnis könnte es noch klappen.*

Ich nicke zur Beruhigung und wickele mich aus dem Laken, um die Muskeln meines schmerzenden Rückens zu dehnen. Meine Gelenke knacken, und ich fühle, wie etwas Weiches meinen Knöchel berührt.

Meine drei Kätzchen, Han Solo, Leia und Darth Vader, warten auf ihr Futter. Darth Vader schmiegt sich an mich und hofft auf Streicheleinheiten, aber ich bin immer noch sauer auf die drei und werfe ihm einen bösen Blick zu.

»Heute wird nicht geschmust«, bestimme ich und gehe in die Küche.

Seit die Unbekannte mit den rosa Haaren hier war, »bestrafe« ich die Kätzchen, und zwar mit dem Entzug von Streicheleinheiten und ihres Luxus-Lieblingsfutters. Dafür gibt es auch einen guten Grund, denn sie haben einen großen Teil zur Katastrophe dieser denkwürdigen Nacht beigetragen. Die schmerzenden Spuren trage ich noch immer auf meinem Rücken.

Nachdem ich die Tiere gefüttert habe, rasiere ich mich sehr gründlich und nehme eine ziemlich kalte Dusche, die mich sofort auf Trab bringt. Dann schalte ich den Fernseher ein und frühstücke in Unterwäsche auf dem Balkon meiner Wohnung. Davon lasse ich mich auch durch vier Grad Außentemperatur nicht abbringen.

Als ich die Wohnung gekauft habe, schwor mein Vater, dass ich den Balkon niemals benutzen würde. Weil ich ein ziemlicher Dickkopf bin, zwinge ich mich seither, jeden Morgen dort zu frühstücken.

Als ich gerade mit dem Müsli fertig bin, klingelt das Festnetztelefon. Ich werfe einen Blick auf die Nummer und nehme lächelnd ab.

»Hier spricht Jason Delaunay, Drachenjäger und Seepirat«, sagte ich und lehne mich an den Küchentresen. »Was kann ich für Sie tun?«

Wie ich vermutet hatte, antwortet mir eine Kinderstimme. Nur Mathis ruft mich um diese Uhrzeit an.

»Onkel Jason! Jagst du wirklich Drachen?«, fragt mein fünfjähriger Neffe etwas verunsichert. »Aber es gibt doch gar keine!«

Ich gehe in mein Schlafzimmer, öffne meinen Schrank und klemme das Telefon zwischen mein Kinn und meine Schulter. Wie naiv Kinder doch sind!

»Ja klar, was dachtest du denn? Mädchen sind schließlich ganz wild auf Abenteurer. Aber nicht solche wie Indiana Jones«, füge ich hinzu. »Peitschen sind nur was für Erwachsene. Später wirst du das verstehen.«

Am anderen Ende der Leitung herrscht tiefstes Schweigen – ein Zeichen dafür, dass er nachdenkt. Scheiße, ich kann nicht fassen, dass ich so etwas gesagt habe. Ich bin ein schrecklicher Onkel.

»Verrate bloß deiner Mutter nicht, was ich gerade gesagt habe.«

»Okay!«

Ich stelle mir sein stirnrunzelndes, pausbäckiges Gesicht mit dem lockigen braunen Haar und dem kleinen Wirbel vor, der meine Schwester zur Verzweiflung bringt.

»Hast du noch dein Notizbuch ›Onkels Tipps, wie man Mädchen um den Finger wickelt‹?«

»Ja klar! Ich habe es unter meinem Kopfkissen versteckt, da findet Mama es sicher nicht.«

Hmm. Wenn er eines Tages Erwachsenenzeitschriften verstecken will, sollte ich ihm ein besseres Versteck empfehlen. Glücklicherweise bleibt mir bis dahin noch etwas Zeit.

»Sehr gut, Champion«, sage ich stattdessen. »Dann nimm es jetzt und schreib auf, was ich dir gerade gesagt habe.«

»Drachen jagen?«

»Das auch.«

»Aber ich habe noch nie einen gesehen … Neben dem Haus gibt es nur Tauben. Sag mal, klappt das vielleicht auch mit Tauben?«

»Nein, die Tauben lassen wir schön in Ruhe. Und erst recht die komische Sorte, die sich in eurer Gegend herumtreibt. Nicht, dass du noch die Krätze bekommst.«

Ich höre ihn lachen, obwohl er wahrscheinlich nichts verstanden hat. Julies Stimme mischt sich ein und befiehlt Mathis, sein Müsli zu essen.

»Also gut, du Winzling«, sage ich und ziehe Jeans und ein schwarzes T-Shirt an. »Warum rufst du mich eigentlich so früh an? Ich war gerade dabei, mein Schokomüsli zu essen.«

»Isst du auch Schokomüsli?«

»Na klar. Warte … du etwa auch?!«

Innerlich schüttle ich mich vor Lachen.

»Ja, jeden Tag«, bestätigt er schockiert.

»Wow. Das ist ja verrückt, Mann.«

Benoît, Julies Mann, ruft seinem Sohn zu, dass er sich beeilen soll.

Ich höre, wie Mathis den vermutlich letzten Löffel seines Frühstücks verschlingt und mir mit vollem Mund erklärt:

»Ich wollte dir nur Hallo sagen. Ich gebe dir Mama, sie wollte mit dir reden!«

»Tschüs, Mathis.«

Mein Neffe und ich haben eine ganz besondere Beziehung, vielleicht weil er der erste war – seine kleine Schwester Lea folgte ziemlich bald. Ich habe drei große Schwestern, Julie, Jade und Jessica, aber nur die älteste hat Kinder.

Bis jetzt.

Ich sehe zu, dass ich alle zwei Wochen bei Julie vorbeischaue und gebe Mathis Tipps, wie man zu einem Verführer wird, der die Frauen respektiert – seine Mutter behält mich immer im Blick.

»Hallo.«

Meine Schwester übernimmt das Telefon, und ich erkundige mich, was anliegt, während ich den Tisch abräume. Sie vergewissert sich, dass ich unser Essen heute Abend mit Mama und Jade nicht vergessen habe. Ich antworte ihr, dass ich mich unglücklicherweise daran erinnere.

»Es ist wichtig, dass du kommst. Wir sehen dich viel zu selten …«

»Ja, ja, ich weiß, ich bin ein schrecklicher Sohn, und ihr wollt mich alle enterben. Schon gut, wir sehen uns heute Abend.«

»Pff. Ich hab dich lieb, Blödmann.«

»Ich dich auch, Nervensäge.«

Auch wenn es sich nicht unbedingt so anhört, Julie ist meine Lieblingsschwester.

Meine Favoritin. Ich weiß, dass man keine Favoriten haben sollte, aber wenn ihr mich fragt, haben Leute, die das behaupten, schlicht Angst, für unsozial gehalten zu werden.

Und ich? Mir ist es egal.

Zu meiner Verteidigung ist zu sagen, dass Jessica sich nie die Mühe macht, Zeit mit der Familie zu verbringen; irgendwie hat sie die bittere Pille meiner Adoption nie geschluckt. Ein kleiner Bruder aus der Karibik? Nein, danke.

Was Jade angeht, so ist sie ein kaltes und berechnendes Biest, das immer besser sein will als andere. Klar, dass Julie den Sympathie-Wettbewerb mit Abstand gewinnt.

Abgesehen davon ist mein Leben großartig. Ehrlich. Mein Leben ist der Hammer, ich habe absolut keinen Grund zur Klage. Ich habe eine weitestgehend liebevolle und stabile Familie, eine Wohnung mit Aussicht mitten in Paris, ich studiere das, was mir Spaß macht, und mein Sexleben ist erfüllt.

Ich war noch nie so glücklich, am Leben zu sein.

**Loan**: Ich muss dich um einen Gefallen bitten.

**Ich**: Nein, ich schlafe nicht mit dir. Oder warte – es kommt drauf an. Bezahlst du mich?

**Loan**: Bleib mal zwei Minuten ernst. Violette hat eine neue Macke. Sie will einen Freundeskreis wie in *Friends* (stell bloß keine Fragen).

Ich verdrehe die Augen und versuche, mein Smartphone vor den Blicken der anderen zu verbergen. Das ist typisch Violette. Ich kenne sie noch nicht so lang; mein bester Freund hat sich erst geraume Zeit nach seiner Trennung von Lucie entschieden, sie mir vorzustellen. Wenn ich alles richtig verfolgt habe, waren sie zunächst nur Nachbarn, wohnen aber inzwischen zusammen.

Wir nennen sie Violan, weil sie unzertrennlich sind. Wie Brangelina, nur weniger stilvoll.

Violettes beste Freundin scheint sich dem Duo angeschlossen zu haben, allerdings habe ich sie noch nicht kennengelernt. Ich vermeide es, die WG zu besuchen, denn dort herrscht ständig eine unterdrückte sexuelle Spannung.

»Findest du nicht auch, Jason?«

»Ähm, doch, absolut«, antworte ich abgelenkt.

Ich habe keine Ahnung, was ich gerade bestätigt habe. Meine Mutter sitzt auf dem Ledersofa im Wohnzimmer und erzählt den Mädchen eine Geschichte. Ich lehne an der Wand, in einer Hand ein Glas, in der anderen mein Handy.

**Ich**: Okay. Und?

**Loan**: Sie hat darum gebeten, alle Freunde zusammenzutrommeln. Du, ich, sie, Zoé und Ethan.

**Ich**: Aber in *Friends* sind es sechs. Wir sind nur zu fünft.

**Loan**: Ist doch egal, Jason. Beweg einfach deinen Arsch heute Abend hierher.

**Ich**: Nur wenn ich Monica sein darf. Und du bist mein Chandler ;-)

**Loan**: Mich schreckt gar nichts mehr.

Mein dämliches Grinsen weckt sofort die Aufmerksamkeit meiner Mutter. Ich blicke auf und muss feststellen, dass sie und meine Schwestern mich anstarren. Sofort fühle ich mich ertappt und höre auf zu lächeln.

»Ich hoffe, es ist eine Frau, die dich so zum Lächeln bringt«, sagt meine Mutter mit erhobenen Augenbrauen. »Meinetwegen auch ein Mann! Solange du glücklich bist, ist es mir egal, weißt du.«

Immer die gleiche Leier. Meine Mutter ist wie eine zerkratzte Schallplatte. Ich stelle mein Glas ab und greife nach meiner Jacke. Es ist Zeit, dass ich mich auf den Weg mache.

»Er heißt Fabien, und ich liebe ihn, Mama.«

Jade verdreht genervt die Augen. Sie hat nicht den geringsten Sinn für Humor. Meine Mutter gibt mir einen Klaps auf die Hand, als ich mich hinunterbeuge, um ihre Stirn zu küssen.

»Hör auf, dich über mich lustig zu machen.«

»Du machst es mir aber auch immer so leicht.«

Sie will wissen, wo ich hingehe, und Julie verkündet, dass das Abendessen fast fertig ist. Ich hasse es, sie im Stich zu lassen, aber …

»Tut mir leid, aber ich kann nicht bleiben. Loan hat mir gerade eine Nachricht geschickt, dass er auf der Autobahn eine Panne gehabt hat.«

Ich weiß nicht einmal, warum ich mich bemühe, eine so überzeugende Lüge zu erfinden, obwohl ich genau weiß, dass sie mir nicht glauben. Meine Mutter lächelt mich zwar an, aber ich kann ihr die Enttäuschung ansehen. In meinem Hals bildet sich ein unangenehmer Kloß, und ich zögere kurz, ob ich nicht doch bleiben soll.

Doch dann fallen mir die ausführlichen Gespräche über Kaiser- und Dammschnitte ein – etwas anderes hat Julie derzeit nicht auf Lager –, und meine Wahl ist rasch getroffen.

»Gut … dann geh halt. Und grüß mir Loan.«

»Mach ich.«

Ich zwinkere ihnen zu, setze meine Mütze auf und verlasse das Haus. Auf dem Weg zu meinem Auto höre ich hinter mir Schritte auf dem Kies. Meine Schwester Jade läuft mir hinterher und streckt mir etwas entgegen.

»Hier«, sagte sie.

Es ist ein Umschlag. Man muss kein Genie sein, um zu begreifen, was das bedeutet. Ich reagiere empört.

»Willst du mich verarschen? Steck es wieder ein.«

»Mama hat darauf bestanden«, raunzt sie. »Mir gefällt das auch nicht, darauf kannst du Gift nehmen. Aber sie ist überzeugt, dass du von ihr oder Papa kein Geld annehmen würdest. Also hat sie mich gebeten, es dir zu geben. Sie macht sich eben Sorgen.«

»Sollte sie aber nicht. Mir geht es wirklich gut.«

»Du bist arbeitslos, Jason.«

»Ich bin nicht arbeitslos, ich studiere, du kleiner Snob«, antworte ich. »Und mittwochs arbeite ich als Schwimmlehrer an einer Schule. Das bringt etwas ein!«

Jade betrachtet mich ungerührt und etwas blasiert. Sie will nur, dass ich die Klappe halte und den verdammten Umschlag annehme – was ich ganz sicher nicht tun werde.

Ich bin es wirklich leid, dass alle Mitleid mit mir haben, weil ich mich entschieden habe, nicht den gleichen Weg einzuschlagen wie Papa. Und es ist auch nicht so, als würde ich Drogen konsumieren, anstatt zur Uni zu gehen – ich weiß nur noch nicht, was ich mit meinem Leben anfangen soll. Oder eigentlich doch: Ich will reisen.

Meine Familie hält das allerdings für reine Zeitverschwendung.

»Nimm es.«

»Nein«, sage ich lächelnd. »Aber danke.«

Ich zwinkere ihr ein letztes Mal zu und wende mich ab.

Eines Tages werden sie mich verstehen, da bin ich mir sicher.

Auf dem Weg zur WG vibriert mein Telefon. Ich habe drei Nachrichten, zwei von Margot, einer Freundin, und die andere von »What's her name again?«, aber ich ignoriere sie und nehme den eingehenden Anruf an.

»Hi. Wo bist du?«, will Loan wissen.

Ich spüre sofort, dass er ein wenig beunruhigt ist. Ich verstehe nicht warum, ich mag Violette sehr. Sie ist viel netter als Lucie, die mir immer zu kühl und zu steif vorkam.

Genau wie Jade hatte sie keinen Sinn für Humor. Ich bin ein Mensch, der Freude am Leben hat, und neige deshalb dazu, meine Zeit nicht mit Spaßbremsen zu verschwenden.

Violette ist wirklich lustig. Also genau genommen hat sie einen ziemlichen Schuss.

»Ich bin auf dem Weg.«

»Cool. Aber eines muss klar sein: Finger weg von Zoé. Kapiert? Ich habe keine Lust auf den Streit mit Violette, wenn du mit ihrer besten Freundin schläfst und ihr das Herz brichst. Also sei so nett und behalte dein Ding in der Hose.«

Ich runzle die Stirn, schüttle den Kopf und bin ein bisschen beleidigt. Klar habe ich mich manchmal gefragt, wie Violettes beste Freundin aussehen mag, aber ist das ein Verbrechen?

Wenn sie jedoch außer Konkurrenz läuft, werde ich sicherlich nicht meinen Kopf riskieren und mit ihr schlafen. Ich hätte viel zu viel Angst, dass Violette ihr menschenfressendes Kaninchen losschickt, damit es meinen Schwanz anknabbert.

»Keine Sorge«, beruhige ich ihn und setze den Blinker. »Nach der katastrophalen Erfahrung vor zehn Tagen habe ich nicht vor, so etwas in naher Zukunft zu wiederholen.«

Loan lacht und ich höre, wie er Violette antwortet, dass er den Käse geschnitten und die Nachos herausgenommen hat.

»War es so schlimm?«

»Noch viel schlimmer. Der schlimmste Sex meines Lebens, Mann. Wenn du meinen Rücken sehen könntest …«

»Was ist mit deinem Rücken?«

Ich seufze, schüttle den Kopf (mir gefallen dramatische Pausen) und antworte mit feierlicher Stimme:

»Es ist noch zu früh für mich, um darüber zu reden.«

Loan lacht erneut und sagt mir, ich soll mich beeilen. Als ich auflege, kommen mir die Erinnerungen an diese denkwürdige Nacht wieder in den Sinn. Es ist nicht das erste Mal in den vergangenen zehn Tagen, und es fängt immer gut an: die langen Beine meiner Unbekannten um meine Taille, ihr Blumenduft und ihr kurzgeschnittenes rosa Haar, das sich auf meinen weißen Laken ausbreitet …

Überwältigend.

Mein Körper erinnert sich noch daran, so viel ist sicher. Aber er erinnert sich auch an den Rest:

– zunächst will ich ein bisschen mit meiner Fitness angeben, trage sie und … lasse sie zwischen Tisch und Couch fallen. Okay, ich muss gestehen, dass ich das ziemlich vermasselt habe;

– anschließend hätte sie beinahe meine Kätzchen zertreten, was, wenn ich jetzt darüber nachdenke, vermutlich zu deren späterer Aufregung beigetragen hat;

– zum ersten Mal seit meinem fünfzehnten Lebensjahr brauchte ich gefühlt drei Stunden, um eine Frau auszuziehen – aber warum musste sie auch eine derart enge Jeans tragen?

– schlimmer noch: Ich bekam das Kondom nicht auf. Ich schäme mich, aber es stimmt. In meiner Eile versuchte ich, es wie in einem Porno mit den Zähnen zu öffnen. Das macht was her, versteht ihr? Und natürlich habe ich es dabei zerrissen. Als ich es mit frustriertem Knurren auf den Boden warf, landete es auf dem Kopf von Han Solo.

Darauf bin ich alles andere als stolz.

Glücklicherweise scheint es ihn nicht allzu sehr traumatisiert zu haben. Schließlich hat die Fremde die Sache in die Hand genommen und ein neues Kondom aus der Tasche geholt, während ich mit dem Kater kämpfte, um ihm das zerrissene aus dem Maul zu zerren.

Als es mir endlich gelang, in sie einzudringen – für eine sehr kurze Zeit war es wie das Paradies auf Erden –, benahmen wir uns irgendwie ungeschickt. Ich weiß nicht, was schlimmer war: zu erkennen, dass sie mir etwas vortäuschte, oder Darth Vader, der sich durch ihr Stöhnen alarmiert auf meinen Rücken stürzte und mich wütend kratzte.

Jedenfalls kann ich nur sagen, dass ich für diesen Monat keinen One-Night-Stand mehr in Betracht ziehe.

Vor der Tür von Loan und Violette nehme ich mir kurz Zeit, um mir mit der Hand durch die Haare zu fahren. Mein bester Freund öffnet mit einem Geschirrtuch über der Schulter.

»Hi. Komm rein.«

Ich werfe einen Blick in die zum Wohnzimmer hin offene Küche und entdecke Ethan, der auf einem der hohen Hocker sitzt. Ehe er unser Freund wurde, war er einfach ein Arbeitskollege von Loan – die beiden sind Feuerwehrleute. Aber ganz ehrlich: Seit Loan und Violette sich kennen, verbringe ich mehr Zeit mit Ethan als mit Loan.

»Wurdest du auch herzitiert?«

Er lächelt und zuckt die Schultern.

»Ich sage niemals nein, wenn es um *Friends* geht.«

Ich deute mit dem Finger auf ihn.

»Ich warne dich, ich habe als erster meinen Anspruch auf Monica angemeldet. Loan ist Chandler. Violette muss natürlich Phoebe sein, du weißt schon, wegen …«, füge ich hinzu und tippe mir mit dem Finger an die Schläfe. »Und du … ähm … Wie wäre es mit Ross?«

Er runzelt die Stirn und wirft mir einen vernichtenden Blick zu.

»Willst du mich verarschen? Ich bin die geborene Rachel!«

Ich lächle und gebe ihm ein High Five. Loan beobachtet uns erstaunt. In diesem Moment kommt Violette lächelnd in einem lila Tüllkleid auf uns zu. Sie sieht aus wie ein zuckersüßes Bonbon.

Sie gibt mir einen Kuss, und ich lege ihr unter Loans skeptischem Blick den Arm um die Schultern. Ich weiß nicht, ob er selbst bemerkt, dass er die Zähne zusammenbeißt.

»Schön, dass wir alle zusammen sind.«

»Ist Zoé immer noch nicht heimgekommen?« fragt Loan, während er sich ihr unmerklich nähert.

Violette befreit sich aus meiner Umarmung, holt die Gläser und bringt sie ins Wohnzimmer. Ethan hilft ihr dabei.

»Nein, aber sie ist unterwe…«

Wie gerufen klopft es an der Tür. Violette verdreht die Augen und beschwert sich, dass Zoé offenbar schon wieder ihre Schlüssel vergessen hat. Weil ich der Tür am nächsten sitze, stehe ich auf, um zu öffnen.

»Lass nur, ich gehe.«

Dreimal dürft ihr raten.

Nur zu, ratet.

Ganz genau: dieses beschissene Karma.

Ich öffne die Tür und mache mich bereit, Zoé zu begrüßen, doch die Worte bleiben mir im Hals stecken, als ich erkenne, wer da auf der Schwelle steht.

*Oh Scheiße.*

Rosa Haare, ein Nasen-Piercing und ein Paar unvergessliche Brüste. Nicht zu vergessen die aufgerissenen Augen, die mich voller Entsetzen anstarren. Zoé ist meine Unbekannte.

Für ein paar Sekunden bleibe ich wie vom Donner gerührt stehen und weiß nicht, was ich sagen soll. Sie schließt die Augen und seufzt desillusioniert:

»Erbarmen! Gebt mir den Gnadenstoß.«

# 3

## Zoé

Ich weiß nicht, was ich in einem meiner vorigen Leben verbrochen habe, um das zu verdienen.

Jason steht völlig entgeistert an der offenen Tür. Zumindest ist das die Bestätigung, dass er ebenso wenig Ahnung hatte wie ich. Zu seiner Verteidigung wäre zu sagen, dass er meinen Namen nicht kannte. Zwar kannte ich seinen, aber dieser Blödmann ist bestimmt nicht der einzige Jason in Paris. Wie hätte ich ahnen sollen, dass er Loans Jason war?

*Ätzend.*

»Hi, Hübscher«, zwinge ich mich, höflich zu sein.

Die Situation ist zwar peinlich, aber Violettes Abend zu ruinieren kommt nicht infrage. Sie ist auch so schon ängstlich genug, und auch wenn Jason und ich sexuell nicht kompatibel sind, können wir vielleicht Freunde werden … Wenn wir uns Mühe geben. Und mit viel Alkohol. *Wo ist der Alkohol?*

Ich gehe an ihm vorbei. Er beobachtet mich stumm. Ich gebe vor, ihn nicht zu kennen, winke den anderen zu und ziehe meinen Mantel aus.

»Zoé, das sind Jason und Ethan. Leute, das ist Zoé«, stellt meine beste Freundin mich vor.

Ethan schenkt mir ein aufrichtiges Lächeln, das mich fast entspannt. Ich stelle fest, dass er genau so ist, wie Violette ihn beschrieben hat: offen und freundlich. Jason sagt immer noch nichts. Mein demonstrativer Blick zwingt ihn, meinem Beispiel zu folgen und seine normale Miene aufzusetzen, was bei ihm dümmliches Lächeln und lüsterner Blick bedeutet.

»Schön, endlich sind wir komplett«, ruft Violette fröhlich. »Bedient euch, Loan hat Nachos gemacht!«

Wir setzen uns alle an den kleinen Tisch, auf dem der Aperitif bereitsteht. Violette schenkt ein, ohne sich auch nur im Geringsten des allgemeinen Unbehagens bewusst zu sein. Loans Oberschenkel zuckt, Ethan betrachtet pfeifend die Wände, und Jason schaut mich an wie beim letzten Mal, als ich nackt unter ihm lag.

Ich werfe ihm einen unfreundlichen Blick zu. Zwischen uns findet ein stiller Austausch statt, der höchstens drei Sekunden dauert.

*Schau woanders hin, wenn du nicht willst, dass ich auf dich losgehe!*

*Tu dir keinen Zwang an …*

*Ich würde dir am liebsten den Zahnstocher in die Augen stechen.*

*Oh wow, entspann dich.*

*Sag mir bloß nicht, ich soll mich beruhigen!*

*… Psychopathin.*

*… Nerd.*

Empört wendet er den Blick ab. Der weitere Abend vergeht ohne Zwischenfälle. Trotz Jasons schräger Blicke, wenn er denkt, dass ich nicht hinsehe, entspannt sich die Atmosphäre allmählich. Vor allem dank Violette, die drei Viertel des Gesprächs bestreitet. Das ist ihr Ding.

Wenn sie ein wenig zu weit vom Thema abschweift, greift Loan ganz vorsichtig ein, um sie wieder auf den richtigen Weg zu lotsen. Ich erfahre, dass er Jason seit dem Gymnasium kennt. Das überrascht mich, denn die beiden haben absolut nichts gemeinsam; der eine ist laut und selbstbewusst, der andere eher ruhig und viel zurückhaltender. Aber ich schätze, bei Violette und mir verhält es sich ähnlich.

Gegensätze ziehen sich eben an.

Wir beenden den Abend vor einer Wiederholung von The Voice, und ich will gerade das Eis aus dem Froster holen, als ich aus dem Augenwinkel sehe, dass Jason sich nähert. Sofort spanne ich mich an, und das nicht nur, weil es mir peinlich ist.

Ich hatte vergessen, wie sexy er ist.

»Zoé …«, flüstert er mit verträumtem Blick. »Ein schöner Name.«

Ärgerlich stelle ich die Schale mit dem Karamelleis auf die Theke. Ich will ihn gerade abblitzen lassen, als ich sehe, wie Violette mich von der Couch aus anlächelt, und zwar so ermutigend, dass ich ohne nachzudenken nachgebe.

*Liebe macht schwach, das sage ich euch.*

Ich drehe mich zu Jason um, der neben mir an der Theke lehnt, und lächle heuchlerisch.

»Hör zu … Die Situation ist nun mal peinlich. Wir hatten Sex, du warst nicht gerade in Bestform, und jetzt stellen wir fest, dass unsere besten Freunde zusammen wohnen. Ich gebe zu, das ist unangenehm. Aber wir müssen das unter den Teppich kehren, denn Violette ist meine beste Freundin, und ich liebe sie, auch wenn sie ein bisschen verrückt ist. Also strengen wir uns an und versuchen, uns gegenseitig schätzen zu lernen. Okay? Und tröste dich, ich halte ganz bestimmt den Mund. Schließlich steht auch mein Ruf auf dem Spiel.«

*Seht ihr? Ich bin wirklich bereit, mich einzubringen!*

Allerdings findet mein Vorschlag keine Resonanz. Jasons Lächeln verschwindet, er runzelt die Stirn und fragt entrüstet:

»Nicht in Bestform? Soll das ein Witz sein?«

Ich hebe eine Augenbraue und verstehe nicht, worauf er hinaus will. Schließlich lacht er, und ich freue mich schon, so erheiternd zu sein, als ich merke, dass er nur so tut.

Violette, die zu weit weg sitzt, um die Einzelheiten unseres Gesprächs zu hören, hat bereits Herzchen in den Augen.

Ganz leise antworte ich Jason, dass er sich keine Vorwürfe machen muss und dass es »das Wichtigste ist, es zu versuchen«.

*Das kriegen wir schon hin.*

Nur, dass er es mir jetzt wirklich übel nimmt.

»Nichts für ungut, aber ich bin ausgesprochen gut im Bett!«

»Der Schlechteste von allen.«

»Himmel, die Welt steht echt auf dem Kopf!«, sagt er erneut lachend. »Selbst mein erstes Mal war besser, und dabei hat es nur eine Minute und zweiunddreißig Sekunden gedauert. Deine Bemühungen in allen Ehren, aber ehrlich gesagt hast du alles nur noch schlimmer gemacht.«

Daraufhin sage ich ihm, er soll sich verpissen. Da ihn das keineswegs zu stören scheint, füge ich hinzu: »Ich hoffe, dein Rücken tut richtig schön weh, Arschloch.«

*Also wirklich, könnt ihr euch das vorstellen?* Dieser Kerl kreuzt einfach hier auf und erklärt laut und deutlich, dass ich schlecht im Bett wäre. Für wen zum Teufel hält er sich? Er kann nicht mal ein Kondom auspacken!

Ich glaube, den letzten Satz habe ich laut ausgesprochen, denn er wird knallrot und faucht:

»Ich war gestresst, okay?«

Ich verdrehe die Augen und reiche ihm den Eisbecher.

»Hier, bitte. Für deinen Rücken.«

Damit drehe ich mich um und schließe mich den anderen im Wohnzimmer an. Violette nimmt mich fast sofort beiseite.

»Na? Die Jungs sind cool, oder? Natürlich sind sie das, ich hab nämlich nur coole Freunde. Schließlich bin ich auch cool, egal was die Leute sagen.«

Erinnert ihr euch, wie ich sagte, dass ich sie liebe und ihr nicht wehtun will?

Tja, ihr kleines Herz wird wohl darüber hinwegkommen müssen. Ich habe nicht die Absicht, die nächsten Jahre damit zu verbringen, diesen Widerling jedes Wochenende zu ertragen, nur weil sie denkt, dass ich ihn mag.

»Jason ist ein Idiot. Ich kann ihn nicht ausstehen.«

Okay, ich hätte es subtiler ausdrücken können. Aber Feingefühl und ich passen nicht zusammen. Violette dreht sich überrascht zu mir um. Sie fängt an, mir zu erklären, dass er anfangs vielleicht ein wenig speziell ist, aber dass tief in ihm ein großartiger Kerl schlummert. Ich unterbreche sie, ehe sie fertig ist:

»Nein, tut mir leid. Aber Ethan ist nett!«

Violette nickt enttäuscht. Es schmerzt, aber ich ändere meine Meinung nicht.

Es gibt Dinge, die ich nur bis zu einer gewissen Grenze ertrage – und das gilt auch für sie.

## Jason

Eigentlich werde ich nicht schnell wütend. Wirklich, das passiert mir fast nie. Als ich drei war, hielten meine Eltern mich für einen Soziopathen, weil ich immer lächelte. Es stellte sich aber heraus, dass ich kein Soziopath war, sondern einfach nur glücklich.

Und das blieb ich, bis ich zweiundzwanzig war.

Aber heute Abend … heute Abend … Ich bin stinksauer. Ich bin sauer, weil diese Frau mit ihren rosa Haaren und ihren bezaubernden Kurven denkt, dass ich schuld an unserer misslungenen Nacht bin.

ICH.

Das ist doch wirklich völlig daneben.

Ich könnte es an mir abprallen lassen und mich nicht weiter darum kümmern. Aber es beleidigt mein Ego, und mich irritiert das Wissen, dass ich den Rest meines Lebens damit verbringen werde, mich zu fragen, ob sie recht hat. War ich wirklich so schlecht?

*Nein, Obi-Wan. Lass nicht zu, dass diese verrückte Frau dein Selbstvertrauen zerstört* (ja, insgeheim nenne ich mich so).

»Wie ist das eigentlich, Zoé«, erkundigt sich Ethan, während ich Eis austeile, »hast du vor, dich auf Dessous zu spezialisieren wie Violette, oder willst du etwas ganz anderes machen?«

Zoé wartet, dass ich auch ihr Eis serviere. Ihr Blick ist auf den Eisbecher gerichtet.

»Nein, ich interessiere mich mehr für die Haute Couture. Für die Kreationen der großen Modeschöpfer, die Prominente auf dem roten Teppich tragen, verstehst du?«

Seltsamerweise finde ich, dass das sehr gut zu ihr passt.

»Super«, erklärt Ethan, während ich Zoé ihre Schüssel mit Eis reiche.

Sie will sich gerade bedanken, als sie bemerkt, dass ich ihr eine winzige Kugel serviert habe. Eigentlich soll es nur ein Scherz sein, der sie jedoch keineswegs zum Lächeln bringt. Sie erstarrt und blickt zu mir auf.

Wenn Blicke töten könnten, läge ich schon auf dem Friedhof.

»Unverschämtheit.«

Ich schenke ihr ein strahlendes Lächeln.

»Hämisch nervt Ute.«

»Bitte was?«, fragt sie verärgert.

»Ein Anagramm von Unverschämtheit.«

Niemand reagiert, bis Loan eingreift und mir den Eisbecher aus der Hand nimmt.

»Hör auf, dich wie ein Hahn zu benehmen und gib mir das. Zoé, möchtest du noch eine Kugel?

»Nein«, grummelt sie.

Ich bin ziemlich stolz auf meinen kleinen Erfolg. Meine Großmutter pflegte mir einzutrichtern, dass ein Mann mit einem großen Wortschatz, der weiß, wie man sich ausdrückt, als angenehm empfunden wird. Dreimal dürft ihr raten, wer immer sonntags bei Oma zum Scrabble aufschlug.

»Also Haute Couture? Hast du auch irgendwelche Lieblings-Marken? Ich weiß, dass Violette von Millesia träumt …«

»Elie Saab«, sprudelt sie fast automatisch hervor. »Aber ich mag auch Georges Hobeika, Valentino, Zuhair Murad und Paolo Sebastian.«

Ich starre sie wortlos an und verberge mein Erstaunen. Sie alle sind wirklich große Designer. Jeder hat einen anderen Stil, aber ich verstehe durchaus, was ihr an ihnen gefällt. Ich interessiere mich zwar nicht gerade übermäßig für Haute Couture, aber das Thema ist mir mehr als geläufig.

Angesichts des Jobs meines Vaters ist das wohl völlig natürlich.

»Tut mir leid, aber von denen kenne ich keinen einzigen«, entschuldigt sich Ethan.

Zoés Mine wird weicher, als sie ihm sagt, dass das nicht schlimm ist. Ich werfe einen Blick in ihr Schälchen und stelle fest, dass sie ihr Eis nicht angerührt hat. Mit abwesender Miene spielt sie mit ihrem Löffel. Ich verziehe das Gesicht.

*Und wenn schon!* Sie hätte mich eben nicht Arschloch nennen sollen.

Weil ich mich aber doch ein wenig schuldig fühle, versuche

ich sie zu besänftigen, indem ich ihr mein mit Kirscheis gefülltes Schälchen reiche.

»Komm schon, hör auf zu schmollen. Nimm das als Versöhnungszeichen. Ich mag keinen Disput.«

Sie starrt mich unverwandt an. Keiner sagt ein Wort. Ein Herzschlag. Zwei. Und dann:

»Stupid.«

»Was?«

»Das Anagramm von ›Disput‹ ist ›stupid‹.« Im Leben gibt es offenbar wirklich keine Zufälle.

Sie nimmt mir die Schale aus der Hand, behält auch ihre eigene und verschwindet im Flur. Ein paar Sekunden später hören wir eine Tür zuschlagen, und ich kann mir ein Grinsen nicht verkneifen.

Offenbar bin ich nicht der Einzige hier, der sich mit Scrabble auskennt.

»Violette ist super enttäuscht. Sie sah uns schon alle zusammen in den Urlaub fahren, gemeinsam zelten und so …«

Ich halte mir das Telefon ans Ohr und runzle die Stirn. Noch komplett angezogen liege ich auf dem Sofa. Han Solo sitzt auf meinem Bauch und verfolgt das Fernsehprogramm ebenso konzentriert wie ich. Nach dem Abend bei Loan habe ich beschlossen, den Katzen nicht mehr böse zu sein. Mir ist klar geworden, dass sie nicht schuld an meiner katastrophalen Nacht mit Zoé waren.

*Sie* war schuld.

»Mit Camping kannst du mich jagen.«

»Du weißt, was ich meine.«

»Sie wird darüber hinwegkommen«, beruhige ich ihn.

»Hm … Wenigstens kann ich davon ausgehen, dass du bestimmt nicht mir ihr schläfst«, scherzt er.

Ich lache nervös auf. Erschreckt durch die Stöße meiner Brust wendet mir Han Solo das Köpfchen zu.

Mein Telefon beginnt zu vibrieren. Mein Vater versucht mich zu erreichen. Froh, dem ersten Gespräch zu entkommen, verspreche ich Loan, ihn später zurückzurufen, und begrüße meinen Vater mit fröhlicher Stimme.

»Hallo, Jason. Eigentlich wollte ich dich schon früher anrufen, aber hatte einfach keine Zeit. Entschuldige bitte. Wie war deine letzte Zwischenprüfung?«

»Bin wie immer unter den Besten«, lüge ich dreist.

»Prima. Und die Arbeit?«

Ich antworte ihm, dass im Schwimmbad alles gut läuft. Es ist nicht unbedingt das beste Gesprächsthema mit meinem Vater; zwar liebe und bewundere ich ihn, aber er kann sich für meine Berufswahl nicht erwärmen.

Mir ist klar, dass ich damit einem verdammten Klischee entspreche.

Mein Vater ist Geschäftsführer einer Kette für Luxusmode und Accessoires. Weil er sich wünscht, dass das Unternehmen in der Familie bleibt, bestand er darauf, dass ich nach meiner Zwischenprüfung ein Praktikum bei ihm mache. Stattdessen nahm ich lieber einen Teilzeitjob an und behauptete, auf Dauer nicht in Paris bleiben zu wollen. Und in den nächsten Semesterferien habe ich vor, allein mit dem Rucksack durch Australien zu reisen.

»Alles klappt gut. Die Kleinen sind niedlich. Also, zumindest die meisten.«

Er lacht leise.

»Umso besser«, fährt er fort. »Sag mal … Jean-Paul kommt diese Woche für ein paar Tage zu Besuch. Deine Mutter will ihn am Freitagabend ausführen, die Mädchen kommen auch.«

Jean-Paul ist der Bruder meines Vaters. Er hat ein paar rassistische Tendenzen, ist aber ganz nett, solange man ihn vom Alkohol fernhält.

»Lass mich raten: Ich bin auch eingeladen?«

»So ist es.«

»Und du? Kommst du auch mit?«

»Nein, ich muss lang arbeiten.«

Ich brummle zwar vor mich hin, aber ich sage zu, weil ich meiner Mutter einfach nichts abschlagen kann.

Mein Vater und ich reden noch ein paar Minuten weiter, bevor ich ihm erkläre, dass ich auflegen muss. Weil ich diese Woche nicht einkaufen war, bestelle ich mir was beim Chinesen und verbringe den Rest des Abends mit meinen Kätzchen vor einem Marvel-Film.

Danach ziehe ich mir noch drei weitere rein, ehe ich ins Bett gehe. Dort, auf meiner riesigen Liegewiese, starre ich an die Decke und denke an meine Mutter und meinen Vater. An Julie und Benoît. An Loan und Violette.

Und dann an mich.

Plötzlich sucht mich ein seltsames und ungewöhnliches Gefühl heim. Etwas, das ich bisher noch nie wirklich empfunden habe.

Einsamkeit.

# 4

## Zoé

»Zoé, wie schaffst du es eigentlich, dir solche Dinge zu leisten? Ich dachte, du wärst arm«, fragt Tiago, als er mich aus dem Auto steigen sieht.

Ich zeige ihm den Mittelfinger, ehe ich zu ihm gehe und ihn auf die Wangen küsse. Ich muss zugeben, dass ich mit meinem kleinen Auftritt zufrieden bin. Heute Abend schleichen Tiago und ich uns in eine private Party ein. Meistens wenden wir die absurdesten Tricks an, um Partys zu besuchen, zu denen wir nicht eingeladen sind. Heute aber habe ich vor, durch die Haustür einzutreten.

Um ehrlich zu sein: Ich habe gestern Morgen ein Telefonat zwischen Loan und Jason mitgehört. Jason erzählte, dass er eine Einladung in die Rooftop-Bar Le Perchoir über den Dächern von Ménilmontant hätte, aber keine Lust, hinzugehen.

Natürlich konnte ich mir diese Chance nicht entgehen lassen. Das soll ihm eine Lehre sein!

»Ich *bin* arm. Deshalb bekomme ich ein Stipendium und bin ein großer Fan von Leih-Bekleidung.« Während wir auf das Gebäude zugehen, beäugt Tiago mein Outfit. Ich trage einen kurzen Jumpsuit mit Goldpailletten und tiefem V-Ausschnitt und ein Paar schwarze Louboutins.

»Soll das heißen, dass du das alles morgen zurückgeben musst?«

»Ja.«

Tiago hat kein Interesse an Luxusmode – er ist Jurastudent –, ist aber immer gern dabei, wenn ich mich irgendwo einschleiche.

Ich überprüfe die Adresse auf meinem Handy, ehe wir in den siebten Stock hinauffahren. Als wir ankommen, wird gerade ein Paar eingelassen.

Ich schenke der Frau an der Tür mein schönstes Lächeln und fahre mir mit einer natürlichen Geste durch mein rosa Haar.

»Guten Abend. Wir gehören zu Jason …«

»Jason wer?«

»Na, so viele wird es doch hier nicht geben! DER Jason«, sage ich und verdrehe übertrieben die Augen. »Wir sind ohnehin spät dran … Bestimmt ärgert er sich schon.«

Das arme Mädchen scheint kurz in Panik zu geraten und überprüft ihr iPad, ehe sie fragt:

»Ach, Sie meinen Monsieur Delaunay?«

»Wen sonst?«

Sie entschuldigt sich, lässt uns rein und wünscht uns einen schönen Abend. Ich werfe einen triumphierenden Blick über die Schulter, aber Tiago wirkt nachdenklich.

*Vielen Dank, Jason Delaunay.* Ich kann kaum glauben, dass es funktioniert hat! Und ich werde weiß Gott nicht enttäuscht … Über Paris ist es längst Nacht, aber Kerzen und Laternen beleuchten das Dach. Es ist mit weißen Sofas, hohen Glastischen, Weinfässern und grünen Pflanzen ganz im New Yorker Stil eingerichtet.

Der Blick auf die Hauptstadt ist atemberaubend, und der Duft der Petits Fours vermischt sich mit der Livemusik. Alle haben sich aufgestylt. So seltsam es auch erscheinen mag, ich fühle mich ganz in meinem Element. Auch wenn ich nicht

Teil ihrer Welt bin, mag ich ihre Welt wesentlich lieber als meine.

Ist das ein Verbrechen?

»Wie sieht der Plan aus?«, will Tiago wissen. Wir steuern auf die Bar zu.

»Trinken. Leute kennenlernen. Spaß haben.«

»Also genau das, was ich liebe.«

Wir besorgen uns jeder ein Glas Champagner und wandern zwischen den sich leise unterhaltenden Gästen umher. Eine Eigenheit habe ich schon immer: Ich studiere genau, was die Leute tragen. Manchmal bemerke ich es nicht einmal, sondern mache es unwillkürlich. Und es hat sich herausgestellt, dass man anhand der Kleidung viel über eine Person erfahren kann.

Ich urteile nicht auf den ersten Blick, sondern lege mir nur eine Theorie zurecht. Meistens bewahrheitet sie sich. Zum Beispiel habe ich sofort Violettes verrückte und optimistische Seite erraten, nachdem ich einen Blick auf ihre bunten Blusen und ihre imposanten Tütüs geworfen hatte. Was Loan angeht, so ist er ein ruhiger und zurückhaltender Mensch, der schlichte und oft dunkle Kleidung trägt.

Ich habe mich noch nie geirrt.

Und ich war noch nie von so viel Luxus umgeben wie an diesem Abend. Kleider von Chanel, Stiefel von Valentino, Taschen von Yves Saint Laurent, Tücher von Hermès …

»Ich warne dich«, flüstert mir Tiago ins Ohr, »ich gehe hier nicht weg, bis ich jemanden für dich gefunden habe.«

Lächelnd schüttle ich den Kopf. Mein Blick fällt auf die Gruppe der Musiker, die ein langsames und sinnliches Jazzstück spielen. Die Melodie ist hypnotisch.

»Einverstanden. Finde mir die Stecknadel im Heuhaufen.«

Ich mache mich auf die Suche nach einem Opfer, stelle aber schnell fest, dass die meisten Gäste weit über dreißig sind.

»Bingo«, jubiliert Tiago plötzlich neben mir. »Eine wunderschöne Schneekönigin ganz allein für dich, und sie kommt in unsere Richtung …«

Ich folge seinem Blick und suche amüsiert nach der Person, die er für mich gefunden hat. Er nimmt mein Kinn und dreht es in die entsprechende Richtung. Sofort entdecke ich die Frau.

Sie ist Ende zwanzig, ihr rabenschwarzes Haar ist schulterlang und sie hat sehr blaue Augen. Sie ist wunderschön, aber irgendetwas an ihr gefällt mir nicht – vielleicht ist es ihre steife Haltung oder ihr verkniffenes Lächeln, möglicherweise aber auch ihr symmetrisch geschnittenes, nicht sehr originelles schwarzes Kleid …

Sie wirkt so kalt, dass ich unwillkürlich zittere.

»Danke für deine Mühe, aber ich hätte lieber etwas mehr Spaß in meinem Leben. Und ich glaube nicht, dass sie …«

Ich erstarre vor Schreck, als ich erkenne, wer rechts von ihr steht. Tiago blickt mich verständnislos an. Nach meinem ersten Gedanken – »Hatte er nicht gesagt, er wollte nicht kommen?« – zermartere ich mir nur noch fieberhaft das Hirn, wie ich hier so schnell wie möglich wieder rauskomme.

Jason hat mich noch nicht gesehen und lauscht aufmerksam etwas, das die Frau zu ihm sagt. Sie bewegen sich schnell in unsere Richtung auf die Bar zu.

Mit einem Mal hebt Jason den Blick. Ich denke nicht lange nach, sondern tauche hinter einer Pflanze rechts von mir ab. In der Eile bekomme ich ein paar Blätter in Mund und Nase. Spuckend kämpfe ich gegen das Kitzeln an.

Ich liebe mein Leben.

Tiago beäugt mich, als wäre ich verrückt, aber ich ducke mich weiter ungeschickt hinter das Grün und halte den Topf mit beiden Händen fest. Zumindest sehe ich sie jetzt nicht mehr.

*Scheiße, Scheiße, Scheiße.*

Warum schlägt mein Herz so heftig? Er darf mich auf keinen Fall hier finden und mich fragen, wie ich hereingekommen bin.

Aber was ist mit ihm? Wie hat er es eigentlich geschafft, auf die Gästeliste zu kommen?

*Bestimmt lässt er sich von dieser schlanken, reichen Frau aushalten.*

Nicht, dass es mich stört. Er kann tun und lassen, was er will. Ich mache Tiago ein Zeichen, nicht in meine Richtung zu schauen, und versuche mich unauffällig dem Notausgang zu nähern. Ich packe den Topf mit beiden Händen und bewege mich in der Hocke langsam rückwärts. Meine Absätze machen mir die Sache nicht gerade leicht, sodass ich leise vor mich hin fluche.

Hoffentlich fragt sich niemand, warum sich eine riesige Pflanze ganz von selbst bewegt.

Plötzlich stoße ich irgendwo an. Ich drehe mich um und …

»Hi.«

… schaue in ein strahlendes Lächeln.

*Kacke.*

Jason steht hinter mir, die Hände in den Taschen eines perfekt geschnittenen schwarzen Anzugs. Hemd und Krawatte sind Ton in Ton, und er sieht verdammt heiß aus. Ich muss an seine Bauchmuskeln unter meinen Fingern und seine Brustwarzen unter meiner Zunge denken …

*Hast du nicht mehr alle Tassen im Schrank?* schreit meine innere Stimme mich an.

Ich lasse den Blumentopf los, stehe so anmutig wie möglich auf und suche nach einer plausiblen Entschuldigung. Ehe ich jedoch etwas sagen kann, ist Tiago bei uns.

»Was war denn das für eine Vorstellung?«, will er wissen.

»Zoé interessiert sich leidenschaftlich für Botanik, das weiß doch jeder«, grinst Jason ihn an.

»Stimmt genau«, erkläre ich und wische mir die Hände an seinem Hemd ab.

Er lässt es zu, ohne auch nur eine Sekunde sein ironisches Grinsen aufzugeben. Tiago hilft nicht gerade, die peinliche Situation zu entspannen:

»Wir kennen uns, oder? Dein Gesicht kommt mir irgendwie bekannt vor.«

»Ja, wir haben uns Heiligabend ganz kurz getroffen. Ich habe mit ihr geschlafen«, sagt er lächelnd und deutet auf mich.

»Ah ... jetzt erinnere ich mich.«

»Und es war schrecklich«, füge ich hinzu.

»Zumindest in dem Punkt sind wir uns einig.«

Tiago hebt die Augenbrauen. Er fühlt sich sichtlich unwohl. Ich nutze die Gelegenheit, um Jason zu fragen, was er hier zu suchen hat. Seine Retourkutsche kommt sofort:

»Eigentlich sollte ich dir die Frage stellen. Immerhin hast du dich hinter den Pflanzen versteckt.«

Meine Wangen werden heiß, aber ich gönne ihm nicht das Vergnügen, mich zu blamieren.

»Ich ... ich stehe auf der Gästeliste«, lüge ich. »Und du?«

»Ich bin hier mit ...«

»Jason.«

Wir alle wenden uns der Schneekönigin zu. Himmel, aus der Nähe wirkt sie noch einschüchternder. Mit einem mörderischen Blick nähert sie sich und legt ihre Hand auf Jasons Schulter. Ich verstehe die Botschaft sofort.

»Was machst du hier? Wir warten auf dich.«

Ich folge der Richtung ihrer Blicke und sehe zwei andere Frauen, dunkelhaarig und sehr schön. Sie sind sich von der Art her sehr ähnlich. Eine Art, die das genaue Gegenteil von mir zu sein scheint. Plötzlich gefällt mir der Anblick überhaupt nicht mehr.

Hat er sich etwa für Geld und Einfluss mit allen dreien eingelassen? Oder geht es ihm nur um Sex?

Wie auch immer, jetzt verachte ich ihn noch mehr als zuvor. Aus Jasons Hugo-Boss-Anzug zu schließen waren sie wohl shoppen, ehe sie herkamen.

*Wie süß.*

»Bin schon unterwegs.«

Mehr sagt er nicht. Er fühlt sich sichtlich unbehaglich, und aus irgendeinem Grund gefällt mir das.

»Ich bin Zoé«, stelle ich mich vor und strecke die Hand aus.

Ich merke, dass Jason mir einen bitterbösen Blick zuwirft, aber ich achte nicht darauf. Die Schneekönigin starrt mich einen Moment lang an, dann schüttelt sie mir mit unbewegter Miene die Hand.

»Jade. Kennt ihr euch?«

»Nein«, erwidert Jason hastig, während ich gleichzeitig »Ja« sage.

»Wir haben uns in einem Swingerclub kennengelernt«, füge ich lächelnd hinzu.

Tiago prustet in sein Glas.

»Wenn Sie wüssten, was er mit einer Krawatte alles machen kann …«

Die Frau zuckt nicht mit der Wimper. Jason hingegen wird kreidebleich. Er schüttelt den Kopf und fleht mich mit Blicken an, aufzuhören, aber ich komme gerade erst so richtig in Fahrt.

»Ich meine, vielleicht wissen Sie es ja selbst, keine Ahnung.«

Das Schweigen ist so beredt, dass ich richtig stolz auf mich bin. Jason beißt die Zähne zusammen und blickt finster. Ich hoffe inständig, dass ich ihm seinen One-Night-Stand verdorben habe. Zumindest, bis Jade völlig unbeeindruckt antwortet:

»Nein. In der Regel interessieren mich die Details des Sexlebens meines Bruders nicht. Trotzdem vielen Dank für die Einzelheiten.«

Zunächst glaube ich, mich verhört zu haben. Ich starre sie an und weiß nicht, was ich sagen soll. Schließlich wendet sie sich ohne mich weiter zu beachten an Jason und zischt mit harter Stimme:

»Was zum Teufel hat das zu bedeuten? Gleich kommt Mama mit Jean-Paul, du solltest das also schnellstens klären ...«

Sie beendet ihren Satz nicht, denn die beiden anderen Frauen kommen auf uns zu und begrüßen uns. Eine der beiden lächelt, die andere gibt sich eher lässig.

*In welchem Albtraum bin ich hier gelandet?*

»Und Sie sind?«, fragt die erste Tiago und mich.

Am liebsten würde ich wegrennen. Ich werfe Jason einen verzweifelten Blick zu, aber er gibt mir zu verstehen, dass ich selbst schuld bin.

»Eine Freundin von Jason«, antwortet Jade. »Sie wollte gerade gehen.«

»Aber nein, bleiben Sie doch!«, bittet die andere mich und legt mir eine Hand auf den Unterarm. »Ich bin Julie und das ist Jessica. Wir sind Jasons Schwestern.«

Bin ich blöd! Mein Gott, wie blöd ich doch bin! Natürlich sind sie Geschwister. Zu meiner Verteidigung kann ich nur sagen, dass sie sich absolut nicht ähnlich sehen.

Jetzt erst fällt mir wieder ein, was Jason sagte, als er mir seine Kätzchen vorstellte: »Ja, die Katze meiner Schwester hat vor zwei Wochen geworfen. Und ja, *ich weiß*, dass sie nicht die gleiche Farbe haben. Frag nicht warum, sie sind da ein wenig empfindlich. Aber sie und ich, wir verstehen uns.«

*Ich bin wirklich selbst schuld.*

## Jason

Zoés verzerrtes Gesicht ist alles Geld der Welt wert. Das hat sie davon, dass sie erzählt, ich würde in Swingerclubs gehen!

»Mein Name ist Zoé«, sagt sie mit verunsicherter Stimme zu meiner Schwester. »Und ich bin nicht …«

»Sehr schöner Name!«

Immer noch mit den Händen in den Taschen greife ich ein:

»Julie. Lass sie in Ruhe.«

»Wieso? Nie stellst du uns deine Freunde vor. Nur Loan, und von dem habe ich nach zehn Jahren fast genug – obwohl ich ihn wirklich mag. Man könnte meinen, du schämst dich für uns …«

Ich verdrehe die Augen. Was immer meine Mutter und meine Schwestern auch denken, sie sind mir absolut nicht peinlich. Natürlich vermeide ich es, mit Julie in Verbindung gebracht zu werden, wenn sie einen Schwips hat – sie glaubt immer, jeder wolle sie nackt sehen, wenn sie betrunken ist –, aber abgesehen davon bin ich sehr stolz darauf, ein Mitglied dieser Familie zu sein.

Mit meiner Adoption hatte ich wirklich unglaubliches Glück.

»Ich schäme mich doch nicht euretwegen«, widerspreche ich zärtlich.

Was ich nicht sage ist: »Trotzdem wünschte ich, Zoé wäre uns heute Abend nicht über den Weg gelaufen.« Ich kann sie inzwischen so gut einschätzen, dass ich weiß, dass sie eine völlig falsche Vorstellung von mir bekommen wird. Ich habe nicht gelogen, als ich sagte, dass ich mich nicht um die Meinung anderer Menschen kümmere, aber das Wissen, dass ich aus einer wohlhabenden Familie stamme, wird das Bild des eingebildeten reichen Söhnchens noch verstärken, das sie ohnehin schon von mir hat.

Und aus irgendeinem Grund bedeutet mir das etwas.

Wenn man Geld hat, neigen die Leute dazu, nur das zu sehen. Das Bankkonto wird dann zu einem Argument für alles und jedes: Man verwirkt sozusagen das Recht, sich zu beklagen oder Probleme zu haben.

»Wenn du es sagst! Dann erzählen Sie mal«, erkundigt sich Julie und nimmt Zoé zur Seite. »Was ist mein Bruder für ein Mann? Wo haben Sie sich kennengelernt?«

Zoé wirft mir einen Blick zu, der geradezu darum bettelt, sie da rauszuholen, aber ich sehe ihr lieber dabei zu, wie sie sich allein aus der Affäre zieht. Ich war so überrascht, sie hier zu treffen, dass ich nicht einmal bemerkt habe, wie sexy sie in ihrem goldenen Anzug aussieht. Es ist eine Schande, dass sie und ich im Bett nicht kompatibel sind … wirklich zu schade.

»Na ja …« Zoé zögert. »Jason und ich kennen uns seit der dritten Klasse. Eine sehr lange Freundschaft.«

Julie scheint verwirrt zu sein.

»Aber … wir haben dich noch nie gesehen.«

»Weil wir uns für eine Weile aus den Augen verloren hatten.«

Ein großer Fehler. Julie ergreift die Gelegenheit beim Schopf und löchert sie eine gute Stunde mit Fragen. Zoé versucht so gut es geht, das Thema zu wechseln, und schafft es sogar manchmal, peinliche Informationen über mich zu erfahren.

Julie erzählt ihr zum Beispiel, wie ich im Alter von achtzehn Jahren heulte, weil ich dachte, dass ich nach einem Quallenstich sterben müsste. Zoé lacht und ich weiß genau, dass sie dieses Geheimnis sicher nicht für sich behalten wird.

»Es war aber auch eine wirklich große Qualle!«, verteidige ich mich.

»Aber ja«, säuselt Julie und streichelt meinen Arm.

Schließlich verabschiedet sie sich von Zoé. Sie erklärt, dass sie froh ist, sie kennengelernt zu haben, verlässt uns und zwinkert mir dabei heimlich zu. *Schöne Scheiße. Ich kann fast schon »Verheiratet, vier Kinder« auf meiner Stirn lesen.*

Zoé schaut mich triumphierend an und sagt nichts. Kopfschüttelnd und mit elektrisierten Händen beobachte ich sie. Meine Finger würden sie gern berühren, das ist mir klar, aber das dürfen sie nicht. Schließlich bin ich der Chef.

»Wow«, murmelt Tiago mit dem Strohhalm im Mund. »Ich muss zugeben, dass mich die sexuelle Spannung zwischen euch beiden sowohl erregt als auch ängstigt.«

Zoé wirft ihm einen mörderischen Blick zu, ich dagegen lächle nur.

»Swingerclub, wie?«

»Das war die Rache für die Sache mit dem Eis. Hämisch nervt Ute.«

Ich lache, denn offensichtlich ist sie mir nicht allzu böse. Eins ist mir jetzt klar: Zoé Camara versucht nur, mich aus der Reserve zu locken, und ich müsste lügen, wenn ich behaupten würde, dass unsere Wortgefechte mich nicht erregen. Ich beschließe, auf ihr Spiel einzugehen.

»Okay, hör zu. Ich weiß nicht, warum du hier bist und gehe mal davon aus, dass du mich gestalkt hast, weil du seit unserer gemeinsamen Nacht völlig verrückt nach mir bist. Das wäre zwar durchaus verständlich, aber ich bin nicht so leicht zu haben. Du wirst mich schon umwerben müssen.«

Sie lacht frech, bis ich ihr so nah komme, dass sich unser Atem mischt. Ihr Körper erstarrt und ich muss fast lächeln, als meine Finger ihre berühren. Sie entzieht sich mir nicht.

»Gib's zu«, hauche ich auf ihre rosigen Lippen. »Ich weiß, dass du von mir besessen bist.«

Zoé lacht nicht mehr. Ihr Blick heftet sich auf meinen Mund. Ich würde vermutlich jubeln, wäre ich nicht im gleichen Zustand wie sie. Ich strecke die Hand aus und streiche ihr eine Haarsträhne vom Hals. Sie fängt sich sofort wieder.

»Das würde dir gefallen, nicht wahr? Aber tröste dich, ich bevorzuge Männer, die ein Kondom auspacken können …«

»Oh, halt die Klappe!«

»Dafür musst du schon selbst sorgen«, antwortet sie.

Ich schenke ihr ein anzügliches Lächeln. Sie starrt meinen Mund an.

»Okay, aber es könnte dir Vergnügen bereiten.«

Das bringt sie zum Schweigen. Sie blickt mir direkt in die Augen und plötzlich dehnt sich die Zeit ins Unendliche, mein Bauch verknotet sich und mein Herz stolpert, bis sie laut auflacht.

Ich werfe einen Blick zu Tiago, der auch nicht weiß, wie er sich verhalten soll. Irgendwann beschließe ich zu lächeln, weil ich zugeben muss, dass ich das nicht erwartet hatte.

»Ganz genau, mein Hübscher«, sagt sie und tätschelt mir die Wange. »An dem Tag, an dem du mir Vergnügen bereitest, wird das Patriarchat zusammenbrechen.«

Sie dreht sich auf dem Absatz um und hakt Tiago unter. Ihr spöttisches Lachen verfolgt mich noch, nachdem ich sie längst aus den Augen verloren habe.

*Oh, diese Frau ist unglaublich.*

# Vier Jahre zuvor

## Zoé

Sarah ist das erste Geheimnis, das ich habe. Auch das größte. Sie und ich verstecken uns nicht, zumindest nicht in der Schule. Einige Leute finden es seltsam, viele denken, dass es eine Phase ist.

Sarah achtet nicht auf das Flüstern, das jedem unserer Schritte folgt, aber ich muss zugeben, dass ich mehr Probleme damit habe. Vielleicht, weil ich zu sehr darauf achte, was die Leute über mich denken. Oder vielleicht, weil ich Angst habe, dass meine Mutter es herausfindet.

Schlimmer noch: mein Bruder Bryan.

Deshalb planen Sarah und ich jede Menge Ausflüge. Wir sehen uns die meiste Zeit draußen, aber manchmal passiert es eben, dass Bryan mich in meinem Zimmer einschließt, wenn ich ihm auf die Nerven gehe.

In solchen Fällen schicke ich Sarah eine Nachricht, und sie kommt sofort. Wir wohnen in der Vorstadt in einem Mietshaus im ersten Stock; es ist nicht besonders schwer, in mein Zimmer zu klettern.

Gerade in diesem Moment höre ich einen kurzen Pfiff vor meinem Fenster. Sarah ist da, hinreißend und rockig wie immer. Sie trägt enge Jeans und ein geblümtes Männerhemd. Vor einer Woche hat sie sich die Haare geschnitten und sieht jetzt aus wie Leonardo DiCaprio in »Romeo und Julia« – super sexy.

»Worauf wartest du? Komm rauf!«

Sie murrt und zögert.

»Irgendwann breche ich mir bei diesem Mist noch mal den Hals.«

»Na und?«

»Tut mir leid, aber das bist du nicht wert«, flüstert sie. »Wenn du Scarlett Johansson wärst … na ja, aber so?«

Mit gespielter Empörung reiße ich den Mund auf.

»Du bist auch nicht gerade Eva Mendes!«

Sie grinst mich flirtend an und beginnt, auf die Brüstung zu klettern.

»Aber nur, weil ich Entzugserscheinungen habe.«

Ich helfe ihr durchs Fenster und schließe es hinter ihr. Seufzend lässt sie sich mit ausgebreiteten Armen auf mein Bett fallen. Neulich kam Bryan abends in mein Zimmer, ohne sich vorher bemerkbar zu machen, und Sarah musste sich in aller Eile unter meinem Bett verstecken. Ich hatte buchstäblich Todesangst. Glücklicherweise ist mein Bruder nicht nur dumm, sondern ist auch ständig auf Koks; er hat sie nicht gesehen.

Aber seitdem sind wir noch vorsichtiger geworden. Zumindest ich. Was Sarah angeht … sagen wir einfach, dass sie den Ernst der Situation offenbar nicht erfasst. Sie glaubt, ich übertreibe ein bisschen, um mein Leben aufregender zu machen.

Schön wär's.

»Was schauen wir uns an?«, fragt sie und fährt sich mit der Hand durch die Haare.

»Such dir was aus.«

Sie hebt die Augenbrauen.

»Wirklich? Wenn das dein Ernst ist, dann möchte ich *Hardbodies* sehen.«

»Den haben wir doch schon letzte Woche angeschaut«, entgegne ich entrüstet.

Sarah blickt mich an, als würde sie auf noch etwas warten.

»Na und? Ich verstehe nicht, worauf du hinauswillst.«

Ich verdrehe die Augen und beschließe, mich selbst um einen Film zu kümmern. Während ich meinen Computer durchstöbere, schlendert Sarah durch mein Zimmer wie durch ein Museum. Das tut sie jedes Mal, auch wenn sie es längst in- und auswendig kennt.

Soll ich euch was verraten?

Ich habe tatsächlich inzwischen ebenfalls Sterne an die Decke geklebt. Das ist zwar kindisch, aber was soll's? So fühle ich mich Sarah näher, wenn sie nicht da ist.

»Warum springt dein Bruder eigentlich so mit dir um? Und warum lässt deine Mutter es zu? Ich verstehe das nicht.«

Das ist eine Frage, die sie bisher noch nie zu stellen gewagt hat … Ich überlege, was ich ihr antworten könnte: Dass meine Mutter schwach und depressiv ist? Dass mein Vater sie mit ihren beiden Kindern sitzengelassen und sie sich davon nie erholt hat? Oder vielleicht eher, dass Bryan nicht immer so bekifft und gewalttätig war?

Aber ich zucke nur die Schultern.

»Sie hatte meinen Bruder schon immer lieber. Vielleicht, weil er unserem Vater sehr ähnlich sieht und sie sich damit an eine Erinnerung klammert. Und was Bryan angeht … Keine Ahnung. Er ist eben ein Psychopath.«

Sarah antwortet nicht. Sie begreift, dass jetzt nicht der richtige Zeitpunkt ist, um über diese Dinge zu sprechen. Allerdings bezweifle ich, dass es den je geben wird.

Endlich finde ich, wonach ich gesucht habe, starte *Der Prinz und die Tänzerin* und lehne mich an das Kopfende meines Bettes. Sarah zieht ihr Hemd aus und legt sich im Unterhemd mit dem Kopf auf meinen Bauch. Stumm greife ich nach ihrer Hand, und der Film beginnt.

Es überrascht mich keineswegs, dass ich beim ersten Auftritt von Marilyn Monroe lächle – genau wie Sarah. Es ist irgendwie seltsam, wenn man die gleichen Leute anziehend findet wie die eigene Partnerin.

»Diese Frau war einfach unglaublich sexy.«

»Stimmt. Trotzdem mag ich Laurence Olivier noch lieber. Hast du ihn in *Hamlet* gesehen?«

Sie nickt und zeichnet Kreise auf meine Handfläche.

»Na ja, so toll ist er auch wieder nicht.«

Ich lächle und lasse das Thema fallen.

Ich kann euch auch gleich sagen, dass wir nicht in der Lage sind, uns einen Film schweigend anzuschauen. Solange unsere Zungen nicht mit etwas anderem beschäftigt sind, das noch viel mehr Spaß macht, benutzen wir sie zum Reden. Unsere Hände bleiben weiter miteinander verflochten, und ich stelle fest, dass sich unsere Körper allmählich und fast unmerklich annähern.

Mehrmals hören wir, wie jemand an meinem Zimmer vorbeigeht. Mein Herz setzt einen Schlag aus, während Sarah sich bereitmacht, unter dem Bett zu verschwinden.

Beim dritten Mal halten die Schritte vor der Tür an, nachdem ich laut über eine Bemerkung von Sarah gelacht habe. Ich dränge sie unters Bett, aber nichts passiert. Trotzdem warte ich ein paar Minuten, ehe ich sie wieder hervorkriechen lasse.

»Alles klar, du kannst kommen«, flüstere ich.

Sie klettert wieder aufs Bett, setzt sich mit gekreuzten Beinen hin und blickt mich an. Das Lachen scheint ihr vergangen. Ich seufze und frage sie, was los ist.

»So kann es nicht weitergehen. Wir sind seit einem Monat zusammen, und ich bin es leid, durchs Fenster einsteigen zu müssen. Warum erklärst du deinem Bruder nicht, dass er dich mal kann? Er wird darüber hinwegkommen.«

Ich senke den Kopf und beiße die Zähne zusammen. Sie versteht es nicht, und ich traue mich nicht, es ihr zu sagen.

»Nein, wirklich, ich verstehe dich nicht. Wovor genau hast du Angst? Sie werden dir vielleicht die Hölle heiß machen und dich im schlimmsten Fall rauswerfen. Aber du weißt, dass du jederzeit zu mir kommen kannst – meinen Eltern ist es egal. Also wo liegt das Problem? Schämst du dich meinetwegen? Wenn es das ist, mache ich nicht mehr lang mit.«

Ich schüttle den Kopf, wage es aber nicht, sie anzusehen. Mein Herz schlägt wie wild in meiner Brust.

»Du bist egoistisch.«

»Wie bitte«?, fragt sie entrüstet. Offenbar ist sie zutiefst getroffen.

»Für dich ist alles so einfach. Du hast dich geoutet, und es lief perfekt. Deine Eltern lieben dich und akzeptieren dich, wie du bist, und selbst wenn es hart auf hart kommt, kümmert es dich nicht. Aber bei mir ist das anders. Du kennst weder meine Mutter noch Bryan. Sie werden nie so verständnisvoll reagieren wie deine Eltern, okay? Mein Bruder hat mich schon mal verprügelt, weil ich nicht die richtige Butter gekauft habe – also nein, ich will nicht, dass er es erfährt. Und wenn du das nicht verstehst, ist es dein Problem.«

Sie sitzt lange mit verschränkten Armen da und sagt nichts. Meine Wangen sind rot und heiß, und plötzlich bin ich genervt. Nicht von ihr, sondern von diesem Leben, das ich hasse.

»So schlimm ist es?«

»Glaubst du, ich würde von dir erwarten, durchs Fenster zu klettern, wenn es nicht so wäre?«

»Entschuldige«, sagt sie mit leiser Stimme.

Ich bin so verblüfft, dass ich nichts zu erwidern weiß. Ich schaue sie an; am liebsten würde ich sie trösten und ihr sagen, dass alles in Ordnung kommt, dass es nicht so schlimm ist und dass wir es überstehen werden. Aber ich verabscheue es, zu lügen.

Und so lasse ich nur meine Finger ganz langsam von ihrem Handgelenk zu ihrer Schulter gleiten und hinterlasse eine Spur von Gänsehaut. Sie atmet schneller. Ich möchte sie ganz nah an mir spüren, ihr Herz unter ihrer zarten Haut schlagen fühlen und wissen, dass es nur für mich schlägt.

Meine Hände streicheln ihren Hals und verfangen sich in ihrem braunen Haar. Langsam kommt sie näher. Nur der Ton des Fernsehers begleitet unsere Liebkosungen. Ihre Hände gleiten an meinen Oberschenkeln entlang nach oben und halten an der schmalsten Stelle meiner Taille inne. Ich zittere, als ihr Mund meine Lippen berührt. Sie lächelt. Ich begehre sie so intensiv, dass es mir fast den Bauch zerreißt.

»Ich liebe dich, Zoé.«

Mein Herz setzt aus. Plötzlich fühle ich mich so vollkommen und gleichzeitig so verängstigt, dass keine andere Antwort infrage kommt.

»Ich liebe dich auch.«

Sie haucht mir einen leichten, weichen und kostbaren Kuss auf den Mund. Ich schließe die Augen, kämpfe gegen die überwältigende Erregung an, die mich überkommt, und lege meine Hände unter ihr Unterhemd. Ihre Haut ist samtweich. Meine Finger fühlen sich an ihrem brennenden Körper so kalt an, dass sie unwillkürlich den Bauch einzieht.

»Zoé ... Ich weiß, wir sind erst seit einem Monat zusammen, aber es ist, als würden wir uns schon seit Ewigkeiten kennen. Ich wäre bereit ...«

*Gott sei Dank.* Mit einem Kuss bringe ich sie zum Schweigen, und dieses Mal verschlingt mich ihr Mund. Ich weiß nicht, ob es ihr Herz ist oder meines, das so schnell schlägt, aber das ungeduldige Pochen erregt mich noch mehr.

Ich schiebe die Träger ihres Hemdchens nach unten und helfe ihr, es über den Kopf zu ziehen. Ich denke kaum an meine Mutter, die gleich von der Arbeit kommt. Es gibt nur noch Sarah und dieses neue Gefühl, das meine intimste Stelle durchdringt.

»Du musst mich ein wenig anleiten«, gebe ich zu.

Sie lacht auf. Jetzt trägt sie nur noch einen schwarzen BH.

»Ich weiß auch nicht, was ich da mache! So weit bin ich noch nie gegangen.«

»Oh …«

»Schlimmstenfalls wird es beim ersten Mal ein bisschen peinlich, aber ich bin sicher, mit etwas Übung werden wir richtige Sexpertinnen!«

Ich lache beruhigt. Genau deshalb bin ich so wahnsinnig verliebt in dieses Mädchen. Schnell wird unser Seufzen ungeduldiger, die Spannung steigt und die Kleiderschichten verschwinden.

Mein Kleid hängt auf meinen Hüften, und Sarahs Mund liebkost meinen Hals, als ich den Schlüssel im Schloss höre.

Ich habe kaum Zeit sie wegzustoßen, und erstarre, während Bryan wütend die Tür öffnet.

»Hau ab!«, rufe ich Sarah zu und stoße sie so heftig, dass sie aus dem Bett fällt.

Mit einem dumpfen Schlag landet sie auf dem Boden. Das Gesicht meines Bruders verzerrt sich. Tiefer Ekel und eine beunruhigende Enttäuschung zeichnen sich auf seinen Zügen ab.

»Dachte ich es mir doch«, sagt er ganz ruhig, während Sarah zutiefst erschüttert aufsteht. »Ich wusste, dass du eine Nutte bist, aber dass du es mit Mädchen treibst, ist ja noch schlimmer. Du ekelst mich an, Zoé.«

»Verschwinde!«, sage ich heftig zu Sarah, die sich ihr Top vor die Brust hält, ohne sich zu bewegen.

Sie öffnet den Mund zu einer Antwort, aber mein Blick scheint sie zu überzeugen. Sie wendet sich zum Fenster. Bryan kommt näher. Eigentlich weiß ich aus schmerzhafter Erfahrung, dass ich es nicht tun sollte, aber es ist wie ein Reflex: Ich springe aus dem Bett, um mich vor ihm in Sicherheit zu bringen – eine Bewegung, die bewirkt, dass er sich heftig rächt.

»Zwing mich nicht, dich zu holen, Da«, droht er mir mit kontrollierter Stimme, die mir das Blut gefrieren lässt. »Komm her. Dann werden wir ja sehen, ob du immer noch Lust hat …«

Er sagt so vulgäre und verletzende Dinge, dass ich es nie wagen würde, sie zu wiederholen.

»Das hier ist mein Zimmer. Du hast nicht das Recht, einfach hereinzukommen«, sage ich in einem Anfall von Mut. »Was ich in meinem Zimmer mache, geht dich nichts an. Hier ist der einzige Ort, wo du nicht der King bist. Also lass mich in Frieden!«

Eine Sekunde bleibt er gleichmütig, und ich bin so dumm, zu glauben, dass er tatsächlich darüber nachdenkt. Doch dann stürzt er sich schnell wie eine Schlange auf mich. Sarah schreit auf, als er mich an den Haaren packt und mit dem Kopf gegen die Wand schlägt. Der Schmerz durchfährt mich wie ein Stromstoß ins Gehirn. Ich sehe Sterne und taumele.

»Du bist ja komplett irre, verdammte Scheiße!«, brüllt Sarah meinen Bruder an.

Mit weit aufgerissenen Augen versucht sie mich zu erreichen, aber er stößt sie heftig zurück, seine Faust noch in meinem Haar. Ich bin so daran gewöhnt, dass ich trotz des gellenden Schmerzes in meinem Kopf nicht versuche, mich zu wehren.

»Was hast du nur gegen Männer?«, flüstert er mir zu und umfasst mein Gesicht mit erschreckender Zärtlichkeit. »Gefallen sie dir nicht? Vielleicht hörst du mit diesem Mist auf, wenn ich dir ein paar Freunde von mir vorstelle.«

Tränen laufen mir über die Wangen, ohne dass ich sie aufhalten kann. Nicht, weil mich seine Worte verletzen, sondern weil er so fest an meinen Haaren zieht, dass ich Angst bekomme, bald keine mehr auf dem Kopf zu haben.

»Ich hasse dich«, stoße ich zwischen den Zähnen hervor.

*Das stimmt nicht. Du hättest es gern, aber es ist nicht wahr.*

»Wie bitte?«

»Ich hasse dich«, wiederhole ich lauter, um mich selbst zu überzeugen. »Ich würde mich freuen, wenn du krepierst. Hast du gehört?«

Die folgende Stille ist beunruhigend. Man hört Marilyn Monroe lachen, aber sie ist die Einzige. Schließlich erscheint ein aufrichtig trauriges Lächeln auf Bryans Gesicht. Mit dem Daumen wischt er mir eine Träne ab.

»Und ich liebe dich, Schwesterchen. Viel zu sehr.«

Das Schlimmste ist, dass ich weiß, dass er das wirklich denkt.

Offenbar beruhigt lässt er mich los, und ich sacke zusammen. Mein Kopf tut so weh, dass mir schlecht ist.

»Du da haust jetzt ab«, sagt er zu Sarah. »Und es wäre besser für dich, nie mehr wiederzukommen.«

Blass schaut Sarah mich an. Sie will mich nicht alleinlassen. Ich schäme mich, ihren Blick zu erwidern, sondern mache ihr nur ein Zeichen, zu gehen. Sie zögert noch ein wenig, ehe sie an Bryan vorbeigeht und durch die Wohnungstür verschwindet.

Kaum ist sie weg, lässt mein Bruder mich wieder in Ruhe. Ich bin in meinem abgedunkelten Zimmer, wo immer noch der Fernseher läuft, und es vergehen lange Minuten, ehe ich in Tränen ausbreche.

Die ganze Nacht hindurch schickt Sarah mir Nachrichten, aber ich antworte erst am nächsten Morgen. Ich weiß nicht, ob ich noch die Kraft habe, mich der Sache zu stellen.

# 5

## Jason

»Nicht ums Becken rennen! Pierre, Zeit zu gehen. Alle unter die Dusche, los, Leute!«

Die Kinder der sechsten Klasse gehen zu den Duschen, während ich mit meinem Kollegen Bruno die verwendete Ausrüstung aufräume. Die zwei Stunden haben sich gezogen; die Hälfte der Kinder war zu müde, um bei den von mir vorgeschlagenen Übungen mitzumachen, die Jungen weigerten sich wieder mal, ihre Badekappen aufzusetzen, weil sie es »uncool« fanden, und bei den Kindern scheint eine Warzen-Epidemie umzugehen.

Aber abgesehen davon ist alles in Ordnung.

Ich ermahne die Kinder, sich zu beeilen, während sie sich in den Umkleiden lachend umziehen. Als ich mein Handy hervorhole, um meine Nachrichten zu lesen, stelle ich fest, dass Ethan vorgeschlagen hat, heute Abend wegzugehen. Loan will lieber zu Hause bleiben, aber ich sage zu; ich brauche das jetzt.

»Alle da?«, rufe ich. »Gut. Wer mit mir zur Schule zurückgeht: auf diese Seite. Alle anderen zeigen mir ihr Mitteilungsheft.«

Sie gehorchen und ich zähle durch. Ein Mädchen fehlt. Kurz kommt Panik auf.

Ich befehle den Kindern, sich nicht von der Stelle zu rühren. Die meisten seufzen ungeduldig, während ich kehrt mache. Ich rufe nach Alice und öffne alle Türen weit, bis ich auf eine abgeschlossene Umkleidekabine stoße. Leise klopfe ich an und bete, dass sie dort ist.

»Alles in Ordnung da drin?«

Mit geschwollenen Augen kommt sie heraus. Ich trete einen Schritt zurück und schaue sie an. Es zerreißt mir fast das Herz. Es ist vielleicht verrückt, aber ich hasse es, Leute weinen zu sehen.

»Alles okay …«

»Ganz sicher? Wenn du nicht mit Monsieur Laouette darüber reden willst, verstehe ich das vollkommen. Er kann manchmal ein bisschen einschüchternd wirken«, füge ich vertraulich hinzu. »Aber ich bin cool, ich hab sogar *High School Musical 2* gesehen! Also mach schon, spuck's aus: Wer ist die Bitch? Und was hat sie dir getan?«

Ich verschränke die Arme, blinzle ihr zu und bin ganz Ohr. Alice starrt mich nur an und weiß nicht, wie sie reagieren soll. Schließlich geht sie an mir vorbei und murmelt:

»Sie sind echt seltsam.«

Witzig, das hat man mir auch schon gesagt, als ich in ihrem Alter war.

Mir scheint, dass mit Ethan wegzugehen genauso langweilig geworden ist wie die Abende mit Loan. Ich mag die beiden wirklich, aber Loan ist viel zu verliebt in seine beste Freundin, um andere Frauen anzumachen, und das Schlimmste ist, dass er es nicht mal bemerkt – aber ich werde es ihm ganz bestimmt nicht sagen. Was Ethan betrifft, so erfahre ich an diesem Abend, dass er ebenfalls jemanden kennengelernt hat.

Bin ich wirklich der Einzige, der noch das gute alte Zölibat genießt?

Ich hatte mir vorgenommen, heute Abend nach Herzenslust zu flirten, aber tatsächlich sitzen wir nur herum und trinken.

Angesichts meines Entschlusses bezüglich der One-Night-Stands ist es vielleicht sogar besser so.

Allerdings hatte ich nicht eingeplant, überall, wo ich hingehe, Zoé zu sehen. Im Club wimmelt es von Frauen, aber unbewusst suche ich in der Menge nach Zoés rosa Haaren.

Das verstehe ich nicht. Unsere Nacht war eine Katastrophe, und jedes Mal, wenn wir uns sehen, springen wir uns an die Gurgel. *Warum zum Teufel denke ich dann ständig an sie?*

Weil ich sie trotz unserer dauernden Sticheleien irgendwie mag. Sie ist natürlich nicht leicht einzuschätzen, aber nach nur drei zufälligen Begegnungen konnte ich feststellen, wie lustig und ehrlich sie ist. Und genau das brauche ich!

Außerdem hat sie einen traumhaften Körper, mit Formen genau da, wo es mir gefällt. Das kann doch nicht schlecht sein.

Das einzige Problem ist, abgesehen von der immer noch schmerzhaften Erinnerung an diese Nacht, dass sie mich im Bett für unfähig hält. Daran habe ich immer noch zu knabbern …

Ich schlage Ethan einen Absacker bei mir zu Hause vor, und wir nehmen meinen Audi. Als wir ankommen, werfe ich meine Schlüssel auf den Wohnzimmertisch, und Ethan lässt sich in die Hängematte am Fenster sinken. Ich sehe fast vor mir, wie mir Zoé entglitt und sie sich den Kopf an der Ecke des Couchtischs stieß.

Wahrscheinlich war das der lustigste Moment des Abends.

»Was nimmst du?«

»Ein Bier, wenn du hast.«

Ich ziehe meinen Mantel aus, hole zwei Bier aus dem Kühlschrank und setze mich neben Ethan auf die Couch. Im Fernsehen läuft Tennis.

Nach einigen Sätzen frage ich Ethan, welche Ausrede Loan benutzt hat, um heute Abend nicht mit uns zu kommen.

»Gar keine. Er hat gesagt, er wäre müde. Aber die letzten Tage waren wirklich ziemlich heftig.«

Ich verdrehe die Augen, denn ich glaube kein Wort.

»Ja, schon klar. Ich bin sicher, er treibt es lieber mit Violette, und wenn wir mit ihm weggehen wollen, behauptet er, dass ›Monsieur zu müde ist‹.«

Ethan erstickt fast an seinem Bier, was mich zum Lachen bringt. Man könnte glauben, dass ich der Einzige bin, der es bemerkt hat.

»Sie schlafen miteinander?«, ruft er schockiert aus. »Nein, unmöglich! Warum hat er mir nichts davon gesagt? Er hintergeht mich.«

»Mir hat auch keiner was gesagt, aber es ist doch offensichtlich. Ich glaube durchaus, dass Männer und Frauen befreundet sein können, daran besteht nicht der geringste Zweifel ... Aber diese beiden garantiert nicht. Ich warte darauf, dass Loan endlich merkt, dass One-Night-Stands nicht sein Ding sind. Und Violettes schon gar nicht.«

Aufrichtig überrascht scheint Ethan über meine Worte nachzudenken. Ich fasse es nicht, dass er nichts gesehen hat.

»Scheiße, du hast recht.«

»Ich habe immer recht. Loan hält sich für diskret, aber ich bin nicht blöd: Man berührt eine Frau nicht so wie er, wenn man nicht mit ihr schlafen will.«

»Scheiße«, wiederholt Ethan.

Ich will gerade noch etwas hinzuzufügen, als es klingelt. Ethan wirft mir einen fragenden Blick zu. Ich habe wirklich keine Ahnung, wer es sein könnte. Misstrauisch öffne ich die Tür, und ...

*Oh.*

Okay.

Auf der Schwelle steht Margot. Sie ist eine Angestellte meines Vaters und eine »Freundin«. Dass sie zehn Jahre älter ist als ich, hat sie in der Vergangenheit nicht davon abgehalten, mit mir zu schlafen. Sogar mehrmals.

Sie lächelt mich geheimnisvoll an und wartet gar nicht erst, bis ich sie hereinbitte, sondern geht geradewegs an mir vorbei. Ich lasse es zu – alles eine Frage der Gewohnheit –, schließe die Tür und schaue unwillkürlich ihren katzenhaften Bewegungen nach.

Wie jedes Mal, wenn ich sie treffe, trägt sie ein enges, knielanges Kleid, schwindelerregend hohe Absätze und hat einen Duft von Verachtung, gemischt mit Chanel N°5. Es ist ganz einfach: Diese herrliche, aber kühle Rothaarige ist wahres Gift. Aber manchmal fühlt es sich gut an, dem Tod ins Auge zu sehen.

Im Wohnzimmer baut Margot sich vor Ethan auf und sagt: »Könntest du uns bitte allein lassen?«

Nein, Margot nimmt kein Blatt vor den Mund. Mir ist klar, dass es für ihren Besuch heute Abend nur einen Grund gibt: Sex. Das hat auch Ethan verstanden und lässt sich nicht lange bitten. Er nimmt einen letzten Schluck Bier, steht auf und klopft mir auf die Schulter.

»Ich bin ohnehin müde. Schönen Abend«, sagt er und lächelt mir komplizenhaft zu.

»Ja, ja. Komm schon, verschwinde.«

Lachend schließt er die Tür hinter sich. Ich hoffe, dass er nichts vergessen hat, denn zwei Sekunden später liegen Margots sinnliche Lippen auf meinem. Mit einer plötzlichen Geste packt sie mein Haar und zieht mich an sich. Ich lege die Arme um ihre Taille und erwidere ihren feurigen Kuss.

»Mach schnell, ich muss morgen früh aufstehen«, flüstert sie in meinen Mund, während sie ihren Reißverschluss öffnet.

Ich werfe einen Blick auf die Uhr und knöpfe mein Hemd und meine Jeans auf.

»Schnell zu machen gehört nicht gerade zu meinen Gewohnheiten«, antworte ich mit rauer Stimme.

Für den Bruchteil einer schrecklichen Sekunde muss ich daran denken, wie Zoé mich für meine sexuellen Eigenarten kritisiert hatte. Margot hat sich zwar bisher noch nie beklagt, aber vielleicht habe ich ja mein Händchen dafür verloren?

*Scheiß-Zoé!*

Ich beschließe, nicht weiter darüber nachzudenken, und übernehme die Führung. Im Handumdrehen hebe ich Margots Oberschenkel an und lege sie aufs Sofa, um ihr ihren Spitzentanga auszuziehen.

Zehn Minuten später zieht sie sich an, während ich mich sehr still verhalte. Ich habe meine Boxershorts wieder hochgezogen und starre mit zusammengebissenen Zähnen ins Leere.

»Ist doch nicht schlimm, Jason«, tröstet sie mich und schlüpft in ihre Schuhe. »Du hast viel getrunken, und ich bin unangemeldet erschienen … Nächstes Mal läuft es wieder besser, okay?«

»Ja.«

Ich will nur, dass sie verschwindet.

Es ist das erste Mal, dass ich angesichts einer nackten Frau keinen hochkriege und habe jetzt wirklich keine Lust, darüber zu reden. Zoés Stimme verfolgt mich.

*»Nichts für ungut, aber ich bin ausgesprochen gut im Bett!«*

*»Der Schlechteste von allen.«*

Ich hasse sie.

»Sehen wir uns morgen?«, fragt Margot, als ich sie zur Tür begleite.

Denkt bloß nicht, dass Margot leicht zu haben ist. Ganz

sicher nicht. Margot schläft absolut nicht mit jedem. Sie wählt ihre Eroberungen sorgfältig aus.

Ich antworte ihr, dass ich morgen keine Zeit habe, und sie wünscht mir eine gute Nacht. Ich räume auf und gehe ins Bett, um nicht mehr über das nachdenken zu müssen, was gerade passiert ist. Doch sobald ich die Augen schließe, sehe ich wieder alles vor mir.

Zoé hat mich so sehr an mir zweifeln lassen, dass es mir nicht gelang, mit Margot zu schlafen. Könnt ihr euch das vorstellen? Diese Sache ist echt zu weit gegangen.

Ohne genauer darüber nachzudenken, greife ich zu meinem Smartphone und gebe den Namen Zoé Camara in die Suchleiste ein.

*Bingo.*

Ich finde ihren Facebook-Account, der mir leider nicht zugänglich ist. Ihr Profilbild zeigt eine grimmige Katze mit der Unterschrift: *I Hate People*. Ich muss lächeln, ehe ich mich zusammenreiße.

*Denk dran, du kannst sie nicht leiden.*

Ihr Instagram-Konto hingegen ist öffentlich, und ich kann mich durch Tausende von Bildern von ihr scrollen. Mir wird klar, dass es sich um ein professionelles Profil handelt, denn Zoé postet hier Bilder von ihren Outfits. Man sieht sie überall in Paris in Kleidern, zerrissenen Jeans und Kostümen …

Von den Fotos, die mir am besten gefallen, mache ich einen Screenshot. Eins der Bilder zeigt sie ungeschminkt und lachend auf einem Hocker in Jeans und weißem T-Shirt.

*Stalker*, kommentiert meine innere Stimme.

In ihrem Steckbrief finde ich einen YouTube-Link. Es wird immer überraschender … Ich klicke ihn an und stoße auf etwas, das ein Modekanal zu sein scheint. Die nächste Stunde verbringe ich damit, mir die meisten ihrer Videos in meinem dunklen Zimmer anzuschauen. Sie zeigt ihre Outfits für jeden Anlass, lässt sich auf ausgefallenen Partys filmen, gibt Beauty-Tipps oder macht mit ihrem Freund Tiago lustige Graffiti.

Ich erkenne sie kaum wieder. Sie sieht so unbeschwert aus, so entspannt, leidenschaftlich und fröhlich … Ich empfinde fast eine Art Eifersucht, denn in meiner Gegenwart ist sie noch nie so gewesen.

Schließlich stoße ich auf eine Fotoserie, die sie letztes Jahr im Studio Lenoir hat machen lassen. Fassungslos betrachte ich sie auf dem Bildschirm meines Telefons – sie trägt ein fast durchsichtiges Kleid mit weißen Perlen, die gerade einmal ihre Brustwarzen und ihre Taille verbergen.

Mit ihren vollen, halb geöffneten Lippen schaut sie frech und sinnlich ins Objektiv. Es überrascht mich keineswegs, dass mein Mini-Jason endlich aufwacht.

»Tolles Timing«, brumme ich vor mich hin.

Frustriert schalte ich mein Handy aus, ohne jedoch zuvor die Seite zu schließen, und versuche mit blauen Augen, rosa Haaren und Kirschlippen im Kopf einzuschlafen.

Am nächsten Tag wache ich mit einem völlig neuen Plan auf:

Ich werde Zoé verführen.

Ich werde mit Zoé schlafen – noch einmal.

Danach werden wir nicht nur wissen, ob ich gut im Bett bin, sondern vielleicht höre ich dann auch endlich auf, ständig an sie zu denken.

Vielleicht.

# 6

## Zoé

Mit einem Blaubeermuffin vor mir – ich liebe Blaubeermuffins – poste ich gerade ein neues Video auf meinem YouTube-Kanal, als mein Telefon klingelt. Ich mache den Fehler, abzuheben ohne auf die Nummer zu schauen.

»Hallo?«

»Hallo, hier ist Mama.«

*Oh Scheiße.*

Ich tue so, als wüsste ich Bescheid, und frage sie, wie es ihr geht. Ihr müsst wissen, dass meine Mutter mich nie von allein anruft. Wenn überhaupt, dann nur, weil mein Bruder sie zwingt, mich um Geld anzubetteln.

»Ganz gut. Und was ist mit dir? Ich habe deine Bilder auf Instadings gesehen.«

»Instagram.«

»Ja, ja.« Sie wirkt zerstreut. »Sag mal, hast du vielleicht ein bisschen zugenommen?«

Ich falle fast vom Hocker. *Autsch.* Das tut weh. Dürfte es eigentlich nicht, denn es ist nicht das erste Mal, dass sie mir diese Frage stellt. Trotzdem finde ich es alles andere als angenehm.

Ich werfe einen finsteren Blick auf meinen Blaubeermuffin, als wäre es seine Schuld.

»Keine Ahnung«, antworte ich trocken.

*Oh je, du Lügnerin.*

»Steigst du denn nicht manchmal auf die Waage?«

»Hast du mich angerufen, um mir zu sagen, dass ich fett bin?«

Wenn sonst nichts ist, kann ich ebenso gut sofort wieder auflegen. Und doch erröte ich unwillkürlich, wenn ich an all die Dinge denke, die ich gestern Abend gegessen habe.

Zwar habe ich am Dienstag den ganzen Tag nichts gegessen, mich dafür aber gestern mit Chips, Pistazienkeksen und Käsenudeln vollgestopft. Und mit einem Schokoriegel, der noch im Schrank herumlag. All das, während Violette joggen war, um ihre missbilligenden Blicke nicht ertragen zu müssen. Doch das war gar nicht nötig: Fünfzehn Minuten später bekam ich ein schlechtes Gewissen, verkroch mich in meinem Bett, heulte und beschimpfte mich selbst als »fett und nutzlos«.

*Gott, ich kann mich nicht ausstehen.*

»Ich glaube, das war alles«, erklärt meine Mutter.

»Ich bin nicht fett« – diesen Satz wiederhole ich an jedem Tag, den Gott werden lässt. Mein BMI liegt im Normalbereich, und ich habe zwar Kurven, aber keineswegs übermäßig. Ich weiß das. Trotzdem ist es nicht in Ordnung. Es ist nie in Ordnung. Denn in meinem Inneren ist alles zerstört.

»Was willst du, Mama?«

»Kannst du vorbeikommen?«

»Nein.«

»Bitte …«, fleht sie mich an. »Dieses Mal stecke ich wirklich in der Klemme. Aber es wird nicht wieder vorkommen, das schwöre ich.«

Ich schließe die Augen und atme tief durch. Ich weiß nicht, warum ich diese Komödie weiter mitspiele; wir wissen beide, dass ich ihr das Geld gebe, das sie braucht. Es ist immer so.

»Ist Bryan da?«

»Nein, nur du und ich, versprochen!«

Ich schweige einen Moment, dann verspreche ich ihr zu kommen und lege auf. Fluchend greife ich nach meinem Blaubeermuffin und will ihn in den Müll werfen, besinne mich dann aber und stecke ihn mir in den Mund.

Jetzt spielt es ohnehin keine Rolle mehr.

Jeden Monat ruft meine Mutter an und bittet mich, ihr Geld zu »leihen«. Natürlich gibt sie es mir nie zurück. Bryan flößt ihr ebenso viel Angst wie Liebe ein.

Auch mir macht er Angst. Deshalb bin ich ausgezogen. Nachdem Sarah aus meinem Leben verschwunden war, hielt mich dort nichts mehr. Und doch gehe ich immer und immer wieder hin, obwohl ich weiß, dass das Geld, das ich meiner Mutter gebe, nicht für die Miete verwendet wird, sondern für den Dreck, den mein Bruder sich reinzieht.

Mit einem mulmigen Gefühl im Bauch gehe ich zur Bank, hebe Bargeld ab und setze mich in mein Auto. *Du schaffst das, Zoé. Du bist stark. Gib ihnen das Geld und verschwinde.*

Schon an der Tür kommt meine Mutter mir lächelnd entgegen.

»Das ging aber schnell!«

Ich gebe ihr einen Kuss und bemerke dabei ihren zerbrechlichen Körper und die dunklen Ringe unter ihren Augen. Mein altes Zimmer würdige ich keines Blickes. Ich will nicht mehr an die Tage und Nächte denken, die ich dort verbracht habe.

»Du siehst schick aus«, bemerkt meine Mutter beim Anblick meiner Klamotten.

Ich verziehe das Gesicht. Ich hätte mich umziehen sollen, bevor ich herkam.

»Danke. Wie viel brauchst du?«

»Zweihundert Euro.«

Ich drehe mich abrupt um, und mein Herz setzt einen Schlag aus. Nicht meine Mutter hat geantwortet, sondern Bryan, der direkt hinter mir steht. Sein blondes Haar ist zerzaust, seine Pupillen geweitet, und er trägt einen weißen Kapuzenpullover.

Als wir Kinder waren, sagten alle, dass wir uns sehr ähnlich sähen. Das war früher.

Ich trete ein Stück zurück, ohne meine Angst zu zeigen, und werfe meiner Mutter einen mörderischen Blick zu. Wegen ihres Verrats brennen meine Wangen.

»Du hast gesagt, er wäre nicht da!«

Sie antwortet nicht und meidet meinen Blick. Bryan tritt lässig vor und zündet sich am offenen Fenster eine Zigarette an.

»Hör auf, das Opfer zu spielen, ich schlage dich schon nicht«, sagt er und verdreht dabei die Augen. »Hast du das Geld?«

»Nur in deinen Träumen. Von mir bekommst du sicher nichts.«

Er runzelt die Stirn. Rauch dringt aus seinem Mund.

»Du warst doch gerade dabei.«

»Nein, ich wollte Mama etwas Geld geben. Nicht dir. Ich weiß, was du damit machst, und in zwei Wochen darf ich dann noch mehr Kohle locker machen, um eure Miete zu bezahlen. So weit kommt's noch!«

Als ich mich zum Gehen wende, wirft er seine Zigarette auf den Boden und packt mich am Arm. Ich zucke zusammen, aber er schlägt mich nicht. Er begnügt sich damit, ganz nah an mich heranzukommen und mir seine raue Hand auf die Wange zu legen. Sein Blick wandert über mein Gesicht und dann über mein Outfit.

Ich zittere vor Ekel.

»Komm schon, Zo… Du willst mir doch nicht weismachen, dass du kein Geld hast. Du kleidest dich wie ein Luxusweibchen. Wir sind eine Familie. Bist du wirklich so egoistisch, uns in der Scheiße sitzen zu lassen?«

»Ich bin genau so arm wie ihr«, antworte ich. Mir ist schlecht. »Die Klamotten gehören nicht mir, und ich habe keine Zeit, zusätzlich zu ESMOD noch einen Job anzunehmen. Ich lebe ausschließlich von meinem Stipendium; du hast ja keine Ahnung, wie viel Miete ich für eine Wohnung in Paris zahlen muss!«

»Niemand hat dich gezwungen, wegzugehen. Du warst hier schließlich gut aufgehoben.«

»Das nennst du ›gut‹? Ich würde lieber auf der Straße leben als in deiner Nähe«, fauche ich, ohne nachzudenken.

Ein Funkeln zuckt durch seine Augen; Überraschung, Schmerz und Wut, ein wenig von allem. In der Wohnung herrscht angespannte Stille. Meine Mutter hat sich mit um sich geschlungenen Armen ein Stück entfernt in Sicherheit gebracht. Sie weiß, was kommt.

In diesem Moment greift Bryan stumm an, schnell wie eine Gazelle. Aber entgegen meiner Annahme schlägt er mich nicht, sondern packt meine Handtasche.

»Nein!«

Ich versuche ihn wegzustoßen, aber er hat viel mehr Kraft als ich. Er zerrt an meiner Tasche, während ich ihn mit den Ellbogen traktiere, damit er loslässt. Schließlich fällt die Tasche auf den Boden. Gleichzeitig stürzen wir uns darauf. Ich verletze mir das Knie, ignoriere jedoch den Schmerz.

Bryan stöbert durch den auf dem Boden verstreuten Krimskrams, während ich ihn anschreie und seine Hände wegschlage. Das Gerangel endet, als er mir vor Ungeduld grunzend mit dem Handrücken ins Gesicht schlägt.

Ich falle auf mein Hinterteil, mein Gesicht brennt. Als ich aufblicke, steht er bereits mit meinem Geldbeutel in der Hand vor mir. Außer Atem nimmt er die Scheine heraus, die ich vorhin abgehoben habe, und stopft sie sich in die Tasche.

*Ich muss hier raus.*

Ich unterdrücke Tränen der Scham und sammle immer noch kniend meine Sachen auf.

»Warum verkomplizierst du immer alles?«, fragt Bryan mich. »Glaubst du, das macht mir Spaß?«

»Und du sagst gar nichts dazu?«

Meine Mutter senkt angesichts meiner bissigen Bemerkung den Blick. Natürlich sagt sie nichts. Das tut sie nie.

Als ich mich aufgerappelt habe, ist Bryan bereits dabei, sich die nächste Zigarette anzuzünden. Ich bin fast an der Tür, als er mich anspricht:

»Zoé?«

Ich weiß nicht einmal, warum ich mich umdrehe. Sein Ausdruck ist sanfter geworden, seine Stimme ist ruhig.

»Du bist sehr hübsch.«

Genau das ist das Problem mit Bryan. Er ist ein gewalttätiger, grausamer und manipulativer Tyrann, aber er schafft es immer wieder, mir so etwas an den Kopf zu werfen, und dann glaube ich, dass mein Bruder doch noch irgendwie da ist.

Ich weiß, dass er es ernst meint. Aber damit kann er nicht alles wieder ins Lot bringen.

Wortlos verlasse ich das Haus und beginne erst zu weinen, als ich wieder in meinem Auto sitze. An Tagen wie diesen habe ich das Gefühl, dass mein Bruder mich immer einholen wird, ganz gleich wo ich bin und in wessen Gesellschaft.

Als ich vor der Wohnung ankomme, fühle ich mich leer. Meine Tränen sind getrocknet, aber dann …

*Himmel, nimmt das denn kein Ende?*

Tatsächlich steht Jason vor dem Haus. Mit breitem Lächeln winkt er mir zu. Ich suche mir einen Parkplatz und bete dabei, dass mich hier und jetzt der Blitz trifft. Dann lasse ich mein Fenster herunter.

»Hey«, begrüßt er mich, bückt sich und stützt sich mit den Unterarmen an meiner Tür ab.

Gleichmütig und stumm bleibe ich hinter dem Lenkrad sitzen. Mit ein bisschen Glück denkt er vielleicht, ich hätte einen Anfall und verschwindet.

Mit viel Glück bekomme ich ja wirklich einen Anfall.

»Du bist da ganz rot«, stellt er fest und streichelt vorsichtig meine Wange.

Der Schauder, der mich bei seiner Berührung überläuft, nervt mich. Ich schiebe seine Hand weg und frage ihn, was er will. Er lässt nicht locker.

»Ich dachte, es wäre vielleicht jemand zu Hause, aber das stimmt wohl nicht.«

»Violette ist in der Bibliothek, und Loan hat Spätschicht.«

»Ah …«, sagt er, klingt aber keineswegs überrascht. »Darf ich mit reinkommen, damit ich im Warmen warten kann?«

Bei seiner Frage fällt mir etwas ein. Leise fluchend stöbere ich in meiner Handtasche. Wie vermutet bin ich daheim so schnell los, dass ich meine Schlüssel in der Küche vergessen habe. Typisch.

Ich erkläre Jason die Situation. Er lächelt.

»Das passiert dir oft, nicht wahr?«

Ich antworte nicht, sondern seufze nur und lege meine Stirn auf das Lenkrad. Lange Sekunden verstreichen.

Schließlich öffnet sich die Tür auf der Beifahrerseite. Ich blicke auf und muss feststellen, dass sich Jason neben mich gesetzt hat.

»Was machst du da?«

»Wir spielen jetzt bestimmt nicht ›Warten auf Godot‹. Hast du Hunger? Ich kenne ein nettes Café in der Nähe, das Tea Lichou.«

Ich schüttle den Kopf. Kaum zu glauben, aber dieser Typ ist

noch überraschender, als ich dachte. Ich muss an den Muffin vorhin zurückdenken, und mir wird schlecht.

»Ich habe keinen Hunger.«

»Wir können auch einfach nur spazieren fahren.«

Ich bin nicht in der Stimmung, es auf ein Wortgefecht mit Jason ankommen zu lassen, und nehme seinen Vorschlag an. Wenn er mir wirklich auf den Geist geht, kann ich ihn jederzeit aus dem fahrenden Auto werfen.

Wir fahren durch die Straßen von Paris, ohne etwas zu sagen. Unser Schweigen scheint ihn nicht zu stören. Mich seltsamerweise auch nicht. Ich lerne es sogar zu schätzen. Nach zwanzig Minuten habe ich die Szene im Haus meiner Mutter beinahe vergessen. Meine Nerven entspannen sich, und ich schlage Jason vor, ein Stück zu laufen.

Wir spazieren durch die Straßen von Paris, von Saint-Michel bis Châtelet. Als Jason spürt, wie sich meine Stimmung verändert, beginnt er ein Gespräch. Er erzählt, dass er durch Loan von meinem YouTube-Kanal erfahren hat, und dass er das für richtig cool hält. Ich frage mich, ob er neugierig genug war, einen Blick hineinzuwerfen.

Die Vorstellung, dass er vor seinem Bildschirm sitzt und mir dabei zuschaut, wie ich mit meiner Kamera rede, gefällt mir zwar … aber gleichzeitig finde ich sie ein wenig beängstigend.

»Keine Ahnung, wie du es schaffst, mit so vielen Abonnenten auf Instagram umzugehen«, sagt er und kratzt sich am Kopf. »Also, ich persönlich finde es anstrengend, so wunderschön zu sein. Du weißt schon, wegen der vielen Frauen in meiner Fangemeinde.«

Ich werfe ihm einen geringschätzigen Blick zu, auf den er mit einem verschmitzten Lächeln reagiert. Natürlich meint er das nicht ernst. Jason weiß, dass er attraktiv ist, aber er kümmert sich nicht weiter darum. Ich denke, das ist einer der wenigen Züge, die ich an ihm mag.

»Du brauchst eigentlich nur den Mund zu öffnen, dann laufen sie alle davon«, rate ich ihm.

Sein gespielt verletzter Blick bringt mich zum Lächeln. Auf keinen Fall werde ich ihn in etwas bestärken, das er längst weiß. Ich schaue mir sein Outfit an. Heute ist er wirklich schick: dunkle Jeans, ein Pullover über einem weißen Hemd und ein langer schwarzer Baumwollmantel.

»Sag mal … Glaubst du, das Patriarchat bricht in nächster Zeit zusammen? Ein Freund von mir wüsste es gern.«

Ich verbeiße mir ein Grinsen. Als ich Jason kennengelernt habe, habe ich schnell gemerkt, dass er lustig ist. Damals habe ich noch nicht geahnt, wie intelligent er außerdem ist. Zwar zeigt er es selten, aber ich nehme an, dass er nicht umsonst Politikwissenschaft studiert.

Er hat diesen scharfsinnigen und sarkastischen Humor, bei dem ich dahinschmelzen könnte, wenn ich nicht aufpasse.

»Warum? Hast du bestimmte Pläne?«

»Kann schon sein.«

»Tut mir leid, dich enttäuschen zu müssen, aber das ist sehr unwahrscheinlich. Frag mal Simone de Beauvoir, sie wartet immer noch.«

Er grinst.

»Zoé Camara, je länger ich mit Ihnen rede, desto schöner werden Sie.«

»Obwohl ich noch genauso aussehe wie vor zwei Wochen.«

»Schon, aber wie meine Mutter immer sagt: ›Es gibt keine Schönheit ohne Intelligenz‹«, kontert er, während er mit den Händen in den Manteltaschen stur geradeaus schaut. »Für mich ganz bestimmt nicht.«

Ich schaue ihn mit erhobenen Augenbrauen an. Ich weiß

nicht, worüber ich überraschter sein soll: dass er so denkt oder dass er mich für klug hält. Mir bleibt jedoch keine Zeit, mich zu entscheiden, denn direkt neben mir fliegt vom Knattern eines Motorrads erschreckt eine Taube auf.

Eines solltet ihr über mich wissen: Andere Menschen haben Angst vor Luzifer. Bei mir sind es Tauben.

Schreiend stürme ich los, die Hände flach auf die Augen gepresst, als könne ich so verhindern, dass das Tier mich berührt. Als ich kurz die Finger spreize, entdecke ich die Taube ein paar Schritte entfernt.

»Hau ab, du Mistvieh!«, schreie ich unter Jasons verblüfftem Blick.

»Willst du da raufklettern?«, erkundigt er sich ruhig, als ich einen Baum umklammere.

»Ich habe eine Taubenphobie, Blödmann! Jag sie fort!«

Er lacht und hat Mitleid mit mir. Das unheilvolle Tier fliegt davon, als er es mit weiten Armbewegungen verscheucht. Ein Paar kommt vorbei und starrt uns verständnislos an. Jason umfasst meine Schultern und erklärt:

»Ein Kindheitstrauma. Ihr Therapeut arbeitet daran.«

Ich werfe ihm einen bitterbösen Blick zu, aber er streichelt mein Haar und drückt mich an seine Brust.

»Aber ja doch, mein Schnuckelchen, alles wird gut … Ich bin ganz für dich da …«

*Hoffentlich ist dieser Tag bald vorbei.*

Ich befreie mich aus seiner Umarmung, doch Jason hält mich plötzlich am Handgelenk fest. Ich stehe mitten auf dem Bürgersteig und schaue ihn fragend an. Sein Ausdruck ist gleichzeitig verblüfft und erfreut. Er starrt auf einen Punkt über meiner Schulter.

»Na, wenn das kein Zeichen ist! Wir können es nicht ignorieren.«

»Was denn?«

Ich drehe mich um; wir stehen unmittelbar vor einem Kino. Ich verstehe noch immer nicht … bis mein Blick auf das Filmplakat fällt. *Der* Film.

»Kommt nicht infrage!«

Unglücklicherweise meint er es sehr ernst. Er lächelt mich hartnäckig an und schiebt mich sanft aber entschlossen vorwärts.

»Komm schon«, ermutigt er mich. »Er ist am 16. Dezember angelaufen, du musst ihn unbedingt sehen! Er wird dir gefallen, vertrau mir.«

»Als ich dir das letzte Mal vertraut habe, haben wir fünf endlose Minuten damit verbracht, ein Kondom aus der Schnauze deiner Katze zu zerren, die auch noch Han Solo heißt. Ich bin mir nicht sicher, ob ich mir so was noch mal antun will.«

Aber er beharrt auf seinem Vorschlag und gibt zu bedenken, dass wir noch mindestens zwei Stunden totschlagen müssen, ehe Loan und Violette nach Hause kommen. Irgendwann gebe ich nach.

Wir betreten das Kino. Ich bleibe hinter Jason stehen und schmolle mit verschränkten Armen, während der Kassierer uns begrüßt.

»Guten Tag«, antwortet Jason mit breitem Lächeln. »Zwei Tickets für *Star Wars: Das Erwachen der Macht* bitte.«

Und dann war er auch noch gut, dieser Mist.

Weil ich mit Jason zwei Stunden lang in einem abgedunkelten Raum festsaß, spielte ich das Spiel lieber mit. Vor Beginn des Films lag es ihm am Herzen, mir einige wichtige Informationen aus den ersten Filmen zusammenzufassen. Ich hörte aufmerksam zu und stellte hier und da Fragen. Er war sehr geduldig.

Als die Lichter erloschen, wurde Jason völlig still. Und das, obwohl er den Film schon siebenmal gesehen hat, seit er herauskam – das hat er mir selbst gesagt.

Nur dass er dafür mit mir nicht gerade die beste Begleitung hat. Wenn ich mir einen Film anschaue, rede ich. Und das habe ich getan. Doch so überraschend es auch klingt, er reagierte auf alle meine Bemerkungen, so weit hergeholt sie auch sein mochten.

Er lachte sogar mit mir, als Kylo Ren seine Maske abnahm. Er prustete so laut, dass er sein Lachen an meiner Schulter ersticken musste.

Als wir aus dem Kino kommen, schaut er mich fragend an. Ich seufze und gestehe wohl oder übel:

»Okay, okay … Es war nicht schlecht.«

Er stößt einen Siegesruf aus und macht die entsprechende Geste. Ich bremse ihn, indem ich nach seinem Kinn greife. Plötzlich ist er sehr nah an meinem Gesicht, und ich vergesse fast, was ich sagen wollte, als er mit der Zunge seine Lippen befeuchtet.

»Aber Vorsicht: Wenn du das je irgendwem weitersagst, kidnappe ich deine Kätzchen und verkaufe sie unter den Namen Flora, Gänseblümchen und Pimpernelle weiter. Kapiert?«

Sein Gesichtsausdruck verrät mir, dass er verstanden hat.

# 7

## Jason

Nach den netten Stunden im Kino müsste ich lügen, wenn ich sagen würde, dass ich mich nicht darauf freue, Zoé heute Abend wiederzusehen. Mit der ganzen Clique – vielleicht sollte ich noch hinzufügen, dass Violette sich tatsächlich geweigert hat, mich Monica sein zu lassen *(pff)* – haben wir einen Karaoke-Abend im Café du Châtelet geplant.

Für den heutigen Abend habe ich mir außerdem vorgenommen, einen nicht ganz salonfähigen Vorschlag zu machen; ich frage mich noch immer, ob ich wirklich: »Voulez-vous coucher avec moi ce soir?« singen soll – es könnte vielleicht etwas zu explizit sein. Dagegen spräche auch, dass es noch zu früh dazu ist, aber bestimmt versteht der eine oder andere, dass man eine Frau, die *Star Wars* liebt, nicht entwischen lassen darf.

»Weißt du schon, was du singst?«, erkundigt sich Ethan, als wir auf die Bar zusteuern.

»Was für eine Frage! Was hältst du von ›My Dick In a Box?‹«

Er lacht und schüttelt den Kopf. Auch das ist wahrscheinlich zu deutlich.

»Warum nicht? Wenn Justin Timberlake sexy bleiben kann, wenn er es singt, kommst du vielleicht auch nicht wie ein Trampel rüber.«

Ich sage ihm lieber nicht, dass Zoé mir vermutlich ihren Drink ins Gesicht kippen würde, falls ich es wage, so etwas zu singen.

Wir betreten die Bar. Unsere Freunde sitzen in der Nähe der Bühne und begrüßen uns erfreut. Zoé ist die erste, die ich sehe und der ich zulächle. Sie trägt einen weißen Lederrock und ein Paar schwindelerregende High Heels mit Leoparden-Muster.

Wie hätte ich sie nicht vor allen anderen bemerken sollen?

Ich gebe allen ein Begrüßungsküsschen, und niemand scheint zu bemerken, dass ich länger als nötig in der Nähe *ihres* Mundes verweile. Niemand außer ihr. Sie wirft mir einen bitterbösen Blick zu.

Ethan will sich neben sie setzen, aber ich drängle mich diskret vor. Zu meinem größten Vergnügen sitze ich nun also zwischen den beiden Mädchen.

»Ganz schön viel Publikum«, stellt Violette ein wenig betreten fest. »Ich bin mir gar nicht mehr so sicher ... Schließlich bin ich alles andere als eine Sängerin. Verdammt! Wer hatte die Idee zu diesem Abend? Ich könnte ihn umbringen.«

»Du scheinst das Konzept nicht verstanden zu haben, Vio«, spotte ich. »Karaoke ist nicht für Leute gedacht, die singen können. Es war übrigens deine Idee.«

»Ich bin so doof«, murmelt sie.

Ich lache und nehme ein Pint Guinness entgegen, das Ethan mir reicht. Als ich mich zu Zoé umdrehe, hat sie sich in das Heft mit den Liedtexten vertieft. Ich lehne mich zu ihr hinüber, und unter meinem Atem bewegen sich die Härchen an ihren Schläfen.

»Na, du Champion ... Was singst du für uns?«

»Nichts«, sagt sie, ohne auch nur den Blick zu heben.

»Warum nicht?«

»Weil ich keine Lust habe, mich lächerlich zu machen.«

Ich runzle die Stirn. Für mich besteht der ganze Spaß gerade darin, sich lächerlich zu machen. Ich bin ein bisschen enttäuscht, trinke einen Schluck Bier und antworte:

»Vielleicht hättest du weniger Angst, auf die Bühne zu gehen, wenn du nicht von vornherein davon ausgehen würdest, dass du lächerlich wirkst. Aber du hast recht, bleib in deiner Ecke und schmolle.«

Dieses Mal schaut sie mich an. Der Blick ihrer blauen Augen durchdringt mich, und ich bekomme sofort Lust, den Schönheitsfleck unter ihrem rechten Auge küssen.

Doch das verkneife ich mir. Stattdessen wende ich mich an Violette und lege ihr den Arm um die Schultern.

»Wie es aussieht, scheinst du die einzig Mutige hier zu sein. Hast du dir was ausgesucht?«

»Hm, ich schwanke noch zwischen ›Shake It Off‹, ›Sensualité‹ und ›All About That Bass‹ …«

»Du musst eine Entscheidung treffen, Sophie«, necke ich sie.

Ich glaube nicht, dass sie den Bezug auf den Roman von William Styron versteht, denn sie antwortet: »Wer ist Sophie?« Nach ein paar Minuten, in denen sie überlegt, ob sie einfach auf die Bühne gehen soll, kann ich sie überzeugen, mit mir zusammen »Sensualité« zu singen.

Zoé neben mir sagt gar nichts. Eigentlich hätte ich schon längst eine bissige Reaktion von ihr erwartet, aber sie scheint sich zurückzuhalten. Ich weiß nicht genau, warum, aber ich bin ein bisschen enttäuscht.

*Wo ist die Frau, die ich im Galway kennengelernt habe, die auf den Tresen geklettert ist und drei Kurze auf Ex gekippt hat, ehe sie in meine Arme sank?*

Ethan traut sich als erster und beginnt mit der superlustigen Performance eines Songs von Joe Dassin. Dann sind Violette und ich an der Reihe. Bevor ich auf die Bühne gehe, beuge ich mich zu Zoé, lege die Hand ganz leicht auf ihr zierliches Handgelenk und zwinkere ihr zu.

»Wenn irgendwelche hysterischen Groupies mir ihre Tangas zuwerfen wollen, gib ihnen diskret meine Nummer.«

Sie antwortet nicht, sondern begnügt sich mit einem grimmigen Lächeln. Während des Songs wendet sie den Blick nicht von mir ab, während ich einer ziemlich verunsicherten Violette gegenüber den Clown gebe. Doch nach und nach entspannt sich meine Gesangspartnerin, und selbst Loan lächelt, während er uns zuhört.

Danach bin ich an der Reihe und singe allein auf der Bühne eines meiner Lieblingslieder, das ich mir als Kind bestimmt zweihundert Mal hintereinander angehört habe: *Wannabe* von den Spice Girls.

Ich sehe, wie Zoé bestürzt die Hand vor den Mund schlägt, und grinse in mich hinein. Sie kennt mich noch nicht, sonst wäre sie nicht überrascht. Schon bald schließt sich Ethan fröhlich und ein wenig betrunken an, um mit mir zu singen, ebenso wie der Rest der Bar.

Die Leute applaudieren uns, was uns motiviert, alles zu geben. Sie rufen »Kiss, kiss, kiss!«, und ich drücke Ethan ohne Vorwarnung meine Lippen auf den Mund. Die Menge tobt, ich mache mich frei und hinterlasse einen Ethan, der sich halb tot lacht und nicht mehr in der Lage ist, weiter zu singen.

Muss ich euch noch sagen, dass ich eine echte Rampensau bin?

Als die Musik endet, winken wir unserem Publikum und kehren auf unsere Plätze zurück. Schwitzend lasse ich mich neben Zoé fallen, die mich ansieht, als ob ich ihr weisgemacht hätte, dass demnächst Krinolinen wieder modern würden.

»Sag mal, Mick Jagger«, neckt sie mich. »Ich wusste gar nicht, dass du ein Spice-Girls-Fan bist.«

»Ich bin eben immer für Überraschungen gut. Kein einziger Slip? Da bin ich aber enttäuscht.«

»Oh doch! Und ich habe auch wie gewünscht deine Nummer weitergegeben.«

Ich richte mich auf und hebe die Augenbrauen.

»Im Ernst? Wer ist es?«

Sie spielt das Spiel mit und kommt mir so nah, dass ihr Mund fast mein Ohr berührt. Ich bin wirklich froh, dass die anderen uns keine Aufmerksamkeit schenken, denn in diesem Moment fällt es mir schwer, so zu tun, als würde ich sie hassen.

Zoé zeigt mit keckem Blick auf einen glatzköpfigen Mann, der an der Bar sitzt.

»Claude. Er ist fünfundvierzig Jahre alt und reitet gern in den Sonnenuntergang.«

Als sich unsere Blicke treffen, hebt Claude sein Glas und winkt mir zu. Ich lächle ein wenig angespannt.

»Wie viel hast du ihm dafür gegeben?«

Zoé lacht sich schlapp und berührt mein Grübchen mit der Fingerspitze. Ich schaue sie an, und sie ist mir so nah, so zugänglich und so schön, dass ich mich zwingen muss, sie nicht zu küssen.

»Fünf Euro. Dein Gesicht war jeden Cent davon wert.«

Ihre Schenkel berühren meine unter dem Tisch. Durch den dicken Stoff meiner Jeans spüre ich ihre Wärme.

Leider habe ich keine Möglichkeit mehr, mit ihr allein zu sprechen. Violette belegt sie mit Beschlag, und ich gebe vor, mir anzuhören, was Loan Ethan erzählt. In Wirklichkeit konzentriere ich mich auf die ständig wachsende Anzahl von Gläsern, die sich bei Zoé ansammeln.

An den Rändern sind Lippenstiftspuren von ihr, was ich verdammt sexy finde. Zwar sieht sie mich nicht an, trotzdem spüre ich, dass ihre gesamte Aufmerksamkeit auf mich gerichtet ist. Und ich träume auch nicht, dass sie unter dem Tisch schamlos immer wieder meine Füße mit ihren berührt.

»… und ich habe mich wie ein Idiot gefühlt«, fährt Ethan fort. »Ich sage zu ihr: ›Das tut mir wirklich leid!‹ …«

Schüchtern berührt mein kleiner Finger unter dem Tisch den von Zoé. Angenehm überrascht stelle ich fest, dass sie sich nicht entzieht. Ich sehe das als ein Ja und streichle ganz vorsichtig über ihren Handrücken.

Ihre Haut ist weich und heiß, und die Berührung elektrisiert mich. Ich verstehe nicht, was mit mir los ist. Mein Herz klopft bis zu meinen Schläfen, und ich kann nichts anderes hören außer diesem unaufhörlichen

Bum-Bum

Bum-Bum

Bum-Bum.

Schließlich nehme ich ihre Hand und drehe sie um. Ich folge den unsichtbaren Linien ihrer Handfläche und erfinde ihre Bedeutung ganz neu. Wow, ich bin selbst überrascht von der Zärtlichkeit meiner Gesten, von so viel Zögern, von so viel Zurückhaltung, und oh, ich sterbe vor Sehnsucht, Zoé anzuschauen, aber ich habe Angst, mich zu verraten. Und dann reagieren ihre Finger auf meine. Mein Herzschlag wird schneller. Ohne dass unsere Freunde etwas ahnen, vollführen wir unter dem Tisch einen sanften und sinnlichen Tanz. Zoés Berührung folgt der Spur meiner Adern bis zu meinem Unterarm. Ich zittere. Mein Begehren überrollt mich in Wellen.

Noch nie hat es mich so erregt, die Hand einer Frau zu halten.

Ich räuspere mich, nehme mein Smartphone, schreibe etwas und schiebe meiner Nachbarin das Telefon zu.

Wollen wir es noch mal probieren?

Ich habe nicht erwartet, dass sie auflachen würde. Ethan lächelt, weil er denkt, dass sie über seinen Witz lacht. Sie entschuldigt sich und sagt, sie müsse zur Toilette.

Sie lässt meine Hand los und geht in Richtung Bar. Ich schaue ihr nach. Ihr Lederrock schmiegt sich eng an ihr Hinterteil. Zwei Minuten später tue ich so, als wollte ich mir einen Drink holen und schiebe mich durch die Menge zu ihr durch.

»Lass mich raten: Es hat dich abgeturnt, dass ich diesen Trottel Ethan geküsst habe?«, frage ich sie ohne irgendwelches Vorgeplänkel. »Oder waren es die Spice Girls? Ich hätte es ahnen müssen. Keine Ahnung, warum Frauen Angst vor Männern haben, die mit ihrer weiblichen Seite im Einklang stehen …«

Sie bringt mich zum Schweigen, indem sie mir eine Hand auf den Mund legt – die Hand, die ich vor fünf Minuten unter dem Tisch gestreichelt habe. Ich küsse ihre Handfläche, bis sie errötet und diese zurückzieht.

*Das ist mal was ganz Neues.*

»Damit hat es nichts zu tun. Und wenn du mich fragst, gibt es nichts Erotischeres als einen Kerl, der mit seiner weiblichen Seite im Einklang steht.«

»Okay, cool. Also wo liegt dann das Problem?«

Sie seufzt und wendet den Blick ab. Meine größte Angst ist, dass sie sich nicht zu mir hingezogen fühlt. Denn das ist durchaus möglich, ob es mir gefällt oder nicht.

»Nichts für ungut, aber das mit dir war wirklich der schlechteste Sex meines Lebens – und ich hatte schon eine ganze Menge, sowohl mit Männern als auch mit Frauen.«

Ich hebe eine Augenbraue.

»Mag sein … Aber vielleicht war es für uns beide nur nicht der richtige Zeitpunkt. Außerdem ist das erste Mal angeblich oft nicht so toll. Ich würde dir gern zeigen, dass das, was nicht geklappt hat, nicht unbedingt an mir lag.«

Sofort wird sie sauer. Ich erkenne es an ihrem Gesicht, das sich verhärtet, ohne dass mir Zeit bleibt, meinen Fehler zu erkennen.

»Oh, ich verstehe. Für dich dreht sich alles nur um dein Ego. Du willst mir beweisen, wie groß und leistungsfähig dein Ding ist. Wirklich sehr erwachsen von dir! Ich weiß nicht mal, warum mich das überrascht.«

Ich beiße mir auf die Lippen. Das Schlimmste daran ist, dass es nicht stimmt.

*Mayday, Mayday!* ruft meine innere Stimme.

»So war das nicht gemeint. Ich denke nur, es wäre eine Schande, es bei dem falschen Eindruck zu belassen, obwohl – und das kannst du nicht leugnen – diese Wahnsinns-Anziehung zwischen uns herrscht.«

»Ich verstehe durchaus, dass du verrückt nach mir bist, aber die Antwort ist Nein. Themawechsel.«

Ich muss lachen. Diese Frau ist wirklich dreist!

»Verrückt nach dir? Also bitte!«

Sicher erkennt ihr die geniale Antwort.

»Ob du's glaubst oder nicht, ich tue dir einen Gefallen damit, deinen Vorschlag abzulehnen. Hätte ich zugestimmt, könntest du nie mehr ohne mich auskommen … Das willst du doch nicht, oder?«

Angesichts von so viel Frechheit bleibt mir das Lachen im Hals stecken. Jetzt will ich nur noch ihre Haut unter meinen Lippen und ihre Wärme unter meinen Fingern spüren. Und zwar so, dass sie danach um mehr bettelt.

Zoé hat keine Ahnung, wer ich bin. Sie weiß nicht, dass ich erst wieder zur Tagesordnung übergehen kann, wenn ich mit ihr geschlafen habe.

»Du kannst dir in die Tasche lügen, so viel du willst, Große … Aber wenn einer von uns süchtig wird, bist du es. Wenn man uns beide in einem Raum sperren würde, wärst du die Erste, die mich anbettelt, da bin ich mir ganz sicher.«

Mein Gewissen schüttelt den Kopf und verbirgt das Gesicht. Zoé kneift nachdenklich die Augen zusammen. Ich gebe nicht klein bei, obwohl mir völlig klar ist, dass ich gerade etwas sehr Dummes gesagt habe.

Sie wird mich testen, dieses Biest. Und ich werde mit Glanz und Gloria untergehen.

»Das glaubst du also? Dann lass es uns ausprobieren. Heute Abend.«

*Ich wusste es.*

»Wer zuerst schwach wird, hat verloren.«

Mir ist wirklich egal, wer gewinnt – Hauptsache, einer von uns wird schwach. Aber ich bin ein Spieler und will das Vergnügen so lange wie möglich andauern lassen. Daher gehe ich auf sie zu wie ein Löwe auf seine Beute und halte nur Zentimeter vor ihrem Gesicht inne. Ihre Brüste berühren mich, und – oh Gott – ich kann es kaum erwarten, zu verlieren.

Sie schluckt mit undurchdringlicher Miene.

»Möge die Macht mit dir sein, Zoé Camara«, flüstere ich theatralisch.

Sie verdreht die Augen, schiebt mich weg und wendet sich zum Gehen.

»Gerade hast du alles verdorben.«

Den Eindruck habe ich den restlichen Abend über durchaus nicht. Sie setzt sich mir gegenüber, und wir fordern uns ständig gegenseitig heraus. Alles ist erlaubt. Ich lächle, wenn sie mit einem anderen Mann flirtet, ich blicke zum Himmel, wenn sie sinnlich mit Violette tanzt, und ich hyperventiliere, wenn ihr Mund sexy mit ihrem Strohhalm spielt. Und das, ohne den Blick von mir zu wenden.

*Okay, es war eine dumme Idee.*

Trotzdem bemühe ich mich weiter und berühre sie jedes Mal, wenn ich Gelegenheit dazu habe. Es ist nur minimal, aber es scheint zu funktionieren. Eine Berührung ihrer Taille im Vorbeigehen, eine Hand an der Innenseite ihres Oberschenkels unter dem Tisch oder eine Liebkosung mit dem Fuß entlang ihres nackten Beines.

Ich erkenne, dass es eine Wirkung auf sie haben muss, denn sie trinkt. Und zwar viel. So viel, dass sie um ein Uhr nachts richtig betrunken ist. Natürlich werde ich in diesem Zustand nicht mit ihr schlafen – Gewinner oder nicht.

»Du glaubst, du hast gewonnen, nicht wahr, kleiner Schlaukopf«, sagt sie und setzt sich neben mich. »Du bist wirklich sexy … Mistkerl.«

»Danke«, sage ich amüsiert.

»Ich habe gesehen, wie du mit der hübschen Blondine da drüben geflirtet hast … Du dachtest wohl, du könntest mich eifersüchtig machen«, meint sie kichernd und mit glasigem Blick. »Aber glaub bloß nicht, dass alles schon vorbei ist. Ich habe noch ganz andere Trümpfe in der Hinterhand.«

Ich lächle sie an und streiche ihr eine feuchte Strähne aus den blauen Augen. Violette zwingt Loan, mit ihr zu tanzen und Ethan setzt sich zu uns.

»Ich kann es kaum erwarten«, sage ich ganz leise zu Zoé.

Ethan will wissen, wie es ihr geht. Sie steht auf. Misstrauisch frage ich, was sie vorhat. Sie dreht sich kurz um und antwortet: »Jetzt spiele ich meinen letzten Trumpf aus.« Ethan und ich tauschen einen verständnislosen Blick.

Wir beobachten, wie sie ein paar Worte mit dem Typen hinter der Bar wechselt und in die Mitte der Bühne geht. Und dann geschieht etwas Magisches.

Der Song »Ma Benz« der Gruppe Brigitte erklingt und Zoé beginnt sich zu bewegen. Die Melodie ist weich, langsam und sinnlich. Sofort richten sich die Blicke aller Anwesenden auf diese Frau, die mit geschlossenen Augenlidern langsam die Hüften kreisen lässt.

Als sie mit tiefer, heiserer Stimme zu singen beginnt, ist es um mich geschehen.

Ich hätte nie gedacht, dass der ursprünglich von Suprême NTM stammende Song mit dem erotischen Text mich derart aufputschen könnte. Und doch ist es so. Hypnotisiert schaue ich zu, wie Zoé singt und sich dabei mit den Händen über den Körper fährt.

Ein paar Typen pfeifen sie aus. Ich würde sie mit Blicken töten, wenn ich die Augen auch nur eine Sekunde lang von ihr abwenden könnte. Sie sucht meinen brennenden Blick, während sich ihre Hände entlang ihrer nackten Oberschenkel nach oben bewegen. Ich weiß nicht, ob sie weiß, dass ihr Rock ein paar Zentimeter hochgerutscht ist.

Sie lächelt mir zu.

*Oh ja, sie weiß es.*

Ihre weiche, warme Stimme gleitet wie Honig über mich hinweg, und ich hasse mich, weil ich so schwach bin. Scheiße, sie ist einfach wunderschön.

Ich schlucke mühsam und bin ganz froh, dass der Tisch meine Erektion verbirgt. Schon bald ist sie beim aufreizend sanft wiederholten Refrain. Zoé steht auf der Bühne, lässt die Hüften kreisen und flüstert mehr als sie singt:

*»Laisse-moi zoom zoom zang, dans ta benz benz benz …«*

Ihre Hände sind überall, in ihrem Haar, an ihrem Hals, auf ihren Brüsten, auf ihren Hüften, auf ihren Oberschenkeln, und ich träume, es wären meine, ich *stelle mir vor*, es wären meine und …

»Wahnsinn!«

Ich drehe den Kopf und kehre blinzelnd zurück in die Realität. Ethan sitzt mit gerunzelter Stirn neben mir. Ich verspüre einen Hauch Eifersucht, weil ich weiß, dass alle an diesem Schauspiel teilhaben konnten.

»Okay, es wird Zeit, nach Hause zu gehen«, verkündet Loan.

Ausnahmsweise bin ich seiner Meinung. Ich bitte ihn, das Auto vor die Tür zu fahren, damit Zoé nicht zu weit laufen muss, und Violette begleitet ihn – nicht ohne mir zu befehlen, gut auf ihre beste Freundin aufzupassen. Ethan verschwindet auf die Toilette, während ich eine schwankende Zoé in Empfang nehme.

Sie schlingt mir die Arme um den Hals, und ich zittere, als sich ihr Körper an meine offensichtliche Erregung schmiegt. Ihre Lippen verraten ihre Überraschung, und ich lächle ihr verlegen zu.

»Ja, ja, du brauchst es nicht herauszuposaunen. Du hast gewonnen, Große. Kaum überraschend!«

Aber entgegen meinen Erwartungen scheint sie nicht zu triumphieren. Sie blickt auf meine Lippen und flüstert:

»Sollen wir zu dir gehen?«

Mein verwirrtes Gesicht fordert sie heraus, hinzuzufügen: »Miteinander schlafen.«

»Mist, und dabei habe ich schon *Dungeons and Dragons* bereitgestellt«, sage ich ironisch. »Ich habe verstanden, Zoé. Ich habe auch große Lust dazu, und du kannst sicher sein, dass ich dich den Rest deines Lebens an diesen Moment erinnern werde … aber es wird nicht passieren. Jedenfalls nicht heute.«

Sie verdreht die Augen, lässt mich los und schwankt. Sofort stütze ich sie, damit sie nicht hinfällt. Sie fängt an, mich zu beleidigen, ich sei so »höflich und so süß, so ein Nerd und so dunkelhäutig«.

Ethan kommt zurück, und ich nehme Zoés Tasche, während er sie an der Taille festhält. Wir gehen zum Ausgang, wo Loan und Violette im Auto auf uns warten. Alle steigen ein, und ich wünsche ihnen eine guten Nacht, ehe ich meinen eigenen Wagen hole. Erst als ich am Steuer sitze, bemerke ich die Tasche in meinen Händen.

»Scheiße.«

Ich habe vergessen, sie ihr zurückzugeben. Ich werfe sie auf den Beifahrersitz, aber sie rutscht auf den Boden. Ich fluche vor mich hin und versuche, alles einzusammeln. Make-up, Schlüssel, Geld, ein Paar Ballerinas und …

*Oh.*

Normalerweise stecke ich meine Nase nicht in die Sachen anderer Leute. Ehrlich. Ich respektiere jedermanns Privatsphäre. Aber wenn man in der Tasche einer Frau, die man mag, einen geheimnisvollen Zettel findet und versehentlich die Worte »Flotter Dreier« liest, wird man natürlich neugierig.

*Nein? Bin ich etwa der Einzige?*

Vielleicht hätte ich ihn nicht nehmen und auseinanderfalten sollen, aber ich habe es getan. Nur zu, pfeift mich aus.

»Was um alles in der Welt …«

Ich lese den mit schwarzem Filzstift geschriebenen Titel und kann nicht mehr aufhören.

**WAS MAN EINMAL IM LEBEN MACHEN SOLLTE**
**von Sarah und Zoé**

# 8

## Zoé

*Schade, dass man betrunken sein muss, um sich gut zu verstehen.*

*PS: Du erinnerst dich wahrscheinlich nicht daran, aber du hast mich angebettelt, mit dir zu schlafen; das war sehr süß.*

Ebenso verärgert wie amüsiert lese ich die kleine Notiz, die ich in meiner Tasche gefunden habe. Ich erinnere mich nicht mehr deutlich an das, was nach meinem siebten Drink passiert ist, aber eines weiß ich genau: Ich bin nicht der Typ, der bettelt.

Schon gar nicht um Sex.

Angesichts meines komatösen Zustandes war es Loan, der am Tag nach unserem Karaoke-Abend meine Tasche bei Jason abgeholt hat. Auf der Rückseite des Zettels steht seine Nummer, aber bisher habe ich mich noch nicht gemeldet.

Mein Finger zögert über der Tastatur. Er mag ein Blödmann sein, aber ich sollte mich wenigstens bedanken, nicht wahr? Und genau das tue ich, ohne irgendwelche Hintergedanken.

Angesichts seiner prompten Antwort seufze ich.

**Jason**: Wer ist da?
**Ich**: Ich bin dein Vater.
**Jason**: Wow, ein Zitat aus Star Wars? Genau mein Typ Frau.
**Ich**: Apropos, wie geht es Claude?

Dieses Mal lässt die Antwort ein paar Minuten auf sich warten. Leise fluchend ertappe ich mich dabei, wie ich ungeduldig auf den Bildschirm starre.

Seit wann warte ich auf Nachrichten wie eine verliebte Idiotin?

Als mein Telefon vibriert, schaue ich sofort nach.

*Ja, okay.*

**Jason**: Es lief nicht so zwischen uns … Ich wollte Kinder und einen Hund, aber er war nicht dazu bereit.

**Ich**: Wie traurig.

**Jason**: Oder auch nicht. Ich muss dir gestehen, dass mich das Bild von deinem Auftritt seit drei Tagen verfolgt.

Ich schlucke und verstecke den Bildschirm meines Telefons. Violette sitzt rechts von mir, und ich möchte nicht, dass sie auf falsche Gedanken kommt. Nachdem ich einige Sekunden überlegt habe, was ich antworten soll, beschließe ich, gar nichts zu tun.

Ich habe nicht die Absicht, ihn glauben zu lassen, dass er mir nicht aus dem Kopf geht – was er bereits zu denken scheint. Aber da liegt er ganz falsch.

*Obwohl mich beim Gefühl seiner Finger auf meiner Handfläche ein Schauer überlief.*

Deshalb habe ich vor, mich in den nächsten Tagen auf meinen Instagram-Account zu konzentrieren – er ist das Wichtigste in meinem Leben.

Indem ich regelmäßig Fotos meiner Outfits veröffentliche, ist es mir gelungen, zweihundertneunundvierzigtausend Follower zu erreichen. Verrückt, nicht wahr? Auf meinem YouTube-Kanal sind es ein paar weniger, aber insgesamt funktioniert es sehr gut. Man lädt mich zu Veranstaltungen ein, und interessierte Geschäftspartner bieten mir Kleidung an, für die ich Werbung mache.

Viele denken, ich wäre reich, weil ich bei meinen Auftritten Markenkleidung trage. Tatsächlich bekomme ich sie zwar manchmal geschenkt, aber oft muss ich sie auch zurückgeben. Mit dem Rest, der übrig bleibt, zahle ich meine hohe Miete und unterstütze meine Mutter.

**Ich**: Ich habe nicht mehr viele Fotos auf Lager. Sollen wir nach der Vorlesung ein Fotoshooting machen? Ich habe ab 14:00 Uhr frei.
**Tiago**: Okay. Treffpunkt Pont Alexandre-III.

Ich lege mein Telefon auf den Tisch und konzentrierte mich wieder auf die Vorlesung. Violette ist sehr fleißig und tippt in Lichtgeschwindigkeit auf ihrem Computer herum.

»Psst.«

Sie wendet sich mir zu, hört aber dabei nicht auf zu tippen. Ich bewundere ihren Fleiß.

»Ich gehe nachher nicht mit dir nach Hause. Wir machen neue Fotos.«

»Passt. Ich hatte ohnehin vor, ein bisschen zu arbeiten. Offenbar färbt die bevorstehende Fashion Week auf mich ab, und ich will ein paar neue Sachen ausprobieren.«

Ich widerstehe dem Drang, ihr zu sagen, dass sie sich glücklich schätzen kann. Ich habe meine Kreationen schon seit einiger Zeit nicht mehr angerührt, weil ich zu sehr auf die sozialen Netzwerke konzentriert war. Aber Violette hat recht, die Fashion Week steht bevor, und auch ich spüre die Atmosphäre. Es ist, als wäre sie in meiner DNA verankert. Nur muss ich sie leider von der Couch aus verfolgen und nicht etwa aus der ersten Reihe einer echten Modenschau.

*Vielleicht eines Tages.*

»Ich finde es ärgerlich, dass die Schule uns nicht die Möglichkeit gibt, daran teilzunehmen«, murmle ich.

Violette zuckt die Schultern. Ihr Blick hängt an der Dozentin.

»Stell dir mal vor, sie müssten allen Studierenden der ESMOD einen Platz besorgen? Ich finde es verständlich. Aber könntest du nicht vielleicht irgendwie … Du weißt schon, mit deinem Instagram-Account?«

Sie wirft mir einen engelhaften Blick zu. Ich runzle die Stirn und erkläre ihr, dass Plätze bei den Veranstaltungen der Haute Couture so gut wie unmöglich zu ergattern sind. Man müsste schon der internationalen Presse angehören, Einkäufer oder Alexa Chung sein.

Violette wirkt enttäuscht, kommt aber schneller darüber hinweg als ich. Sie interessiert sich ohnehin hauptsächlich für Unterwäsche. Trotzdem sticht sie das Messer noch tiefer in die Wunde:

»Valentino scheint dieses Jahr alles zu geben. Ich würde glatt sterben, um eines seiner Kleider zu bekommen, ganz ehrlich. Aber ohne Übertreibung – das ist nicht meine Art –, ich glaube, für eines seiner Kleider würde ich einen Lungenflügel geben. Oder eine Niere! Ja genau, ich würde eine Niere geben, wozu braucht man schließlich zwei davon? Pff.«

Ich nicke zustimmend.

»Du hast völlig recht. *So overrated.*«

Sie grinst mich an, und ich lache laut auf, was mir einen bösen Blick von den Mädchen in den vorderen Reihen einbringt.

Tiago ist ein ausgezeichneter Fotograf. Und er kennt mich. Zum Beispiel weiß er, dass er mich nicht aus der Froschperspektive ablichten darf, weil ich mein Doppelkinn hasse, auch wenn er mir immer wieder klar zu machen versucht, dass ich keines hätte.

Wie vereinbart fahren wir nach der Uni zum Pont Alexandre-III. Jedes Teil des von mir ausgewählten Outfits trägt noch sein Etikett: ein bordeauxroter Trenchcoat von ASOS, eine Tasche von Prada und ein Paar weiße Adidas-Sneaker.

Dreimal wechseln wir den Ort und damit auch die Klamotten.

Ich habe Bauchschmerzen, mein Kopf ist schwer, und meine Muskeln sind müde.

»Ein kleines Lächeln? Ist das zu viel verlangt?«, fordert mein bester Freund mich nach dem gefühlt siebenhundertsten Foto auf.

Ich dehne meinen Hals und erkläre, dass es für heute genug ist und wir haben, was wir brauchen. Die Leute beobachten mich, und ich fühle mich dabei nicht wohl, obwohl ich es gewohnt bin. Manchmal gibt es solche Tage; Tage, an denen meine Haut juckt und mein eigener Körper mir fremd vorkommt.

*Die selbstbewusste und verführerische Zoé ist nichts als eine große Lüge.*

Ich schaue mir die Bilder an, und mein Unbehagen wächst so sehr, dass es mir fast die Kehle zuschnürt. Sie gefallen mir nicht. Sie sind zwar schön, aber ich bin zu fett. Geschmacklos angezogen. Nicht perfekt genug.

*Mit solchen Hüften wirst du dir nie einen Platz in der Modewelt erobern, Schätzchen.*

Ich schließe einen Moment die Augen, um die leise innere Stimme zum Schweigen zu bringen, und beschließe dann, einfach lauter zu sprechen als sie.

»Ich habe Hunger.«

Eigentlich stimmt das nicht. Ich will nur, dass dieses Gefühl verschwindet, und ich weiß, dass man mit Essen alles verschwinden lassen kann. Zumindest für eine kleine Weile, ehe die Schuldgefühle einem eine heftige Ohrfeige verpassen.

Aber bis dahin bleiben mir noch ein paar Stunden.

Also landen wir im Café der Buchhandlung Shakespeare & Co, und ich bestelle zwei große Stücke Pekannusskuchen. Als der Kellner glaubt, dass das zweite Stück Kuchen für Tiago ist, möchte ich am liebsten im Erdboden versinken.

*Nur zu, iss. Stopf dich voll. Etwas anderes kannst du wohl nicht.*

Halt die Klappe, halt die Klappe, halt die Klappe …

»Alles okay mit dir?«, fragt mein Freund mit besorgtem Blick, als er sich setzt.

Ich antworte nicht, sondern verschlinge meinen Kuchen fast ohne zu kauen. Aber die Krise hat mich derart gepackt, dass ich unbedingt nach Hause muss. Ich schäme mich so sehr, dass meine Augen brennen, meine Haut immer unerträglicher juckt, und mein Herz sich verkrampft, verkrampft, verkrampft und …

»Zoé …«

»Nicht jetzt, bitte«, flehe ich ihn an. Ich bin kurz davor, in Tränen auszubrechen.

»Was ist denn?«

Wieder antworte ich mit Schweigen. An Tiagos Gesichtsausdruck erkenne ich, dass er nicht nur von selbst verstanden hat, sondern eigentlich der Meinung war, ich hätte all das längst hinter mir.

Glücklicherweise legt er die Hände um seinen heißen Kaffee und wechselt schnell das Thema.

»Die Fashion Week steht bevor. Hast du vor, darüber zu bloggen?«

Ich schniefe und wage es nicht, seinem Blick zu begegnen.

»Ich hatte darüber nachgedacht, aber ich wüsste nicht, was

ich Interessantes präsentieren könnte. Ich habe nur Zutritt zu den Prêt-à-porter-Modenschauen.«

»Das ist doch schon mal nicht schlecht. Und was ist mit Haute Couture?«

Mit vollem Mund verdrehe ich die Augen. Ich esse zwar, doch ich schmecke nichts.

»Höchstens hundert Leute haben dieses Glück, aber zu denen gehöre ich leider nicht.«

Nachdenklich fährt sich Tiago mit der Hand durch die Haare.

»Kennst du niemanden mit Beziehungen? Eine Visagistin oder einen Journalisten? Eine Freundin mit viel Kohle? Es wäre wirklich doof, so was zu verpassen ... Stell dir mal vor!«

Ich stelle es mir vor, und in der Tat, es wäre sehr doof, es zu verpassen. Verdammt, ich muss irgendwie da hin. Ich stelle mir vor, wen ich dort alles kennenlernen könnte, denke an die Bilder, die ich auf Instagram posten könnte, und meine Gedanken fahren Karussell.

*Aber was hätte ich angesichts all dieser schlanken, atemberaubenden Schönheiten auf einer Modenschau verloren?*

Tiago redet immer noch auf mich ein, als mein Handy auf dem Tisch vibriert. Eine MMS von Jason. Stirnrunzelnd öffne ich das Selfie, das er mir geschickt hat. Er hält ein Kätzchen in einer Hand, ein anderes in der Armbeuge, und ein drittes balanciert ungeschickt auf seiner Schulter. Er lächelt breit und stolz und zeigt eine Reihe weißer, perfekter Zähne.

Er ist so unglaublich, dass es mir fast wehtut.

Unter dem Foto steht: »Rate mal, wer gelernt hat, nicht überall hinzupinkeln!!! (PS: Ich bin es nicht) #ProudDad«.

Ich kann nicht anders, ich muss dämlich grinsen. Wenn er will, kann er richtig süß sein. Arrogant, reich und unerträglich – aber süß.

In diesem Augenblick kommt mir eine völlig verrückte Idee. Mein Grinsen schwindet, während die Mechanismen meines Gehirns auf Hochtouren arbeiten.

*Reich.*

Plötzlich fällt mir Jasons Anzug neulich auf dem Dach ein. Das Versace-Kleid seiner Schwester. Seine Pariser Wohnung mit Blick auf den Eiffelturm.

*Wie konnte ich das nur übersehen?*

Jason Delaunay.

## Jason

Zum sechzehnten Mal innerhalb von drei Tagen lese ich Zoés Liste durch. Mir ist durchaus bewusst, dass das mir keineswegs hilft, nicht mehr an sie zu denken, aber vermutlich habe ich masochistische Neigungen.

Mir fällt ein, wie sie mich angesehen hat, als sie geschmeidig wie eine Schlange ihre Hüften bewegte, eine Hand am Mikrofon, die andere an ihren Brüsten, und wie ihr Rock ihre hellen Oberschenkel hinaufrutschte.

Ihre raue Stimme. Ihre Finger an meinen hervortretenden Adern …

Und jetzt das hier. Ehrlich gesagt wünsche ich mir, ich wäre nie darauf gestoßen. Diese Liste macht sie irgendwie menschlicher und wirklicher. Plötzlich wird aus ihr mehr als nur eine Fantasie, und ich weiß nicht, ob das meiner psychischen Gesundheit zuträglich ist.

Ich frage mich, wer Sarah sein könnte. Ihre Schwester? Eine Freundin? Ich sehe, dass nur eines der Kästchen angekreuzt ist, und überlege, warum sie nicht weitergemacht hat.

– Flotter Dreier
– Kochkurs belegen
– Norwegisch lernen
– Einen ganzen Tag lang zu allem »Ja« sagen
– Bryan die Wahrheit ins Gesicht schreien
– Tattoo machen lassen
– Etwas Illegales tun
– Szene aus dem Lieblingsfilm nachspielen
– Sex an einem ungewöhnlichen Ort
– Sich unter dem Eiffelturm küssen
– Im Regen tanzen
– Roadtrip durch Europa (Florenz, Venedig, Berlin, Amsterdam)
– Ein Kleid von Elie Saab kaufen
– Sich verlieben
– Sich selbst lieben!!!

Ich finde es lustig, dass sie von all diesen Dingen nur den flotten Dreier angekreuzt hat.

Schließlich lasse ich die Liste liegen und gehe duschen. Während ich mich ausziehe, lasse ich schon einmal das Wasser laufen und dehne die angespannten Muskeln meines Rückens. Plötzlich glaube ich etwas zu hören.

Jemand klingelt an der Tür. Ärgerlich schnappe ich mir mein Handtuch und wickle es mir faul um die Hüften. Vor der Tür steht die in einen Trenchcoat eingemummelte Zoé in Turnschuhen. Darauf bin ich nicht vorbereitet. Blinzelnd erstarre ich.

Sind es meine perversen Vorstellungen, die mir einen Streich spielen?

»Hi.«

Ganz langsam strecke ich einen Finger aus. Sie bewegt sich

nicht, sondern hebt nur die Augenbrauen, als ich ihren Arm berühre.

»Okay, du scheinst echt zu sein«, stelle ich fest und trete einen Schritt zurück.

»Du musst wirklich mit den Science-Fiction-Filmen aufhören, Jason.«

Ihr Blick gleitet an meiner nackten Brust hinunter bis zu den Muskeln, die unter meinem Handtuch verschwinden. Als sie mit roten Ohren den Blick abwendet, muss ich lächeln.

»Komm doch rein.«

Ich trete zur Seite, und sie kommt in meine Wohnung. Ich muss daran denken, wie ich sie an die Wand gedrückt und meine Zunge zwischen ihren Brüsten bewegt habe, und beiße mir auf die Lippen.

Die Sache wird nicht einfach werden … Ich schlucke.

»Wie komme ich zu dieser Ehre?«, frage ich.

Sie bleibt mitten im Wohnzimmer stehen und wirft einen forschenden Blick in jede Ecke des Raumes. Letztes Mal blieb ihr dafür wohl keine Zeit. Plötzlich fühle ich mich unwohl bei dem Gedanken, dass meine Privatsphäre offen vor ihr liegt. Tatsache ist, dass ich bisschen unordentlich bin, was Loan schon immer kritisiert hat.

*Scheiße, ich habe vergessen zu spülen.*

*Hängt da etwa eine Socke an der Lampe?*

Zoé scheint nicht darauf zu achten und schaut mich mit undurchdringlicher Miene an.

»Um es gleich klar zu machen: Ich hasse mich dafür, dass ich das hier tun muss … aber ich brauche deine Hilfe.«

Sie stößt den Satz so leise hervor, als wolle sie ihn nicht hören. Ich verkneife mir ein Lachen, stütze die Hände auf die Hüften und gebe ihr ein Zeichen fortzufahren. *Das könnte interessant werden.*

»Also, um nicht lang um den heißen Brei zu reden: Ich nehme an, du weißt es, nächste Woche findet die Fashion Week statt. Für mich wäre das eine großartige Gelegenheit, vor allem jetzt in meinem letzten Jahr bei ESMOD. Ich würde mir gern eine Veranstaltung der Haute Couture anschauen. Das einzige Problem dabei ist, dass ich keine Möglichkeit habe, dazu eingeladen zu werden.«

Als ich begreife, was sie von mir will, erstarre ich. Natürlich ist sie nicht zurückgekommen, um mit mir zu schlafen. Sie braucht nur einen sehr, sehr reichen Mann.

»Verstehe. Und du gehst davon aus, dass ich genug Geld habe, um zu einer Haute-Couture-Show zu gehen? Mit gerade mal zweiundzwanzig Jahren?«

Sie scheint sich eine Sekunde lang unbehaglich zu fühlen.

»Na ja, vielleicht nicht du … ich habe gerade erst kapiert, wer dein Vater ist. Ich hatte mir vorher noch nie Gedanken über deinen Nachnamen gemacht.«

*Wie wahr* … Mein Vater: Eigentümer. Meine Mutter: Erbin. Ich habe mein ganzes Leben in dieser Umgebung verbracht. Natürlich haben sie Einladungen zur Fashion Week.

Ich presse die Lippen zusammen und blicke zu Boden. Genau aus diesem Grund will ich nicht, dass die Leute Bescheid wissen. Irgendwie ärgert es mich, dass sie deswegen gekommen ist. Andererseits … sie ist ehrlich. Sie hätte durchaus lügen und sich an mich ranmachen können, um ihr Ziel zu erreichen.

Aber so ist Zoé nicht. Sie fährt fort:

»Sicher denkst du jetzt, dass ich eine dieser publicitysüchtigen Schlampen bin, aber das ist mir egal. Es wäre sehr wichtig für mich, und ich möchte diese Gelegenheit nicht verpassen. Dafür tue ich, was du willst … Außer mit dir zu schlafen – das Vergnügen hattest du schon«, fügt sie abwinkend hinzu.

Ich schaue sie an und sehe, dass sie spöttisch lächelt. Ich

beobachte sie und denke hastig nach. Sie fühlt sich unbehaglich, und ich weiß sehr wohl, dass sie nicht hier stünde, wenn es nicht wirklich wichtig für sie wäre.

*Verdammt, was nützt es, Geld zu haben, wenn ich nicht jemandem damit etwas Gutes tun kann?*

»Einverstanden«, stimme ich ihr zu. »Ich habe allerdings zwei Bedingungen.«

Erleichtert stößt sie den Atem aus, den sie kurz angehalten hat, und fragt mich, was ich will. Ich setze mich mit einem Lächeln auf die Armlehne der Couch.

»Erstens: Du twitterst, dass du Star Wars liebst.«

Sie wirft mir einen ungerührten Blick zu, aber ich halte durch.

»Wenn es dich glücklich macht … Was noch?«

Ich signalisiere ihr, kurz zu warten, und hole etwas, das neben dem Fernseher liegt. Vorsichtig falte ich die Liste auseinander und warte, bis sie sie erkennt.

»Zweitens: Du beendest, was du angefangen hast.«

Es dauert einige Augenblicke, bis sie versteht. Ich merke es daran, dass sie plötzlich blass wird. Sie macht große Augen, und ein intensiver Schmerz zeichnet sich auf ihren zarten Zügen ab, der jedoch schnell heftiger Wut weicht.

Sie versucht, mir das Blatt wegzunehmen, aber ich verstecke es hinter meinem Rücken. *Oh ja, ich bin lebensmüde.*

»Wo hast du das her?«, faucht sie mit zorngerötetem Gesicht.

»Es ist aus deiner Handtasche gefallen. Ich habe nicht herumgestöbert. Ehrlich!«

»Es gehört mir! Und es geht dich verdammt noch mal nichts an.«

»Du bekommst es zurück, keine Sorge. Aber es ist meine zweite Bedingung. Warum hast du nie weitergemacht?«

Neugierig neige ich den Kopf. Etwas zu spät, um meinem Blick zu entkommen, verschränkt sie die Arme vor der Brust, um ihre zitternden Hände zu verbergen.

Sie schweigt, bis sie sich beruhigt hat. In ihrem Blick kann ich lesen, auf wie viele Arten sie mich jetzt gern foltern würde.

»Die Idee war nicht von mir«, murmelt sie schließlich. »Ich war sechzehn und sie … sie hat mich dazu überredet.«

»Sarah?«

Sie zuckt zusammen und schaut mich an, als hätte sie mich noch nie gesehen. Ihr Blick durchdringt mich, und ein unerwarteter Schmerz schnürt mir das Herz ab. Ich erkenne eine gequälte Seele, wenn ich sie sehe.

»Wer ist das?«

»Meine Ex.«

Ich nicke verständnisvoll. Es ist leicht zu erraten, dass diese Sarah ihr das Herz gebrochen hat. Und wenn es Sarah war, die diese Liste geschrieben hat, ist es ganz normal, dass Zoé sie nicht fortsetzen will. Aber warum bewahrt sie dann das Papier auch nach vier Jahren noch in ihrer Handtasche auf?

*Weil sie offenbar immer noch an ihr hängt.*

Nennt es, wie ihr wollt – mein Psychiater wird vermutlich behaupten, dass ich ein Helfersyndrom habe, aber das ist mir egal. Diese Frau dort vor mir ist nicht glücklich, und das bricht mir das Herz.

»Weißt du was?«, schlage ich vor. »So finde ich es sogar noch besser. Nur weil du nicht mehr mit ihr zusammen bist, brauchst du doch nicht zu trauern wie ein Teenager nach einem Urlaubsflirt. Sie hat dich abserviert? Na und, soll sie sich doch verpissen. Ich weiß, es ist nicht leicht zu begreifen, aber auch ich bin schon mal abserviert worden … Ich schwöre, es stimmt. Und weißt du, was ich gemacht habe?«

Sie schaut mich wie eine Statue halb ängstlich, halb genervt mit großen Augen an.

»Na?«, wiederhole ich. »Weißt du, was ich gemacht habe?«

Sie verneint mit leiser Stimme, die ich nicht von ihr kenne. Ich runzle die Stirn.

»Nun, ich auch nicht«, antworte ich und versuche mich zu erinnern. »Mist, ich glaube, ich habe die Nacht damit verbracht, mich auf Ethans Couch zu besaufen. Na ja, egal. Das Wichtigste ist, dass ich darüber hinweg bin. Eine Frau zu verlieren bedeutet Freiheit beim Sex.«

Sie schüttelt den Kopf.

»Das ist nicht der …«

»Du brauchst mehr Spaß in deinem Leben. Wie lange ist es her, dass du was getan hast, um dir einfach nur eine Freude zu machen?«

Sie schweigt, und mir wird klar, dass sie keine zufriedenstellende Antwort findet. Schließlich weiß sie, dass Sex mit Fremden, die sie in Bars aufgabelt, keine geeignete Lösung ist. Sie macht das nicht aus Spaß, sondern um zu vergessen.

»Das ist vorbei«, erklärt sie mit fester Stimme. »Ich kann nicht.«

»Auch wenn ich dich nächste Woche zur Valentino-Show mitnehme?«

Ohne mich anzusehen, schüttelt sie den Kopf. Ich weiß nicht, warum es mir so viel bedeutet, aber mein nächster Vorschlag klingt fast verzweifelt: »Und zur Veranstaltung bei Elie Saab diesen Sommer in New York?«

Sie wird blass und erstarrt. Ich erkenne, dass ich den richtigen Riecher hatte, aber ich verbiete mir zu lächeln. Misstrauisch fragt sie mich, ob das mein Ernst sei, und ich verspreche es ihr. Sie scheint mir nur sehr zögernd zu glauben, was ich durchaus verstehe.

»Warum tust du das?«

»Ich habe keine Ahnung«, sage ich aufrichtig lachend. »Die Idee mit der Liste gefällt mir sehr, und ich könnte mir vorstellen, dass es lustig wird. Außerdem muss ich zugeben, dass ich mehr Zeit mit dir verbringen möchte. Ist das ein Verbrechen?«

»Aber ich schlafe nicht mit dir. Das ist dir doch klar, oder?«

»Himmel!«, seufze ich. »Habe ich das je von dir gefordert? Also entspann dich.«

Sie beißt sich auf die Lippen und denkt noch einmal darüber nach. Ich weiß schon jetzt, dass die Antwort Nein lautet. Ich fühle mich nicht allzu schuldig, denn schließlich habe ich nicht wirklich viel davon, es sei denn ihre Gesellschaft.

»Okay. Deal!«

# 9

## Zoé

Es ist der Abend der Veranstaltung, und ich habe nichts anzuziehen.

Seit einer geschlagenen Stunde durchwühle ich in Unterwäsche auf der Suche nach dem perfekten Outfit meinen Schrank.

Jason soll mich in einer Dreiviertelstunde abholen, und ich hasse es, mich zu verspäten. Seufzend stemme ich die Hände in die Hüften und starre mich im Spiegel an. Mein Körper ist kurvig und trägt Narben; er ist unvollkommen. Ich reiße mich los und wickle mich elend in ein Handtuch.

Nach meiner Krise letzte Woche habe ich mich glücklicherweise entschieden, eine Diät zu machen. Violette hat darauf bestanden, mich dabei zu unterstützen, was ich bezaubernd finde.

Apropos Violette – sie wartet immer noch auf Loan. Mir war wichtig, dass die beiden zusammen essen gehen, damit Jasons Erscheinen keinen Verdacht erregt.

Ich kenne meine beste Freundin: Wenn sie wüsste, was zwischen Jason und mir abläuft, würde sie alles daran setzen, uns so schnell wie möglich zu verheiraten. *Nein, danke.*

»Seid ihr immer noch nicht weg?«, frage ich und baue mich vor ihr auf.

Sie sitzt am Küchentresen und steckt ihre Nase in ein Modemagazin. Als sie meine Stimme hört, lässt sie die Zeitschrift sinken und antwortet mit unschuldigem Blick:

»Nein, Loan zieht sich noch um. Ich bin tatsächlich mal vor ihm fertig, kannst du dir das vorstellen?«

Ich starre sie an, während Loan endlich die Kurve bekommen hat und im Wohnzimmer auftaucht. Er öffnet den Mund, um etwas zu sagen, hält aber plötzlich inne und konzentriert sich auf Violette. Meine beste Freundin schaut uns nacheinander fragend an.

»Hast du etwa Nutella gegessen, Vio?« frage ich mürrisch.

Sie schaut beleidigt, und ich würde ihr am liebsten einen Spiegel reichen, damit sie die Schokolade auf ihrer Unterlippe sehen kann.

»Natürlich nicht! Wir haben beschlossen, zusammen eine Diät durchzuziehen, und daran halte ich mich!«

Loan schüttelt den Kopf und verkneift sich ein Lachen. Ich seufze nur und kehre in unser Zimmer zurück. Wie dem auch sei, Violette muss nicht abnehmen, ihr Körper ist perfekt.

*So unfair.*

Als sie endlich gehen, habe ich gerade noch Zeit, drei Kleider anzuprobieren, und bei der Feststellung, dass ich mir nicht gefalle, leise zu weinen. Ohne lange nachzudenken, schicke ich Jason eine Nachricht und sage alles ab.

Schließlich ist es eine Woche her, dass wir uns das letzte Mal gesehen haben, und er hat sein Versprechen wahrscheinlich längst vergessen. Außerdem muss ich dann nicht mehr diese blöde Liste abarbeiten, die er mir geklaut hat!

Ich bin gerade dabei, einen weiten Pulli und ein Paar Socken anzuziehen, als jemand an der Tür klingelt. Ich achte nicht darauf, denn ich bin überzeugt, dass es Jason ist. Aber natürlich ist er hartnäckig. Er klingelt immer und immer wieder. Schließlich platzt mir der Kragen, und ich öffne die Tür. Ich will ihn hinauswerfen, aber er kommt mir zuvor und geht einfach an mir vorbei:

»Wir sagen auf keinen Fall ab! Weißt du, wie lange es gedauert hat, mich so attraktiv herzurichten?«

Ich schließe die Tür und blicke ihn finster an. Seine ernste Maske wird zu einem breiten Grinsen, und ich bekomme weiche Knie.

»Kleiner Scherz. Vor zwanzig Minuten habe ich noch ein Nickerchen gemacht.«

Ich weiß nicht, ob er tatsächlich nur einen Witz gemacht hat, aber ich muss zugeben, dass er umwerfend aussieht. Er trägt ein weißes Hemd zu einer schwarzen Hose, eine dunkle Krawatte, makellose Derbies und eine Lederjacke, die seine Bad-Boy-Seite betont. Er ist ebenso schick wie leger, gleichzeitig tag- und abendtauglich, und ich zittere.

*Wenn ich nur auch gleich nach dem Wachwerden so aussähe.*

»Ich habe nichts anzuziehen«, sage ich einfach.

»Das sehe ich«, antwortet er und lässt einen anerkennenden Blick über mein Sweatshirt und meine nackten Beine gleiten. »Aber ich kann dir nicht so recht glauben. Komm, wir suchen dir was!«

Ohne auf meine Antwort zu warten, verschwindet er in meinem Zimmer. Ich folge ihm und zetere, er soll bloß nichts mit seinen schmutzigen Händen anfassen. Zu spät. Schon geht Jason mitten durchs Zimmer, das ich mir mit Violette teile, und weicht den Klamottenstapeln auf dem Boden aus.

»Keine Sorge, meine Hände sind deutlich sauberer als der Fußboden hier. Hast du es schon mal mit Putzen versucht?«

»Das sagst ausgerechnet du? Als ich das letzte Mal bei dir war, hing eine Socke an deiner Lampe.«

Stumm schaue ich ihm zu, während er pfeifend und offenbar ganz entspannt herumstöbert. Ab und zu lächelt er oder hebt bei bestimmten Entdeckungen eine Augenbraue, aber das ist auch schon alles.

Schließlich reicht er mir sichtlich stolz drei Outfits. Argwöhnisch nehme ich sie entgegen. Wenn dieser Typ sich tatsächlich auch noch mit Mode auskennt, finde ich das Leben echt unfair.

»Hier, probier das und such dir aus, was dir am besten gefällt. Ich persönlich habe eine Schwäche für das Kostüm – *Working Girls* machen mich total an, ich kann nichts dafür.«

Ich habe keine Gelegenheit, ihm zu antworten, denn er verlässt den Raum und schließt die Tür hinter sich, um mir etwas Privatsphäre zu lassen. Neugierig schaue ich mir an, was er ausgewählt hat. Verblüffenderweise sind alle drei Outfits perfekt. Ein blutrotes Kostüm, das er mit einem schwarzen Body kombiniert hat, ein gelber, rückenfreier Jumpsuit und ein langes Paillettenkleid in Indigo zu einem schwarzen Kunstfellmantel.

*Oh. Mein. Gott. Wer genau ist dieser Typ? Ralph Lauren?*

Es dauert einen Moment, bis ich darüber hinweg bin.

»Alles okay? Kann ich reinkommen?«, ruft er aus dem Flur.

Ich sage ihm, er soll noch warten, und entscheide mich schließlich. Wenn wir schon hingehen, dann richtig! Ich trage das Kleid mit den lila Pailletten und den Pelzmantel, schlüpfe in entengrüne Pumps und veredle mein Make-up mit Gloss.

Als ich aus dem Zimmer komme, stößt sich Jason von der Wand ab, an die er sich mit den Händen in den Taschen gelehnt hat, und begutachtet mich von Kopf bis Fuß.

»Du bist …«

»Warum hast du die aufregendsten Klamotten ausgesucht?«, unterbreche ich ihn. Ich bin wirklich neugierig. »Vielleicht wollte ich ja unbemerkt durchgehen?«

Er runzelt die Stirn.

»Du weißt schon, dass du rosa Haare hast, oder?«

Ich hebe die Hand, damit er aufhört, aber er antwortet mir trotzdem:

»Weil es zu dir passt. Tatsächlich hast du mir gerade den Moment versaut. Ich wollte dir sagen, dass du wunderschön bist. Können wir jetzt gehen?«

Ich atme tief durch, verinnerliche das Kompliment und setze eine selbstbewusste Miene auf. Auf keinen Fall werde ich mich vor ihm blamieren.

»Bitte sehr, Mademoiselle.«

Ich nehme die Einladung, die er mir reicht, und betrachte sie gerührt. Die Marke steht in großen goldenen Lettern auf cremefarbenem Papier. Mir kommen fast die Tränen.

Jason hält mir die Tür auf, und wir verlassen schweigend die Wohnung. Ich verrate ihm nicht, dass ich mich nicht getraut habe, vor dem Gehen in den Spiegel zu schauen, und auch nicht, dass ich den ganzen Tag noch nichts gegessen habe.

Dieser Abend wird so verlaufen, wie ich es mir schon immer gewünscht habe: reibungslos.

In meinem ganzen Leben habe ich noch nie so viel Luxus gesehen. Um achtzehn Uhr kommen wir am Hôtel Salomon de Rothschild an. Das Gebäude ist groß und majestätisch, in den Gärten wurden hohe Tische aufgestellt, und einige Gäste plaudern, während Journalisten Fotos schießen.

Das alles ist tatsächlich Wirklichkeit.

Bei der Vorstellung, aus dem Auto steigen zu müssen, wird mir vor Angst fast übel. Jason scheint es zu bemerken, denn er greift nach meiner Hand und drückt sie. Die Geste überrascht mich.

»Wir können jederzeit umkehren … auch wenn ich genau weiß, dass du das sicher nicht willst. Ich möchte nicht, dass du etwas bereust.«

Er hat recht. Wenn ich nicht hineingehe, werde ich mich mein Leben lang hassen.

»Nein, es wird schon gehen.«

Er lässt meine Hand los, und seltsamerweise vermisse ich seine Wärme, als er aus dem Auto steigt und mir die Beifahrertür öffnet. Ich habe keinen Schimmer, wie wir unsere reservierten Plätze erreichen. Ich verschließe meinen Geist vor der Außenwelt und konzentriere mich darauf, nicht vor allen Leuten ins Stolpern zu geraten.

Das würde gerade noch fehlen.

Plötzlich bin ich mir meines Körpers viel zu bewusst – der Art und Weise, wie ich mich vorwärtsbewege, und meiner kurzen Haare, die meine Wangen streicheln. Jason hält eine Hand hinter meinem Rücken und scheint sich wohl zu fühlen. Er ist ganz klar in seinem Element. Ich sehe, wie er einigen Leuten zunickt, ich hingegen begnüge mich mit einem Lächeln.

Die Innenräume wirken noch edler.

»Okay, ich habe mich entschieden: Ich ziehe hier ein«, flüstere ich, während ich mich setze.

Jason lacht auf. Ich beobachte die Umgebung. Lackiertes Parkett, ein riesiger Kristall-Kronleuchter, der den Flur erhellt, goldene Stühle an den Seiten. Überhaupt ist überall Gold, und auf dem Boden liegen weiße Blütenblätter, die künftigen Models den Weg weisen.

»Absolut kein Druck«, lächelt Jason.

»Wie ich sehe, bist du mit den Promis vertraut.«

Er antwortet, ohne mich anzusehen:

»Sie kennen vor allem meinen Vater. Meine Mutter und meine Schwestern nehmen regelmäßig an den Schauen teil. Ich eher weniger.«

Ich erstarre und frage, ob sie auch heute Abend hier sind. Er beruhigt mich und sagt, dass sie bereits andere Termine hatten. Ich habe immer noch Schwierigkeiten, mich an die Vorstellung zu gewöhnen, dass er zu den Delaunays gehört, und frage mich, ob Loan weiß, dass sein bester Freund reich ist ... Ich muss sagen, dass Jason diese Tatsache gut zu verbergen weiß, was ich jedoch nicht verstehe.

»Wenn ich so viel Geld hätte, würde ich es total auskosten.«

»Das tue ich, nur eben ein bisschen anders. Ich weiß, dass ich großes Glück habe, aber ... manchmal kann es auch eine Last sein.«

»Wie klischeehaft«, spotte ich. »Ich frage mich, was für eine schwere Last es gewesen sein muss, in einer reichen und liebevollen Familie aufzuwachsen! Wenn du meine kennen würdest ...«

Er sieht mich stirnrunzelnd an und wirkt fast verletzt.

»Mir war nicht bewusst, dass es auf einen Wettbewerb hinausläuft.«

Seine Antwort nimmt mir den Wind aus den Segeln. Okay, das war dumm von mir. Eigentlich verurteile ich niemanden, dessen Leben ich nicht kenne, und ich beschwere mich auch nicht über meines. Ich will seine Probleme bestimmt nicht herunterspielen, und ich setze auch gerade dazu an, ihm das zu sagen, als sich eine Sirene mit ebenholzfarbener Haut links neben ihn setzt.

Sie schenkt ihm ein Lächeln und spricht mit ihm in einer Sprache, die ich nicht verstehe. Überrascht stelle ich fest, dass Jason ihr mit Leichtigkeit antwortet. Ich glaube, sie sprechen Deutsch.

Ich verschließe mich sofort und schaue verärgert geradeaus. Sieht sie nicht, dass wir zusammen gekommen sind? Schlimmer noch: dass wir mitten in einem Gespräch waren? Die beiden diskutieren lange, während sich der Raum allmählich füllt. Ich nutze die Gelegenheit, um die Outfits der anderen Leute zu begutachten, ehe ich merke, dass dies keine gute Idee ist.

Und siehe da, ich bekomme Lust, etwas zu essen.

*Das ist jetzt wirklich nicht der richtige Moment.*

»Soll ich dich fotografieren? Für deinen Kanal.«

Überrascht drehe ich mich zu Jason um. Er spricht nicht mehr mit der dunkelhäutigen Aphrodite, die vermeintlich diskret mein auffälliges Kleid mustert.

»Sehr gern.«

Er steht auf und greift nach meinem Smartphone. Seine Haut berührt meine. Ich gehe auf die offene Tür zu und posiere unmittelbar unter dem Kronleuchter. Jason ignoriert die anderen und baut sich mit konzentrierter Miene vor mir auf.

Ich muss lächeln, fange mich aber sofort wieder und stütze eine Hand auf meine Hüfte. Er macht mehrere Aufnahmen im Hoch- und Querformat und findet schnell Vergnügen daran.

Ich bin nicht die Einzige, die bei seinen Aufforderungen lachen muss. »Oh, perfekt, bleib so«, »Du machst das super, Baby, weiter so«, »Hier …, schau in die Kamera, verführe sie, ja, genau so«. Nach einer Weile umringen uns so viele Leute, dass ich ihn auffordere, den Quatsch zu beenden.

»Also nein, was für eine Diva«, beschwert er sich, als wir uns wieder hinsetzen. »Okay, schau dir das an. Es ist das allerschönste, das Licht ist perfekt und du lächelst sogar – was höchstens alle Jubeljahre einmal vorkommt. Ein echter Glücksgriff.«

Er hat recht, die Bilder sind wunderschön. Das Setting ist unglaublich, und ausnahmsweise muss ich nicht so tun, als ob ich mich hübsch fände. Nein, nicht »hübsch«. Glücklich. Strahlend.

Ich wende mich an Jason und kneife ihn als Dankeschön in die Wange.

»Danke, Tyler Shields.«

Danach dauert es nicht mehr lange, bis die Show beginnt. Ich schweige und spüre meinen Herzschlag, während die Models endlich vor meinen fassungslosen Augen vorbeidefilieren. Selbst Jason scheint die Vorstellung mit Spannung zu verfolgen. Ich bin begeistert von der neuen Kollektion mit ihren orientalischen und japanischen Einflüssen.

Die Farben sind sanft und hell, beige, ocker und rot. Die meisten Frauen gehen barfuß und streuen Rosenblätter. Alle tragen einen schlangenförmigen Kopfschmuck, Fußkettchen und lange, luftige Kleider. Ich verliebe mich in die Kimono-Mäntel, die transparenten Röcke und die aufgestickten Drachen …

Noch nie war ich mir meiner Berufswahl so sicher.

Für meinen Geschmack endet die Show viel zu schnell. Alle meine Ängste waren im Handumdrehen verschwunden, und als wir den Veranstaltungsort verlassen, fühle ich mich ganz leicht. Vor dem Eingang sammelt sich eine große Menge aus Gästen und Fotografen. Es ist bereits dunkel, und die Sterne spiegeln sich in den Pailletten meines Kleides.

»Und?«, fragt Jason und bietet mir seinen Arm.

Ich hake ihn unter und beginne, die Treppe hinunterzugehen. Mein Kleid schleppt über meine Zehenspitzen.

»Es war absolut su…«

Ratsch!

Mein Herz setzt einen Schlag aus, und im nächsten Augenblick liege ich in Jasons Armen, der mich gerade noch vor einem Sturz bewahren kann.

Ich bewege mich nicht und schäme mich zu Tode. *Was ist da gerade passiert?* Alle Blicke sind auf uns gerichtet. Auf mich. Ich begreife, dass ich über mein langes Kleid gestolpert bin und beinahe die Treppe hinuntergepurzelt wäre.

Jason steht reglos neben mir und wartet meine Reaktion ab. Ich bin mir sehr bewusst, dass mein Kleid auf Höhe meines Oberschenkels zerrissen ist und allen Anwesenden meine nackten Beine offenbart. Einige Frauen schnappen verblüfft nach Luft, während andere ihre Grimassen hinter einer Hand verbergen. Ein Fotograf verewigt die Szene, und ich bete insgeheim darum, dass mich jetzt sofort ein Herzinfarkt dahinrafft. Alles, bloß das nicht.

*Jeder kann deine dicken Oberschenkel sehen. Du und deine Schwangerschaftsstreifen, ihr gehört nicht hierher.*

In diesem Moment geht Jason vor mir in die Knie, reißt den Stoff komplett durch und stopft ihn sich in die Tasche. Mit zitternden Knien stehe ich plötzlich in einem improvisierten Minikleid da, während er sich mit strahlendem Lächeln aufrichtet.

»Wenn man Beine hat wie eine Göttin, sollte man sie auch zeigen, nicht wahr?«, sagt er laut und deutlich.

Würde ich mich nicht so schämen, hätte ich ihn geküsst und meinen Retter genannt. Na ja, vielleicht auch nicht – nicht mein Stil.

Aber ich nehme mir vor, ihm einen ganzen Korb Blaubeermuffins zu backen.

Ich greife nach seinem Arm, und dieses Mal gehe ich die Treppe vorsichtiger hinunter. Ich hauche ihm ein »Danke« zu, das er mit einem Augenzwinkern abtut. Zumindest das ist erledigt.

Entgegen meiner Annahme gehen wir nicht sofort nach Hause. Jason zieht mich zu einem etwa fünfzigjährigen Paar. Er grüßt und stellt mich vor.

»Das ist meine Freundin Zoé Camara. Zoé, James hat fast dreißig Jahre in der Haute Couture gearbeitet. Chanel, richtig?«

»Louis Vuitton«, korrigiert der Mann und schüttelt mir die Hand. »Angenehm, Mademoiselle.«

»Vorsicht, sie steht nicht ganz sicher auf den Füßen«, scherzt Jason.

Sie lachen und die Frau gratuliert mir zu meinem Outfit.

Wir unterhalten uns eine Weile, und ich kann einfließen lassen, dass ich Studentin an der ESMOD bin. Als wir uns verabschieden, fühle ich mich wie auf Wolken.

*Ich habe es getan*. Zwar wäre ich fast die Treppe hinuntergefallen, aber Jason war da. Und ich muss zugeben, dass ich mich deswegen erleichtert fühle.

»Tut mir leid wegen deines Kleides …«, sagt er, als wir schließlich im Auto sitzen.

»Red keinen Unsinn. Es ist nicht deine Schuld, dass ich nicht laufen kann.«

»Stimmt.«

Ich verbringe den Heimweg damit, die besten Fotos zu posten, die Jason von mir aufgenommen hat, während er laut zum Radio singt.

Überrascht stelle ich fest, dass er Selfies von sich gemacht hat, als ich gerade nicht hingeschaut habe, und dabei alle möglichen Grimassen und verführerischen Blicke ausprobiert hat. Ich schüttle den Kopf, jedoch ohne sie zu löschen.

»Es war ein wirklich guter Abend«, murmle ich. »Vielen Dank … Ich meine es ernst.«

Er nickt sehr langsam, ohne den Blick von der Straße zu wenden.

»Das Vergnügen war ganz auf meiner Seite.«

# Vier Jahre zuvor

## Zoé

»Wir brauchen noch einen sechzehnten Punkt«, sagt Sarah am Telefon.

Ich stelle mir vor, wie sie mit einem Stift und unserer tollen Liste auf ihrem Bett liegt und nachdenkt. Ich schließe die Badezimmertür ab und frage:

»Wozu?«

»Ich hasse ungerade Zahlen. Sie stressen mich. Dich nicht?«

»Jetzt sag bloß nicht, dass du zu den Leuten gehörst, die die Lautstärke ihres Fernsehers nach geraden Zahlen verändern.«

»Was glaubst du wohl? Ich habe dieses Prinzip sozusagen erfunden!«

Ich lächle, klemme mir das Telefon zwischen Kinn und Schulter und ziehe mich aus. Seit gestern ist Sarah geradezu besessen von dieser Liste. Nach dem Zwischenfall mit meinem Bruder – wir vermeiden es beide, diese Episode zu erwähnen – findet sie immer wieder irgendwelche Tricks, um mich abzulenken.

Ich denke, sie fühlt sich schuldig, weil sie nicht begriffen hat, was ich zu Hause durchmache. Irgendwann stellte sie mir die Frage, ob ich nicht schon mal daran gedacht hätte, wegzulaufen.

Nach meiner Antwort, dass ich bleiben und meiner Mutter helfen müsste, kam sie mit dieser neuen Idee an.

Eine Liste mit Dingen, die man einmal im Leben tun sollte.

Bisher haben wir fünfzehn Punkte gefunden. Einer davon lautet, Bryan die Wahrheit ins Gesicht zu schreien. Ich weiß, dass es eine dumme Idee ist, aber ich weiß auch, dass es Sarah beruhigt.

Also spiele ich mit.

»Fallschirmspringen?«, schlage ich vor.

»Das will doch jeder, wir sind doch keine Herdentiere. Warte, ich kann dich kaum hören ... Was machst du gerade?«

Ich habe nur noch meine Unterwäsche an, stehe vor der Waage und atme tief durch. *Das ist der Moment.*

Seit einem Jahr versuche ich, abzunehmen. Ohne Erfolg. Dieses Mal habe ich beschlossen, es richtig durchzuziehen. In den letzten zwei Wochen habe ich so gut wie nichts gegessen. Ein Rekord für mich! Ich habe sogar mit den Blaubeermuffins aufgehört – also meinem Paradies auf Erden –, was Sarah zunächst Sorgen bereitet hat.

Ich muss abgenommen haben, das weiß ich. Zumindest hoffe ich es.

»Ich wiege mich gerade. Mann, ich habe echt Schiss ... Okay, los geht's.«

Am anderen Ende der Leitung bleibt es stumm. Ich kümmere mich nicht weiter darum und steige auf die Waage. Mein Herz pocht wie wild. Ich habe Angst hinzuschauen und zu sehen, dass ich doch nicht abgenommen habe. Wenn das der Fall ist, weiß ich nicht, wie ich damit fertigwerde.

Vermutlich sehr, sehr schlecht.

Erst nach mehreren Sekunden kann ich mich zwingen, nach unten zu schauen. Mit einem Triumphschrei steige ich von der Waage.

»Und?«, erkundigt sich Sarah ein wenig distanziert.

»Ich habe sechs Kilo abgenommen! Nicht zu fassen! Was sagst du zu deiner Granate von Freundin?«

Schweigen.

Ich nenne ihren Namen und bin fast schon überzeugt, dass unser Gespräch unterbrochen wurde.

»Sechs Kilo in zwei Wochen? Scheiße, Zoé ...«

»Ich weiß, es ist verrückt! Es funktioniert wirklich!«

»Nein, es ist nicht verrückt«, kontert sie trocken. »Es ist alarmierend und absolut idiotisch. Du darfst so nicht weitermachen, Zoé, das ist gefährlich.«

Ihre Worte verletzen mich, und ich reagiere eingeschnappt. Sie hat mich bei dieser Diät nie wirklich unterstützt, sie war von Anfang an zurückhaltend und hat ständig wiederholt, ich hätte es nicht nötig und dass Diäten ohnehin nie funktionieren und so weiter. Aber das ist immer noch etwas anderes, als diesen glücklichen Moment zu ruinieren!

»Ich bin lieber idiotisch als fett.«

»Scheiße, hörst du dir eigentlich zu?«, regt sie sich hörbar entsetzt auf. »Weißt du was, ich habe den letzten Punkt der Liste gerade gefunden: *Sich selbst lieben*. Offensichtlich hast du das bitter nötig.«

Ich öffne den Mund, um mich zu verteidigen, aber sie lässt mich nicht zu Wort kommen:

»Du bist nicht fett. Ich weiß nicht, wer dir das in den Kopf gesetzt hat, aber es scheint zu einem echten Problem zu werden! Hör auf mit der Diät, kapiert?«

»Wie bitte?«, frage ich lachend. »Du hast kein Recht, zu entscheiden, was ich tue oder nicht tue, Sarah. Du bist nicht meine Mutter.«

Nach einer Pause fährt sie mich an:

»Na ja, manchmal frage ich mich wirklich, wozu sie eigentlich gut ist, deine M...«

Mit brennenden Wangen und heißer Brust lege ich auf.

*Sie hat es gewagt.*

Halbnackt stehe ich mitten im Badezimmer. Die Euphorie ist dahin, jetzt spüre ich nur noch Wut und Demütigung. Was glaubt sie eigentlich, wer sie ist? Warum kann sie sich nicht für mich freuen? Für ein schlankes Mädchen wie sie ist es leicht, Diäten zu kritisieren!

Wütend ziehe ich mein Kleid an und kehre leise fluchend ins Wohnzimmer zurück. Sarah ruft mehrmals zurück; ich weiß es, weil mein Telefon in meiner Tasche vibriert. Aber ich ignoriere es und …

»Oh.«

Ich bleibe wie angewurzelt stehen. Mein Bruder sitzt mit seinem Freund Rémy auf dem Sofa im Wohnzimmer. Ich kenne ihn, weil er häufig kommt. So oft, dass ich mich frage, ob er nicht manchmal hier wohnt.

Bryan blickt mich überrascht an.

»Ah, du bist ja da. Hast du keine Vorlesung?«

»Ich war um vier Uhr fertig«, antworte ich leise.

Heute kann ich wirklich keinen Streit mit meinem Bruder gebrauchen. Ich will gerade kehrtmachen, als er mich zurückruft. Mir gefriert das Blut in den Adern.

»Setz dich und schau mit uns fern«, schlägt er vor.

Ich zögere, wie betäubt. Ich bin mir nicht sicher, ob ich den Abend mit ihnen verbringen will. Schließlich weiß ich, was passiert, wenn etwas nicht so läuft, wie Bryan es geplant hat. Eine winzige Kleinigkeit, und er gerät außer Kontrolle.

»Ich weiß nicht …«

»Oh, komm schon, das ist lustig! Es ist eine Wiederholung des *Bachelor*.«

»Ihr schaut euch den *Bachelor* an?«, spotte ich unwillkürlich.

Bryan verdreht amüsiert die Augen.

»Es sind viele hübsche Mädchen dabei. Wir versetzen uns an die Stelle des Typen. Ich hätte die Rothaarige genommen, die da … siehst du? Sie ist die einzige, die einigermaßen natürlich ist. Die anderen sind nur wegen der Kohle dabei, ganz sicher.«

Mein Telefon vibriert erneut, und ich beschließe, mich neben meinen Bruder auf die Couch zu setzen. Was soll's? Warum eigentlich nicht? Ich ziehe die Knie an, schlinge die Arme um die Beine und hefte den Blick auf den Fernseher. Es genügt, sich nicht zu bewegen und nicht zu reden. Kurz gesagt: unsichtbar zu sein.

Die Jungs kommentieren hier und da, und manchmal bringen mich ihre Sprüche sogar zum Lachen. Das ist nett. Manchmal passiert so was. Bryan hört auf, sich wie ein Tyrann aufzuführen, und benimmt sich wie ein Bruder. Es sind solche leider sehr seltenen Momente, die mich daran hindern, ihn ganz und gar zu hassen.

Ich hasse nur den Bryan, der mich sofort ohrfeigt, wenn ihm etwas auf die Nerven geht. Aber so ist er nicht immer, also verzeihe ich ihm jedes Mal ein wenig und finde Entschuldigungen für ihn. Bis er es wieder tut.

Ich habe es niemandem erzählt, nicht einmal Sarah … aber ich habe schreckliche Angst. Nicht davor, in Erwartung der Schläge zu leben – damit kann ich umgehen. Sondern davor, dass ich nicht mehr in der Lage bin, diese Schläge zu ertragen.

Ich habe Angst, eines Tages nach dem Erstbesten zu greifen, das mir in die Hände kommt, und ihn zu töten.

»Verdammt, warum gibt es hier bei uns keine Mädchen wie die da?«, beschwert sich Rémy.

»Weil du dein Leben damit verbringst, unten im Viertel herumzulungern?«, entfährt es mir sarkastisch. »Ich bin überrascht, dass du überhaupt Frauen kennenlernst.«

Mein Bruder lacht spöttisch und hält mir seine Handfläche entgegen. Einen Moment lang bin ich verblüfft. Dann gebe ich ihm ein High Five, als wäre es die natürlichste Sache der Welt.

»Sie hat recht, Mann.«

Rémy wirft mir einen grimmigen Blick zu, auf den ich mit einem Lächeln reagiere. Ich weiß, dass ich vorsichtig sein sollte, aber mein Herz erwärmt sich angesichts dieser Komplizenschaft mit Bryan. Ein kleiner Teil von mir hofft, dass dieser Zustand ein paar Tage, vielleicht sogar mehrere Wochen anhält.

»Hey, Zoé, du hast abgenommen, nicht wahr?«

Ich erstarre. Tatsächlich scheint der komplette Raum plötzlich innezuhalten. Ich schaue Rémy an, ohne zu wissen, was ich sagen soll. *Was hat das zu bedeuten? Etwa, dass es nötig war? Vermutlich, wenn es so deutlich sichtbar ist.* Ich will ihn gerade beleidigen, als eine wütende Stimme mich zusammenzucken lässt:

»Zieh Leine.«

Reflexartig springe ich auf, um in mein Zimmer zu gehen. Aber Bryan knurrt, »Du doch nicht«, und ich bleibe stehen. Er wendet sich mit wutverzerrtem Gesicht an Rémy. Ich kann kaum glauben, dass er nicht mich meint. Ich sehe, wie seine geballten Fäuste beben.

Nur mühsam hält er sich zurück.

»Was wolltest du damit andeuten? Komm schon, spuck es aus.«

Rémy scheint seine Worte schnell zu bereuen. Zunächst habe ich vor, mich für ihn einzusetzen, doch dann halte ich feige die Klappe. Ausnahmsweise geht es nicht um mich …

»Nichts. Es war nur ein Witz, Mann. Entspann dich.«

»Sag mir nicht, ich soll mich entspannen«, antwortet Bryan eisig. »Sie ist meine Schwester. Nenn sie noch einmal fett, nur zu.«

Rémy beißt mit geröteten Wangen die Zähne zusammen. Schließlich schüttelt er den Kopf. Mein Bruder fordert ihn erneut auf, zu gehen, und dieses Mal lässt er sich nicht lang bitten. Nachdem die Tür ins Schloss gefallen ist, bleibe ich reglos und verblüfft sitzen. Mein Bruder hat mich gerade verteidigt. *Mich*.

Ich hasse dieses Gefühl von Hoffnung, das wie eine Blume in meinem Herzen aufblüht.

Bryan reicht mir seine Chipstüte, ohne mich anzusehen. Er wirkt jetzt entspannter und scheint sich auf den Bildschirm zu konzentrieren.

Ganz langsam setze ich mich wieder. Ich lehne die Chips ab, obwohl ich wirklich Lust darauf habe, was mir einen Blick von ihm einträgt. Die Wut ist immer noch da, aber ich sehe, wie sie nach und nach verschwindet.

»So ein Idiot.«

Ich nicke wortlos. Trotzdem wandert Bryans Blick über meine Figur, als hätte er mich noch nie zuvor gesehen. Er runzelt die Stirn.

»Bei Licht betrachtet hat dieser Mistkerl aber recht. Du hast wirklich abgenommen, oder?«

»Sechs Kilo.«

Er stößt einen Pfiff aus, was mich zum Lächeln bringt. Es ist genau die Reaktion, die ich von Sarah erwartet hätte. Scheiße, so schwierig kann das doch nicht sein.

»Steht dir gut. Du siehst super aus.«

»Äh … danke.«

»Klingt, als wärst du überrascht.«

Ich hebe eine Augenbraue. Er sieht nicht aus, als hätte er die Andeutung verstanden. Ich seufze. Sein kameradschaftliches Verhalten bringt mich dazu, ehrlich zu sein:

»Weil du mich ständig anschreist oder mich in meinem Zimmer einsperrst. Erst vor drei Wochen hast du meinen Kopf vor Sar… meiner Freundin gegen die Wand geschlagen.«

Ich schlucke und beobachte seine Reaktion. Lange Zeit

blickt er starr geradeaus. Als er sich endlich bewegt, ist es nur, um seine Lippen zu befeuchten. Eine Art Schuldgefühl schimmert in seinen Augen. *Er hat die gleichen Augen wie ich.*

»Ich habe dich leicht geschubst, und du bist gegen die Wand gestoßen«, korrigiert er mich. »Es war keine Absicht. Ich war nur … überrascht. Es tut mir übrigens leid. Ehrlich.«

Innerlich muss ich lachen. Ich weiß nicht einmal, ob ich ihm noch glauben kann. Angeblich macht er nie etwas mit Absicht.

»Überrascht es dich, dass ich mit einem Mädchen zusammen bin?«

Er knurrt mit angeekelter Miene, und ich frage mich, ob ich zu weit gegangen bin.

»Damit das klar ist, ich habe nichts gegen Homos. Aber ich will so was nicht in meiner Familie, ganz einfach. Du triffst sie ja sowieso nicht mehr.«

Das ist eine Feststellung. Ich nicke brav, als er mich fragend anschaut. Meine Hände schwitzen. Ich versuche nicht einmal, ihm zu erklären, dass er ganz offensichtlich homophob ist, und gebe vor, seine Entschuldigung anzunehmen.

Plötzlich lächelt er mich zufrieden an und breitet die Arme aus.

»Komm schon. Lass uns Frieden schließen.«

Ich will mich nicht von ihm umarmen lassen. Mein Herz pocht heftig, als wolle es aus meiner Brust springen, doch es bleibt in seinem Käfig, und ich starre auf Bryans Arme, die Arme meines großen Bruders, die mich als Baby gewiegt haben, aber auch die Arme, die mich sehr fest gehalten haben – zu fest – so fest, dass sie sichtbare und unsichtbare, aber immer unauslöschliche Spuren hinterließen.

Er wartet immer noch. Ich schlucke meine Angst hinunter, nehme Zuflucht in seiner Umarmung und lege mein Kinn auf seine Schulter.

Ich erwarte jeden Augenblick, dass er seine Meinung ändert, aber dazu kommt es nicht. Stattdessen flüstert Bryan mir ins Ohr:

»Ich habe dich sehr lieb, Da. Viel zu lieb. Du bist die Einzige, die ich in dieser Bude wirklich liebe.«

Ich schließe die Augen und halte meine Tränen zurück.

*Warum zerstörst du mich dann?*

# 10

## Jason

Wie ein Idiot grinse ich mein Telefon an, während ich darauf warte, dass die Ampel grün wird.

**Zoé@Zoécamara** (vor 6 Minuten)
Ich, Zoé Camara, erkläre hiermit, dass ich Star Wars liebe. #KyloRenTrash

Sie hat es getan. Zoé hat ihren Teil des Handels erfüllt – zumindest die Hälfte davon.

Amüsiert mache ich einen Screenshot des betreffenden Tweets. Leider wird die Ampel gerade grün, als ich ihr schreiben will. Ich fahre los und diktiere die Nachricht in mein Smartphone:

»Ich habe gerade deinen Tweet gesehen. Seltsamerweise erregt er mich noch mehr, als dir dabei zuzusehen, wie du ›Ma Benz‹ singst.«

Sie antwortet mir nicht sofort. Diese Woche haben die Vorlesungen wieder angefangen, und ich hatte seit der Valentino-Show keine Zeit mehr, Zoé zu sehen. Ich muss zugeben, dass der Abend alle meine Erwartungen übertroffen hat …

Ich würde vielleicht nicht so weit gehen, zu behaupten, dass sie mich mag, aber ganz offensichtlich hasst sie mich ein bisschen weniger. Ich glaube sogar, wenn ich mit einem Kätzchen in einem brennenden Raum wäre und sie nur einen von uns retten könnte, würde sie … Nein, sie würde immer noch die Katze rausholen.

Ich parke vor der Sportanlage, steige aus dem Auto und ziehe wegen der Kälte meine Schultern hoch. Was für eine Idee, bei diesem Wetter Fußball zu spielen, also ernsthaft! Weil heute Samstag ist, habe ich Julie vorgeschlagen, Mathis vom Training abzuholen und den Nachmittag mit ihm zu verbringen.

Vorerst muss ich noch brav auf der Tribüne warten. Als ich mich hinsetze, vibriert mein Telefon. Mathis winkt mir aus der Ferne zu.

**Ethan**: Wow, jetzt habe ich aber eine Menge Fragen.

Ich verstehe nicht. Ich will ihm sagen, dass er den falschen Empfänger eingegeben hat, als … *Oh Kacke.*

*Ich* habe den falschen Empfänger eingegeben.

Ich habe versehentlich auf den letzten Kontakt geklickt und dachte, es sei Zoé. Übler Fehler.

»Mann, Jason«, murmle ich vor mich hin.

Ich bekomme weitere Nachrichten und gehe davon aus, dass Lügen jetzt keine Option mehr ist. Ich bin geliefert.

»Zoé wird mir die Eier abreißen.«

Die Mutter rechts von mir legt ihrem Kind die Hand auf die Schulter und wirft mir einen schrägen Blick zu. Ich lächle entschuldigend, ehe ich mich wieder meinem Telefon widme.

**Ethan**: Ich nehme mal an, ich bin nicht derjenige, der dich erregt – aber wundern würde es mich nicht.
**Ethan**: Ich bin ziemlich heiß.
**Ethan**: DU UND ZOÉ????
**Ethan**: Jason, lass mich nicht im Ungewissen.

Ich seufze. Es ist nicht so schlimm, wie man vielleicht denken könnte. Ethan ist einer meiner besten Freunde, und mir ist es lieber, wenn er und nicht Loan es weiß. Denn dann würde ich in großen Schwierigkeiten stecken.

**Ich**: Zoé und ich haben uns an Heiligabend in einer Bar kennengelernt und miteinander geschlafen. Es sollte nur ein One-Night-Stand sein. Allerdings ist das Schicksal unberechenbar. Ende der Geschichte. SAG NIEMANDEM WAS.
**Ethan**: Es tut mir leid, aber ich lache mich gerade kaputt.

Ich schicke ihm einen Stinkefinger.

**Ethan**: Hasst ihr euch jetzt oder schlaft ihr miteinander? Ich bin verwirrt.
**Ich**: Sie tut, als würde sie mich hassen, und ich versuche, mit ihr zu schlafen.
**Ethan**: Jetzt ist es klarer, danke. Hast du sie gefragt, ob sie mit dir ausgeht?

Ich runzle die Stirn. Daran habe ich tatsächlich noch nicht gedacht. Ich muss sagen, ich bin so etwas nicht gewöhnt. Ich hatte zwar schon das eine oder andere Date, aber nie wirklich ernsthaft. Ich will auch nicht, dass Zoé sich irgendwelche Hoffnungen macht, oder schlimmer noch, dass sie denkt, ich würde mir Hoffnungen machen.

**Ich**: Alter, du hast recht. Das mache ich. Ich lade sie ein!
**Ethan**: *Yes!* Und ich will alles wissen. Berichte mir, was sie gesagt hat!
**Ich**: Logisch, Mann.

Mathis' Spiel geht zu Ende. Ich rufe Zoé an. Ethan hat mich wieder auf die Spur gebracht. Er hat recht, ein Date würde mir helfen, den Kopf frei zu bekommen. Ich warte lange Sekunden, und es klingelt ziemlich oft, bis sie schließlich antwortet:

»Was willst du?«

»Auch dir einen guten Tag, Sonnenschein. Habe ich dich geweckt?«

Jemand spricht im Hintergrund mit ihr. Es ist die Stimme eines Mannes. Ich glaube Tiago zu erkennen. Verflixt, ich bin aufgeregt wie ein kleiner Junge.

»Es ist drei Uhr nachmittags ... Ich mache Fotos an der Place des Vosges«, sagt sie und fügt hinzu: »Schau, Jason, du bist süß und ich muss zugeben, dass ich jedes Mal, wenn ich dich sehe, etwas weniger Lust habe, dich umzubringen, aber du solltest lieber einen wirklich guten Grund haben, mich zu stören.«

Ich muss wirklich mit meinem Psychiater über meinen Frauen-Typ reden.

»Du findest mich süß?«, frage ich grinsend. »Yay!«

»Jason.«

»Okay, okay. Tja, also eigentlich, weißt du ... Ich habe zwei Opernkarten.«

Nur der Wind antwortet mir, und ich frage mich, was ich jetzt tun soll. Mist, das hier ist etwas, wofür mir wirklich jede Begabung fehlt.

»Cool, dann kannst du ja zweimal gehen.«

»Zoé ...«

Sie lacht aufrichtig und verkürzt meine Tortur, indem sie mit einem Mal verlegen erklärt:

»Es tut mir leid, Jason, aber ich habe gerade wirklich keine Zeit. Tiago muss gleich weg, und ich brauche neue Bilder. Ciao.«

Damit legt sie auf. Ich bin so empört, dass ich wie ein Idiot mit hängenden Mundwinkeln dasitze. Es ist das erste Mal, dass ich derart abserviert werde.

Endlich tritt Mathis in mein Blickfeld. Ich stehe auf und gehe auf ihn zu. Aber vorher schicke ich Ethan noch eine schnelle Antwort.

**Ich**: Sie will nicht.
**Ethan**: #fail

Als ich bei meinem Neffen ankomme, fällt er mir um den Hals. Seine Wangen sind von der Kälte gerötet.

»Onkel Jason!«

»Alles klar, Großer? Himmel, du wächst ja mit einem Affenzahn. Was frühstückst du morgens? Löwenfleisch?«

Er zuckt die Schultern und antwortet sehr ernsthaft:

»Nein, Müsli.«

Ich lächle, nehme ihm seine Tasche ab und führe ihn zum Auto. Ich bekomme Zoé nicht aus dem Kopf, und das ärgert mich. Warum will sie nicht mit mir ausgehen?

*Vielleicht, weil du zu ihr gesagt hast, dass sie schlecht im Bett ist.*

Ja, das wäre möglich.

Dennoch stelle ich fest, dass sie nicht ausdrücklich abgelehnt hat.

Julie würde mich umbringen, wenn sie wüsste, dass ich ihren Sohn mitnehme, um Frauen aufzureißen. Ich bin ein schrecklicher Onkel.

Ich werfe einen Blick auf Mathis, der neben mir hergeht und viel zu beschäftigt damit ist, sein Pistazieneis zu schlecken, um irgendetwas zu ahnen. Wir erreichen die Place des Vosges und entdecken, dass nur wenige Leute den Mut haben, sich der Kälte zu stellen.

Ich sehe Zoé sofort. Sie sitzt am Rand des Brunnens und lässt sich mit wehenden Haaren von Tiago fotografieren. Ich nehme mir einen Moment Zeit, um sie unbemerkt zu beobachten. Wie immer ist sie sehr gut gekleidet; sie trägt ein weißes T-Shirt mit der Aufschrift WE SHOULD ALL BE FEMINISTS, das in taillenhoch geschnittenen Jeans steckt. Die Hosenbeine mit Schlag fallen über ein Paar High Heels, und eine rote Baskenmütze verleiht dem Ganzen eine Pariser Note.

Sie ist so keck und sexy … Sie muss unbedingt mit mir ausgehen, sonst würde ich es mein ganzes Leben lang bedauern.

Plötzlich heftet Zoé den Blick fest auf meinen, als hätte der Wind ihr meine Gedanken zugetragen. Als meine Überraschung nachlässt, glaube ich, sie erröten zu sehen.

»Kennst du sie?«

Ich wende mich an Mathis, der mich fragend ansieht.

»Äh … ja. Sie ist eine Freundin.«

»Sie ist hübsch.«

Ich lächle, als er sofort nach meinem Geständnis den Blick senkt. Ich bin ihm nicht böse; schließlich ist es die Wahrheit. Zoé ist eine der schönsten Frauen, die ich je kennengelernt habe. Ich frage Mathis, ob es ihm etwas ausmacht, sie zu begrüßen. Er schüttelt den Kopf.

Ich muss mich zwingen, auf sie zuzugehen.

*Los, Obi-Wan. Nutze die Macht.*

»*Stalker*«, beschwert sich Zoé, als ich vor ihr stehe.

Das fängt ja gut an.

»Ich wurde schon schlimmer beschimpft.«

Ich begrüße Tiago, der offenbar am liebsten überall sonst wäre. Sie haben wahrscheinlich herzlich über meinen kleinen Versuch gelacht, ehe ich ankam – nicht, dass ich es ihnen übel nehme. Er war erbärmlich.

»Das ist mein Neffe Mathis. Mathis, das sind Zoé und Tiago.«

Zoé lächelt freundlich, aber Mathis sagt nichts. Na toll.

»Warum bist du gekommen, Jason?«, fragt sie mich mit verschränkten Armen. »Ich habe dich gewarnt, dass du nicht ohne mich auskommst …«

»Hey, ich bin nicht deinetwegen hier!«, verteidige ich mich und lege einen Arm um Mathis' Schultern. »Ich verbringe nur den Tag mit diesem Herrn hier – mir ist klar, dass das ziemlich blöd ausgedrückt ist –, und er ist derjenige, der herkommen wollte, nicht ich. Es ist unsere Samstagstradition; er findet neue Freunde, und ich kaufe ihnen Süßigkeiten und – wow, es wird immer schlimmer. Ich halte lieber die Klappe, okay?«

Tiago und Zoé starren mich stirnrunzelnd an. Es läuft überhaupt nicht so, wie ich es mir vorgestellt habe.

*Zumindest könnte es nicht schlimmer sein.*

»Aber … Ich wollte doch gar nicht herkommen«, protestiert Mathis.

*Doch, es geht noch schlimmer.*

Ich lache gezwungen. Mein Blick trifft eine spöttisch grinsende Zoé.

»Aber sicher. Erzähl doch keinen Unsinn …«

Der Kleine versteht die Botschaft nicht und fährt sehr zuversichtlich fort:

»Nein.«

»Doch.«

»N…«

Ich tue so, als wolle ich ihn umarmen, halte ihm den Mund zu und lache angestrengt. Zoé hebt mit bebenden Wangen eine Augenbraue, aber ich schüttle den Kopf.

»Was für ein Witzbold.«

Ich schaue auf meinen Neffen herab, der mich stirnrunzelnd anblickt. *Ich schäme mich, Mathis, ich schäme mich.*

Glücklicherweise werden wir vom Klingeln meines Telefons unterbrochen. Julie hat mir geschrieben und mich gefragt, wann ich ihr die Kätzchen bringe.

Mist, das habe ich ganz vergessen. Ende Februar fliegen Loan und ich für ein paar Tage nach Bali. Meine Lieblings-Schwester hat mir versprochen, sich um Leia, Han Solo und Darth Vader zu kümmern, während ich weg bin. Mathis liebt die Katzen.

Mein Neffe fragt, ob er ein Stück weiter weg spielen dürfe. Ich erlaube es ihm, behalte ihn im Auge und wende mich an Zoé.

»Und sonst? Hast du mit der Liste angefangen?«

Es ist Tiago, den ich fast vergessen hatte, der mir – schon mit dem Rucksack auf den Schultern – antwortet:

»Ich will mich zwar nicht selbst loben, aber ich habe sie dazu gezwungen; sie wollte aufgeben.«

»Das ist nicht wahr!«, empört sich Zoé. »Ich halte meine Versprechen.«

»Ja klar«, sagt Tiago lachend. »Ich muss dann mal los. Kommst du irgendwie heim?«

Zoé nickt und küsst ihn auf die Wange, ehe er geht und mir einen schönen Abend wünscht. Ich setze mich neben sie. Mein Oberschenkel berührt ihren, und sie blickt zu mir auf. Noch nie haben ihre Augen so blau wie heute gewirkt.

Ich stütze die Ellbogen auf die Knie und schenke ihr mein Raubtierlächeln.

»Ich mache dich darauf aufmerksam, dass ich Beweise einfordere.«

»Ich habe noch nicht viel in die Wege geleitet. Der Dreier ist schon seit einiger Zeit abgehakt …«

»Beweise«, wiederholte ich.

»… und jetzt habe ich angefangen, Norwegisch zu lernen, und zwar online. Es ist kompliziert, aber cool.«

Beeindruckt hebe ich eine Augenbraue. Ich hätte nicht gedacht, dass sie ihren Teil der Vereinbarung so problemlos erfüllen würde.

»Gut, dann sag mal was.«

*»Du er moron.«*

Ich frage sie, was es bedeutet, aber sie antwortet lediglich mit einem geheimnisvollen Lächeln.

»Ach ja, das Kästchen ›Einen ganzen Tag lang zu allem Ja sagen‹ kann ich auch abhaken.«

»Was, das habe ich verpasst?«

Sie scheint zu zögern und schaut auf meine Hände hinab.

»Der Tag ist heute.«

Ich reibe mir die Hände und zucke mit den Augenbrauen.

»Zoé … findest du mich attraktiv?«

»Himmel …«, murmelt sie und legt sich zwei Finger an die Schläfe.

»Du musst schon mitspielen!«

Sie starrt mich ungerührt an, ehe sie widerwillig hervorstößt:

»Ja.«

»Träumst du manchmal nachts von mir?«

»Ja sicher, jede Nacht.«

»Gaunerin«, sagte ich augenzwinkernd. »Ganz nackt?«

»Du nervst. Weißt du, ich glaube nicht, dass dieses Spiel so funktioniert!«

Plötzlich erstarre ich. *Könnte es sein, dass …?* Zoé erkennt an meinem Gesicht, das ich begriffen habe, denn sie beißt sich in die Wangen und wendet den Blick ab. Deshalb hat sie also am Telefon nicht explizit geantwortet; sie hätte Ja sagen müssen.

Oh, ich liebe dieses Spiel.

»Du weißt schon, dass ich dir die Frage stellen muss«, sage ich grinsend.

»Mach schon, bring es hinter dich.«

Ich räuspere mich theatralisch und stehe auf. Ihre zarte Hand halte ich in meiner. Ich muss mich zwingen, mich nicht vorzubeugen und den Duft ihrer Haut einzuatmen. Ob sie immer noch nach Mandeln riecht wie in besagter Nacht?

»Zoé Camara … Würdest du mit mir ausgehen?«

»Eindeutiges ›Ja‹. Aber ich warne dich, du darfst nicht zu spät kommen! Ich hasse das. Und nichts Abgedrehtes …«

Sie wird von Mathis unterbrochen, der näher gekommen ist, ohne dass wir ihn bemerkt haben, sie anlächelt und ihr seine Arme entgegenstreckt.

In seinen kleinen Händen windet sich eine Taube.

»Hier, für dich. Onkel Jason sagt, eine Taube ist fast wie ein Drache und dass Mädchen so etwas lieben.«

*Oh Scheiße.*

Als Zoé das Tier sieht, springt sie auf, beginnt zu schreien und weicht zurück. Sie lässt meine Hand los und stolpert in den leeren Brunnen, während ich die Augen aufreiße und nicht weiß, was ich tun soll.

Es wäre sicher nicht richtig, jetzt laut aufzulachen, nicht wahr?

Mathis bleibt sehr ruhig. Er hält das zornige Tier noch immer in seinen schmutzigen Händchen. Zoé rennt davon, versteckt sich hinter einem Baum und schreit mir alle möglichen Beleidigungen entgegen, während ich versuche, mich dem Vogel zu nähern, ohne zu kotzen.

»Lass sie sofort los, Mathis! Wie zum Teufel hast du es fertiggebracht, sie zu fangen?«

Nach einer gefühlten Ewigkeit lässt er das Tier los, und die

Taube fliegt davon. Ich sehe Mathis an, der seine Hände an meinem T-Shirt abwischt. Er wirkt enttäuscht.

»Ich dachte, es würde ihr gefallen … Du hast gesagt, es funktioniert.«

»Du solltest lieber nicht auf mich hören, Kleiner! Weißt du, in meinem Kopf bin ich nicht älter als du.«

Er zuckt die Schultern, und ich fühle mich ein bisschen schuldig. Ich sehe, wie Zoé ein Stück weiter atemlos ihr Versteck verlässt.

»Es ist nicht deine Schuld, Mathis, sondern meine.«

»Wie soll ich es denn anstellen, dass sie mich mag?«

Ich öffne den Mund, zögere aber. Zoé kommt auf Umwegen zu uns zurück. Die Baskenmütze sitzt schief auf ihren pastellrosa Haaren. Erst jetzt begreife ich, dass sie zugestimmt hat, mit mir auszugehen.

Zwar hauptsächlich, weil ihr nichts anderes übrig blieb, aber immerhin.

Lächelnd tippe ich meinem Neffen auf die Schulter.

»Daran arbeite ich auch gerade, Mann. Es tut mir leid.«

Seufzend tritt er gegen einen Stein. Das hatte ich nicht erwartet.

»Pfft, die hübschen Mädchen sind immer schon vergeben.«

# 11

## Zoé

Denke ich wirklich gerade erneut darüber nach, mit Jason zu schlafen?

Im Spiegel gleitet mein Blick über meinen engen schwarzen Rollkragenpullover und den hoch geschnittenen Vinylrock, um schließlich auf meiner roten Netzstrumpfhose zu landen. Meine schwarzen Wildlederstiefel warten neben meinem Bett.

*Oh ja, genau das tue ich gerade.*

Ich habe wirklich gut überlegt und kam zu dem Schluss, dass es keinen Grund gibt, abzulehnen. In der Tat besteht zwischen uns eine wahnsinnige Anziehungskraft, die nicht länger zu leugnen ist. Klar, unser erstes Mal war katastrophal.

Andererseits ist es schon lange her, dass mich jemand derart erregt hat. Daher habe ich beschlossen, ihm eine zweite Chance zu geben.

»Zoé, hast du …«

Ich drehe mich zu Loan um, der vor meinem Zimmer stehen geblieben ist. Er starrt mich mit offenem Mund an. Als ich fragend die Augenbrauen hebe, weil er seinen Satz noch nicht beendet hat, räuspert er sich.

»Violette hat mir gesagt, du hättest ein Date.«

»Ja, mit jemandem, den ich an Weihnachten in einer Bar kennengelernt habe.«

Im Prinzip ist das die Wahrheit.

Loan nickt mit besorgtem Gesicht. Ich seufze und ziehe meine Stiefel an. Ich kenne ihn inzwischen gut genug, um zu wissen, was er denkt – nämlich dass es in diesem Outfit nicht sicher ist, nachts in Paris auszugehen.

Was für ein Helikopter-Papi, also ehrlich.

»Bist du sicher, dass …«

»Loan.«

Er presst die Lippen zusammen und fügt hinzu, dass ich keinesfalls zögern soll, anzurufen, falls es irgendwelche Probleme gäbe. Ich verdrehe die Augen und hoffe, dass er verschwindet. Ich habe Loan gern, weiß aber, dass er mich meistens für eine Spielverderberin hält – vielleicht bin ich das ja auch. Tatsächlich ist es aber so, dass ich es nicht gewohnt bin, dass sich jemand um mich sorgt und jeden meiner Schritte unter die Lupe nimmt.

Als ich jünger war, hat es mir so sehr an Aufmerksamkeit gemangelt, dass ich sie heute ablehne.

Vielleicht ist das auch der Grund dafür, dass ich Jason so oft wegstoße. Ich hasse seine Witze, ich hasse sein Lächeln, ich hasse seine Ausdauer, ich hasse seine Katzen und ich hasse seinen guten Geschmack in Sachen Mode, denn alles, was ich denke, ist: »Scheiße, das könnte mir gefallen«.

Und das kommt keinesfalls infrage.

Zu meinem Glück ähnelt Jason mir. Ich weiß, dass er nichts Ernsthaftes sucht, und solange ich Sarah noch nicht vergessen kann, brauche ich nichts anderes.

Als ich fertig geschminkt und parfümiert bin, nehme ich meine Jacke und gehe ins Wohnzimmer. Loan und Violette sitzen eng aneinandergeschmiegt auf dem Sofa vor Netflix.

*Beste Freunde, von wegen.*

»Wann kommst du heim?«, fragt Violette mich. »Nur damit ich weiß, ob ich in meinem oder in Loans Bett schlafen soll.«

»Mit etwas Glück komme ich diese Nacht nicht nach Hause.«

Sie lächelt mir komplizenhaft und ein wenig neidisch zu. Mein Telefon vibriert. Jason wartet unten auf mich. Ich wünsche den beiden einen schönen Abend und nehme den Aufzug – im Gegensatz zu meinen Mitbewohnern habe ich keine Angst davor.

Mein Herz schlägt schneller, als ich Jasons Auto am Ende der Straße sehe. Ich gehe hoch aufgerichtet und ohne mich zu beeilen. Zum ersten Mal seit langer Zeit finde ich mich sexy. Ich habe seit vier Tagen so gut wie nichts gegessen. Die leise innere Stimme, die nörgelt, dass ich heute vermutlich einen Rückfall erleide, ignoriere ich.

»Hi.«

Ich setze mich auf den Beifahrersitz. Jason zieht mich langsam mit den Augen aus, und einen Moment lang vergesse ich zu atmen. Seltsamerweise verursacht mir sein Blick kein unbehagliches Gefühl. Er wirkt weder derb noch hartnäckig, sondern eher überrascht. Überrascht und hungrig.

Sein Adamsapfel bewegt sich unter der dünnen Haut seines Halses, und ich träume davon, ihn genau an dieser Stelle zu küssen, wo ich mit meinen Lippen seinen Herzschlag spüren kann.

»Hi.«

Er fährt los, ohne mehr zu sagen. Ich nutze aus, dass er den Blick auf der Straße behalten muss, um ihn heimlich zu beobachten. Er trägt etwas Schlichtes, ein dunkelgraues T-Shirt unter einer Lederjacke. Plötzlich bemerke ich seinen Blick auf meinen Beinen und erröte.

*Wie es aussieht, werde ich heute Abend wohl nicht nach Hause fahren.*

Das denke ich allerdings nur, bis er anfängt, leise zum Radio mitzusingen. Ich erkenne »Rasputin« von Boney M. und reiße die Augen auf.

»Himmel, das ist doch hoffentlich nicht dein Ernst?«

»Was denn?«

»Boney M.? Bei einem Date? So was gesteht man sich frühestens dann beschämt im Bett, wenn man den Ring am Finger hat und es zu spät ist. So in der Art: ›Übrigens, Schatz … Ich singe im Schlaf manchmal »Daddy Cool.« Es macht dir doch nichts aus, oder?‹«

Jason verbirgt seinen Lachanfall hinter seiner Faust, den Blick nach wie vor brav auf der Straße. Nachdem er wieder ernst geworden ist, fragt er:

»Was genau magst du nicht an Discomusik?«

»Äh … dass sie existiert?«

An meinem spöttischen Grinsen kann er erkennen, dass ich scherze.

»Okay, in diesem Fall überlasse ich dir die Entscheidung, was wir hören. Überrasch mich.«

Ich gehorche und nehme meinen Auftrag sehr ernst. Ich durchsuche die Sender, bis ich *Le son* gefunden habe. Als »Sexy Back« erklingt, öffnet Jason entrüstet den Mund, während ich auf meinem Sitz groove.

»Du ziehst diesen NSYNC-Typen dem guten alten Bobby Farrell vor? NSYNC war eine verdammte Boygroup!«

»Na und? Ich mag Boygroups.«

»Offenbar ist niemand wirklich perfekt …«

Er lässt mich die Musik genießen, schüttelt aber die ganze Zeit den Kopf. Vergeblich versuche ich, unser Ziel herauszufinden, doch schließlich gebe ich auf.

»Also … wo bringst du mich hin? Übrigens finde ich, dass du sehr gut aussiehst.«

Jason blickt mich mit erhobenen Augenbrauen an, aber ich

wende mich ab. Ich bin selbst überrascht von diesem unwillkürlichen Kompliment. Offenbar bin ich zu müde, um heute Abend gegen die Wahrheit anzukämpfen.

»Danke …«, sagt er mit verschmitztem Lächeln. »Wow, du kannst echt süß sein, wenn du nett bist.«

Ich runzle die Stirn, aber er hält den Blick auf der Straße und die Hände am Lenkrad. Noch nie hat mir jemand gesagt, ich wäre süß. Schön, sexy, gut – aber niemals süß.

Mir gefällt der unschuldige und naive Beiklang des Wortes.

»Super … und wenn ich gemein bin?«

»Sehr erregend.«

*Ach ja.* Ich schlucke. Jason redet nicht lang um den heißen Brei herum, so viel ist sicher. Keine Ahnung warum, aber das bringt ihm Punkte ein. Ich hasse Menschen, die ständig irgendwelche Listen anwenden, um ihr Ziel zu erreichen.

Ich bevorzuge den direkten Weg. Das ist zwar riskant, aber man weiß immer, was einen erwartet.

»Um deine Frage zu beantworten: Wir machen etwas, das auf deiner Liste steht. So schlagen wir zwei Fliegen mit einer Klappe.«

Ich denke darüber nach und versuche mich zu erinnern, was ich geschrieben habe. Etwas Illegales tun? Sich an einem ungewöhnlichen Ort lieben? Nein, *so* direkt ist er auch wieder nicht.

Ein Lächeln huscht über seine Lippen. Man könnte fast denken, dass er weiß, was mir durch den Kopf geht.

»Wir nehmen an einem Kochkurs teil. Genauer gesagt, an einem Backkurs – ich bin Kuchenliebhaber. Es macht dir doch nichts aus, oder?«

Ich blinzle.

»Ein Kochkurs?«

»Für Paare«, fügt er hinzu und sucht einen Parkplatz.

*Er führt dich aus, um Kuchen zu backen, du fette Kuh. Wenigstens kann er sicher sein, dass es dir gefällt.*

Ich glaube, ich muss kotzen.

»Und das … ist deine Vorstellung von einem erfolgreichen Date?«

Er stoppt den Motor und wendet sich mir zu. Ohne mir Zeit für eine Antwort zu lassen, nimmt er mein Kinn in die Hand und haucht einen federleichten Kuss auf meine Oberlippe. Ich versteife mich und habe Schmetterlinge im Bauch. Meine Augen schließen sich ganz von selbst in der Hoffnung, diesen längst vergangenen Kuss weiter zu genießen, hat es ihn je wirklich gegeben?

»Es ist die Begleitung, die ein erfolgreiches Date ausmacht«, haucht er an meinem Mund. Sein warmer Atem liebkost meine halb geöffneten Lippen.

Mit diesen Worten setzt er sich wieder aufrecht und zwinkert mir zu, ehe er aus dem Auto steigt. Ich bleibe sitzen, während er um den Wagen geht, um mir zu öffnen. Ich habe Gänsehaut auf den Armen.

*Auf zum Kuchenbacken!*

Ich weiß nicht, wo Jason kochen gelernt hat, aber es ist eine Katastrophe. Und doch lässt er sich viel interessierter auf den Kurs ein als ich. Er ist nur leider absolut unbegabt.

»Rühren Sie weiter, bis die Schüssel richtig abgekühlt ist«, fordert uns der Kochlehrer auf.

Wir sind sechs Paare. Die beiden Frauen rechts von uns scheinen sich deutlich besser zu schlagen als wir. Eigentlich sind alle besser als wir, was meinen Ehrgeiz aber nur anstachelt.

Trotzdem stelle ich fest, dass Jason nie aufgibt – auch wenn nach einer halben Stunde größter Bemühungen seine Buttercreme-Glasur nach gar nichts aussieht.

»Lass mich das machen«, sage ich und nehme ihm den Schneebesen aus der Hand. »Du kannst inzwischen … die Butter in Würfel schneiden.«

»Ausgezeichnete Idee!«

Er macht sich mit konzentriert gerunzelter Stirn und hochgekrempelten Ärmeln ans Werk.

»Wie mache ich das?«

»Äh … Ganz gut!«, lüge ich. »Du machst das wirklich gut.«

Er scheint mir zu glauben, denn er lächelt stolz und verdoppelt seine Anstrengungen. Meine Güte, er ist so süß.

Er geht mir auf den Keks.

»Wir machen sie platt, das sage ich dir«, flüstere ich.

Mit mörderischem Blick schlage ich die Masse immer weiter. Jason beobachtet mich und sieht ein bisschen ängstlich aus.

»Aha, zu dieser Art Menschen gehörst du also. Gut zu wissen!«

»Welche Menschen?«

»Schlechte Verlierer?«, spöttelt er.

»Ich bin keine schlechte Verliererin, aber ich habe meinen Ehrgeiz. Es ist doch nichts dabei, die Beste sein zu wollen. Wenn ich etwas anfange, möchte ich auch Erfolg haben – mehr nicht.«

»Es geht doch nur um einen Schokoladenkuchen … Okay, er hat eine Glasur, aber die ist eigentlich nur für die Optik.«

Ich werfe ihm einen wild entschlossenen Blick zu.

»Und es wird der beste Schokoladenkuchen in diesem verdammten Raum, kapiert?«

Er nickt langsam, halb verunsichert, halb neckend.

Wir befolgen die Anweisungen unseres Lehrers auf den Punkt genau. Auch wenn ich zunächst den Wunsch habe, etwas Außergewöhnliches zu produzieren, steckt mich Jasons gute Laune schnell an. Er stellt mir viele Fragen, und ich erzähle ihm, wie sehr ich Sternbilder, Audrey Hepburn und *Der Prinz von Bel-Air* liebe. Im Gegenzug erfahre ich, dass er mittwochs als Schwimmlehrer arbeitet, dass er gerne Ski fährt und dass er nach Australien will, wenn das Semester vorbei ist. Ich stelle mir gerade vor, wie er mit nackter Brust auf einem Surfbrett die Wellen reitet, als er mich unterbricht:

»Wohnt deine Familie in Paris?«

»In einem Vorort«, antworte ich, wage es aber nicht, ihn anzusehen.

»Sie sind bestimmt sehr stolz auf dich. ESMOD, dein Instagram-Account ... Es ist schon verrückt. Deine Zukunft scheint ganz klar vor dir zu liegen.«

Meine Vernunft schreit mich an, den Mund zu halten, zu nicken und zu lächeln, aber es ist bereits zu spät, und ich lache bitter auf.

»Mein Vater ist abgehauen, als ich acht war, weil er die Sauferei meiner Mutter nicht mehr ertragen konnte. Meine Mutter hat immer meinen Bruder bevorzugt. Bryan ist ein gewalttätiger, homophober und narzisstischer Perverser, der sein Leben nicht im Griff hat. Nichts für ungut, aber ich glaube nicht, dass es ihnen je in den Sinn kommt, stolz auf mich zu sein.«

Ich merke, dass meine Hände zittern. Schnell verstecke ich sie unter meiner Schürze und blicke zu Jason auf. Er mustert mich so intensiv, als müsse er ein Rätsel lösen.

Ich ahne, dass ich zu viel verraten habe. Möglicherweise beklage ich mich zu oft.

»Wer bist du wirklich, Zoé Camara ...? Wer versteckt sich hinter dieser derben Sprache und diesem abweisenden Blick?«

*Keine Ahnung*, denke ich. Früher glaubte ich, es zu wissen; ein fröhliches, lustiges, sorgloses und vor allem verliebtes

Mädchen. Verliebt wie verrückt. Später habe ich gelernt, mein Herz zu verstecken, damit es mir nicht noch mal gebrochen wird.

Bryan und Sarah haben mir gereicht.

»Nur ein Mädchen, das zu überleben versucht.«

Sein Lächeln wird unsicher. Ich reiße mich zusammen und sage ihm, er soll seine Blüte fertig machen. Glücklicherweise fragt er nicht weiter, sondern widmet sich ganz seinem Werk und versucht, die Kanten mit den Fingern zu glätten. Nach einer Minute Kampf gibt er mit einem Seufzer auf.

»Was ist los?«

Entmutigt antwortet er mir nicht sofort. Er wirft einen Blick auf die anderen Paare, ehe er sich wieder seiner »Blüte« widmet.

»Sie sieht aus wie ein Penis. Das geht gar nicht.«

Das habe ich nicht erwartet. Ich pruste vor Lachen. Einige Teilnehmer mustern uns mit missbilligendem Blick. Zwar versuche ich mich zu beruhigen, aber als Jason nach der Blüte greift, sie mir vor die Nase hält und sagt: »Ehrlich. Schau sie dir doch an!«, muss ich so sehr lachen, dass mir die Tränen kommen.

Schließlich fordert unser Lehrer uns auf, uns zu beruhigen, aber Jason nimmt meine Hand und zieht mich nach draußen. Ich habe kaum Zeit, meine Jacke mitzunehmen.

»Wir müssen gehen, tut uns wirklich leid. Aber ihr habt alle einen tollen Job gemacht!«, ruft Jason aus, ehe er auf halbem Weg zur Tür leise hinzufügt: *»Loser!«*

Wir verlassen das Gebäude und rennen vergnügt zum Auto. Ich kann mich kaum erinnern, wann ich das letzte Mal so gelacht habe.

Ich lasse mich auf den Beifahrersitz fallen und wische mir mit den Fingerspitzen die Tränen ab, während sich Jason auf die Fahrerseite setzt. Es ist so kalt, dass er die Heizung einschaltet, um uns aufzuwärmen.

»Mann … das war echt lustig.«

»Sehr sogar«, nicke ich. »Selbst mit einer Penisblüte war unser Kuchen der stilvollste.«

»Das versteht sich von selbst. Ich hätte allerdings gern ein Stück davon probiert.«

Darauf gebe ich keine Antwort, sondern bin im Gegenteil sehr glücklich, dass ich nichts davon essen musste. Stattdessen beschwere ich mich über die Kälte, und plötzlich sind meine Hände zwischen seinen. Er umschließt sie zärtlich, reibt sie und hebt sie an seinen Mund. Ohne mich aus den Augen zu lassen, haucht er sie warm.

Lange bleiben wir ganz still. Keiner von uns wendet den Blick ab.

»Zoé?«

Der heisere Ton seiner Stimme bringt mich zum Beben. Sein Blick hängt jetzt an meinem Mund.

»Ja?«

Er nimmt sich Zeit für das, was er sagen will. Seine Lippen liegen auf meinen Händen. Wir lachen nicht mehr. Es ist nichts Lustiges daran, wie seine Augen mich verschlingen und wie er meine Finger zwischen unseren beiden Körpern streichelt.

»Ich weiß nicht, ob du es weißt, und du bist sicherlich nicht nur das, aber … Verdammt, du bist sehr … sehr schön.«

»Danke«, flüstere ich mechanisch.

»Ich wünschte, es wäre etwas zwischen uns«, fügt er hinzu und lässt seine weichen Lippen über meine Finger gleiten.

»Ich auch.«

Er scheint von meiner Offenheit überrascht zu sein.

»Wirklich? Was zum Beispiel?«

»Ungefähr hundert Meter, wenn möglich.«

Sein Lächeln verschwindet sofort. Angesichts seiner verdrossenen Miene muss ich lachen, und er entspannt sich. Sanft zupft er an meinen Haaren und flüstert: »Eins zu Null für dich, Große.«

Ohne dass ich es bemerkt habe, ist sein Gesicht plötzlich sehr nah an meinem und seine Hand liegt auf meinem Oberschenkel. Seine Finger spielen mit den Maschen meiner Strumpfhose. Seine Nase streift meine, und ich kann mein Herz nicht daran hindern, in meiner Brust zu hüpfen.

Verlangen überwältigt mich und überflutet meinen ganzen Körper. Brennend. Schmerzend. Drängend.

Plötzlich spüre ich, wie seine Zunge meinen Mund kitzelt und der Kontur meiner Lippen folgt. Sein Atem beschleunigt sich so sehr, dass man im Auto nichts anderes mehr hört.

»Jason?«, flüstere ich.

Mit einer Hand greife ich nach seinem Sweatshirt, die andere lege ich in seinen Nacken.

»Hm?«

Schüchtern gesellt sich meine Zunge zu seiner. Er stöhnt leise und umfasst meinen Oberschenkel fester.

»Du kochst ziemlich mi…«

Er küsst mich so heftig, dass ich vor Überraschung und Schmerz nach Luft schnappe. Das hier hat nichts mehr mit dem süßen Kuss vorhin zu tun. Dieses Mal fallen wir wie zwei hungrige Tiere übereinander her. Mit Jason ist nichts still. Alles ist laut und intensiv und explosiv und …

*Oh …*

Er schiebt die Hand unter meinen engen Rock und hebt mich mühelos hoch. Ich unterbreche den Kuss nicht und setze mich rittlings auf seinen Schoß. Ein Stromstoß fährt durch meine sämtlichen Nervenenden, als er meine Hüften packt und endlich seinen Mund öffnet.

Seine warme, feuchte Zunge findet meine. Ihr Tanz ist brutal und sinnlich, genau wie wir. Jason schiebt seinen Sitz nach hinten und flüstert mir zu, ich solle vorsichtig sein und mir nicht den Kopf stoßen.

Ich beende den Kuss, um Luft zu holen, und lasse meine beiden Hände unter seinem Sweatshirt verschwinden. Mein Rock hat sich über meine Schenkel hochgeschoben. Ich streichle seine perfekten Bauchmuskeln. Nach und nach taste ich mich weiter vor.

Sein Bauchnabel.

Sein Gürtel.

*Weiter unten.*

Sein Mund öffnet sich, und seine Hüften heben sich ganz von selbst meiner Hand entgegen. Ich bin es gewöhnt, Jason als selbstbewussten Playboy zu erleben, aber dieser verletzliche Jason ist noch viel aufregender.

»Du hast gesagt, ich wäre schlecht im Bett«, hauche ich und streichle ihn langsam.

Seine Finger krallen sich in meine Oberschenkel, sein Adamsapfel verschwindet in seiner Kehle und – oh Gott – ich habe ihn komplett in der Hand.

Ich kehre zu seinem unanständigen Mund zurück, diesem Mund, der zu viel lächelt, und ich sauge mit rotierenden Hüften an seiner Zunge.

»Nein«, leugnet er mit einem schmerzhaften Atemzug. »Nein, niemals …«

Sein Mund verlässt meine Lippen und gleitet an meinem Hals hinab. Kurz darauf zieht er mir meinen Pullover über den Kopf.

»Oh doch, das hast du … *Oh, Wahnsinn.*«

Ich sehe ihn zwar nicht, aber ich fühle, wie er meine Brüste in den Mund nimmt. Er küsst sie, beißt, lutscht und leckt; es ist mehr, als ich verkraften kann.

Dann küsst er mich auf den Bauch und steckt seine Zunge in meinen Bauchnabel, bis er schließlich wieder auftaucht. Ehe ich reagieren kann, legt er die Hand zwischen meine Beine und zerreißt meine Netzstrumpfhose. Ich schaue ihn halb entrüstet, halb erregt an. Er dreht den Sitz hinunter und brummt:

»Ich kaufe dir eine neue.«

»Blödmann.«

»Ich weiß, ich weiß«, haucht er und legt sich auf den Rücken. »Darf sich meine Zunge bitte für mich entschuldigen?«

Ich glaube, ich stöhne mit offenem Mund, keine Ahnung, ich weiß nur, dass Jason im nächsten Augenblick die Hände an meinem Hintern hat, dass ich auf seinem Mund sitze und – *oh* – es ist einfach göttlich.

Er entschuldigt sich schweigend immer und immer wieder, einfach nur mit seiner Zunge, und ich verzeihe ihm bestimmt mehr als hundert Mal.

Ich bücke mich, um mir den Kopf nicht anzustoßen, meine rechte Hand stütze ich gegen die Decke des Autos, die andere klammert sich in sein braunes Haar. Eine wohlbekannte Hitze durchflutet mich und wird sehr schnell fast unerträglich. Ich explodiere so leise wie möglich mit geschlossenen Augen. Dieses Mal täusche ich nichts vor. Und als Jason sich aufrichtet, schließe ich aus seinem Gesichtsausdruck, dass er sich dessen sehr wohl bewusst ist.

»Du bist …«

»Großartig, ich weiß.«

»Sei still, sonst verdirbst du noch alles«, bitte ich ihn und küsse seine feuchten Lippen.

Meine Hände bewegen sich ganz von selbst und fangen an,

seinen Gürtel zu öffnen. Ich kann nicht mehr warten. Dieses Mal wird es gut, das weiß ich.

Er lässt mich mit einem seltsam besorgten Ausdruck gewähren. Doch als ich ihm die Hose herunterziehen will, legt er seine Hand auf meine und hält mich auf.

»Was ist?«

Er beißt sich verunsichert auf die Lippe und seufzt.

»Ich kann nicht glauben, dass ich das sage, aber … Ich glaube, wir sollten es lieber nicht tun.«

Es ist wie eine kalte Dusche. Ich starre ihn an, ganz sicher, dass ich ihn missverstanden habe.

»Soll das ein Witz sein?«, frage ich laut. »Seit Wochen versuchst du mich herumzukriegen, und kaum akzeptiere ich, machst du einen auf schwierig? Verdammt, ich kann es nicht glauben …«

»Zoé.«

Ich höre nicht auf ihn, rutsche von seinem Schoß und raffe meine Sache zusammen.

»Wenn es dein Ziel war, mich zu demütigen – gut gemacht!«

»Zoé«, wiederholt er mit fester Stimme. »Ich will dich weder demütigen noch den Gentleman spielen, glaub mir. Ich will immer noch mit dir schlafen, mehr denn je … Aber ich wünsche mir, dass es außergewöhnlich wird. Es soll großartig werden, ein Feuerwerk, der beste Sex unseres Lebens. Und ich glaube, es ist keine schlechte Idee, den Druck zu erhöhen. Verstehst du?«

Mit zusammengebissenen Zähnen blicke ich ihn finster an.

»Okay. Ist das dein letztes Wort?«

Er lacht leise.

»Ich werde es sicher bereuen, aber … ja.«

Ich greife nach meiner Jacke, springe aus dem Auto und knalle ihm die Tür vor der Nase zu.

# Zweiter Teil

## Lauf weg, ich folge dir

# 12

## Jason

Bali wird nicht umsonst »Insel der Götter« genannt; es ist tatsächlich ein kleines Paradies. Loan und ich sind jetzt seit vier Tagen dort. Wenn ich meine Zeit nicht damit verbringe, Bami Goreng zu essen – gebratene Nudeln zum Niederknien –, widme ich mich dem Rafting, dem Wandern oder der Besichtigung alter Ruinen.

Loan ist nicht die ganze Zeit dabei, sondern mag lieber die Ruhe des Hotels und den Komfort seines Liegestuhls.

Ein echter Opa. Ernsthaft, manchmal habe ich Angst, dass er sich die Hüfte bricht, wenn er von der Couch aufsteht.

Tatsächlich ist es so, dass ich mich in Aktivitäten stürze, um nicht an Zoé zu denken. Was natürlich, wie ihr euch denken könnt, absolut nicht funktioniert. Als ich das letzte Mal mit ihr zusammen war, steckte mein Gesicht unter ihrem Rock, und in der nächsten Sekunde schlug sie mir wutschnaubend die Tür vor der Nase zu. Okay, ich habe es verdient. Ich werde nichts Gegenteiliges behaupten.

Und doch weiß ich tief im Inneren, dass ich die richtige Entscheidung getroffen habe. Ich möchte, dass unser zweites Mal außergewöhnlich wird, ich will Sterne sehen und mir vorstellen, in ihr zu sterben. Ist das ein Verbrechen?

Manchmal schreibe ich ihr, als wäre nichts passiert, und auch wenn sie nie antwortet, ist es nicht weiter schlimm. Sie soll sich erst mal wieder beruhigen.

»Was unternehmen wir heute Abend?«, frage ich Loan nach dem Duschen.

Loan liegt auf seinem Bett und schaut zu mir auf. Er sieht erschöpft aus, und kurz habe ich ein schlechtes Gewissen, dass ich ihn überall mit hinschleppe, obwohl er sich eigentlich nur entspannen will.

»Was du willst …«

»Wirklich?«

Ich grinse frech, und er wird plötzlich misstrauisch.

»Ich korrigiere: Was du willst, solange wir nicht entführt, verletzt oder getötet werden oder im Gefängnis landen.«

Ich denke ein paar Sekunden nach, dann nicke ich. Das lässt mir einen ausreichend großen Handlungsspielraum.

»Okay, ich weiß, dass man hier auf Bali so gut wie keine Chancen hat, ein Paar Brüste zu sehen, aber ich nehme jede Herausforderung an! Ich habe mich nach Stripclubs erkundigt … Kommst du mit? Soweit mir bekannt ist, kannst du so was gut brauchen.«

Seit Lucie hatte er keine ernsthafte Beziehung mehr, und wir alle wissen, was ich von der Frau gehalten habe. Wenn er weiterhin beabsichtigt, seine Gefühle für Violette zu leugnen, kann er ebenso gut anderweitig profitieren. Zumindest ist das meine Meinung.

»Warum erscheint mir das als die schlechteste Idee der Welt?«, seufzt er und reibt sich das Gesicht.

»Weil du mich kennst.«

Er starrt lange Sekunden auf mein grimmiges Lächeln, ehe er nickt. Wie immer kann er mir nichts abschlagen. Ich hatte nie einen Bruder, aber Loan kommt dem am nächsten. Er ist der verantwortungsvolle Ältere, der meinen Unsinn immer wieder in Ordnung bringt, und das ist nur einer der Gründe, warum ich ihn liebe.

»Okay, ich komme mit. Aber bitte versprich mir, dass du niemanden schwängerst.«

»Ich habe grundsätzlich geschützten Sex«, antworte ich, anstatt ihm die Wahrheit zu sagen: dass ich nicht die Absicht habe, heute Abend mit irgendwem zu schlafen.

Nicht, nachdem ich immer noch Zoés süßen Geschmack auf der Zunge habe.

Das hält mich aber nicht davon ab, wegzugehen und Spaß zu haben, vor allem, nachdem sie mich so skrupellos brüskiert hat. Nachdem wir uns ausgehfertig gemacht haben, gehen wir in ein Fischrestaurant. Es ist schon ein Uhr morgens, als wir das Akasaka aufsuchen, einen Stripclub, den ich im Internet gefunden habe. Sofort bohrt sich harte Elektronikmusik in unsere Ohren. Wir setzen uns in eine ruhigere Ecke. Unter seiner sprichwörtlichen Gelassenheit scheint Loan sich unbehaglich zu fühlen. Wie vermutet, murrt er:

»Ich finde das nicht gut.«

»Entspann dich. Keine Entgleisung, versprochen.«

Wir bestellen zwei Flaschen, was Loan als ziemlich ehrgeizig abtut. Ich verdrehe die Augen. Ein paar Minuten später stelle ich jedoch fest, dass ich ebenso wenig Lust habe wie er, in diesem Club zu sein. *Scheiße, was ist mit mir los?* Mein Blick irrt zwischen den schlanken Körpern der indonesischen Frauen umher, und ich bedauere, dass Zoé und Violette nicht bei uns sind.

Ich hätte Zoés Angebot nicht ablehnen sollen. So, jetzt habe ich den Gedanken zugelassen. Sie ist zäh wie Leder und schrecklich stolz; sie wird mir nicht so leicht verzeihen. Was, wenn ich tatsächlich alles versaut habe? *Mist, Mist, Mist.*

Wie ein himmlisches Zeichen vibriert das Telefon in meiner Tasche. Violette hat ein Bild in unserem Gruppenchat geteilt. Loan schaut mir über die Schulter, und wir beißen beide die

Zähne zusammen, als wir sie und Zoé bildhübsch und lächelnd zusammen mit drei anderen Männern sehen.

In Frankreich dürfte es etwa neunzehn Uhr sein. Gerade richtig für die *Happy Hour*.

»Na ja. Zumindest amüsieren sie sich.«

»Richtig. Ich freue mich für sie.«

Stille. Wir sind richtig unglücklich.

Was soll's? Zoé will mich nicht? Und wenn schon!

»Komm, lass uns anstoßen. Auf die Sonne und auf die Frauen!«

Loan nickt und lächelt. Er versteht das Manöver. Wir unterhalten uns und nehmen unseren zweiten Drink in Angriff, als ein Mann mit drei spärlich bekleideten Frauen zu uns kommt. Er spricht Englisch und stellt sich als Kadek vor. Die Namen der Schönheiten, die ihn begleiten, habe ich sofort wieder vergessen. Ich gebe zu, es ärgert mich ein bisschen.

Ohne zu wissen warum, nenne ich ihm einen falschen Namen. Loan macht es ebenso und begnügt sich damit, der Musik zu lauschen und sein Telefon zwischen den Fingern zu drehen. Mehrmals weigert er sich zu trinken, was mich nicht daran hindert, die erste Flasche fast allein zu leeren.

Eine der drei indonesischen Frauen liegt fast auf mir, und unser neuer Freund flüstert mir ins Ohr:

»Hier ist der einzige Ort, an dem die Mädchen alles ausziehen … Zu schade, dass neunzig Prozent von ihnen Nutten sind.«

Tatsächlich nennt mir eine von ihnen ihren Preis, und ich lache und sage ihr, dass ich nicht wegen dieser Dienstleistung hergekommen bin. *Oder vielleicht doch?* Ich weiß nicht mehr, warum ich hier bin, aber ich weiß, dass ich zu viel getrunken habe, und wo ist Loan? Aber verdammt, die Prostituierten hier sind wahre Königinnen!

»Jason?«

Ich lache wieder und denke, dass ich das unbedingt Zoé erzählen muss. Ich suche mein Handy in meiner Jeanstasche, aber ich bin so betrunken, dass ich dreimal anfangen muss. Jemand hilft mir, aber ich schiebe ihn weg, um auf nicht sonderlich diskrete Weise das Display zu verstecken.

Ich weiß nicht, wie viele Nachrichten ich ihr hinterlasse. Das Letzte, woran ich mich vor dem schwarzen Loch erinnere, ist Loan, der Kadek die Faust ins Gesicht schmettert.

Meine Wimpern flattern, während ich erfolglos versuche, die Augen zu öffnen. Meine Augenlider sind schwer, zu schwer. Nach mehreren Versuchen gelingt es mir schließlich, das Tageslicht wahrzunehmen.

Ich knurre, ohne mich zu bewegen. Jeder Muskel schmerzt. Mein Kopf fühlt sich an wie ein Presslufthammer. Erleichtert spüre ich das weiche Laken unter meiner Wange. Wenigstens bin ich nicht auf dem Bürgersteig gelandet.

»Du hast mir versprochen, dass es nicht außer Kontrolle gerät.«

Ich zucke erschrocken zusammen. Loan sitzt auf dem Bett neben mir und konzentriert sich auf seinen Computerbildschirm. Er schaut mich nicht an, aber es ist nicht schwer, seine Wut zu erraten. Wieder einmal habe ich nicht Wort gehalten.

»Was ist passiert?«

»Passiert ist, dass ich mich mit diesem Idioten geprügelt habe, weil er dir irgendwelchen Mist andrehen wollte. Man hat uns aus dem Club geworfen wie den letzten Dreck. Und dreimal darfst du raten – du warst zu betrunken, um es auch nur zu bemerken. Gern geschehen, übrigens.«

Ich betrachte ihn verwirrt. Allein der Versuch, die Stirn zu runzeln, tut mir weh.

»Ich verstehe nicht.«

Er flucht leise, dann knurrt er:

»Während wir auf ein Taxi gewartet haben, habe ich mich mit dem Türsteher unterhalten. Offenbar ist dieser Club ein Paradies für Junkies; Kadek wollte dir Ecstasy aufschwatzen. Angesichts der Nutten und der Pillen hielt ich es für besser, unseren Männerabend etwas abzukürzen.«

Wenig überrascht lege ich die Stirn in Falten und lächle ihn verträumt an.

»Gut gemacht. Danke, Superman.«

Zum Dank tätschle ich sein Knie und will wieder eindösen, doch er versetzt mir einen Klaps auf den Kopf. Ich schreie vor Schmerz auf, und der Raum gerät ins Schwanken.

»Das ist nicht lustig, Jason. Es ist immer das Gleiche mit dir, langsam wird es echt anstrengend. Kein Mist mehr vor unserer Rückkehr nach Paris, okay?«

»Ja, ja … Aber ich habe mit niemandem geschlafen, oder?«

»Nein.«

»Okay, das ist die Hauptsache. Ich fände es schrecklich, mich nicht daran zu erinnern.«

Er seufzt und presst sich die Finger gegen die Schläfen.

»Und ich habe auch sicher nichts genommen? Ich fühle mich irgendwie komisch … Mir ist so heiß …«

»Wir sind auf Bali, Jason.«

» mein Kiefer fühlt sich taub an … Scheiße, ich glaube, ich entwickle gerade eine Ecstasy-Sucht, Loan, ich kann es spüren. Weißt du, wo wir Ecstasy herbekommen? Warte, wie sieht das Zeug noch mal aus? Schnüffelt oder schluckt man es? Verdammt, ich fange schon an zu schwitzen. Das muss der Entzug sein!«

Loan starrt mich gleichgültig an.

»Du leidest weder unter Entzugserscheinungen noch bist du

süchtig nach Ecstasy, du Depp. Du hast nur einen Kater. Und du bist klatschnass, weil du um drei Uhr morgens unter die Dusche gegangen bist und sie gefragt hast, warum sie weint.«

*Ah.* Er sagt, dass er einen Spaziergang am Strand von Kuta machen will, und ich bedanke mich noch einmal. Ich habe keine Drogen genommen, keinen Sex gehabt und meine Probleme nur im Alkohol ertränkt; demnach war es wohl ein gelungener Abend.

Nachdem der Schmerz einigermaßen erträglich geworden ist, dusche ich abwechselnd heiß und kalt, was mich sofort aufweckt. Beim Frühstück schlucke ich zwei Aspirin. Als ich ins Zimmer zurückkehre, trifft es mich wie ein heftiger Blitz.

*Oh nein. Bitte, nicht das.*

Ich stürze mich auf mein Telefon und bete zu allen Göttern, dass ich nichts geschickt habe, was ich bereuen könnte und …

Zu spät. Ich habe es getan.

Voller Scham lese ich meine Nachrichten an Zoé. Es war ein sehr einseitiges Gespräch, denn sie hat mir nie geantwortet.

**Ich**: ZOÉ!!!!! Ich vermisse dein Haar. Es ist rosa LOL.
**Ich**: Du schmollst, nicht wahr? Ich weiß, dass du schmollst.
**Ich**: Lass uns zusammen eine Schildkröte kaufen, Zoé.
**Ich**: Sie soll Franklin heißen, und sie kann sich die Schuhe allein zubinden.
**Ich**: Übrigens, deine linke Brust ist kleiner als die rechte.
**Ich**: Warum trägt Winnie Pooh ein T-Shirt, aber keine Hose? DAS IST NICHT LOGISCH.
**Ich**: WARUM TRÄGT EIN BÄR ÜBERHAUPT EIN T-SHIRT?
**Ich**: Ich glaube, ich bin süchtig nach Ecstasy.

Na ja, ich hätte mich ohnehin an nichts erinnert.

## Zoé

Ich hasse ihn.

Nicht, weil er mich nicht will, damit komme ich klar. Es ist ja nicht so, als wäre ich in ihn verliebt oder so. Wir kennen uns nicht mal richtig!

Nein, ich hasse Jason, weil er mich dazu gebracht hat, an mir zu zweifeln. An meinem Körper, an meinem vorgeschobenen Selbstvertrauen, an der Vorstellung, ich könnte begehrenswert sein. Und zwar so sehr, dass ich seit seiner Abreise nach Bali vor mich hin grüble.

Außerdem habe ich meine Tage. Und alle wissen, wie ich mich aufführe, wenn es mir nicht gut geht: Ich bin hektisch und schlecht gelaunt. Zur entsprechenden Zeit des Monats vermeidet Loan es normalerweise, Violette und mir zu nah zu kommen.

Weil er es *weiß*.

Aber auch meine beste Freundin geht mir aus dem Weg. Ich verbringe meine Zeit im Schlafanzug auf der Couch und esse Snickers und Blaubeermuffins von Marks & Spencer's. Und das, während Mademoiselle hübsche Jungs in einem *veganen* Restaurant trifft, das ICH ihr empfohlen habe.

Das Leben ist ungerecht.

Nach der Uni schlug ich Violette und unserer gemeinsamen Freundin Alexandra vor, einen Aperitif in einer Bar an der Bastille zu trinken. Und genau dort sitze ich jetzt und höre ihnen beim Lachen und Reden zu. Ich vermeide es, an das ganze Zeug zu denken, das ich innerhalb von zwei Wochen Entbehrung in mich hineingestopft habe, sonst muss ich zum Klo rennen.

*Jason ist ein Lügner. Er weigert sich, mit mir zu schlafen, weil ich nicht schlank genug bin. Wäre ich zehn Kilo leichter, hätte er sicher nicht Nein gesagt!*

»Entschuldige.«

Ich wende mich dieser tiefen, etwas heiseren Stimme zu. Ein gut aussehender Junge mit randloser Brille lächelt mich schüchtern an. Seine Hand liegt auf der Rückenlehne meines Stuhls. Ich will ihn gerade wegschicken, als ich die karamellfarbene Locke auf seiner Stirn bemerke. Ich muss zugeben, dass ich die kleine Ähnlichkeit mit Clark Kent sehr knuffig finde.

»Entschuldige, dass ich dich unterbreche«, sagt er und hockt sich neben mich.

Dabei wirft er einen Blick über seine Schulter und verzieht das Gesicht. Ein Stück entfernt steht eine Gruppe Jungs, die sich köstlich amüsieren.

»Okay, ich will ehrlich sein. Ich habe den Fehler gemacht, diesen Idioten zu sagen, dass ich dich sehr sexy finde. Und natürlich haben sie mich gezwungen, mit dir zu reden.«

»Gezwungen? So, so«, spotte ich über die Musik hinweg.

»Sie haben ein sehr peinliches Video von mir, mit dem sie mich erpressen. Ich musste mutig sein.«

Ich verdrehe die Augen, um mir das Lächeln zu verkneifen. Violette und Alexandra beachten uns nicht.

»Also, die Sache ist die: Du bist sehr sexy und ich würde dir gerne einen Drink ausgeben. Wenn du nicht willst, würde ich es durchaus verstehen. Aber wenn du Ja sagst, würdest du mir einen großen Gefallen tun.«

Ich zögere einige Zeit und lasse ihn im Zweifel, ehe ich schließlich aufstehe. Auch er richtet sich auf. Er ist einen guten Kopf größer als ich.

»Ich nehme einen Daiquiri.«

Es stellte sich heraus, dass Clark Kent eigentlich Damien heißt. Er gibt mir einen Drink aus, dann einen zweiten und erzählt mir von seinem Beruf, seinen peinlichen Freunden und seinem Talent, Champagnerflaschen mit einem Messer zu öffnen.

Als wir zu unseren Plätzen zurückkehren, gesellen sich seine Freunde zu uns. Ich stelle sicher, dass Violette in meiner Nähe ist, denn ich weiß, dass sie sich in Menschenmengen unwohl fühlt, und wir machen ein Gruppenfoto.

»Das schicke ich den Jungs«, verkündet sie und tanzt auf ihrem Stuhl.

Natürlich weiß ich, dass Jason es sehen wird, und ich genieße diesen kleinen Sieg mit jeder Faser. Ich freue mich noch immer darüber, als wir mitten in der Nacht in die Wohnung zurückkehren. Damien hat mir seine Telefonnummer gegeben.

Während Violette auf ihr Bett plumpst und sofort schnarcht, nehme ich mir die Zeit, mich auszuziehen. Es ist albern, aber seit ich denken kann, war ich nie in der Lage, ohne Musik einzuschlafen. Als ich also nach meinem Smartphone greife, um Spotify zu starten, warten Nachrichten auf mich.

Alle stammen von Jason, den ich als »Arschloch Nr. 3« in meiner Kontaktliste führe. Ja, ich kenne mehrere Arschlöcher.

Seine Botschaften ergeben keinen Sinn – ein Zeichen dafür, dass er betrunken ist –, aber ich spüre, dass ich im Dunkeln lächle.

»Ich vermisse dein Haar.«

*Sehr gut.*

Jason mag sein, wie er will, aber eins muss ich ihm lassen: Er ist nicht nur hartnäckig, sondern hat auch keine Angst davor, sich lächerlich zu machen.

**Arschloch Nr. 3**: Gute Nachrichten, ich bin doch nicht süchtig nach Ecstasy.

Ich sitze beim Frühstück und schüttle überrascht den Kopf, weil er tatsächlich weiter ins Leere schreibt. Ich lege mein Telefon wieder auf den Tisch und verschlinge den letzten Blaubeermuffin. Eine Vielzahl von Aromen explodiert in meinem Mund, und ich stöhne ekstatisch. Es ist ein Genuss, den ich wohl nie leid werde.

Mein Telefon vibriert und ich knurre.

**Arschloch Nr. 3**: Ich weiß, ich sollte aufhören, dir zu schreiben. Aber so lang du mir nicht sagst, dass ich mich verpissen soll, werde ich weitermachen. Ich nehme an, dass man jenseits der Zwanzig nicht mehr schmollt.
**Ich**: Wer ist da?
**Arschloch Nr. 3**: Haha, sehr lustig.
**Ich**: Sehe ich aus, als wäre ich zwölf? Ich schmolle nicht, Blödmann. Du interessierst mich nur nicht, das ist alles. Ich verstehe nicht, warum du so eine Sache daraus machst. Wir hätten beinahe miteinander geschlafen (wieder einmal), aber es ist nicht passiert. Punkt.
**Arschloch Nr. 3**: Noch nicht*
**Ich**: Niemals*

Angesichts meiner Schwäche fluche ich leise. Ich hatte mir geschworen, ihm nicht mehr zu antworten. Scheiße.

**Arschloch Nr. 3**: Welche Art von Autokorrektur hast du auf deinem Telefon? Steht »Niemals« bei dir für »Oh Jason, ich will dich so sehr in mir haben, dass ich zittere«?

Ich blicke rasch auf, um sicherzugehen, dass Violette mich nicht sieht. Ich zittere nämlich wirklich.

**Ich**: Eher für »Ups, du hast deine Chance verpasst«.
**Arschloch Nr. 3**: … Ernsthaft? Nur weil ich einmal in meinem Scheiß-Leben versuche, mich anständig zu verhalten? Scheiße, das ist ja echt die Höhe.
**Ich**: Hör auf, »Scheiße« zu sagen.
**Arschloch Nr. 3**: Scheiße, ich sage Scheiße, wann es mir passt! Scheiße!

Und da fragt er sich noch, warum ich nichts von ihm wissen will.

**Ich**: Ganz genau, Jason. Ich habe nicht um einen Gentleman gebeten, sondern mich auf einen One-Night-Stand gefreut. Ihr Männer seid schon komisch. Ihr beschwert euch, dass Frauen kompliziert sind, aber wenn wir dann mal eure Sprache sprechen, mutiert ihr zum Märchenprinzen.
**Arschloch Nr. 3**: Okay, weißt du was? Du hast gewonnen! Vergiss meine dumme Idee. Lass uns einfach das tun, was du gesagt hast. Ficken wir doch wie die Tiere. Darf ich dich anschließend nach Hause bringen, oder nimmst du lieber die Metro? Nein, du hast recht, die Leute könnten denken, dass wir verliebt sind. Du wirst also zu Fuß gehen.

Jetzt halte ich es nicht mehr aus. Ich denke nicht länger nach, sondern drücke die Anruftaste. Mein Herz klopft wie wild. Jason meldet sich sofort, aber ich lasse ihm keine Zeit, etwas zu sagen.

»Pass auf, Jason, ich weiß zwar nicht, worauf du hinaus willst, aber glaub mir, du hast dich mit der Falschen angelegt. Als wir das erste Mal miteinander geschlafen haben, waren wir uns einig, dass es nur *eine* Nacht war. Und wie du weißt, war es nicht gerade toll. Trotzdem habe ich Ja gesagt, als du darauf bestanden hast, es noch mal zu tun! Und jetzt wünscht Monsieur sich plötzlich, dass wir uns Keuschheitsringe kaufen …«

»Wow, immer mit der Ruhe«, schneidet er mir empört das Wort ab. »Bist du immer gleich auf hundertachtzig? Entspann dich. Ich habe dich nicht gebeten, bis zur Hochzeit zu warten, sondern nur vorgeschlagen, dass wir die Lust andauern lassen.«

»Aber *warum?* Wir sind doch nicht in einer Durex-Werbung.«

»Damit es besser wird.«

Ich kneife mir mit geschlossenen Augen in den Nasenrücken. Nicht zu fassen, dass ich gerade dabei bin, mir die Sache noch einmal zu überlegen. Ich finde ihn unerträglich.

Aber dann denke ich an seine Zunge tief in mir, an seinen Atem auf der empfindlichen Haut meiner Oberschenkel und seine starken Hände in meinem Nacken …

Himmel, mir ist heiß.

»Ich verstehe nicht, warum wir uns deshalb einen Kopf machen«, sage ich. »Sex sollte doch eigentlich nicht so kompliziert sein. Nur deshalb tun wir es doch immer wieder, nicht wahr?«

Eine kurze Stille antwortet mir, ehe Jason sagt:

»Mag sein. Aber ich denke, dass wir meistens falschliegen. Sex ist eben doch kompliziert. Mit jemandem zu schlafen bringt uns in eine verletzliche Position und erfordert eine gewisse Intimität. Genau genommen gehen wir auch dabei immer ein Risiko ein, genau wie in einer Paarbeziehung.«

»Und doch hast du dir vorgenommen, alles zu bespringen, was sich bewegt.«

»Stimmt.«

Er fügt nichts hinzu, aber ich kann spüren, wie das »du doch auch« zwischen uns schwebt. Und eigentlich hat er recht. Natürlich erfordert Sex eine gewisse Intimität, aber sich auszuziehen ist viel weniger riskant, als sein Herz zu öffnen und alle seine Geheimnisse preiszugeben.

Das kann einen umbringen.

»Aber ich tue es, weil ich noch nicht die Frau gefunden habe, bei der ich den Kopf verliere. Nicht um zu vergessen.«

Genau in diesem Moment hasse ich ihn. Ich hasse ihn von ganzem Herzen, weil er es wagt, an die große Liebe zu glauben. Weil er nicht so werden will wie ich. Verloren.

»Zoé«, murmelt er mit warmer und ernster Stimme. »Wenn ich mir Zeit für dich nehmen will, dann nicht nur, weil ich es hasse, es bei einem Misserfolg zu belassen.«

Ich warte mit trockenem Mund auf den Rest.

»Die Wahrheit ist, dass ich jedes Mal, wenn ich dich sehe, an viele Dinge denken muss, die ich mit dir machen möchte. Ziemlich unanständige Dinge … Einiges davon sollte man nicht mal laut aussprechen.«

Ich bin mir nicht sicher, ob ich noch atme.

»Und ich hasse schlampige Arbeit«, schließt er. »Jetzt liegt es an dir. Aber wenn du Ja sagst … Verdammt, ich verspreche dir den besten Sex deines Lebens.«

Ich brauche nicht lang nachzudenken.

»Einverstanden.«

# 13

## Zoé

Ich prüfe, ob die Spaghetti gar sind, während ich meine Stiefel anziehe. Violette hat sich in unserem Zimmer eingeschlossen. Anschließend betrachte ich mein Spiegelbild und lege noch etwas Lippenstift auf. Ich gehe heute Abend mit Damien aus, deshalb trage ich das schwarze, tief ausgeschnittene Kleid.

Nach meinem letzten Gespräch mit Jason werdet ihr vermutlich denken: »Wie bitte? Was um alles in der Welt hat Clark Kent noch hier zu suchen?« Aber er hatte mich gebeten, mit ihm in den Club zu gehen, bevor ich mich mit Jason versöhnt habe, und ich brachte es nicht übers Herz, ihm abzusagen. Wie auch immer – mit Jason geht es nur um Sex, und ich schulde ihm nichts.

Ich weiß, dass mein Lebensstil einige Leute ganz schön schockiert – ich wurde schon Nutte genannt, weil ich meine Sexualität auslebe –, aber das ist mir scheißegal.

**Damien**: Hey, tut mir leid, ich wurde aufgehalten … Macht es dir was aus, wenn wir uns dort treffen?
**Ich**: Nein, keine Sorge. Bis gleich.

Verärgert knirsche ich mit den Zähnen. Ich empfinde eine tiefe Abneigung gegenüber Menschen, die zu spät kommen; mit Ausnahme von Violette natürlich. Trotzdem bereite ich mich darauf vor, hinzugehen, bis …

Mir rutscht das Herz in die Hose, als sich ein Schlüssel im Schloss dreht. *Zu spät.* Wie erstarrt wende ich der Wohnungstür den Rücken zu und rühre meine Pasta. Ich hatte nicht erwartet, dass sie so früh zurückkommen.

»Was ist denn das hier für ein Sauwetter?«, beschwert sich eine allzu vertraute Stimme. »Ich habe dir ja gesagt, wir hätten dort bleiben sollen.«

Ich drehe mich um, als Violette aus dem Zimmer schießt und sich Loan in die Arme wirft. Ich verdrehe die Augen. Angewidert schauen Jason und ich zu, wie sie sich umarmen, als wäre er aus dem Krieg zurückgekehrt.

»Warum bekomme ich nicht diese Art von Willkommen?«, murmelt er so leise, dass ich wahrscheinlich die Einzige bin, die ihn hört.

Ich kann nicht anders, ich drehe mich zu ihm um und spotte:

»Du hast recht, du hättest dort bleiben sollen.«

Zum ersten Mal seit seiner Rückkehr sieht Jason mich an. Ich tue dasselbe und …

Großer Fehler.

Mein ganzer Körper erbebt angesichts seiner nassen Haare und seines vom Regen durchsichtig gewordenen T-Shirts. Jason ist nicht so muskulös wie Loan. Es ist schlanker und sehniger, und einen Moment lang kommt mir in den Sinn, wie seine Rippen sich unter meinen kalten Fingern anfühlen.

Ich presse die Lippen zusammen, während er mir ein verschmitztes Lächeln schenkt und sich auf dem Sofa niederlässt. Bei unserem letzten Gespräch war ich sehr deutlich: »Niemand darf es erfahren.« Nicht, dass Violette noch auf falsche Gedanken kommt.

»Ach, Zoé … Ich hatte dich gar nicht gesehen. Und immer in der Nähe des Kühlschranks.«

*Autsch.* Ich weiß sehr wohl, dass er nur so daherredet, um glaubwürdig zu erscheinen. Aber das hätte er wirklich nicht sagen sollen.

*Ich hatte recht. Er findet mich fett. Warum sonst hat er von allen möglichen Dingen ausgerechnet das gesagt?*

Ich ignoriere Violan, die immer noch eng ineinander verschlungen sind und auf eines der Zimmer zusteuern, und nähere mich Jason mit einem Küchenmesser in der Hand.

Er steht eilig auf und umrundet mit seltsam leuchtenden Augen das Sofa. Ist es Angst oder … *Begehren?*

Der Typ ist *verrückt.*

»Okay, es war nicht nett, das zu sagen … Bitte entschuldige«, sagt er und streckt mir seine Handflächen entgegen. »Und jetzt leg das Messer weg … so ist es gut …«

Ich lege das Messer auf den Tisch. Unsere Freunde verschwinden im Flur. Ich bewege mich nicht, stehe reglos wie eine Statue, während Jason mich mit seinem lüsternen Blick anstarrt.

Es ist das erste Mal, dass wir uns seit dieser heißen Geschichte in seinem Auto sehen. Wir alle erinnern uns, dass ich am Ende ohne Strumpfhosen und Höschen dastand.

Jason fährt sich lässig durchs Haar und befeuchtet sich mit der Zunge die Lippen. Diese einfachen Gesten reichen aus, um mich zu berauschen.

*»Jedes Mal, wenn ich dich sehe, muss ich an viele Dinge denken, die ich mit dir machen möchte. Ziemlich unanständige Dinge …«*

»Ist das ein neuer Ring?«, fragt er.

Er hält meinen Blick, aber ich weiß, dass er von dem Piercing spricht, das ich in einem Nasenloch trage.

*Bum-Bum*

»Ja. Gefällt er dir?«

»Sehr.«

*Bum-Bum*

Ich wage nicht, mich ihm zu nähern. Funken knistern auf meinen Fingerspitzen, und ich fürchte, dass sie alles entzünden könnten, was ich versehentlich berühre. Jason hatte recht; ihn und mich verbindet eine sexuelle Anziehung, die über das Übliche hinausgeht.

Es wäre schade, das zu verderben.

Als hätte er meine Gedanken gelesen, tritt er einen Schritt vor. Ich bewege mich im gleichen Maß rückwärts, wie er sich nähert. Er wirkt wie ein Raubtier, das seine Beute beschwichtigt … bevor es sie im Ganzen verschlingt. Es fällt mir nicht schwer, die wenig salonfähigen Gedanken zu erraten, die seine Augen zum Glänzen bringen. Beinah erröte ich.

»Dein Kleid finde ich auch toll. Gehst du weg?«

»Kann schon sein.«

Ich stoße mit dem Rücken an die Küchenzeile. Ich schlucke. Er legt den Kopf schief.

*Bum-Bum*

»Mit einem Mann? Einer Frau?«

»Mit einem Mann«, antworte ich, als er mir schließlich gegenübersteht und ich seinen Atem auf meinen Lippen spüre.

*Bum-Bum*

Hoffentlich tauchen nicht ausgerechnet jetzt Violette und Loan auf und finden uns so nah beieinander. Was aber noch schlimmer ist: Ich habe Angst zu sterben, ehe Jasons Hände mich berühren.

Ich wende meinen Blick nicht von seinen Augen ab, nicht einmal, als ich spüre, wie er sein Knie sanft zwischen meine Beine drängt. Ich bekomme Gänsehaut auf den Armen, während sich sein Knie entlang meiner nackten Oberschenkel nach oben bewegt.

*Bum-Bum*

Jason legt seine Hände links und rechts von mir auf den Küchentresen. Plötzlich blickt er auf meinen Mund und beißt sich vor Verlangen auf die Lippen. Keine Ahnung, ob er sich dessen bewusst ist, aber es sieht unglaublich sexy aus.

Ich atme schneller und vergesse unsere Freunde, die noch immer in Loans Zimmer sind. Auch an Damien, den ich gleich treffen soll, denke ich nicht mehr. Es gibt nur noch Jasons Jeans auf meiner Haut und sein Knie, das gerade diesen empfindlichen Punkt unter der Spitze meines Höschens erreicht hat …

»Mistkerl«, hauche ich ohne große Überzeugung.

»Weitermachen«, schreit mein Körper. Ich bin sicher, der Mistkerl hat es verstanden, denn er lächelt mit leisem Spott. Sein Daumen zeichnet die Umrisse meiner halb geöffneten Lippen nach, während sein Knie zwischen meinen Oberschenkeln verharrt.

»Wirst du mit ihm schlafen?«

Er scheint weder eifersüchtig noch verärgert zu sein, sondern lediglich neugierig. In meinem Kopf dreht sich alles, als er sich hinunterbeugt, um die zarte Haut an meinem Hals zu küssen, genau dort, wo mein Puls schlägt. Ich frage mich, ob er mein Herzrasen unter seinen sinnlichen Lippen spüren kann.

»Ich weiß es nicht«, flüstere ich und packe sein T-Shirt mit beiden Händen.

Schwach geworden ziehe ich ihn an mich. Sein Knie verlässt mich, aber sein Gesicht ist jetzt ganz nah – nur wenige Zentimeter entfernt, und doch so weit weg.

Mit der Zunge necke ich seine Fingerspitzen. Seine Brust hebt sich, und seine Augen werden dunkel. Schon lange war ich nicht mehr so erregt.

»Wenn du es willst, nur zu«, sagt er heiser. »Aber jede Wette, dass du nur an mich denkst, wenn er in dir ist.«

*Oh. Mein. Gott.* Schlägt mein Herz überhaupt noch?

Sein Mund streift meinen, ohne mir das zu geben, wonach ich mich sehne. Er spielt ein grausames, aber aufregendes Spiel. Ich bete, dass er mich küsst, mich in mein Zimmer sperrt und mir all die unanständigen Dinge zeigt, die ihm durch den Kopf gehen. Mein Platz in der Hölle ist mir ohnehin sicher.

»Jason«, flehe ich ihn an.

Gott sei Dank verlässt sein Daumen endlich mein Kinn, und sein Gesicht nähert sich mit geschlossenen Augen …

… um sich im letzten Moment abzuwenden. Sein Mund landet auf meinem Ohr. Enttäuscht atme ich aus. Ich spüre sein Lächeln an meinem Ohrläppchen. Am liebsten würde ich ihn ohrfeigen.

»Ich wünsche dir einen schönen Abend, Große.«

Was für ein Arschloch! Er hat mich in der Hand, und das weiß er ganz genau. Schließlich reiße ich mich zusammen und stoße ihn ganz schwindelig vor Verlangen mit aller Kraft zurück. Trotz seines siegreichen Lächelns erkenne ich seine Erregung an der Beule in seiner Hose. Verdammt. *Ich werde wohl nie verstehen, warum unser erstes Mal so danebengegangen ist.*

Ich ignoriere seinen feurigen Blick und seine leicht zitternden Hände und rufe um Hilfe:

»KOMMT ESSEN, EHE ICH HIER EINEN MORD BEGEHE!«

Als einzige Reaktion lacht Jason leise vor sich hin.

Bis Loan und Violette aus Loans Zimmer kommen, steht Jason an der Wohnungstür. Ich decke den Tisch, um die Röte meiner Wangen und meine zitternden Knie zu verbergen.

»Leute, ich habe noch etwas anderes vor und kann leider nicht bleiben, um mit euch zu essen …«

»Schon gut, Idiot!«, kontere ich. »Du kannst bleiben. Ich muss sowieso weg.«

Ein falsches Lächeln breitet sich auf seinem Gesicht aus, und er setzt sich an den Tisch, ohne mich anzusehen. Dachte er etwa, seine kleinen Winkelzüge würden mich davon abhalten, das zu tun, was ich will? *Wie süß er doch ist.*

Violette will wissen, wohin ich gehe. Ich gebe ihr subtil zu verstehen, dass ich möglicherweise in Begleitung nach Hause komme und ignoriere den Blick, den sie über meine Schulter wirft. Wahrscheinlich redet Jason mit leiser Stimme irgendwelchen Blödsinn.

»Okay, dann bis morgen.«

Ich ziehe meinen Mantel an und zwinkere ihm zu, bevor ich gehe. Auf dem Weg zu Damien muss ich ständig an Jason denken. Auch wenn er sich die meiste Zeit wie ein großes Kind verhält, ist er wahrscheinlich der heißeste Typ, den ich je kennengelernt habe.

Der Abend ist eine Katastrophe.

Ich achte nicht auf mein Telefon und widme meine ganze Aufmerksamkeit Damien, der noch süßer ist, als ich ihn in Erinnerung habe. Wir tanzen eng, küssen uns und flirten. Trotzdem verspüre ich nicht den leisesten Funken. Nicht das geringste Feuer.

Das hindert mich allerdings nicht daran, ihn mit nach Hause zu nehmen. Eines müsst ihr wissen: Ich habe mich nie für mein ungezügeltes Sexualleben geschämt, weil ich es nie unwillig, sondern immer mit Lust getan habe.

Dieses Mal jedoch ist es anders. Als ich die Wohnungstür hinter Damien schließe, schreit mein Gewissen mich an, dass ich aus falschen Motiven handle. Wir gehen in das Zimmer, das ich mir mit Violette teile, wir küssen uns, und ich fluche innerlich, weil ich ständig Jasons Gesicht vor mir sehe.

*Er hatte recht, und dafür hasse ich ihn.*

»Pst«, hauche ich, als Damien an meinem Mund stöhnt. »Meine Mitbewohner schlafen.«

Er nickt und berührt meine Brüste. Doch ich empfinde dabei absolut kein Vergnügen und weiche zurück, als er seine Hand unter mein Kleid schiebt.

»Komm rein.«

Wir betreten das dunkle Zimmer, und ich höre, dass er sich sofort auszieht. Ich nutze die Gelegenheit, um kurz durchzuatmen und mein Handy auf den Nachttisch zu legen.

Gerade bin ich dabei, mir das Kleid aufzuknöpfen, als ich zwei ungelesene Nachrichten entdecke.

*Jason.*

Mein dummes Herz macht einen unerwarteten Sprung.

Beim Öffnen der Textnachricht finde ich ein Bild von uns beiden und bin überrascht. Offenbar wurden wir während der Valentino-Show von einem Journalisten fotografiert. Wir sitzen nebeneinander, Jason lacht fröhlich, und ich schaue ihn mit amüsiertem Lächeln an. Mir fällt sofort auf, dass wir beide strahlen. Ein zweites Bild zeigt meine Hand, die sich in seine schmiegt.

Ich erinnere mich nicht, dass wir Händchen gehalten haben.

**Jason**: Schau, was ich gerade im Internet gefunden habe … (Bilde ich mir das nur ein, oder sah ich an diesem Abend super heiß aus?).

**Jason**: Ich suche noch nach einem Bild von dir allein, man kann ja nie wissen. Du könntest es auf Instagram posten. Oder du schneidest mich aus dem hier raus.

Unbewegt lese ich die beiden Nachrichten noch einmal. Er hat nicht etwa gepostet, um einen Eifersuchtsanfall auszulösen oder mich zu fragen, was ich gerade mache. Stattdessen spielt er den Pressesprecher und sucht im Internet nach einem Bild von mir.

»Bist du lesbisch?«

Verwirrt schaue ich Damien an. Er ist inzwischen halbnackt und zeigt auf ein Bild, das mit Tesa über meinem Bett festgeklebt ist. Es zeigt eine Flagge in den Farben der Bewegung LGBTQIA+, über der steht: »Love is love«.

»Ich bin bi«, bestätige ich zerstreut.

Damien lacht, als hätte ich einen Witz gemacht.

»So so.«

»Wie bitte?«

Er muss die Aggressivität in meinem Ton gehört haben, denn er runzelt die Stirn.

»Es ist nur … du bist viel zu hübsch für eine Lesbe. Also, ich finde, du siehst aus wie ein … na wie ein richtiges Mädchen.«

Ich lehne mich müde an die Tür, reibe mir die Augen und hebe Damiens Jeans auf. Ich hasse die Menschen. Ich hasse die Gesellschaft, in der Frauen für Männer schön sein müssen, und wenn das nicht der Fall ist, müssen sie eben lesbisch werden. Ich hasse es, dass Idioten wie Damien glauben, lesbisch zu sein würde bedeuten, kurze Haare zu haben und sich wie ein Mann anzuziehen. Aber vor allem hasse ich, dass dieser Mythos von der »wahren Frau« immer noch geglaubt wird.

»Hier, du kannst gehen«, sage ich und werfe ihm seine Jeans ins Gesicht. »Es war keine gute Idee, tut mir leid.«

»Warte! Was?«

Mit unfreundlichem Gesicht öffne ich die Tür.

»Erstens bin ich nicht lesbisch, sondern bisexuell. Und zweitens ist niemand ›zu hübsch‹, um lesbisch zu sein, Blödmann. Und jetzt verschwinde und sei so nett, die Tür ordentlich zuzuknallen.«

Er geht so schnell, dass er beinahe seine Schuhe vergisst.

# 14

## Jason

Letzte Woche verlief ziemlich beschissen.

Am Montag tauchte Margot bei mir auf, um eine Nummer zu schieben. Ich begleitete sie freundlich zurück zu ihrem Auto, was ihr nicht zu gefallen schien. Am Mittwoch musste ich zwei Jungs vom Unterricht ausschließen, nachdem sie versucht hatten, in die Mädchenumkleideräume einzudringen.

Am Donnerstag wollte mein Vater mit mir über meine Zukunft reden, als wäre ich ein sechzehnjähriger Junge. Er hält es für keine reife Entscheidung, ein Sabbatjahr zu nehmen und in Australien zu arbeiten. Er findet, dass ich »vor der Verantwortung davonlaufe«, und riet mir in aller Freundschaft, noch einmal darüber nachzudenken und diesen Sommer bei ihm zu arbeiten. Ich habe gesagt, ich würde es mir überlegen.

Jetzt sitze ich mit meinen Freunden in einem Club, um auf andere Gedanken zu kommen. Ich wollte Zoé sehen, deren knallblaues Kleid jede ihrer lasziven Kurven betont. Ich frage mich, ob sie die Blicke spürt, die sie auf sich zieht, seit sie den Club betreten hat, und ich frage mich auch, ob es ihr gefällt oder ob es ihr egal ist.

**Zoé**: Hör auf, mich so anzustarren, Perverser.

Amüsiert blicke ich von meinem Telefon auf. Sie flüstert mit Violette, die gerade mit Loan angekommen ist, und behält mich dabei herausfordernd im Blick. Ich muss zugeben, dass ich Schwierigkeiten habe, mich auf das Gespräch mit Ethan zu konzentrieren.

»Warum hast du sie nicht gebeten mitzukommen?«, frage ich ihn nach seiner neuen Eroberung.

»Soviel ich weiß, hat sie eine Verabredung. Sie ist Mitglied in einem feministischen Buchclub«, antwortet er und lächelt zurückhaltend.

Mir fällt eine frühere Unterhaltung ein, und ich verbeiße mir ein spöttisches Grinsen. Ich weiß, dass Zoé ebenfalls daran denkt, denn sie wirft mir einen bitterbösen Blick zu.

Ich ignoriere sie.

»Sie ist Feministin? Oh Mann … Lass es lieber sein.«

*Jetzt schaut nicht so, es war einfach stärker als ich.* Ich habe keine Zeit, mehr dazu zu sagen, weil eine gewisse Violette sich begeistert einmischt:

»Du hast jemanden kennengelernt? Super!«

Ich verdrehe die Augen. Ethan antwortet, dass zwischen ihm und Ophélie noch nichts wirklich Ernstes sei, und fügt dann hinzu, dass ich ihren Feminismus für ein Hindernis hielte.

»Feministisch wie ›Femen ruft mit nackten Titten Slogans vor dem Justizministerium‹, oder feministisch wie ›Sie erklärt dir vierundzwanzig Stunden täglich, dass du nur ein höheres Gehalt bekommst, weil du etwas zwischen den Beinen hast‹?«, erkundigt sich Violette.

Als Violette anfängt, Ethan zu erklären, dass nichts falsch daran ist, Feministin zu sein, höre ich nicht mehr hin. Mein Blick begegnet dem von Zoé, deren Lippen mit dem Strohhalm in ihrem Glas spielen.

**Ich**: Hör auf, mich heiß zu machen, wenn du nicht willst, dass ich dich ansehe.

**Zoé**: Ich mache dich nicht heiß, ich bin von Natur aus sexy. (Wie willst du dich bei Violette aus der Affäre ziehen? Sie ist ziemlich angefressen).

Tatsächlich ereifert sich Violette. Loan rät mir, die Sache fallen zu lassen, aber ich werfe mich in die Brust und setze noch einen drauf:

»Alles, was ich zu Ethan gesagt habe, bevor du dich in unsere Männergespräche eingemischt hast, war, dass es eine Sache gibt, bei der ich mir sicher bin: Eine Feministin zu vögeln, extrem oder nicht, führt nie zu gutem Sex.«

Aus dem Augenwinkel sehe ich Zoé lächeln. *Was man nicht alles tut, eine Frau zum Lachen bringen …*

»Warum sagst du das?«, will Ethan wissen.

Ich denke an den Besoffenen zurück, den ich Heiligabend kennengelernt habe, und befolge seinen schlechten Rat.

»Sie sind Feministinnen, du Trottel«, trumpfe ich mit vorgeschobener Sicherheit auf. »FE-MI-NIS-TINNEN. Das bedeutet, dass sie sich auf jeden Fall weigern, sich von hinten nehmen zu lassen. So wollen sie die männliche Überlegenheit widerlegen oder so.«

Ich weiß, dass ich zu weit gegangen bin, denn alle starren mich entweder bestürzt oder erheitert an. Zoé beschließt feige, mich aufzugeben, steht auf und schlendert zur Tanzfläche. Als sie an mir vorbeigeht, berühren ihre Beine meine Knie, aber ich meide ihren Blick aus Angst, mich zu verraten.

Violette versucht mir zu erklären, dass ich Unsinn rede, als mein Telefon in meiner Tasche vibriert.

**Zoé**: Dein Macho-Kumpel wäre stolz auf dich. PS: Ich weiß aus zuverlässiger Quelle, dass deine Theorie Quatsch ist …

Als ich das Ende der Nachricht lese, verschwindet mein Lächeln.

»... eine Frau sich von hinten nehmen lässt, bedeutet das noch lange nicht, dass du in einem ganz anderen Kontext eine bestimmte Autorität ausüben darfst ...«

»Okay, okay, ich hab's kapiert«, rufe ich und massiere mir die Schläfen. »Ich habe doch nur Spaß gemacht! Scheiße, es ist verdammt anstrengend, mit dir zu reden.«

Ich weiß nicht, wie Loan es schafft, sie jeden Tag zu ertragen. Nicht, dass es zu Missverständnissen kommt: Ich liebe Violette. Ich empfinde für sie wie für eine meiner Schwestern. Aber für meinen Geschmack redet sie einfach zu viel.

Schon bald verabschieden sich meine beiden Freunde ebenfalls auf die Tanzfläche und lassen mich mit Ethan und meinem Kollegen Bruno zurück.

**Ich**: Was hältst du davon, einfach mit mir zu verschwinden?

Aber Zoé antwortet nicht. Gleichgültig gegenüber den anderen Frauen schaue ich mich suchend um, bis sie in meinem Blickfeld auftaucht.

Sie interessiert sich für nichts und niemanden, sondern ist hingebungsvoll damit beschäftigt, zu Beyoncés »Partition« zu tanzen. Die Art, wie sie sich bewegt, hypnotisiert mich. Ihre Augen sind geschlossen, sie hat die Arme über den Kopf gehoben und wiegt sich in den Hüften wie eine Schlange.

Zoé tanzt nicht für die anderen, sie tanzt nur für sich selbst. Ich erkenne es an der Art, wie sie der Musik lauscht, ihr nachspürt und sie interpretiert. Ihre Lippen bewegen sich leicht, weil sie offenbar leise mitsingt – als ob sie nicht anders könnte.

So gut es eben geht, widerstehe ich dem brennenden Wunsch, mich ihr anzuschließen. Mein Herzschlag wird eins mit der Musik und setzt beinahe aus. Zoé wirft den Kopf zurück. Ihr kurzes Haar klebt an ihrem schweißnassen Hals. Ich kann den Blick keine Sekunde von ihr lassen.

Bis Loan wieder an meiner Seite erscheint. Die Realität trifft mich hart, und ich muss blinzeln. Ich begreife, dass er gehen will.

»Ich überlasse sie dir«, sagt er zu mir, ohne näher erläutern zu müssen, von wem er spricht. »Pass auf sie auf, Émilien ist hier.«

Ich räuspere mich, klopfe ihm auf die Schulter und versichere ihm, dass sich Violettes Ex ihr bestimmt nicht nähern wird. Loan geht. Plötzlich taucht Violette aus dem Nichts auf und setzt sich neben mich.

Ich weiß nicht, was passiert ist, aber sie sieht aus, als würde sie gleich in Tränen ausbrechen. Und da ich niemanden gern weinen sehe, breite ich die Arme aus. Violette wirft sich hinein, legt ihr Gesicht an meine Brust, und ich lasse sie nicht mehr los.

Ich habe nur wenig Alkohol getrunken. Sobald ich wieder ganz nüchtern bin, fahre ich die Mädchen zurück in ihre Wohnung. Immer wieder schaue ich unwillkürlich im Rückspiegel nach Zoé, die während des gesamten Weges den Kopf gegen das Fenster lehnt. Ich kann den Anblick nicht vergessen, wie sie getanzt hat, als ob niemand ihr zusähe.

Vor dem Haus steigen die Mädchen aus.

»Danke, Jason.«

»Danke, Blödmann«, sagt Zoé und streckt ihre langen Beine aus dem Wagen.

Wie immer warte ich, bis das Licht in ihrem Fenster angeht,

ehe ich den Zündschlüssel drehe. Als ich gerade losfahren will, bekomme ich eine Nachricht.

**Zoé**: Ziehe mich nur kurz um, warte auf mich.

Angenehm überrascht hebe ich eine Augenbraue.

Logischerweise diskutiere ich nicht lang herum, sondern schalte das Radio ein und warte. Ich habe Zeit, mir zwei Songs von Taylor Swift anzuhören, bis sie wieder herunterkommt. Ich ziehe den Zündschlüssel ab, steige aus und gehe ihr entgegen. Sie hat ihr Kleid gegen ein Paar schwarze Leggins und einen XXL-Wollpullover getauscht, der ihre Hände verdeckt.

Ihr Haar ist zu zwei Rattenschwänzen gebunden, und ihr Gesicht ist frei von Make-up. Sie sieht jünger und unschuldiger aus. Zoé verschränkt die Arme.

»Und?«

Ich lächle sie an, behalte aber meine Hände in den Jackentaschen. Schließlich trete ich auf sie zu und drücke ihr einen sanften, strategischen Kuss auf den Mundwinkel. Sie erstarrt.

»Tja: immer noch sexy«, flüstere ich.

*Verdammt, das denke ich wirklich*. Ihre Wangen werden rosig.

»Ich meinte das Programm. Du wolltest mit mir verschwinden, und da bin ich. Was machen wir jetzt?«

»Wie ich feststellen kann, bist du freundlich wie eh und je … Sollen wir spazieren gehen? Ich weiß nicht, wie es dir geht, aber ich gehe gern im Dunkeln spazieren.«

Endlich lächelt sie. Ich habe zwar keinen Plan, aber Improvisation hat durchaus ihre Vorteile. Gemeinsam laufen wir schweigend bis Saint-Michel.

Ich balanciere wie ein Seiltänzer auf dem Bordstein. Sie beobachtet mich aus dem Augenwinkel. Als ich es leid bin – ich mag keine Stille und meine Mutter behauptet, das läge daran, dass ich den Klang meiner eigenen Stimme zu sehr liebe –, sage ich zu Zoé:

»Okay, lass uns ein Frage- und Antwortspiel machen.«

Zoé blinzelt misstrauisch. Sie fällt nicht auf mich herein.

»Und wenn einer nicht antworten will?«

»Du hast einen Joker. Aber setze ihn überlegt ein!«

Sie seufzt und nickt, also beginne ich mit dem erstbesten, das mir in den Sinn kommt:

»Team Edward oder Team Jacob?«

Verblüfft lacht Zoé auf und blickt mich verwundert an. Nur zu, macht euch ruhig lustig. Aber die Antwort auf diese Frage sagt viel über eine Person aus!

»Was denn?«, reagiere ich beleidigt. »Ich schäme mich nicht! Ich persönlich bin Team Edward. Ich meine, der arme Kerl war immerhin zuerst am Zug. Dann kommt der andere mit Muckis wie aus Beton und seinen Haaren und versucht, ihm die Braut abspenstig zu machen. Das ist nicht cool.«

Sie versteckt ihr Gesicht in den Händen und schüttelt sich vor Lachen, ehe sie wieder den Kopf hebt. Ich stelle fest, dass sie tatsächlich darüber nachdenkt, und das macht mich glücklich.

»Ich fürchte, wir werden uns nie einig. Team Jacob. Edward ist mir viel zu deprimierend und melodramatisch. Und auch zu blass. Er sieht aus wie ein Toter.«

»Er *ist* tot, Schätzchen.«

»Du weißt, was ich meine.«

Lange machen wir so weiter. Die Minuten vergehen wie im Flug.

»Hast du irgendwelche seltsamen oder peinlichen Angewohnheiten?«, fragt Zoé mich neugierig.

Ich verziehe das Gesicht und blicke stur geradeaus.

»In gewisser Weise, ja … Aber du darfst dich nicht über mich lustig machen, okay? Wenn ich mich unwohl fühle, überkommt mich der Zwang, einen schmutzigen Witz zu erzählen. Irgendwie glaube ich, dass er die Stimmung aufhellt, aber …«

»… er macht alles nur noch schlimmer«, beendet sie lachend meinen Satz.

»Ganz genau. Okay, jetzt bin ich dran. Mit welcher berühmten Person würdest du gern mal schlafen?«

Sie fragt mich, ob sie sich für eine entscheiden muss, und ich nicke. Ihr Nachhaken bringt mich zum Lächeln, denn genau das hätte ich auch gefragt.

»Ashley Graham, ganz klar. Sie ist echt die erotischste Frau der Welt – auch wenn Emma Watson meine große Liebe bleibt.«

»Ich auch!«, rufe ich verblüfft. »Diese Frau ist echt der Hammer.«

»Hände weg, ich habe sie zuerst entdeckt.«

Ich grinse sie an, lege ihr den Arm um die Schultern und ziehe sie an mich. Sie lässt es zu und schlingt mir sogar den Arm um die Taille.

»Wir könnten ja einen Dreier machen.«

»Nur weil ich bisexuell bin, heißt das noch lange nicht, dass ich immer gleich an Dreier denke, du Spinner.«

»Ich weiß …«

»Aber ich wäre trotzdem nicht abgeneigt«, grinst sie und gibt mir ein High Five.

Seltsamerweise erfahre ich an diesem Abend mehr über sie als in der ganzen Zeit seit unserer ersten Begegnung. Ich weiß jetzt, dass sie es hasst, zu spät zu kommen, dass sie für Blaubeermuffins in die Hölle gehen würde, dass sie ohne Musik nicht einschlafen kann und dass sie unzählige alte Filme kennt.

»Woher kommt dieser Hang zum klassischen Kino?«

Sie schweigt so lang, dass ich schon glaube, zu weit gegangen zu sein. Als sie schließlich antwortet, starrt sie auf den Boden.

»Von meiner Ex. Ich habe die alten Filme alle mit Sarah gesehen.«

Ich zögere noch ein wenig, ehe ich die Frage stelle, die mir seit Wochen auf den Lippen brennt.

»Was ist passiert?«

Sie wägt die Vor- und Nachteile ab und flüstert schließlich:

»Sie hat mich verlassen. Genau wie mein Vater.«

Schon mehrfach hat sie ihre gestörten Familienverhältnisse erwähnt. Ich habe längst begriffen, dass die Situation nicht gerade ideal ist, aber insgesamt bleibt Zoé sehr vage. Offenbar will sie nicht darüber reden, zumindest nicht mit mir, und ich kann es ihr nicht verübeln.

Plötzlich wirkt sie sehr verletzlich.

»Ich verstehe … Ich dagegen erinnere mich an keine einzige Phase in meinem Leben, in der ich nicht vollkommen glücklich war.«

Sie starrt mich düster an.

»Ich hoffe für dich, dass es ein ›aber‹ gibt, denn das tröstet mich ganz und gar nicht.«

»Aber … das Gefühl von Verlassenheit kenne ich auch. Meine Mutter hat mich nicht gewollt. Ich weiß es, weil ich meinen Eltern mit zwölf diese Frage gestellt habe. Es ist nicht leicht, so etwas hören zu müssen, weder für ein Kind noch für einen Erwachsenen. Meine leibliche Mutter hat mich nicht weggegeben, weil sie zu jung oder zu arm war, sie wollte mich einfach nicht. Ich muss mit dem Gedanken leben, dass ich nicht gewollt war …«

Ihre Gesichtszüge werden weicher, und sie schaut mich an. Schaut mich wirklich an. Mir wird klar, dass ich diesen belastenden Schmerz noch nie mit jemandem geteilt habe.

Aber Zoé ist die Art Mensch, die andere dazu bringt, sich zu offenbaren.

»Ich weiß nicht, was schlimmer ist«, flüstert sie, ohne mich anzusehen. »Dass deine Eltern dich weggeben, weil sie dich nicht wollen, oder dass sie dich trotzdem behalten.«

Nur der Winterwind antwortet uns. Schließlich gesteht sie leise:

»Eigentlich wünsche ich mir nur … etwas von Dauer. Verstehst du? Ein einziges Mal hätte ich gern etwas, das *bleibt.*«

Ich bleibe abrupt stehen und konzentriere mich ganz auf sie. Ihr Blick ist so voller Fragen, dass ich lächeln muss.

»Ich habe eine tolle Idee. Vertraust du mir?«

»Äh, nein.«

Ich lächle trotzdem, ignoriere ihre Antwort und greife nach ihrer Hand. Zoé stänkert ein wenig herum, aber ich sage ihr, dass wir uns beeilen müssen, weil der Laden sonst schließt. Wir entscheiden uns, Mietfahrräder zu nehmen und rennen lachend los. Ich bin ihr eine gute Länge voraus – immerhin bin ich Sportler –, aber das scheint sie nicht zu stören.

Beinah fahren wir unterwegs ein paar betrunkene Fußgänger um. Zoé begreift meine Absicht glücklicherweise nicht sofort, was uns Zeit gibt, die Räder wegzuräumen. Als wir schließlich vor dem Laden ankommen, bleibt sie stehen und reißt die Augen auf.

»Auf gar keinen Fall«, ruft sie und weicht zurück.

Ich will sie zurückhalten, aber sie läuft bereits davon. Lachend hole ich sie ein paar Meter entfernt ein. Sie wehrt sich und schreit, sie würde mich kastrieren; ich genieße, wie sich ihr Körper gegen meinen presst, ehe ich sie einfach hochhebe und mir über die Schulter werfe.

Die Worte, mit denen sie mich beschimpft, wiederhole ich hier lieber nicht.

»Los, ein bisschen mehr Mut! Außerdem steht es auf deiner Liste.«

»Ich habe Nein gesagt! Lass mich los!«

Ich gehorche und stelle sie wieder auf die Füße. Ihre Wangen sind gerötet und ihre Zöpfe zerzaust. Meine Güte, wie schön sie ist.

»Du wolltest etwas, das bleibt«, rechtfertige ich mich. »Was ist da besser als ein Tattoo?«

Trotzig schweigend mustert Zoé den Laden. Nach einer schier endlosen Minute atmet sie tief durch und löst ihre verschränkten Arme.

»Weißt du was? Du hast recht.«

Ich nicke zufrieden und will gerade die Tür öffnen, als sie mich zurückhält.

»Aber nur unter der Bedingung, dass du es auch machst.«

Mein Lächeln erlischt sofort. Ich schaue sie an und warte, aber offensichtlich ist es ihr ernst. Geduldig erwidert sie meinen Blick mit herausfordernd erhobenen Augenbrauen.

*Scheiße.* Wie soll ich ihr klarmachen, dass ich Todesangst vor Nadeln habe, ohne wie ein Depp dazustehen?

»Ich weiß nicht, ob das eine gute Idee ist.«

»Also wirklich, Obi-Wan … Haben wir etwa Angst?«, neckt sie mich.

»Damit hat es absolut nichts zu tun. Ich bin ein erwachsener Mann von zweiundzwanzig Jahren, der …«

»Jason.«

»… einen Heidenrespekt vor Nadeln hat. Zwing mich nicht, es zu tun, Zoé, bitte.«

Sie lächelt amüsiert.

»Ich zwinge dich nicht. Aber entweder wir beide oder keiner.«

*Was für eine Frau.*

Und so, liebe Freunde, finden wir uns auf dem Bauch liegend wieder. Zwei Tattoo-Künstler beugen sich über uns. Nach langem Bitten hat Zoé mir versprochen, meine Hand keine Sekunde loszulassen.

Kein Kommentar.

»Er ist etwas zimperlich«, hat sie dem Mann erklärt, der sich um mich kümmert.

Ich habe keine Ahnung, was er mir in die Haut ritzen wird. Zoé und ich haben einen Pakt geschlossen: Ich suche ihr Tattoo aus und sie meines. Anfangs war sie skeptisch, aber ich konnte sie überzeugen. Nie hätte ich gedacht, dass das möglich wäre.

»Lebst du noch?«, flüstert sie mir zu, während die Nadel meine rechte Hinterbacke malträtiert.

Lacht nicht. Es ist wirklich nicht lustig. Ich wusste nicht, wie empfindlich die Haut an dieser Stelle ist. Meine Komplizin schaut über die Schulter und mustert meinen freiliegenden Hintern. Ihr leises Lachen beruhigt mich keineswegs.

Entgegen meiner Befürchtung ist es nicht extrem schmerzhaft. Solange ich nicht hinschaue, ist alles einigermaßen in Ordnung. Ich konzentriere mich daher auf Zoé, deren Wange auf ihrem Arm ruht und die mich unverwandt anblickt. Zwischen uns findet ein stummer Austausch statt. Mir wird klar, dass wir einen sehr intimen Augenblick teilen, und das verursacht mir einen Kloß im Hals.

*Scheiße, wir lassen uns tätowieren!*

»Das hätten wir.«

Zoé lässt meine Hand los und steht auf, ohne es zu wagen, die Tätowierung auf ihrem Unterarm anzuschauen. Auch ich erhebe mich mit schmerzendem Hinterteil und ziehe meine Hose wieder an. Als hätten wir es so verabredet, warten wir, bis wir allein sind, ehe wir einen Blick auf unseren neuen Körperschmuck werfen.

Ich bezahle für beide Tattoos, was ihr nicht zu gefallen scheint, und der Typ schenkt mir ein Bonbon.

»Du warst wirklich tapfer, Mann.«

»Das ist aber nett«, ruft Zoé erheitert. »Aber haben Sie vielleicht auch einen Sticker? Ich gebe ihm ungern Süßigkeiten vor dem Schlafengehen.«

Ich ziehe an ihren Zöpfen, um sie zum Schweigen zu bringen, und stecke mir beim Hinausgehen das Bonbon in den Mund. Einige Meter weiter baut sie sich in einer verlassenen Gasse vor mir auf. Man hört nur das Lachen einiger Nachtschwärmer.

»Sollen wir es uns ansehen?«

Ich sage ihr, dass sie anfangen soll. Ängstlich holt sie mehrmals tief Luft, ehe sie den Ärmel ihres Pullovers hochschiebt. Keiner von uns spricht, während sie das Tattoo in ihrer Armbeuge betrachtet.

Besorgt beobachte ich jede Reaktion, die ihr Gefühl verraten könnte. Immerhin ist es eine große Verantwortung. Als Zoé den Kopf hebt, bemerke ich Tränen auf ihren Wangen. In leiser Panik öffne ich den Mund.

»Woher wusstest du das?«, haucht sie.

Zögernd betrachte ich das Sternbild, das nun für immer auf ihrer Haut prangen wird.

»Du hast häufig von den Sternen gesprochen. Ich dachte, sie wären wichtig für dich. Habe ich etwas falsch gemacht?«

Sie schüttelt den Kopf, wischt sich die Tränen ab und nimmt überraschend mein Gesicht in ihre Hände. Zum ersten Mal seit unserem Date legt sie ihre weichen, von Tränen leicht salzigen Lippen auf meine. Zunächst etwas verwirrt umfasse ich ihre Handgelenke und vertiefe den Kuss.

Für meinen Geschmack etwas zu früh löst sich Zoé von mir und flüstert an meinen bettelnden Lippen:

»Himmel, du wirst mich hassen.«

Ich trete einen Schritt zurück. Meine Hände gleiten an ihren Hüften hinunter. Zoé verbirgt das Gesicht an meiner Schulter.

»Ich dachte, wir machen das zum Spaß. Ich habe nicht erwartet, dass du mir ein derart … bedeutsames Tattoo aussuchst.«

*Oh.* Sie beißt sich auf die Lippen und wartet auf meinen Wutanfall. Als ich begreife, was sie mir sagen will, wappne ich mich psychisch.

»Was hast du getan …«

Ohne ihre Antwort abzuwarten, wage ich den Sprung ins kalte Wasser und knöpfe meine Jeans auf. Zoé hilft mir, meine Boxershorts hinunterzuziehen und holt ihren Taschenspiegel hervor, damit ich schauen kann.

Mit weit aufgerissenen Augen erkenne ich, klein wie eine Haselnuss, den Kopf von Darth Vader auf meinem Hintern. Ich beiße mir auf die Lippen, um nicht laut zu fluchen, und denke an die Reaktion meiner Mutter, falls sie das Tattoo je zu Gesicht bekommt.

»Ich habe Darth Vader auf dem Arsch. Na großartig.«

»Es tut mir wirklich leid!«, ruft Zoé aufrichtig. Ich zucke lässig die Schultern und ziehe meine Hose wieder hoch.

»Ist doch egal. Es ist nur Haut.«

Und tatsächlich denke ich das auch. Es hätte wirklich schlimmer kommen können … so etwas wie Gandalfs Schwert. Das hätte ich ihr wahrscheinlich nie verziehen.

Zoé entschuldigt sich immer noch wortreich, aber ich bringe sie mit einem weiteren Kuss zum Schweigen. Überrascht stöhnt sie auf und ist mir so nah, dass ihre Wimpern meine Wangen berühren. Ich verschmelze mit ihr. Ein Arm liegt um ihre Taille, die andere Hand hält sie fest im Nacken.

Wie habe ich das vermisst. Wie habe ich es vermisst, sie zu berühren.

Sie ist die Erste, die die Lippen öffnet. Sanft umschlingen sich unsere Zungen, und mein Bonbon gleitet in ihren Mund.

»Gib es mir zurück«, flüstere ich zwischen zwei Küssen.

»Du musst es dir schon holen.«

*Mit Vergnügen.*

Ich packe ihr Gesicht mit beiden Händen und küsse sie wilder. Jetzt kenne ich keine Zurückhaltung mehr. Sie wölbt sich mir entgegen, während mein Mund den ihren fieberhaft und leidenschaftlich erkundet. Ein vertrautes Feuer erglüht in meinen Knochen. Unsere Zungen streicheln und zähmen einander, mein Blut fließt wie Heroin durch meine Adern.

Das ist die Wirkung, die Zoé auf mich hat.

Sie ist wie eine verdammte Droge, die süchtig macht.

Meine Hände gleiten über ihre Schultern bis zu ihrer schmalen Taille, und sie schlingt ein Bein um meine Hüfte.

»Als wir uns kennengelernt haben«, gestehe ich leise, »war meine erste Fantasie, dass du deine Göttinnenbeine um meine Taille schlingst, während ich tief in dir drin bin.«

Ein kleiner Klagelaut antwortet mir.

»Und ich dachte mir: ›Meine Güte, ist der Kerl blöd.‹«

»Sei still, sonst verdirbst du noch alles«, tadle ich sie und beiße in ihre Unterlippe.

Ich schiebe sie rückwärts, bis ihr Rücken auf die Mauer trifft. Ihr Mund saugt mich langsam, aber sinnlich ein. Ein paar Feiernde laufen am Eingang zu unserer Gasse vorbei, aber sie sehen uns nicht. Schon bald sind sie verschwunden. Ich schiebe meine Hände unter Zoés Pullover. Alle meine Sinne sind in Alarmbereitschaft.

Ich streichle die Haut zwischen ihrem Top und ihren Leggings, meine Zunge erkundet ihren Mund und meine Hüften drängen sich gegen ihre, bis sie meine Erektion an ihrem Bauch spürt.

Ich muss mich zurückhalten, um ihr nicht die Kleider vom Leib zu reißen; es ist eine süße Qual.

»Berühre mich«, stöhnt sie und greift mir in die Haare.

*Verdammte Scheiße.* Ich verlasse ihren köstlichen Mund, greife nach dem Saum ihres Pullovers und ziehe ihn ihr über den Kopf. Sie lässt ihn auf den Bürgersteig fallen, klammert sich an meinen Hals, und ich bemerke, dass sie keinen BH trägt.

*Verflucht.* Mit geschlossenen Augen lehne ich meine Stirn an ihre Brust. Ihr Duft ist überall und durchdringt meine Haut.

»Du bringst mich noch um«, flüstere ich mit erstickter Stimme.

Meine Hände setzen ihre Erkundung fort und halten unter der Wölbung ihrer vollkommenen Brüste inne. Obwohl es höchstens neun Grad sind, erglüht ihr Körper unter meiner Berührung.

»Nicht bewegen.«

Ich beuge mich vor und schiebe ihr Hemd über ihre Brust nach oben. Sie erstarrt, zieht den Bauch ein und krallt ihre Hände in meine Schultern.

»Jason, was machst du da?«

»Ich berühre dich.«

»Nicht so und nicht hier«, keucht sie und blickt sich um. »Man könnte uns sehen.«

Ich drücke einen Kuss auf ihren nackten Bauch.

»Ich weiß«, antworte ich mit trotzigem Lächeln. »Erregt dich das? Also mich macht es total an.«

Ich höre, wie sie so etwas wie »Oh Gott« haucht, und stecke meine Zunge in ihren Bauchnabel. Ein Schauder lässt ihren Körper unter mir erbeben, und mein Mund verfolgt eine hungrige Spur imaginärer Küsse nach oben. Schließlich hebe ich ihr Top wieder an und setze ihre Brüste dem Mondlicht aus.

»Du bist absolut perfekt«, sage ich ohne nachzudenken.

Ich atme sanft auf ihre glatte Haut. Ein Seufzer entfährt ihr, und ihre Atmung wird keuchend, als sich mein Mund um eine ihrer Brustwarzen schließt. Mein Herz rast, und meine Brust brennt. Meine Lippen genießen ihre Haut, ich lecke, sauge und knabbere.

Stöhnend lehnt sie den Kopf gegen die Mauer, die ich als Stütze benutze, und dirigiert mich mit den Händen in meinem Haar. Ich widme mich mit Hingabe auch ihrer zweiten Brust.

Sie ist unglaublich empfindsam.

Bei jeder Bewegung meiner Zunge stöhnt Zoé vor Lust. Ich bin so erregt, dass mir meine Jeans zu eng wird.

»Das könnte ich mein Leben lang tun.«

Ein Stück weiter geht eine Gruppe lachender junger Leute vorbei. Zoé erstarrt. Ohne den Kopf zu heben, flüstere ich ihr zu, sie solle sich nicht bewegen, und mache weiter, indem ich erregter denn je meine Erektion an ihrem Schritt reibe. Und genau das braucht sie, um zu kommen. Ich dämpfe ihren Schrei mit meinem Mund und presse meinen Körper an ihre nackten Brüste.

Nur sehr wenigen Frauen gelingt es, nur mit meiner Zunge auf ihren Brüsten den Höhepunkt zu erreichen.

*Verdammt, ich finde das unglaublich toll.*

Ich trete einen Schritt zurück und ziehe sie schweigend wieder an. Sie hilft mir, und dabei fällt ihr Blick auf ihr neues Tattoo. Sie lächelt traurig und blickt zu mir auf.

»Danke«, flüstert sie.

Ich weiß sehr wohl, dass es ihr nicht um den Orgasmus geht, den sie gerade hatte. Ich ignoriere die Passanten, die von der anderen Straßenseite aus pfeifen, greife zärtlich nach ihrem Gesicht und küsse ihre Stirn.

## Drei Jahre zuvor

### Zoé

Das Leben ist schön.

Ich hätte nie gedacht, dass ich das eines Tages sagen würde, und doch ist es so.

Sarah und ich sind uns näher denn je, seit wir endlich miteinander geschlafen haben – es war gleichzeitig peinlich, lustig und schön –, ich habe noch weiter abgenommen, und um dem Ganzen die Krone aufzusetzen: Bryan benimmt sich wie ein Engel.

Schon seit mehreren Wochen hat er mich weder angeschrien noch die Hand gegen mich erhoben. Allmählich glaube ich, dass er es vielleicht nur getan hat, weil ich nicht nett genug zu ihm war. Der Beweis: Jetzt bin ich es, und wir haben eine echt geschwisterliche Beziehung.

Zwar nimmt er immer noch Drogen, aber das ist nicht mein Problem.

Genau das sage ich zu Sarah, als wir Hand in Hand von der Schule nach Hause gehen.

»Trotzdem beruhigt mich das nicht«, antwortet sie und runzelt die Stirn. »Sei lieber wachsam, Zoé.«

»Tief in seinem Innern ist er kein schlechter Kerl«, gebe ich zurück. »Ich denke … Ich glaube, ich lag einfach falsch. Du musst zugeben, dass ich manchmal wirklich gemein zu ihm war. Und siehe da, seit ich nett zu ihm bin, verbringt er am liebsten seine ganze Zeit mit mir! Gestern waren wir im

Kino – er hat bezahlt! –, und neulich bestand er darauf, mit mir mexikanisch essen zu gehen.«

Sarah presst die Lippen zusammen und sagt nichts. Ich weiß, dass sie es nicht versteht. Sie denkt immer noch nur daran, wie Bryan meinen Kopf gegen die Wand meines Zimmers geschlagen hat. Auch wenn ich ihr noch so oft erkläre, dass er sich danach immer wieder entschuldigt hat und mich eigentlich nur schubsen wollte, sie sieht es nicht ein.

»Sei einfach vorsichtig, in Ordnung? Dieses schöne Gesicht ist mir sehr wichtig«, flüstert sie und küsst mich.

Ich streichle ihr Haar, meine Zunge spielt mit ihrer und meine Zuneigung verwandelt sich in Verlangen.

»Gehen wir morgen Abend ins Galway?«, schlägt sie vor, während wir uns meiner Wohnung nähern.

Ich verziehe das Gesicht und erkläre ihr, dass ich nicht kann. Mit erhobenen Augenbrauen dreht Sarah sich zu mir um.

»Wir planen das schon seit drei Wochen!«

»Ich weiß … Aber Bryan hat mich gebeten, zu Hause zu bleiben und mit ihm The Voice zu schauen. Ich habe ihm gesagt, dass ich bereits andere Pläne hätte.«

»Und?«

»Er hat mir vorgeworfen, dass ich mich nicht genügend anstrenge und dass es meine Schuld wäre, wenn wir uns nicht wirklich nahe stünden. Also habe ich nachgegeben …«

Ich sehe, wie sie wütend den Kopf schüttelt und die Worte verschluckt, die sie mir am liebsten an den Kopf werfen würde. Ich würde ihr gern sagen, dass ich nicht so bin wie sie und nicht über dieses lodernde Feuer und den Mut verfüge, die ich so an ihr bewundere.

Vielleicht eines Tages.

»Ist dir bewusst, dass das emotionale Erpressung ist?«

Ich verdrehe die Augen und lasse ihre Hand los.

»Du übertreibst.«

Sie schnappt sich meinen Arm und legt mir die Hände in den Nacken. Mit ernster Miene lehnt sie ihre Stirn gegen meine.

»Ohne Scherz: Das ist nicht gesund, und ich traue ihm nicht. Erst vor zwei Wochen hast du drei Tage die Schule geschwänzt, weil der Herr ›Zeit mit dir verbringen‹ wollte.«

Ich lächle ihr beruhigend zu und drücke einen Kuss auf ihre köstlichen Lippen.

»Genau deshalb liebe ich dich. Du machst dir immer viel zu viele Sorgen.«

Sie seufzt, widmet sich aber dem Thema nicht weiter. Ich verlasse sie bereits hier, damit sie meiner Wohnung nicht zu nah kommt; Bryan ist zwar cool, aber so cool auch wieder nicht. Wenn er wüsste, dass ich mich noch mit Sarah treffe, würde er vermutlich total ausrasten.

Als ich nach Hause komme, ist meine Mutter schon da. Sie holt Wäsche aus der Waschmaschine, während sich Bryan auf dem Couchtisch einen Joint baut.

»Meine Lieblingsschwester!«, ruft er aus, als ich hereinkomme.

»Hast du heute Morgen die Maschine angestellt?«, fragt meine Mutter mit müdem Gesicht.

»Ja. Lass nur, ich hänge die Wäsche gleich auf.«

Sie will sich gerade fügen, als Bryan ihr einen finsteren Blick zuwirft und zu mir sagt:

»Das ist nicht deine Aufgabe. Komm lieber her.«

Ich zögere einen Moment. Meine Mutter sieht so erschöpft aus, dass es mir fast das Herz bricht. Aber weil ich feige bin und zu viel Angst vor Bryan habe, gehorche ich und setze mich zu ihm. Er bietet mir seinen Joint an, doch ich lehne ab.

Er erzählt mir irgendetwas. Ich höre nur mit halbem Ohr hin und begnüge mich damit, ihm zuzustimmen. Keine Ahnung wieso, aber irgendwann reden wir über meine Zukunft. Ich gestehe ihm, dass ich nach dem Schulabschluss gern in die Modebranche gehen würde.

»Es gibt eine tolle Schule dafür in Paris …«

»Mode ist was für Mädchen, die nichts im Kopf haben. Du bist doch intelligent, oder?«

»Äh … ja.«

»Wie auch immer, Paris ist viel zu weit weg. Du wirst dich doch nicht jeden Morgen anderthalb Stunden in den Zug setzen wollen, um nähen zu lernen – das wäre total bescheuert. Ich brauche dich hier«, fügt er hinzu und legt mir seinen Arm um die Schultern.

Ich nicke unangenehm berührt. Er will noch etwas sagen, als meine Mutter uns unterbricht und mit einem rosa T-Shirt wedelt:

»Da? Gehört das dir?«

Ich schüttle den Kopf und spüre, wie mein Bruder neben mir erstarrt. Er steht auf und reißt unserer Mutter das T-Shirt aus den Händen. Mir dreht sich fast der Magen um, als ich begreife, worum es sich handelt.

Es ist sein T-Shirt. Nur war es nicht pink, als ich es in die Maschine gesteckt habe, sondern weiß.

Er wendet mir sein verschlossenes, ungerührtes Gesicht zu. Es ist so still, dass meine Mutter einen Schritt zurückweicht. Sie weiß, was passieren wird, und sie will ihm nicht im Weg stehen, wenn es passiert.

Am liebsten würde ich ihr sagen, dass sie ruhig dableiben kann und dass er mir nichts tun wird, weil sich zwischen uns viel verändert hat.

»Warst du das?«, fragt Bryan mit gefährlich ruhiger Stimme.

Unwillkürlich fängt mein Herz an zu rasen. Aus reiner Gewohnheit verhalte ich mich mucksmäuschenstill. Ich habe viel zu große Angst, irgendetwas zu tun, das ihn noch mehr verärgern könnte.

»Ja … Tut mir leid. Ich habe es nicht mit Abs…«

Ich kann nicht ausreden, denn er schlägt mir mit dem nassen T-Shirt ins Gesicht. Heftig. Meine Wange schmerzt so sehr, dass ich sie erschrocken mit der Hand berühre. Eine dumpfe Wut verzerrt Bryans Züge.

»Was soll ich denn jetzt damit machen?«, stößt er hervor und tritt einen Schritt auf mich zu.

Reflexartig spanne ich die Muskeln an, bereit für die Schläge. Sie kommen nicht sofort. Ich stehe von der Couch auf und weiche zitternd zurück.

»In einem verfickten rosa T-Shirt herumlaufen?«, fährt er fort und spuckt mir ins Gesicht. »Wie eine Schwuchtel? Du willst, dass ich so werde wie du, nicht wahr?«

Ich weiß ganz genau, dass das nicht der richtige Zeitpunkt ist, aber es liegt an den Nerven: Ein unkontrollierbares Lachen entfährt mir, als ich ihn mir ganz in Rosa vorstelle. Ein Lachen, das sofort abbricht, als seine Faust plötzlich auf meinem Auge landet.

Der Schlag ist so heftig, dass ich gegen die Ecke des Couchtisches stürze und auf dem Boden liegenbleibe.

Schwarzes Loch.

Als ich wieder zu mir komme, sehe ich Sterne. Ich begreife, dass ich ohnmächtig geworden bin. Mit dem Gesicht nach unten huste ich mühsam. Noch nie hat Bryan mir ins Gesicht geschlagen. Zu direkt, zu sichtbar. Ich muss nicht aufblicken, um zu wissen, dass meine Mutter das Zimmer verlassen hat.

»Scheiße«, flucht er hinter mir. *Scheiße, Scheiße, Scheiße.*

Ich habe nicht die Kraft, aufzustehen. Meine Schläfen pochen, meine geplatzte Lippe blutet, und ich kann das rechte Auge nicht öffnen. Ich habe Angst, dass Bryan dieses Mal Nägel mit Köpfen macht und mich wirklich umbringt. Das Einzige, woran ich denken kann, ist Sarah. Ich hätte auf sie hören sollen.

»Zoé«, sagt Bryan und kommt zu mir. »Scheiße, es tut mir echt leid! Es ist irgendwie ganz von selbst passiert, ehrlich.«

Ich spüre seine Hände auf mir, auf meinem Gesicht, auf meinem Haar. Er versucht, mich aufzurichten, und ich muss mich zwingen, nicht zu schreien. Ich will nicht, dass er mich anfasst. Er soll mich in Ruhe lassen. Ich erbebe unter seiner Berührung, und mir laufen Tränen über die Wangen.

Was, wenn mein Nacken die Tischkante getroffen hätte? Oder wenn mein Kopf beim Sturz auf dem Glas aufgeschlagen wäre?

Als ich wieder deutlicher sehen kann, stelle ich fest, dass Bryan mit einem Tuch in der Hand neben mir sitzt. Seine Augen sind weit aufgerissen und besorgt. Er entschuldigt sich immer wieder, fleht mich an, ihm zu verzeihen, und schwört mir, dass er nicht die Absicht hatte, mir wehzutun.

Und ich glaube ihm.

Ich weiß, dass es ihm leid tut. Ich weiß auch, dass er mich liebt.

Aber an diesem Tag verstehe ich auch, dass er krank ist. Denn auch wenn er mich liebt – er wäre durchaus in der Lage, mich für eine verunglückte Wäsche zu töten.

*Ich muss hier raus.*

# 15

## Zoé

»Was hältst du davon?«, frage ich Tiago, der sich neben mir ausgestreckt hat.

Er hebt den Kopf und wirft einen prüfenden Blick auf mein Skizzenbuch.

Die Seiten sind voller Zeichnungen, von denen höchstens die Hälfte bereits farbig ist.

»Mir gefällt es. Vor allem dieser Entwurf«, sagt er und zeigt auf das dritte Outfit.

Es handelt sich um ein romantisches, schwarzes Kleid mit leichtem Gothic-Touch und einer Tüllschleppe. Der Ausschnitt ist transparent, und nur die fliederfarbenen Blumenmotive verbergen die Brustwarzen des Models.

Ich nicke dankbar, woraufhin er sein Nickerchen fortsetzt. Es ist überraschend warm, weshalb ich einen Abstecher zum Canal Saint-Martin vorgeschlagen habe. Zuvor hatte ich schon Violette gefragt, aber sie hatte schon etwas mit ihrem neuen Freund Clément vor.

Clément ist der berühmte perfekte Typ, den sie im *veganen* Restaurant kennengelernt hat ... und den Loan schon jetzt wenig überraschend von ganzem Herzen hasst.

»Du hast also wieder angefangen zu zeichnen.«

Es ist keine Frage, sondern eine Feststellung. Tatsächlich bin ich seit einigen Tagen voller Inspiration. Natürlich habe ich während der Valentino-Show niemand wirklich Wichtigen kennengelernt, aber das spielt keine Rolle. Es genügt, nicht aufzugeben.

Inzwischen ist es auch offiziell: Ich habe vor, meine eigene Modelinie zu entwerfen. Und eines Tages werde ich auch Haute Couture machen. Ich weiß es.

»Genau. Der Anblick von Violette, die den ganzen Tag Höschen näht, hat mir einen Tritt in den Hintern versetzt.«

»Schön zu hören«, lächelt Tiago und nimmt meine Hand. »Du kommst mir im Moment ein bisschen neben der Spur vor. Ist alles in Ordnung?«

Ich zögere, ihm die Wahrheit zu sagen.

»Ja, alles in bester Ordnung. Die Vorlesungen stressen mich im Moment ein bisschen, das ist alles.«

Bitte keine voreiligen Urteile. Ich tue das seinetwegen. Ich will ihn nicht noch mehr in die Sache hineinziehen, als es ohnehin der Fall ist. Tiago ist ein ruhiger und eher zurückhaltender Mann, aber wenn es um mich geht, ist er zu allem bereit. Wenn ich ihm verriete, dass Bryan wieder Kontakt zu mir aufgenommen hat, würde er mich irgendwo einsperren und die Polizei rufen.

Ich zeichne noch gut zwei Stunden mit den Kopfhörern auf den Ohren, während Tiago neben mir schläft. Ich poste ein Selfie mit der Silhouette meines besten Freundes im Hintergrund auf Instagram. Die Likes und Kommentare lassen nicht lang auf sich warten. Mit einem Knoten im Magen gehe ich sie durch.

Abgesehen von ein paar unnötigen Gemeinheiten – wie überall sonst auch – sind die meisten Posts glücklicherweise wohlwollend.

»Du bist wunderschön!«

»Oh, du bist am Canal Saint-Martin! Ich war gestern da. Witzig :D«

»Dein T-Shirt gefällt mir.«

»Es sieht hübscher aus, wenn du deine Haare zusammenbindest …«

»Wer ist der Typ im Hintergrund?«

Ich begreife schnell, dass ich mit dem Posten besser etwas vorsichtiger hätte sein sollen. Mehrfach werde ich gefragt, ob Tiago mein Freund ist, und wenn ja, seit wann. Jemand hat geschrieben: »Warum glaubt ihr sofort, dass er ihr Freund ist? Sie könnte doch auch lesbisch sein«, worauf jemand anderes antwortete: »Wenn sie es wäre, hätte sie es sicher gesagt.«

Mir dreht sich fast der Magen um. Zum allerersten Mal wird mir klar, dass ich nie zugegeben habe, bisexuell zu sein. Nicht, weil ich mich dessen schäme – ganz sicher nicht –, sondern weil es Teil meines Privatlebens ist und das Thema nie wirklich zur Sprache kam.

Ich erinnere mich, dass sich eines Tages, kurz nachdem ich bei ESMOD angefangen hatte, ein Mädchen bei mir darüber beschwerte, sie nicht früher gewarnt zu haben. Ich habe nie verstanden, warum ich das hätte tun sollen.

»Heterosexuelle stellen sich doch auch nicht als solche vor«, antwortete ich ihr. »Warum sollte ich es anders machen?«

Seither geht sie mir aus dem Weg. Ihre Reaktion hat mich weder überrascht noch anderweitig beeindruckt, aber Violette warf sie ziemlich bald aus ihrer Freunde-Gruppe, nachdem dieses Mädchen sich bei ihr erkundigt hatte, »ob sie keine Angst hätte, mit Zoé im gleichen Zimmer zu schlafen«.

Es ist kaum zu fassen, dass diese Art von Verhalten auch in der heutigen Zeit noch vorkommt, aber so ist es wohl.

Ich antworte auf keinen der Kommentare und ziehe es vor, die App für diesen Tag zu beenden. Als ich das Telefon gerade wegstecken will, vibriert es in meiner Hand.

**Jason**: Ich hätte da eine Frage.
**Ich**: Nein, du kannst nicht die Alex in *Drei Engel für Charlie* sein. Darüber haben wir bereits gesprochen, Jason.
**Jason**: Hör endlich damit auf! Aber darum geht es nicht, du Spaßbremse.
**Jason**: Glaubst du, Han Solo hätte gern Nutella auf seinem Pfannkuchen gehabt?

Ich brauche eine Minute, ehe ich antworte, weil ich fast sicher bin, mich verlesen zu haben.

**Ich**: … was hast du getan?
**Jason**: Nichts.
**Ich**: Atmet Han Solo noch? Wenn er auf dem Boden liegt und sich nicht bewegt, dann nicht, weil er ein Nickerchen macht!

Um mir zu beweisen, dass er seine Katze nicht versehentlich ermordet hat, schickt mir Jason zwei Bilder, die mich fast dahinschmelzen lassen. Ich halte mir die Hand vor den Mund, um mein Lächeln zu verbergen.

Das erste Bild zeigt zwei Teller. Auf dem einen liegt ein Stapel Pfannkuchen in Normalgröße, auf dem anderen befinden sich drei Pfannküchlein von der Größe eines Stücks Schokolade.

Auf dem zweiten Bild beugen sich Jasons drei Kätzchen über ihren Teller, um die Mini-Pfannkuchen zu verspeisen.

Es ist das Süßeste, was ich je gesehen habe.

**Jason**: Ich glaube, ihnen liegt gar nicht so viel an Nutella. Aber das darfst du Vio nicht sagen.
**Ich**: Du bist total bescheuert.

Seit Jason mich mitten in der Nacht auf einer Straße zum Höhepunkt gebracht hat, hat sich unsere Beziehung ziemlich verändert. Sobald wir uns in der Gesellschaft von Violan befinden, tun wir so, als würden wir einander verabscheuen. Es ist einfacher so, und es macht mehr Spaß. Das hindert Jason allerdings nicht daran, unter dem Tisch mit mir zu füßeln, und es hindert mich nicht daran, ihn »versehentlich« zu berühren, wann immer sich eine Gelegenheit bietet. Gott weiß, wie sehr ich es hasse, meine Fehler einzugestehen. Aber Jason hatte recht: Das Warten verstärkt die Begierde. Mein Körper brennt vor Verlangen, sobald er in der Nähe ist. Jede Berührung wirkt elektrisierend.

Ich komme mir wieder wie eine Jungfrau vor. Alles fühlt sich neu an. Mit Jason erscheinen mir Dinge, die ich schon tausendmal gemacht habe, wie beim ersten Mal.

Mein Blick fällt auf das Tattoo in meiner Armbeuge. Mit zugeschnürter Kehle betrachte ich das Sternbild Kassiopeia. Entgegen meiner Annahme ist Jason keineswegs egozentrisch. Er bemerkt vieles … vielleicht manchmal zu viel.

Als ich Tiago das Tattoo zeigte, blickte er mir einfach direkt in die Augen. Zehn Minuten später, als ich längst an etwas anderes dachte, fragte er mich plötzlich:

»Magst du ihn?«

Ich brauchte mehrere Sekunden, um zu verstehen, wen er meinte. Natürlich regte ich mich auf.

»Oh, bitte. Der ist nur was fürs Bett.«

Obwohl Jason bisher nur gegeben, aber nichts dafür bekommen hat. Etwas, das mir leise Gewissensbisse verursacht.

»Aber ich dachte, er wäre im Bett ein Versager?«

Ich zuckte bei dieser Frage lediglich mit der Schulter.

»Das dachte ich auch …«

»Du solltest ihn einladen«, flüstere ich Loan zu.

Mit ungerührtem Gesicht schneidet er weiter Paprika, ohne zu antworten. Ich erkenne jedoch an der Linie seines Mundes, wie unzufrieden er ist.

»Er ist ihr Freund«, beharre ich und passe auf, dass Violette auf der Couch uns nicht beachtet. »Sie würde sich freuen, wenn er zu ihrem Geburtstag käme.«

»Ich weiß«, antwortet er düster. »Ich lade ihn noch ein.«

»Dann warte damit nicht bis zum Sankt-Nimmerleins-Tag. Und hör um Himmels willen auf zu schmollen. Sie wird glücklich sein.«

Er wirft mir einen bitterbösen Blick zu, den ich jedoch ignoriere und stattdessen den Tisch decke. Demnächst feiert Violette ihren zwanzigsten Geburtstag. Zu diesem Anlass planen Loan und ich eine Überraschungsparty für sie. Er wollte Clément nicht dazu einladen, aber ich bestehe darauf.

Wenn Loan wirklich in Violette verliebt ist, muss er allmählich den Arsch hochkriegen. Inzwischen hat sie nämlich endlich einen Mann gefunden, der sie respektiert – im Gegensatz zu Émilien, dem es nicht in den Kram passte, dass sie noch Jungfrau ist.

»Ich hoffe, du verpasst ihm eine ordentliche Abreibung«, sage ich zu meiner besten Freundin, die mit Jason Mario Kart spielt.

Er zeigt mir den Stinkefinger, ohne mich auch nur anzusehen. Ich setze mich zwischen die beiden, das Notizbuch in der Hand, und fange an, über die Stoffe nachzudenken, die ich brauche. Mehrmals spüre ich, wie Jasons Blick meine Arbeit streift.

Meinen verräterischen Körper, der sich wie ein Bettler nach ihm ausstrecken will, verurteile ich zum Schweigen. Besonders schwierig wird es, wenn sich Jasons Körper fast unmerklich auf mich zubewegt. Plötzlich berührt sein Knie das meine, rührt sich nicht mehr und verbrennt mich durch seine Jeans hindurch. Allmählich bereue ich, dass ich statt eines Pyjamas nur Shorts trage.

Außerdem stelle ich fest, dass er mir heute Abend besonders gut gefällt. Sein Haar steht in alle Richtungen ab, und sein markantes Kinn ist perfekt rasiert. Am liebsten würde ich es berühren, um zu prüfen, wie weich es ist.

»Vio, hast du Perlenspitze?«, frage ich und ziehe die Knie unters Kinn. Sie runzelt nachdenklich die Stirn. Als Jason mit emporgereckter Faust seinen Sieg verkündet, antwortet sie:

»Gut möglich. Wie viel brauchst du?«

»Ungefähr zwei Meter.«

Sie verzieht das Gesicht, verspricht mir aber nachzusehen. Jason reicht Loan, der Violette huckepack genommen hat, den Controller und wendet sich mir zu. Ich mache den Fehler, ihm ins Gesicht zu sehen.

Sein Lächeln ist das eines Raubtiers.

»Eigentlich verdiene ich einen Kuss, oder?«

Violette lacht; ihr Kinn liegt auf der Schulter ihres besten Freundes. Ich bleibe kühl und spotte:

»Du wirst nie erleben, dass meine Lippen auf deiner Wange landen, Dummkopf.«

»Ich dachte an etwas tiefer …«

Mein grimmiger Blick sorgt lediglich dafür, dass sein Grinsen breiter wird. Loan befiehlt ihm, mich nicht mehr zu ärgern, aber ich weiß, dass diese Mahnung zu einem Ohr hinein- und zum anderen wieder hinausgeht.

Loan setzt Violette wie eine Prinzessin an den Tisch. Weil es sonst nicht lustig wäre, lande ich neben Jason. Während des Abendessens reißt er immer wieder schmutzige Witze. Ich frage mich, ob es daran liegt, dass er sich unbehaglich fühlt.

Manchmal verliert sich seine Hand zwischen meinen Beinen, gut versteckt unter dem Tisch. Manchmal ist es meine Hand.

Niemand bemerkt es.

Und so ist es auch besser.

# 16

## Jason

»Du hast dir ein Tattoo machen lassen?«, ruft Julie mit Augen so groß wie Untertassen. »Aber du hast doch Angst vor Nadeln! Als du klein warst, mussten wir dich jedes Mal, wenn eine Impfung fällig war, ins Auto werfen und dir weismachen, wir führen ins Disneyland.«

Wir gehen nebeneinander die Rue de la Sorbonne entlang. Einige Bekannte von mir bleiben stehen, um mich zu grüßen. Einmal im Monat besteht Julie darauf, die Mittagspause mit mir zu verbringen. Und weil ich ein vorbildlicher und liebevoller kleiner Bruder bin, schlage ich ihr den Wunsch nicht ab.

»Ich weiß, ich war dabei«, knurre ich. »Es war eine sehr traumatische Episode in meinem Leben. Euretwegen werde ich nie wieder ins Disneyland gehen können.«

»Haha«, macht sie sich lustig. »Du liebe Zeit, ich kann einfach nicht glauben, dass du dich hast tätowieren lassen. Was ist es und wo?«

Ich ignoriere ihren Blick. Wir überqueren die Straße.

»Es war nicht meine Idee. Kennst du den Spruch ›Nett zu sein kostet nichts?‹ Nun, mich hat es einen verfluchten Darth Vader auf meiner rechten Arschbacke gekostet.«

Nach langem Schweigen stelle ich fest, dass sie mir nicht mehr folgt. Ich drehe mich um und sehe, wie sie mit vorgehaltener Hand ein Lachen erstickt.

»Tut mir leid, ich lache nicht«, entschuldigt sie sich. »Es ist überhaupt nicht witzig, ehrlich.«

Ich bedeute ihr, es gut sein zu lassen, und sie lacht mit zurückgeworfenem Kopf laut heraus. Ich stoße einen resignierten Seufzer aus. Das werde ich für den Rest meines Lebens zu hören bekommen, so viel ist sicher.

»Ich liebe dieses Mädchen«, sagt sie schließlich.

»Warum überrascht mich das nicht?«

Anschließend stellt sie mir eine ganze Reihe von Fragen über die Schmerzen. Sicher könnt ihr euch vorstellen, dass ich es vermeide, ihr zu gestehen, dass ich die ganze Zeit Zoés Hand gehalten habe. Wir landen in einem Café in der Nähe der Universität. Alle Studenten kommen hierher zum Mittagessen, was es nicht gerade einfacher macht, sich zu unterhalten.

Als sich das gespräch meiner Zukunft zuwendet, ziehe ich mich ein wenig zurück. Jede Wette, dass Julie von unseren Eltern vorgeschickt wurde.

»Es ist wichtig, Jason. Du machst deinen Master und was dann? Ich weiß«, kommt sie mir zuvor, »dass du nach Australien gehen willst. Aber um dort was zu tun?«

»Die Welt sehen.«

Bei ihrem Blick verdrehe ich die Augen. Genau so hat sie geschaut, als Mathis ihr erklärte, er wolle Pirat werden.

»Ich bin kein Kind mehr, Julie.«

»Dann werde endlich erwachsen.«

»Was genau bedeutet das? Ich studiere, habe einen Job, ein Auto, eine Wohnung in Paris …«

»Es bedeutet: Such dir einen richtigen Job und mach richtig Karriere! Du bist zweiundzwanzig Jahre alt und weißt immer noch nicht, was du mit deinem Leben anfangen sollst, Jason. Also beweg dich. Reisen kannst du später.«

Ich schüttele mit zusammengepressten Lippen den Kopf und blicke ihr fest in die Augen.

»Ganz genau, ich bin *erst* zweiundzwanzig Jahre alt. Wie könnt ihr von mir verlangen, dass ich schon weiß, was ich mit meinem Leben anfangen soll? Es ist nichts Schlechtes daran, das nicht zu wissen! Und ich will nicht später reisen, sondern jetzt.«

»Jason …«

»Ende der Diskussion.«

Meine Stimme knallt wie eine Peitsche und bringt sie zum Schweigen. Ich habe es satt, mich in eine Form pressen zu lassen. Warum geben sie mir immer wieder zu verstehen, dass ich nicht so bin wie sie?

Als wüsste ich das nicht längst.

Wir beenden die Mahlzeit, und unser Gespräch wird gelassener. Julie erzählt mir von Mathis und seinen Fortschritten in der Schule, während ich mich über meine Diplomarbeit beschwere.

Unsere Diskussion verfolgt mich den Rest des Tages. Zerstreut lausche ich den einschläfernden Vorlesungen meiner Profs. Schon bald macht sich die Erinnerung an Zoé breit. An ihren halb geöffneten Mund und ihr geheimnisvolles Lächeln. Ich schaue auf die Uhr und schicke ihr vom Computer aus eine Nachricht.

**Ich**: Ich vermisse deinen Körper.
**Zoé**: Hör auf damit.
**Ich**: Warum?
**Zoé**: Weil ich in einer Vorlesung sitze und keine Lust habe, in der Öffentlichkeit an dich zu denken.
**Ich**: Denkst du denn privat an mich?

Es dauert ein paar Minuten, bis sie antwortet, als ob sie sich nur ungern in die Karten schauen ließe.

**Zoé**: Ja.

Mein dummes Herz schnappt über. Ich stelle mir vor, wie sie auf ihrem Bett liegt und an mich denkt … allein …

**Ich**: Wenn du dich berührst?
**Zoé**: Ja.

Ich atme schwerer. Verdammt. Sie mir vorzustellen, wie sie sich selbst befriedigt und dabei an mich denkt, hilft mir ganz und gar nicht. Ein Blick auf meine Uhr verrät mir, dass sie in einer halben Stunde frei hat. Einer plötzlichen Anwandlung folgend räume ich meine Sachen zusammen und verlasse mit großen Schritten den Hörsaal. Unterwegs poste ich weiter:

**Ich**: Was hast du an?
**Zoé**: Ich bin nicht nackt, Jason.
**Ich**: Noch nicht. Was hast du an?
**Zoé**: Einen Latzrock und meine Wildlederstiefel.

Leise fluchend steige ich in die Metro. Gut, dass ich heute nicht mit dem Auto unterwegs bin.

**Ich**: Mensch, Zoé … Jetzt stelle ich mir vor, wie du dich über meinen Esstisch beugst, dein Latzrock über deine Hüften hochgeschlagen ist und ich die Hände in deinem Haar vergrabe.
**Zoé**: Du verdirbst mich, Jason.
**Ich**: Daran ist nichts auszusetzen, Liebling.

Ich denke darüber nach, das Gespräch etwas abzukühlen, denn meine Erregung steigt gefährlich. Wenn sie wüsste, dass ich jedes Mal an sie denke, wenn ich mich selbst verwöhne … Erst heute Morgen war sie in meinen Gedanken mit mir unter der Dusche. Ich bin besessen von dieser Frau. Und das nicht nur sexuell. Ich denke an sie, wenn ich eine Werbung für Valentino sehe, ich denke an sie, wenn ich zu spät zu einem Termin komme – eigentlich denke ich *ständig* an sie.

**Zoé**: Wann sehen wir uns?

Lächelnd stelle ich mir ihr Gesicht vor, wenn sie sieht, dass ich vor ESMOD auf sie warte. Zuvor jedoch gehe ich bei einer Konditorei vorbei. Dabei habe ich Ideen im Kopf, die viel zu peinlich sind, um sie publik zu machen. Ich antworte »Bald« auf ihre Nachricht und warte an der Ecke. Ich will nicht riskieren, Violette über den Weg zu laufen.

Als eine Horde Studenten das Gebäude verlässt, richte ich mich auf und versuche sie abzufangen. Mit ihrem rosa Haar und ihrem giftigen Blick fällt sie sofort auf.

Glücklicherweise ist ihre beste Freundin nicht bei ihr. Also gehe ich lässig lächelnd auf sie zu. Als sie mich schließlich entdeckt, zeichnet sich eine köstliche Überraschung auf ihrem Gesicht ab.

»Hattest du einen angenehmen Tag?«, erkundige ich mich bedächtig, küsse sie auf die Wange und lege eine Hand um ihre Taille.

»Äh … ja. Was machst du hier?«

»Ich war früher fertig«, lüge ich. »Ich dachte, wir könnten etwas essen gehen, solange es noch hell ist. Hier, das ist für dich.«

Sie betrachtet die Schachtel, die ich ihr reiche, und öffnet sie. Ein Blaubeermuffin erwartet sie. Gegen ihren Willen muss sie lächeln.

»Du hast Glück, ich habe gerade nichts anderes vor. Ach ja … danke.«

Was mich betrifft, so vibriere ich jedes Mal, wenn sie mich berührt, sie hingegen scheint unser Gespräch nicht besonders erschüttert zu haben. Oder sie ist eine ausgezeichnete Schauspielerin. Auch ihren Muffin rührt sie nicht an, was mich aber nur eine Sekunde lang betroffen macht.

Ich gehe mit ihr in ein Restaurant im 10. Arrondissement, wo es die besten Bavette-Steaks der Stadt gibt. Bis wir dort sind, ist der Abend über Paris hereingebrochen.

Beim Essen erzählt mir Zoé voller Leidenschaft, was sie als Abschlussarbeit nähen will. Ich höre ihr aufmerksam zu. Ich muss an Julie denken und bedauere es für einen kurzen Moment, keine solche Leidenschaft zu haben. Lange Zeit habe ich geglaubt, dass es bedeutete, keine Persönlichkeit zu haben. Dann habe ich das Reisen entdeckt.

*Die Welt sehen*. Das ist meine Leidenschaft. Und es spielt keine Rolle, dass man davon nicht leben kann.

»Es ist eine Menge Arbeit, aber sie ist es wert.«

»Ich bin sicher, du schaffst es. Und wenn du Ratschläge oder Stoff brauchst, lass es mich wissen. Meine Mutter könnte dir helfen.«

Sie wirft mir einen skeptischen Blick zu.

»Ich glaube kaum, dass deine Mutter die Frau kennenlernen möchte, mit der du schläfst.«

»Eigentlich schlafen wir noch nicht miteinander. Oder habe ich etwas verpasst? War es wenigstens gut?«

Sie wirft mir einen hochmütigen Blick zu, als wolle sie sagen: »Du weißt genau, wovon ich rede.« Lässig hebe ich eine Schulter. Das Angebot liegt auf dem Tisch, und sie kann daraus machen, was sie will. Ich wische mir den Mund mit meiner Serviette ab, als sie mich geradeheraus fragt:

»Hast du noch nie ein Mädchen mit nach Hause gebracht? Eine deiner Freundinnen, meine ich.«

»Aber sicher. Als ich jünger war, habe ich mich an jeder Straßenecke verliebt.«

Ein schwaches Lächeln huscht über ihre weichen Lippen. Mein Grinsen wird breiter, als sie sagt:

»Ich bin sicher, du hast dich nur für die hübschesten Mädchen interessiert, stimmt's?«

»Nicht unbedingt. Aber für mich waren sie immer alle hübsch.«

Sie starrt mich an, ohne etwas zu sagen. Ich erkläre ihr, dass ich zwar ein echter Frauenheld, aber keinesfalls ein Arschloch war. Ich war immer nett. Dumm nur, dass ich mich jedes Mal für unsterblich verliebt hielt und so zum Opfer meines eigenen Herzens wurde.

»Was ist passiert?«

Ich stütze die Ellbogen auf den Tisch, kaue aber weiter.

»Na, die klassische Geschichte: Meine Mitschülerin in der Abschlussklasse hat mich mit einem älteren Jungen betrogen, einem Medizinstudenten. Kurz darauf verließ sie mich und behauptete, sie wäre zu reif für mich. Natürlich hat mir das nicht wirklich das Herz gebrochen, aber es war ein Auslöser … Ich dachte mir: ›Wie konnte ich mich in ein Mädchen verlieben, das mich wie Scheiße behandelt?‹ Also habe ich meine Erwartungen heruntergeschraubt und beschlossen, das, was ich zu bieten habe, für jemanden zu bewahren, der es verdient. Ich vögele nicht herum, weil ich wütend auf die Liebe bin, sondern weil es im Augenblick das Richtige für mich ist.«

Stumm blicken wir uns an. Ich habe keine Ahnung, was sie denkt; ihr Gesicht ist wie eine Wand aus Stahlbeton. Schließlich stellt sie ihr Glas ab, beugt sich mit gerunzelter Stirn zu mir und betrachtet mich, als hätte sie mich noch nie gesehen.

»Seltsam«, murmelt sie. »So etwas erwartet man nicht, wenn man nur ein paar Minuten mit dir verbringt.«

»Ach nein?«

»Nein. Du bist eigentlich eine echte Pretty Woman.«

Ich lache und beuge mich ihr ebenfalls entgegen. Ihr Mund ist nur wenige Zentimeter entfernt.

»Dabei bist du diejenige, die Overknees trägt.«

»Vielleicht sollten wir von jetzt an die Küsse auf den Mund unterlassen. Es ist zu … intim«, schließt sie, als mein Blick auf ihre Lippen fällt.

Die Spannung ist unerträglich. Meine Begierde steigert sich immer mehr. Ich schaue ihr in die Augen und flüstere ihr zu:

»Ganz bestimmt nicht.«

Leicht wie eine Feder senke ich die Lippen auf ihren Mund. Zoé lässt es sich gefallen. Langsam lasse ich meine Hand hinter ihr Ohr gleiten und lege den Daumen auf ihr Kinn. Ihre Haut ist so weich, so zart … und so blass verglichen mit meinem dunklen Teint.

Meine Zunge zeichnet den Umriss ihrer Lippen nach und bittet sie um Einlass. Plötzlich flüstere ich:

»Ich hoffe, du kannst schnell laufen.«

Sie erstarrt, ohne sich zu bewegen. Ihr Gesicht ist meinem immer noch ganz nah.

»Was?«

»Auf deiner Liste steht, dass du etwas Illegales tun willst. Ich habe es gesehen.«

Es dauert gut drei Sekunden, bis sie die Augen weit aufreißt. Ich verstärke den Griff in ihrem Nacken und blicke ihr tief in die Augen. Aus ihrer Reaktion schließe ich, dass es das erste Mal ist, dass sie die Zeche prellt.

»Ich zwinge dich nicht«, beruhige ich sie und streichle ihre Wange. »Wenn du nicht willst, bezahle ich.«

Ein Herzschlag.

Zwei Herzschläge.

Drei …

»Okay.«

Lächelnd fordere ich sie auf, diskret ihre Sachen zusammenzusuchen, und lehne mich mit ruhiger Miene auf meinem Stuhl zurück, während sie zusammenpackt. Die Kellner achten nicht auf uns. Sie sind viel zu sehr damit beschäftigt, von Tisch zu Tisch zu eilen.

*Das wird ein Kinderspiel.*

Ich frage Zoé, ob sie bereit ist, und sie nickt.

»Ich zähle bis drei, und du rennst so schnell du kannst zum Ausgang. Einverstanden? Wenn du draußen bist, biege zuerst rechts und dann links ab. Es ist ganz einfach.«

Sie nickt wieder, bereit loszuflitzen. Ich verbeiße mir das Lächeln und zähle leise.

»1 … 2 … 3!«

Gemeinsam flitzen wir zum Ausgang. Zoé überholt mich und schlängelt sich zwischen den Tischen hindurch. Ich grinse wie ein Idiot. Die Gäste beobachten uns verblüfft, aber darauf achte ich nicht. Als wir draußen sind, greife ich nach Zoés Hand und fange an zu rennen. Sie prustet vor Lachen, was ansteckend auf mich wirkt. Und jetzt fängt es auch noch zu regnen an. Einige Passanten drehen sich um, als wir vorüberlaufen, und einer beleidigt uns sogar, aber wir rennen unbeirrt weiter.

Erst als wir sehr weit vom Restaurant entfernt sind, mache ich Zoé ein Zeichen, anzuhalten. Sie keucht ebenso wie ich, aber ihr Lächeln spricht Bände.

»Oh. Mein. Gott«, platzt sie mit den Händen auf den Knien heraus. »So was Verrücktes habe ich noch nie getan!«

Ich nähere mich ihr und greife nach ihrem Kinn, um sie leidenschaftlich zu küssen. Unser Kuss ergibt nicht den geringsten Sinn. Er ist wild, brutal und unkontrollierbar. Als ich mich schließlich mit auf dem Rücken verschränkten Händen von ihr löse, gratuliere ich mir selbst.

Sie wird nie erfahren, dass ich einen Fünfzig-Euro-Schein auf den Tisch gelegt habe, ehe wir abgehauen sind.

Hauptsache ist doch, dass sie glaubt, etwas Illegales getan zu haben.

»Das war einfach super!«

»Das sagen sie immer«, scherze ich und streiche eine ihrer Haarsträhnen zurück.

Sie verdreht die Augen und stößt mich amüsiert zurück. Wir machen uns auf den Weg, als wäre nichts geschehen, bis der Nieselregen zum Wolkenbruch wird. Passanten suchen eilig Schutz unter den Markisen der Gaststätten.

Ich will ihnen gerade folgen, als ich Zoé vermisse. Sie hat ein paar Meter hinter mir angehalten. Reglos steht sie mit erhobenen Händen und zum Himmel gewandten Handflächen mitten auf dem Bürgersteig und versucht mit geöffnetem Mund Regentropfen einzufangen.

»Was machst du da?«, frage ich.

In ihren Wimpern hängen feine Perlen, die ihre blauen Augen zum Glänzen bringen, und aus ihrem Haar trieft es auf ihre schmalen Schultern. Sie scheint von innen zu strahlen.

»Ich liebe Regen.«

Das ist alles. Nass bis auf die Haut steht sie dort mitten auf dem Bürgersteig, weil sie »Regen liebt«. Plötzlich fällt mir etwas ein. Ich mache ihr ein Zeichen, auf mich zu warten, und ziehe mein Telefon aus der Tasche.

Ich rufe »You Found Me« von The Fray auf und stecke das

Telefon in meine Jackentasche. Der Klang ist laut genug, dass sie ihn auch von dort hört.

»Tanz mit mir«, flüstere ich zärtlich mit ausgestreckter Hand.

Zoé beißt sich auf die Lippen. Ein Regentropfen rinnt über ihr Kinn. Ich widerstehe dem Drang, ihn zärtlich abzulecken.

»Zu deiner Scheiß-Musik? Auf keinen Fall«, sagt sie.

Ich schenke ihr mein schönstes Lächeln und lege ihr die Hände um die Taille.

Mit den Lippen zärtlich an ihrem Ohr flehe ich sie an:

»Tanz mit mir, Zoé.«

Nun tut sie es doch. Ob es daran liegt, dass sie Lust dazu hat, oder weil es auf ihrer Liste steht, weiß ich nicht. Aber es ist mir auch egal. Ich lehne meine Stirn an ihre, und meine Nase berührt ihre Nase. Ich schließe die Augen und übernehme die Führung.

Sie lässt die Hände unter meinen Pullover gleiten. Sie landen auf meinem Rücken und sind so kalt und nass, dass mich ein Schauder überläuft. Ich will mich nicht mehr bewegen. Nie mehr. Vor allem, als ihre Lippen die Linie meines Kinns auswendig lernen und langsam an meinem Hals hinuntergleiten.

Als sie sich um mein Ohrläppchen schließen, ziehe ich sie enger an mich.

»Zoé …«

Sie küsst mich, damit ich den Mund halte, und was soll ich sagen? Es funktioniert. Ich achte nicht einmal mehr auf den Regen, der immer weiter fällt und unsere Kleidung durchnässt. Ich will nicht länger warten. Der Plan war ein Fehler. Ich begehre sie zu sehr.

Als ich ihr das sagen will, klingelt ihr Telefon. Zunächst bewegt sich keiner von uns. Schließlich entschuldigt sie sich, holt ihr Telefon hervor und schaut nach dem Anrufer.

Mit fahlem Gesicht lässt sie das Handy sinken, damit ich nichts sehe, und behauptet, es wäre Violette. Lächelnd schalte ich die Musik aus.

Der Moment ist vorbei.

Ich weiß, dass sie lügt. Ich weiß es, weil ich den Vornamen auf dem Bildschirm erkennen konnte.

*Bryan.*

Ich bringe sie heim und bemühe mich, mich ganz normal zu verhalten. Als ich wieder allein bin, überkommt mich eine seltsame, dumme Eifersucht. Ich weiß nicht, wer dieser Bryan ist, aber ich habe den Namen schon einmal irgendwo gehört.

Ich fürchte mich nur davor, mich zu erinnern.

# 17

## Zoé

Heute ist der Tag. Violettes zwanzigster Geburtstag.

Die Überraschungsparty soll heute Abend in unserer Wohnung steigen. Wir haben sogar einige ihrer Freunde aus dem Jura herkommen lassen. Jetzt müssen wir Violette nur noch für einen Tag aus der Wohnung fernhalten, um Zeit zu haben, alles vorzubereiten.

Loan weckt uns. Er betritt unser Zimmer mit einem Tablett in der Hand. Mir ist klar, dass das kleine, mit viel Liebe zubereitete Frühstück nicht für mich gedacht ist, aber das hält meinen Magen nicht davon ab, hungrig zu knurren.

Ich bringe ihn zum Schweigen.

»Alle, die heute zwanzig Jahre alt werden, heben die Hand!«

Violette und ich brummen unisono. Ich bewege mich nicht und stecke den Kopf unter mein Kissen. Es ist noch viel zu früh, um so laut zu sprechen. Wie spät ist es überhaupt?

Sie reden eine Weile miteinander, bis Loan ihr weisgemacht hat, dass wir nicht vorhaben, ihren Geburtstag zu feiern. Ich kann seine Nervosität fast von hier aus spüren. Er hält es kaum aus, wenn Violette gekränkt reagiert – was ausgesprochen selten vorkommt.

»Ich muss arbeiten, aber heute Abend bestellen wir was beim Chinesen, okay?«

Dem Schweigen meiner besten Freundin entnehme ich, dass sie enttäuscht ist. Mit noch halb geschlossenen Augen tauche ich aus meinen Kissen auf und bitte die beiden, leiser zu sprechen. Als Loan ihr einen schönen Tag wünscht und geht, verschlingt Violette sofort ihr Frühstück. So, wie sie die Gabel in ihren Obstsalat rammt, macht sie mir fast Angst. *Oh je, sie ist echt wütend.*

Ich lächle, denn sie sieht aus wie ein zorniges kleines Kätzchen. Unglaublich süß.

»Herzlichen Glückwunsch zum Geburtstag«, sage ich leise mit der Wange auf der Matratze. »Ich hab dich lieb, Vio.«

Ihr Gesichtsausdruck wird sofort weicher. Sie strampelt ihre ihre Decke weg, kuschelt sich unter meine und legt das Gesicht an meine Schulter. Ich umarme sie herzlich und lege mein Kinn auf ihr blondes Haar.

»Er hat nichts für mich«, sagt sie weinerlich. »Ich versuche ja, nicht enttäuscht zu sein, aber es fällt mir schwer. Eigentlich hatte ich erwartet, dass er etwas macht …«

Ich fühle mich so elend, dass ich ihr beinahe alles verrate. Aber dann lächle ich ihr doch nur tröstend zu. Plötzlich wird mir klar, dass ich mich schon seit einiger Zeit immer weniger um sie kümmere, und das tut weh.

»Bestimmt macht er es wieder gut. Das tut er doch immer. Außerdem kannst du den Tag mit Clément verbringen!«

Sie nickt und senkt den Blick. Wir kuscheln noch ein paar Sekunden, ehe sie ins Bad geht, um sich fertig zu machen.

Der Tag vergeht mit beeindruckender Geschwindigkeit. Loan gibt vor, Violettes Geschenk vorbereiten zu müssen, von dem ich nicht weiß, was es ist, also opfere ich mich und gehe einkaufen. Gestern habe ich Jason gebeten, mich dabei zu begleiten, aber er meinte, er hätte keine Zeit, weil heute sein besonderer Mathis-Tag wäre. Seit er mich von ESMOD abgeholt hat, läuft unser Kontakt auf Sparflamme. Nur einmal haben wir spät abends ein bisschen geschrieben.

Dabei hat er mich erneut gefragt, was ich anhabe, während ich allein auf meinem Bett lag und Musik hörte. Als ich antwortete: »Gar nichts« – was nicht stimmte –, bat er mich um einen Beweis.

Daraufhin folgte eine Reihe unsinniger Nacktfotos. Ich mag so etwas eigentlich nicht und habe mich immer geweigert, Bilder meiner Anatomie zu teilen. Schließlich kann der Betreffende ja kommen und mich in natura anschauen, wenn er das möchte. Daher habe ich die Aktfotografie neu erfunden.

Das erste Bild war von meinem Ellbogen. Darauf antwortete er: »Sexy …«

Danach schickte ich ihm mein Knie. Seine Antwort: »Sehr sexy«.

Weil ich darüber lachen musste, habe ich mit einem Bild meiner Füße weitergemacht und ihn gefragt, ob ihn das errege. »Verdammt sexy oiuhgjdfkfljjzhjdj!«, lautete seine Reaktion.

Ehrlich gesagt tut Jason mir gut. Das ist seltsam, denn wir haben noch nicht einmal miteinander geschlafen, jedenfalls nicht seit der chaotischen ersten Begegnung. Und doch fühle ich mich dank ihm begehrenswerter denn je. Der Beweis ist, dass sogar meine Anfälle verschwunden sind – die Sache neulich war nur ein kleiner Ruckfall und nichts Ernstes.

Aber seit diesem Austausch kam nichts mehr. Funkstille. Was nicht schlecht ist, wenn man bedenkt, mich welchen Ängsten ich mich seit ein paar Tagen herumschlage.

Bryan hat angerufen. Mehrmals. Ich habe auf keine seiner Nachrichten geantwortet, denn ich bin entschlossen, ihm aus dem Weg zu gehen. Das Problem ist, dass es mich stresst. Zwar kennt er meine Adresse nicht, aber mein Bruder ist hartnäckig. Wenn er mich finden will, wird er mich finden.

Und ich weiß ganz genau, was er will.

**Clément**: Ich bin mit Violette unterwegs. Wann sollen wir heute Abend nach Hause kommen?

Ich parke vor dem Supermarkt und bestelle ihn für etwa neunzehn Uhr. Am Dienstagabend habe ich mir heimlich Cléments Nummer herausgesucht, als Violette gerade unter der Dusche stand, denn er musste natürlich ebenfalls informiert werden. Es wäre gelogen, wenn ich behauptete, nicht neugierig auf ihn zu sein. Und zugegebenermaßen kann ich es kaum erwarten, Loans Gesicht zu sehen, wenn er die beiden zusammen erlebt. Jason und ich haben eine Wette abgeschlossen. Ich bin sicher, dass Loan spätestens eine Stunde nach Cléments Ankunft unfreundlich wird.

Jason setzt auf nur eine halbe Stunde.

Etwa fünfzig Leute sind in der Wohnung. Eine enorme Menge. Selbst Loan war nicht bewusst, dass wir so viele Leute eingeladen hatten. Als ich heute Nachmittag von der Uni nach Hause kam, half ich ihm, das Wohnzimmer zu dekorieren.

Jason kam bereits früh am Abend mit Ethan und dessen Freundin Ophélie. Es macht mir einen Riesenspaß, ihn zu meiden, und ihm geht es ebenso. Mein Handy vibriert mehrmals. Weil es Clément sein könnte, werfe ich einen Blick darauf.

**Bryan**: Da, antworte mir. Es ist wichtig.
**Bryan**: Ich hasse es, wenn du das tust, verdammt! Danke, du Schlampe, dass du mich völlig aus deinem Leben gelöscht hast, wirklich sehr nett. Ich gebe dir alles, und so dankst du es mir. Wenn ich eines Tages verrecke, hast du mich auf dem Gewissen.
**Clément**: Wir sind in fünf Minuten da.

Mit einem dicken Knoten im Magen sperre ich mein Telefon und informiere alle anderen über die letzte Nachricht. Dabei bemerke ich, dass Jason mir näher gekommen ist. Ich rate ihm, lieber ein paar Meter zurückzutreten. Unter Loans prüfendem Blick lächelt er.

»Weißt du, wie sexy du bist, wenn du dich ärgerst?«

»Wenn du noch einmal sagst, ich wäre sexy, kastriere ich dich.«

Die beiden Jungs runzeln die Stirn und verziehen das Gesicht. Ich verschränke die Arme vor der Brust, während Jason sich beschwert:

»Was ist bloß mit euch Weibern los, dass ihr alle immer unser Ding angreifen wollt? Sucht euch doch was anderes!«

»Weil es das Einzige ist, mit dem ihr rund um die Uhr angebt. Wir wissen, wie wichtig es euch ist.«

Kurz darauf hören wir den Schlüssel im Schloss. Alle Anwesenden verstummen und starren auf die Wohnungstür. Jason nimmt meine Hand, als Violette endlich hereinkommt.

»ÜBERRASCHUNG!«

Meine beste Freundin zuckt zusammen, reißt die Augen auf … und bricht in Tränen aus. Jasons breites Lächeln erlischt und er seufzt erbost:

»Solche Überraschungen sind nie eine gute Idee.«

In der Tat. Ich verziehe das Gesicht und schaue zu, wie Loan sie in den Arm nimmt. Jetzt fehlt nur noch, dass auch er zu heulen anfängt. Tolle Aussichten für den Abend.

Unter Tränen lächelnd verteilt Violette Begrüßungsküsschen. Als ich an der Reihe bin, drücke ich sie länger als die anderen. Sie flüstert mir ein »Ich hab dich auch lieb« zu, das ich im Herzen bewahre, dann stürzt sie sich sie in Jasons starke Arme.

Er verwuschelt ihr die Haare und wünscht ihr alles Gute

zum Geburtstag. In einer Ecke entdecke ich Loan und Clément Seite an Seite. Ich stoße Jason mit dem Ellbogen an.

»Oh, Scheiße«, lacht er und hält sich die Faust vor den Mund.

Clément sieht ziemlich süß aus, blond und schlank, genau wie Violette ihn mir beschrieben hat. Die beiden Männer unterhalten sich leise, als hätten sie einen Stock im Arsch.

Irgendwann sagt Loan etwas, wobei er Clément direkt in die Augen schaut; dann dreht er sich um und geht.

»Gewonnen«, frohlockt Jason. »Keine zehn Minuten nach seinem Auftauchen, der arme Kerl.«

»Ich habe kein Geld bei mir«, murre ich.

Er hebt die Augenbrauen, sein Mund ist ganz nah an meinem.

»Du kannst deine Schulden gern später begleichen … in Naturalien.«

Ich versetze ihm einen Schlag auf die Schulter, worauf er sich lachend verzieht. Den Rest des Abends gehen wir einander aus dem Weg. Ich überlasse Violette ihren alten Freunden und setze mich zu Chloé und Alexandra. Es sind so viele Leute da, dass man kaum das eigene Wort versteht. Schon bald setzt Ophélie sich schüchtern zu uns.

Ich unterhalte mich lange mit ihr. Normalerweise fällt es mir schwer, auf neue Leute zuzugehen. Aber mit Ophélie fühle ich mich sofort wohl. Sie strahlt und ist unglaublich intelligent. Man könnte glatt Komplexe bekommen.

»Ethan hat echt Glück«, sage ich und schüttle ihr die Hand. »Willkommen im Club, Ophélie.«

»Ich werde ihn daran erinnern«, scherzt sie, ehe sie zu ihm zurückgeht.

Ich schaue ihr nach und entdecke Jason bei einer Gruppe von Mädels, denen er anscheinend etwas Lustiges erzählt, denn alle lachen gleichzeitig. Er hat jede Menge Spaß. Ich sehe seinen anerkennenden Blick von einer zur anderen wandern. Als er schließlich mich anschaut, zwinkert er mir auf eine geradezu unwiderstehliche Art zu.

Sein Verhalten nervt mich keineswegs, im Gegenteil. Es amüsiert mich.

**Jason**: Was machst du da ganz allein auf dem Sofa?
**Ich**: Ich beobachte dich dabei, wie du hübschen Mädchen zweideutige Witze erzählst. Es ist sehr aufschlussreich. Man könnte eine anthropologische Studie daraus machen.
**Jason**: Warum kommst du nicht dazu?
**Ich**: Warum sollte ich?
**Jason**: Man sollte sein Baby nicht alleinlassen.

Gegen meinen Willen muss ich lächeln. Als er gerade zu mir gehen will, spricht Loan ihn an und legt ihm eine Hand auf die Schulter. Jason schneidet kurz eine Grimasse in meine Richtung und setzt sich neben Ethan. Na dann eben ein andermal … Die drei unterhalten sich, während ich alles vertilge, was mir unter die Finger kommt.

Nach zwei Wochen, in denen ich vorsichtig war, habe ich heute den ganzen Tag ständig irgendetwas geknabbert. Der Grund dafür ist Bryan, das weiß ich. Sobald ich unglücklich bin, fange ich an zu essen, und das passiert fast jedes Mal, wenn ich seinen Namen lese oder höre.

**Jason**: Wir treffen uns in deinem Zimmer. In 5 Minuten.

Gleichgültig schüttle ich den Kopf. Ich bin nicht in der Stimmung für einen Flirt. Jason scheint nicht einverstanden zu sein, denn er begegnet meinem Blick trotz der Anwesenheit seiner

Freunde. Bis Loan etwas sagt, das seine Aufmerksamkeit erregt. Er reißt die Augen auf und vergisst mich. Ich nutze die Gelegenheit, mich umzusehen … Niemand beachtet mich. Ich könnte ebenso gut unsichtbar sein. Nicht einmal als Violette und Clément einen wilden Tanz mitten im Wohnzimmer aufführen, kann ich mir ein Lächeln abringen.

Mein Magen fühlt sich schwer an, und der klebrige Zucker an meinen Fingern ekelt mich. Ich habe zu viel gegessen.

»Möchtest du tanzen?«, fragt eine Stimme hinter mir.

Ich drehe mich um und sehe Loans ausgestreckte Hand. Er schenkt mir ein verführerisches Lächeln. Eigentlich will ich mich weigern, doch dann folge ich seinem Blick zu Violette, die mit Clément tanzt und lacht.

»Okay«, stimme ich zu. »Aber wenn du mir auf die Füße trittst – ich weiß, wo du wohnst.«

Er grinst komplizenhaft und fängt an, mich herumzuwirbeln. Es wird dann doch ziemlich lustig. Ich bin mir Jasons Blick hinter meinem Rücken bewusst und zwinge mich zu lächeln. Nach zehn Minuten gebe ich vor, aufs Klo zu müssen, und schaffe es, mich davonzustehlen. Ich schließe mich im Badezimmer ein, stelle mich vor den Spiegel und lasse das kalte Wasser laufen.

Erschrocken stelle ich fest, dass ich mich kaum wiedererkenne. Erst jetzt wird mir bewusst, dass ich lange nicht mehr in den Spiegel geschaut habe. Mein Haaransatz wird allmählich wieder blond, und meine Haut ist blasser als letzten Monat. Meine Wangen sind eingefallen, und die Wangenknochen stechen ebenso vor wie meine Nase. Ich habe abgenommen. Sehr. Dabei dachte ich die ganze Zeit, ich würde fett.

Plötzlich ekle ich mich vor mir selbst. Meine Atmung wird schneller, und mein Puls rast. Ich bereue das viele Zeug, das ich heute Abend gegessen habe. *Soll die ganze Mühe umsonst gewesen sein? Wie blöd bin ich eigentlich?*

Ich schaue mich im Bad um, und mir wird übel. Ich brauche nicht einmal eine Sekunde, um meine Entscheidung zu treffen und mich vor die Toilettenschüssel zu knien. Auch wenn ich das seit Jahren nicht mehr getan habe – alte Gewohnheiten vergisst man nicht so schnell. Ich schiebe mir das Haar hinter die Ohren, beuge mich vor und stecke mir einen Finger in den Hals.

Doch nichts kommt. Außer vielleicht ein paar Tränen, die über meine Wangen rinnen.

*Ich hasse mich, ich hasse mich, ich hasse mich.*

Zumindest sehe ich gut aus.

Obwohl ich mehrmals würge, kommt nichts. Meine Hände zittern, und meine Knie schmerzen. Mein Finger wagt sich tiefer in meine Kehle und …

»Zoé?«

Ich zucke so heftig zusammen, dass ich umfalle.

»Geht es dir gut?«

*Scheiße*, schimpfe ich insgeheim in Endlosschleife. Ich stehe auf, ziehe ab und spüle meinen Mund aus, ehe ich mir die Tränen aus dem Gesicht wische. Jason wartet vor der Tür und bittet mich, ihm zu antworten. Als ich ihm öffne, weiß ich genau, wie ich aussehe. Die Sorge in seinem Gesicht spricht Bände.

»Was ist los?«

»Kann man in diesem Haus nicht mal mehr in Ruhe pinkeln?«

Er runzelt die Stirn und wirft über meine Schulter hinweg einen Blick ins Bad. Mein Herz setzt einen Schlag aus. Jason wirkt verwirrt.

»Ich dachte … ach, egal. Vergiss es.«

Er legt die Hände auf meine Hüften und drückt mir einen Kuss in die Halsbeuge. Unwillkürlich zittere ich.

»Hast du deine Fangemeinde im Stich gelassen?«

»Eifersüchtig?« Er lächelt wieder, und seine Nase streichelt meine Kehle.

»Wovon träumst du nachts?«

Ich spüre sein Lachen auf meiner Haut. Wäre ich doch nur mutig genug, laut zu sagen, dass ich ein Problem habe … Einmal habe ich es getan, als ich siebzehn war. Sarah hat mir für diese Krankheit namens Bulimie die Augen geöffnet. Als ich meiner Mutter davon erzählte, erklärte sie mir lapidar, dass ich eigentlich nur eine Diät machen und am Wochenende joggen gehen müsste.

Und so nahm ich den Kampf allein mit Sarahs Hilfe auf. Jede Woche ging ich zur Schulpsychologin. Bis es irgendwann aufhörte. Zwar schwankte meine Beziehung zu Nahrung immer noch zwischen Anziehung und Ablehnung, aber zumindest hörte ich auf, mich für jede aufgenommene Kalorie zu bestrafen.

Bis Bryan zurückkam.

»Woran denkst du?«, flüstert Jason an meinem Mund.

Ich betrachte ihn durch meine Wimpern. Er ist so schön, so geduldig und so lustig. Und in Gedanken antworte ich ihm: »Ich mag vielleicht den Eindruck erwecken, dass ich weiß, was ich tue. Aber in Wahrheit gleitet mir mein Leben durch die Finger.«

Gerade will ich es ihm sagen, als eine harte Stimme uns zusammenzucken lässt:

»Das ist doch wohl ein Witz!«

Wie auf frischer Tat ertappt wenden wir uns der Stimme zu. Vor uns steht Ethan und zeigt tiefste Missbilligung. Mit verschränkten Armen weiche ich vor Jason zurück. Das hat uns gerade noch gefehlt.

»Ihr solltet euch schämen«, beginnt unser Freund und zeigt

mit dem Finger auf uns. »Euch im Flur abzuknutschen wie die Diebe.«

»Schon gut, du weißt doch Bescheid«, sagt Jason. »Und wir haben nicht geknutscht … noch nicht.«

»Wie bitte?«, ereifere ich mich und versetze Jason einen Schlag auf den Arm. »Du hast es ihm gesagt! Wir hatten eine Abmachung.«

»Ich brauchte einen Rat!«, verteidigt er sich.

»Ihr seid wirklich völlig verdorben …«

»Du hast mir gerade die Tour vermasselt, Mann. Vielen Dank auch.« Jason zeigt Ethan den Stinkefinger, dreht sich um und küsst mich leidenschaftlich. Weil ich keine Ahnung habe, wie ich reagieren soll, bewege ich mich nicht.

»Dieses Mal ist es nicht meine Schuld.«

Dann verschwindet er mit einem verschmitzten Schmunzeln in den Mundwinkeln.

# 18

## Zoé

Jetzt habe ich beim Aufwachen jeden Morgen die Visagen von Loan und Violette vor Augen.

Loan hat sich nämlich ein ganz besonderes Geschenk für Violette überlegt: Er hat die Decke unseres Zimmers mit Fotos von ihnen beiden beklebt. In gewisser Weise ist das natürlich romantisch. Leider hat er dabei vergessen, dass auch ich dort schlafe.

Ich bin gerade dabei, meine neuesten Skizzen auszuarbeiten und sitze auf der Couch, als ich eine Nachricht bekomme.

**Jason**: Ich habe einen sehr wichtigen Abend vor mir. Meine Eltern organisieren was für Kollegen und langweilige Freunde. Ich brauche eine Outfitberatung.
**Ich**: Da bist du bei mir richtig.

Sofort schickt er mir zwei Bilder. Auf dem ersten trägt er ein weißes Hemd, dessen obere Knöpfe offen sind, eine graue Hose mit feinen Streifen, die über den Knöcheln endet, und ein Paar weiße Sneakers. Er sieht wirklich nicht schlecht aus; stilvoll und gleichzeitig lässig.

Auf dem zweiten ist Jason in Anzug und Krawatte. Die Variante ist konventioneller, aber trotzdem verdammt sexy. Unter den Bildern steht: »In welchem Outfit wirke ich cooler? Lieber Charlie Heaton oder doch Colin Firth?«

**Ich**: Das kommt darauf an. Wer willst du sein?
**Jason**: Ich schätze, Colin ist cooler als Charlie.
**Ich**: Dann nimm das zweite Outfit, Prinzessin.

Daraufhin schickt er mir trotzdem ein Bild von Charlie Heaton; glühender Blick, zerzauste Haare und offenes Hemd, das in karierten Hosen steckt. Ich muss kichern.

**Ich**: So sexy wirst du nie.
**Jason**: Ich weiß.

Als ich schon glaube, unser Austausch wäre damit vorbei, bittet er mich, mit ihm in die Galeries Lafayette zu gehen, um Manschettenknöpfe zu kaufen. Ich sage ihm, dass er das sicher alleine schafft, aber er besteht darauf, dass ich ihn begleite, weil es »sehr wichtig« sei und weil ich geradezu ideal für eine solche Aufgabe wäre.

Ich sage Ja, weil ich dem Ruf der Mode immer folge. Dreißig Minuten später steige ich in zerrissenen Jeans und Pullover in sein Auto. Jason macht mir ein Kompliment zu meinem Aussehen und fährt sofort los.

»Was ist das denn für ein ›superwichtiger‹ Abend?«

»Nichts Interessantes«, antwortet er vage. »Es gefällt mir einfach, der Schönste zu sein.«

»Das versteht sich von selbst.«

Mein misstrauischer Blick entlockt ihm ein freches Grinsen. Schon bald erreichen wir die Galeries Lafayette. Er hält mir beim Aussteigen die Autotür auf und legt mir den Arm um die Schultern, als wir das Kaufhaus betreten.

Jason weiß genau, wohin er sich wenden muss, was mich innerlich zum Lächeln bringt. Seltsamerweise erregt es mich auch. Männer wirken ungeheuer attraktiv, wenn sie stilsicher sind und wissen, wie man sich kleidet und was zu ihnen passt.

»Was hältst du von diesen da?«, fragt er mich, ohne mich loszulassen, und deutet auf ein Paar Manschettenknöpfe von S.T. Dupont.

Angesichts des unglaublichen Preises presse ich die Lippen zusammen. Tief in meinem Inneren hasse ich ihn dafür, dass er ohne mit der Wimper zu zucken zweihundertvierzig Euro für Manschettenknöpfe ausgeben kann.

»Ich mag diese eckigen«, sage ich. »In Schwarz.«

»Aber meine Weste ist schon schwarz.«

»Ganz genau. Mit der Silberumrandung und dem dunklen Inneren wirkt es einfach toll.«

Er nickt, überlegt und bittet schließlich darum, sie ausprobieren zu dürfen. Ich stelle fest, dass er die Weste mitgebracht hat. Manchmal vergesse ich, dass er so viel Geld hat. Eigentlich ist es ganz leicht. Wer ihn nicht kennt, würde nie glauben, dass er reich ist. Ich bin mir nicht einmal sicher, ob Violette es weiß, denn sonst hätte sie diese Information sicher schnell weitergegeben.

Wie ein Profi probiert er die Knöpfe und wendet sich mit fragendem Blick an mich.

»Ausgezeichnet. Sehr Colin Firth«, bestätige ich.

Er lächelt wieder und wendet sich an die Verkäuferin, um ihr zu sagen, dass er die Knöpfe nimmt. Ich frage ihn, ob es seine Mutter ist, die darauf besteht, ihn so aufgestylt zu sehen.

»Nicht wirklich. Meiner Mutter ist es eigentlich egal, auch wenn sie meine Bemühungen schätzt. Mein Vater ist da schon eher kompromisslos. Schließlich arbeitet er in der Modebranche«, sagt er augenzwinkernd.

Ich habe keine Zeit, das Thema zu vertiefen. Charmant bedankt er sich bei der Verkäuferin und zieht mich mit der Tüte in der Hand hinter sich her.

»Wo willst du hin?«

»Wenn wir schon einmal hier sind, können wir auch ein paar Sachen anprobieren«, erklärt er und strebt zielsicher auf die Burberry-Abteilung zu.

Ich glaube zu verstehen, worauf er hinaus will, doch dann sehe ich Kleider und feminine Accessoires. Die Manschettenknöpfe waren nur ein Vorwand – oder beinah. Er wollte einfach nur mit mir shoppen gehen.

Sofort bleibe ich stehen und werfe ihm einen finsteren Blick zu.

»Ich kann es mir nicht leisten, hier etwas ›anzuprobieren‹.«

»Seit wann bedeutet das Anprobieren von Kleidung, dass man Geld ausgibt?«

Er wartet meine Antwort nicht ab, sondern schaut sich um. Mir ist natürlich klar, dass ich nichts kaufen muss. Es geht nur darum, etwas anzuprobieren. Und doch – wie sollte ich es genießen, ein Kleidungsstück anzuprobieren, das ich mir nicht leisten kann?

Alles logische Denken verflüchtigt sich, als mein Blick auf ein Vintage-Kleid aus Seide fällt. Ich gehe hin, streichle den Stoff mit den Fingerspitzen und stelle mir vor, wie das Kleid über meine Haut gleitet. Ein Schauder überläuft mich.

Und schon beginne ich mich für das Spiel zu erwärmen.

»Stell dir einfach vor«, flüstert Jason mir zu, »wir sind ein frisch verheiratetes Paar mit Geld wie Heu. Du bist kaufsüchtig, und ich biete dir alles, was du willst, um dich für meine Untreue zu entschädigen.«

Dieser Mann ist unmöglich.

Während ich in der Kabine ein paar Klamotten anprobiere, wartet Jason draußen brav auf mich. Er sitzt auf einem herumstehenden Stuhl und redet ständig mit irgendwem – besonders gern mit reichen alten Damen. Er gibt ihnen Ratschläge zu den neuesten Trends und zu ihren Männern, von denen sie sich vernachlässigt fühlen.

Beim Anprobieren eines Jumpsuits aus Samt höre ich, wie er einer von ihnen hinter dem Vorhang erzählt, dass wir an einem Strand auf Hawaii geheiratet hätten.

»Unsere Freunde nennen uns Zason«, berichtet er.

Ich verdrehe die Augen und verlasse die Kabine.

»Kein Mensch nennt uns so.«

»Noch nicht«, korrigiert er und steht auf. Er hat etwas Rotes in der Hand. »Himmel, kannst du pessimistisch sein!«

Die alten Damen lächeln mich an, bevor sie gehen, und Jason verabschiedet sich: »Auf Wiedersehen, Susanne. Und lassen Sie sich bloß nicht von Ihren undankbaren Enkeln ausnehmen!« Dann wendet er sich mir zu und spielt mit einem meiner Träger.

»Der hier gefällt mir übrigens sehr gut.«

Ich blicke an mir hinunter, betrachte den schwarzen, tief ausgeschnittenen Jumpsuit und wende dem Spiegel den Rücken zu. Ich muss mich nicht darin bewundern, um zu wissen, dass er an mir nicht aussieht. Bei einteiligen Kleidungsstücken ist das jedes Mal so; keine Ahnung, warum ich es immer wieder probiere.

»Mir nicht. Ich sehe fett darin aus.«

Er runzelt die Stirn und wirkt einen Moment überrascht und verwirrt, doch schnell findet er zu seinem gelassenen Blick zurück.

»Fett?«

Ich seufze.

»Vergiss es. Ich habe das nicht gesagt, damit du mir widersprichst.«

»Es kümmert mich einen Dreck, dass du das nicht sagst, damit ich dir widerspreche«, unterbricht er mich mit fester und ernster Stimme. »Ich weiß längst, dass alle Frauen mit ihrem Körper unzufrieden sind, aber das ist jetzt das zweite Mal, dass ich dich sagen höre, du wärst fett.«

Ich will ihn nicht ansehen, sondern mache lieber kehrt. Aber Jason holt mich ein, umschlingt meine Taille und zieht mich an sich. Meine Nase berührt seine. Sein Atem ist warm an meinem Mund.

»Ich schätze, so etwas ist schwer vorstellbar für einen Kerl, dem offenbar gefällt, was er jeden Morgen im Spiegel sieht.«

Jason lässt mich so schnell los, dass ich meine Worte sofort bereue. Er hebt eine Augenbraue und verschränkt die Arme vor seiner muskulösen Brust.

»Wer sagt denn, dass ich keine Komplexe habe? Dürfen Jungs keine Unsicherheiten hinsichtlich ihres Aussehens haben?«

»Das habe ich nie behauptet.«

»Umso besser. Denn es wäre sehr dumm.«

Mit schamroten Wangen antworte ich ihm, dass er mir auf die Nerven geht.

»Du siehst perfekt aus, und daraus folgere ich, dass du keine Komplexe hast.«

»Das Gleiche könnte ich zu dir sagen.«

Ich knurre verärgert. Okay, meine Äußerung war blöd. Komplexe entstehen im Kopf, wahrscheinlich hat sogar Kate Moss welche. Zumal Perfektion immer etwas Subjektives ist.

»Gut, dann verrate mir: Hast du Komplexe?«, frage ich ihn, ohne wirklich daran zu glauben.

Einige Zeit bleibt er stumm. Schließlich seufzt er und verdreht die Augen. Seine Reaktion überrascht mich. Wie kann ein Typ wie er sich seines Körpers nicht sicher sein? Vor allem, da er doch gern immer wieder verkündet, dass er der Größte und Schönste ist.

Moment mal. Das erinnert mich doch an jemanden …

*Verdammt.*

»Ich kann meine Oberschenkel nicht leiden«, gibt er widerstrebend zu. »Als ich ein Kind war, hieß es immer, ich wäre zu dünn. Meine Beine sahen aus wie Froschschenkel.«

Sein Vertrauen rührt mich, und ich fühle mich schuldig, weil ich so gemein zu ihm war. Gerade ich müsste doch wissen, dass hinter Arroganz oft schwere Probleme lauern.

»Ich finde deine Oberschenkel absolut in Ordnung.«

»Okay.«

Ich schlucke verlegen. Offensichtlich will er das Thema nicht weiter vertiefen. Weil ich nicht weiß, was ich hinzufügen sollte, schenke ich ihm ein halbes Lächeln und gehe zurück in die Kabine.

Bewusst ignoriere ich mein Spiegelbild und ziehe den Jumpsuit aus. Er sinkt an meinen Beinen herunter um meine Knöchel, als Jason ohne Vorwarnung hereinkommt. Ich weiche zurück und schlinge die Arme um meinen nackten Körper. Ich trage nur ein winziges Spitzenhöschen, das nicht viel verbirgt.

»Was soll das?«, frage ich mit zitternder Stimme.

Ich bin weder prüde noch besonders schamhaft und es durchaus gewohnt, mich vor den Augen anderer ausziehen. Aber hier hilft mir keine Dunkelheit. Im Neonlicht treten all meine Unvollkommenheiten zutage, und es ist mir gar nicht recht, dass Jason in der ersten Reihe steht.

»Ich verstecke mich vor alten Damen«, flüstert er und wirft einen diskreten Blick durch den Vorhangspalt. »Die Verkäuferin hat mich hineingehen sehen. Ich glaube, sie denkt, wir machen hier Schweinkram.«

»Das kommt davon, wenn man mit allen Leuten quatscht. Und jetzt raus hier!«

Er dreht sich zu mir um und schaut mich flehend an. Sein Blick verlässt mein Gesicht keine Sekunde.

»Komm schon, Zoé … Sei nicht so. Wenn es sein muss, mache ich die Augen zu«, fügt er hinzu, setzt sich im Schneidersitz in eine Ecke der Kabine und hält sich mit den Händen die Augen zu.

Ich seufze und drohe, ihn mit meiner Handtasche zu verprügeln, wenn er sein Versprechen bricht. Aber seltsamerweise glaube ich ihm, entspanne mich und hebe den Jumpsuit auf, um ihn richtig zusammenzulegen. Jason verhält sich die ganze Zeit brav. Zumindest bis ich die Hand nach meinem BH ausstrecke.

Er steht auf, tastet sich vorwärts und kommt auf mich zu, ohne dabei die Augen zu öffnen. Reglos schaue ich ihm zu.

»Jason.«

Er antwortet nicht, sondern begnügt sich damit, mir mitten in der Kabine ganz nah zu kommen. So nah, dass sich der Stoff seines T-Shirts schmerzhaft an den Spitzen meiner Brüste reibt.

»Was ich eben gesagt habe, meine ich absolut ehrlich«, gibt er mit leiser Stimme zu. »Du bist wunderschön, Zoé. Und ich finde es schrecklich, dass du anders denkst. Weißt du … Ich glaube, bei der ganzen Sache geht es eigentlich nur um Adjektive.«

Ich verstehe nicht, worauf er hinaus will, und öffne gerade den Mund, um das zu sagen, als er das Kinn hebt und nach meiner Hand greift. Seine Lider sind zwar weiterhin geschlossen, und doch habe ich das Gefühl, dass er mich direkt anstarrt.

»Vertraust du mir?«

Diese Frage hat er mir vor zwei Wochen schon einmal gestellt, und ich habe ohne den geringsten Zweifel verneint. Dieses Mal nicke ich unwillkürlich, ehe mir einfällt, dass er mich nicht sehen kann.

»Ja.«

»Super. Also, du nimmst jetzt meine Hand, führst sie zu jedem Teil von dir, den du nicht magst, und sagst mir warum. Ich werde nicht hinsehen. Versprochen.«

»Und wozu? Wir sind doch hier nicht bei *How to look good naked*.«

Jasons Lippen beben vor unterdrücktem Lächeln. Schließlich deutet er an, ich solle meinen Mund halten und tun, was er sagt.

Zunächst betrachte ich nur sein schönes Gesicht. Ist es wirklich eine gute Idee, einem Unbekannten meine Schwächen anzuvertrauen? Es wäre so leicht, meine Geständnisse später gegen mich zu verwenden …

Mag sein, nur ist Jason kein Unbekannter. An jenem ersten Abend im Galway war er es noch, aber jetzt nicht mehr. Schon längst nicht mehr.

Ich nehme seine Hand und lasse sie langsam nach unten zu meinem Bauch gleiten, der nicht so flach ist, wie ich es mir wünsche. Dabei halte ich die Luft an. Es ist wirklich schwierig.

»Mein Bauch. Weil er fett ist.«

Zu meiner größten Überraschung kniet Jason vor mir nieder und fährt mit seinem Mund über die nackte Haut meines Bauchs. Ich erbebe bis in mein Innerstes.

»Herrlich«, murmelt er in meinen Bauchnabel.

Die Schmetterlinge sind wieder da und erfassen meine Brust und meine schweren Beine. *Wie kann er meinen Bauch herrlich finden?*

Da er auf den nächsten Schritt zu warten scheint, führe ich seine Hand zur Seite und lege sie auf eine meiner vollen Hüften.

»Meine Hüften. Sie sind viel zu breit.«

Ich bemerke, wie er fast unmerklich den Kopf schüttelt. Dann greift er mit beiden Händen nach meinen Hüften und liebkost sie, während sein Atem die blaue Spitze meines Höschens streift. Seine Hände wandern weiter nach oben zu meiner schmalen Taille und gleiten wieder nach unten, wobei er seine kurzen Nägel sanft in mein Fleisch krallt.

»Wahnsinnig erregend«, erklärt er und fährt sich mit der Zunge über die Lippen.

Endlich verstehe ich, worum es ihm geht. Jedem Komplex wird ein neues Adjektiv zugeordnet.

Weil Schönheit zufallsbedingt ist. Weil man diese Adjektive nicht auf die leichte Schulter nehmen oder negativ belegen sollte. Warum sollte »schlank« Perfektion bedeuten und »dick« einen Makel?

Meine Hand bewegt sich wie von selbst und führt ihn weiter nach unten. Ich bemerke, wie seine Augenlider flattern, während seine Finger über meinen Schritt gleiten und schließlich an meinen Oberschenkeln stoppen. Ich schäme mich für meine Cellulite und die Dehnungsstreifen auf meiner Haut so sehr, dass ich mir auf die Lippe beiße.

»Meine Oberschenkel. Sie sind schwabbelig und abstoßend.«

Sein überraschtes Stirnrunzeln wegen der Heftigkeit meiner Worte beachte ich nicht. Seine Finger tasten über meine Beine, als ob sie etwas suchen. Mein Herz setzt einen Schlag aus, als sie meine Dehnungsstreifen finden.

Aber Jason macht sich nicht lustig. Stattdessen streichelt er sie zärtlich und zeichnet sie nach wie ein Medium, das die

Zukunft aus Handlinien vorhersagt. Ich kann kaum noch atmen. Erst recht, als er seine Lippen darauf drückt.

»Erlesen«, haucht er und küsst meine Narben eine nach der anderen.

*Heilige Scheiße.* Überwältigt von Gefühlen kann ich den Blick nicht von ihm wenden. Er läuft nicht davon. Nachdem er einen guten Teil meiner Hirnrissigkeiten ertragen hat, ist er immer noch da. Auf Knien. Und er liebkost das, was ich am meisten an mir hasse.

Mit der Stirn an meinem Bauch sagt er:

»Ich werde dir jetzt nicht sagen, dass du nicht fett bist. Nicht, weil du es wärst, sondern weil das nicht der Punkt ist. Und wenn du es wärst? Ja, du hast Hüften, herrliche Hüften, an denen ich mich festhalten möchte, während du mich reitest; ja, du hast Cellulite, aber wer hat das nicht? Ja, du hast Narben, aber sie beweisen, dass du noch da bist. Dein Körper zeigt, dass du eine Überlebende bist, und »fett« ist keinesfalls ein Synonym für »hässlich«. Du bist wunderschön und aufregend, und verdammt, ich muss dich jetzt sehen …«

Ich lasse ihm keine Zeit, den Satz zu beenden. Ich packe ihn an den Schultern, richte ihn auf und drücke die Lippen auf seinen Mund. Ich weiß nicht, woher er all die schönen Worte hat, aber es ist mir egal. Denn es sind genau die Worte, die ich immer hören wollte.

Seine Lippen öffnen sich, um auf meinen erotischen Angriff zu reagieren, seine Hände verschränken sich hinter meinem Rücken. Mein ganzer Körper drängt sich gegen seinen.

»Sieh doch nur«, flüstert er schmerzlich. »Gib zu, dass du die Wirkung erkennst, die du auf mich hast, oh bitte.«

Mit glühendem Körper seufze ich nur. Die köstlichsten Gefühle überwältigen mich, während ich ihn gegen die Kabinenwand dränge.

»Lass mich dich anschauen, Zo …«

Ich weiß nicht, ob es am neuen Kosenamen liegt oder an etwas anderem, aber ich akzeptiere. Er bricht den Kuss ab, öffnet die Augen und hält mich auf Armlänge von sich.

Seine Augen, braun, glänzend und riesengroß, halten meinen Blick fest, um dann ganz langsam an meiner fast nackten Gestalt hinunterzugleiten. Genießerisch nehmen sie sich Zeit. Mein Verlangen steigt. Schließlich kann ich mich nicht mehr beherrschen.

Ich strecke die Hände nach seiner Jeans aus und knöpfe sie auf. Jason reagiert nicht. Zunächst lässt er mich schwer atmend gewähren, ehe er mich stoppt, indem er seine Hand auf meine legt.

Für den Bruchteil einer Sekunde frage ich mich, ob sich irgendwer Gedanken macht, weil ich schon so lange in dieser Kabine bin.

»Nicht bewegen«, stößt er heiser hervor. Ich gehorche und beobachte, wie er seine Hose und seine Boxershorts herunterlässt. Ich unterdrücke ein heftiges Schaudern, mein Herz pocht wie wild.

»Du bist perfekt.«

Er bittet mich nicht, näher zu kommen oder ihn zu berühren. Nein, Jason lehnt nach wie vor an der Wand, hält die Hand über sein Geschlecht und schaut mir in die Augen. Jasons exhibitionistische Neigungen machen mich an und lösen meine eigenen aus.

Ich mag es nicht besonders, beobachtet zu werden.

*Selbst zu beobachten allerdings …*

»Schau mich an, Zoé.«

Ich brauche eine Sekunde, ehe ich verstehe, dass er nicht die Augen meint. Mit halb geöffneten Lippen und einem Kribbeln im Bauch senke ich den Blick. Seine Hand bewegt sich und streichelt seinen Körper, als ob es meine wäre – zunächst sanft, dann werden die Bewegungen schneller.

Wir berühren uns nicht und doch ist es das Erotischste, was ich je getan habe. Ihm beim Masturbieren zuzusehen wirkt auf mich wie ein sehr gewagter, aber höchst erregender Voyeurismus. Erst recht, weil er dabei meinen Körper betrachtet.

Zwischen meinen Oberschenkeln beginnt es umso mehr zu pochen, je deutlicher Jason die Kontrolle verliert. Unschuldig lasse ich die Hände über meinen Körper gleiten, um seine Grenzen zu testen. Mein Hals, meine Brüste, mein Bauch, meine empfindlichste Stelle. Ganz langsam führe ich ihn in den Untergang.

Ich fühle mich sehr mächtig. Er ist mir ausgeliefert.

Falls es ihm darum ging, mir zu zeigen, dass ich ihn anmache, dann funktioniert es perfekt. Schon bald schließt Jason die Augen und stöhnt leise fluchend. Es hat etwas sehr Unangemessenes und Intimes, ihn kommen zu sehen. In gewisser Weise gestattet er mir, ihn in einem Moment höchster Verletzlichkeit zu sehen.

Meine Beine zittern, während er sich schwer atmend wieder anzieht.

»Sag nie wieder, dass du zu dick bist«, flüstert er. »Bitte.«

Darauf habe ich keine Antwort.

»Du hast gerade in deine Hose ejakuliert«, sage ich dümmlich.

»Nicht zum ersten Mal.«

Ich lächle. Jason kommt näher und küsst mich auf die Schulter.

»Ich gehe kurz zur Toilette. Und was dich betrifft, probier mal dieses Kleid an«, befiehlt er und zeigt auf den roten Stoff, den er vorhin in der Hand hatte. »Bestimmt gefällt es dir.«

Kaum dass er fort ist, tue ich wie geheißen. Ich fühle mich

immer noch erschüttert von dem, was gerade geschehen ist, und obwohl ich immer noch vor unerfülltem Verlangen zittere, bin ich glücklich, dass er nichts unternommen hat, um mir Erleichterung zu verschaffen.

Allmählich fange ich an, diese andauernde, ebenso eindringliche wie köstliche Spannung zu genießen. Schon jetzt erwarte ich voller Ungeduld das nächste Mal.

»Oh, wow.«

Ich betrachte mich im Spiegel. Das rote Kleid, das ich jetzt trage, ist aus Seide. Die schmalen Träger fallen über meine Schultern, und der Stoff breitet sich wie eine Blutlache zu meinen Füßen aus. Es ist sehr schmal geschnitten. Ein geheimnisvoll wirkender Schlitz enthüllt einen Teil meines linken Beines.

Ich muss zugeben, es sieht absolut umwerfend aus. Jason ist eindeutig der gleichen Meinung, denn sein »Wow« klingt wie ein Echo durch die Kabine. Er ist wieder da, und unsere Blicke kreuzen sich im Spiegel.

»Ich hatte recht«, sagt er lächelnd. »Es ist wie für dich gemacht.«

Sehnsüchtig lasse ich die Hände über die Seide gleiten.

»Wenn es für mich gemacht wäre, würde es dreihundert Euro weniger kosten.«

# 19

## Zoé

»Aus dem Chaos entsteht ein Stern«, sagte Charlie Chaplin.

Seit Jahren halte ich mir diesen Satz vor Augen, wenn das Leben mir übel mitspielt. Sarah erklärte mir immer wieder, ich müsse weiter leuchten, ganz gleich, wie dunkel der Tag auch sei. Schließlich kann man Sterne nur im Dunkeln sehen.

Ebenso erkennt man gute Menschen besonders dann, wenn man in Schwierigkeiten steckt.

»Hast du gesehen?«, fragt Violette, als wir nach der Uni wieder zu Hause sind. »Bella Hadid wurde zum Model des Jahres gewählt!«

»Und sie ist gerade mal so alt wie wir …«

»Neben ihr sehe ich wie ein Baby aus.«

Ich schüttle den Kopf und öffne den Briefkasten.

Für Violette ist eine Rechnung gekommen, außerdem liegt noch ein gefaltetes Blatt drin.

»Bald bist du einer der Gründe, warum Mädchen wie sie einen Job haben. Freu dich.«

»Apropos, hast du inzwischen mit der Arbeit an deinem Abschlussprojekt angefangen?«

Schweigend entfalte ich das Blatt und werde blass. Auf dem Zettel stehen nur vier Worte, aber ich weiß, dass sie für mich bestimmt sind.

»Ich habe dich gefunden.«

Violette fragt mich, was ich da habe, aber ich stecke das Papier rasch in die Tasche und versuche, zur Besinnung zu kommen.

»Äh ja ... Übrigens, danke für die Perlenspitze. Sie hat mir sehr genützt.«

Wir steigen die Treppe hinauf. Ich habe Angst. Jetzt weiß Bryan also, wo ich wohne. Er hätte es mir auch schreiben können, aber diese kleine Inszenierung macht ihm mehr Spaß, denn sie ist grausamer.

Und sie beweist, dass es ihm bitterernst ist. Wenn ich weiterhin nicht bereit bin, ihn zu treffen, zögert er sicher nicht, zu uns nach Hause kommen.

»Ich habe mich neulich mit Clément darüber unterhalten«, sagt Violette und sucht nach ihren Schlüsseln. »Du hast mir nie verraten, was du nach ESMOD machen willst.«

Sie öffnet die Tür und lässt mich als Erste hinein. Ich werfe meine Tasche auf die Couch und streife die Pumps ab. Für einen Moment vergrabe ich Bryan weit hinten in meinem Kopf.

»Ich habe mich noch nicht endgültig entschieden. Mein Ziel ist es, eine eigene Marke zu kreieren, aber ich weiß, dass es dafür eine gewisse Zeit braucht.«

»Im Ernst?«, begeistert sich Violette und holt das Nutella aus dem Schrank. »Das ist großartig! Wie würdest du sie nennen? Zoé Camara?«

Unbehaglich kratze ich mir den Hals.

»Das weiß ich noch nicht«, lüge ich und wechsle das Thema. »So weit bin ich noch längst nicht. Ich muss zuerst die Konkurrenz unter die Lupe nehmen, eine Marktanalyse machen, einen Businessplan erstellen, und vor allem die Finanzierung sichern.«

Mit einem Löffel Schokolade im Mund schaut sie mich nachdenklich an.

»Hast du keine Ersparnisse?«

Mein desillusionierter Blick ist Antwort genug. Sie weiß sehr gut, wie meine diesbezügliche Situation ist.

»Okay. In diesem Fall müsstest du dir Mittel von Investoren und Banken …

»Ja, ich habe mich bereits erkundigt. Ich werde außerdem versuchen, über bestimmte Organisationen Subventionen zu bekommen. Dazu muss ich aber die Rentabilität meiner Marke nachweisen, und dafür muss sie sich von der breiten Masse abheben.«

Violette nickt zögernd. Ich frage sie, was los ist. Schüchtern schlägt sie vor:

»Weißt du, für den Anfang könnte ich dir etwas leihen … Warte, hör zu!«, fügt sie hastig hinzu, als sie meinen Gesichtsausdruck sieht. »Ich verstehe sehr gut, dass du kein Almosen willst. Aber ich würde dir das Geld nicht schenken, sondern nur leihen. Wir könnten alle zusammenlegen. Ich bin sicher, dass auch Loan mitmachen würde. Er hat bestimmt ebenfalls einige Ersparnisse. Du kennst ihn ja, er plant absolut alles. Tatsächlich glaube ich, dass er in unserem Freundeskreis der Erwachsenste ist. Jedenfalls sind wir für dich da. Nur Jason wird vermutlich keinen Finger für dich rühren, aber ich glaube sowieso eher nicht, dass dieses große Kind etwas angespart hat. Also …«

Mit hochroten Wangen ringt sie um Atem. Wenn sie wüsste! Nicht nur, dass Jason eine Menge Geld hat, ich bin auch sicher, dass er bereit wäre, alle zehn Finger zu rühren, wenn ich ihn darum bäte.

Was ich jedoch unter keinen Umständen tun würde.

»Das ist echt nett von euch«, sage ich ruhig. »Aber ich werde es alleine schaffen.«

»Okay … wie auch immer, du kennst meine Meinung zu diesem Thema.«

Ich lächle ihr zu und gehe in unser Zimmer, um tief durchzuatmen. Violette ist der großzügigste Mensch, den ich kenne, aber ich kann ihr Geld nicht annehmen, solange ich nicht weiß, ob ich jemals in der Lage sein werde, es ihr zurückzuzahlen.

Ich gehe duschen, um meine Muskeln zu entspannen. Als ich in mein Zimmer zurückkomme, blinkt mein Telefon. Eine ungelesene Nachricht. Sofort verspanne ich mich wieder, und mein Herz pocht unruhig.

**Bryan**: Ich vermisse dich. Warum magst du mich nicht mehr?

Seit Wochen schon schickt er mir solche Nachrichten, die ich meistens nicht beantworte; manchmal schleimt er herum, und im nächsten Moment beschuldigt er mich, die Familie verlassen zu haben. Aber ich bin nicht mehr das dumme Mädchen von damals. Ich weiß, dass es keine Erlösung für meinen Bruder gibt. Jedenfalls nicht, wenn er nicht mit seinen gruseligen Spielchen aufhört.

Heute antworte ich vage: »Ich habe deinen Zettel bekommen. Du machst mir Angst, Bryan. Ich habe kein Geld, das ich dir geben könnte. Das ist die Wahrheit, also hör bitte auf, mich zu belästigen.«

»Zoé?«

Erschrocken blicke ich auf. Loan steht mit einem Paket an der Tür. Er trägt noch seine Feuerwehr-Uniform.

»Entschuldige, ich wollte dich nicht erschrecken. Ich habe das hier vor der Tür gefunden. Ich glaube, es ist für dich.«

Ich bedanke mich stirnrunzelnd, nehme ihm die Schachtel ab und er verschwindet. Das Päckchen ist schmal, rechteckig und mit einem gelben Band verschlossen.

Es steht nur ein Wort drauf – mein Vorname.

Ich öffne es. Als ich sehe, was das Päckchen enthält, fauche ich:

»Der will mich wohl verarschen.«

*Ich bringe ihn um, das schwöre ich.* Ich würde diesen Stoff unter tausenden erkennen. Es ist das rote Kleid, das ich in den Galeries Lafayette anprobiert habe. Ich berühre es nicht, weil ich fürchte, es könnte mich verzaubern, und lese das beigelegte Kärtchen.

*Ehe du jetzt losrennst, um mich kalt zu machen: Ich habe das Kleid nicht gekauft, weil ich Geld habe und möchte, dass du sexy aussiehst. Ich bin nicht Christian Grey, okay?*

*Aber ich habe deinen Blick gesehen, als du dich im Spiegel betrachtet hast … Du hast es dir sehnsüchtig gewünscht. Da ist es nun, es gehört dir. Du wirst es mir zurückzahlen, sobald es dir möglich ist.*

*Obi-Wan*

Ich bin fuchsteufelswild. Aber warum lächle ich dann wie ein verliebter Teenie? Weil er recht hat. Ich habe es mir wirklich von ganzem Herzen gewünscht. Und es macht mich glücklich, dass er aufmerksam genug war, um das zu verstehen.

Dankbar lese ich den letzten Satz noch einmal. Jason ist es egal, ob ich es ihm zurückzahle oder nicht. Trotzdem weiß er genau, dass ich es hasse, wenn man mir Dinge kauft, nur weil ich sie mir selbst nicht leisten kann. Diese Art von Beziehung funktioniert nur in einem sadomasochistischen *Mommy Porn.*

Ich beiße mir auf die Lippen. Darf ich vielleicht einmal in meinem Leben kapitulieren? Er wollte mir eine Freude machen. Weil ich mir dieses Kleid so sehr gewünscht habe und weil er mich darin schön findet.

*Schön.*

Ich lasse mir das Wort auf der Zunge zergehen. Genau so habe ich mich unter seinem Blick gefühlt.

Ich nehme das Kleid aus der Verpackung und ziehe es ehrfürchtig an. Dann mache ich ein Selfie und schicke es an Jason.

**Ich**: Danke (PS.: Mach das nie wieder).
**Jason**: Ich bin doch nicht lebensmüde (PS.: Rate mal, was ich gerade mache. Kleiner Hinweis: Dieses Bild hilft sehr).
**Ich**: Du bist ekelhaft.

## Jason

Ich bin dem Tod geweiht.

Ich fühle es, ich weiß es. Meine Mutter hat immer behauptet, ich wäre melodramatisch, wenn ich krank bin, aber das ist nicht wahr. Deshalb nervt es mich, dass sie mich anruft, während ich gerade mit meinem Notar telefoniere, um mein Testament zu ändern.

»Geht es dir etwas besser? Ich habe Jade gesagt, sie soll diese Woche kommen und nach dir sehen.«

Ich grunze und schaue mich schwach, wie ich nun einmal bin, am Tatort um. Ich liege in meinem Bett, umgeben von Taschentüchern und Medikamenten. Ich weiß nicht einmal, wie ich es geschafft habe, überhaupt am Leben zu bleiben.

Dafür weiß ich aber, dass ich bestimmt nicht mehr lange durchhalte, wenn meine fiese Schwester mich besucht.

»Jade braucht nicht zu kommen. Ich bin keine fünf mehr und komme sehr gut allein zurecht.«

Das stimmt natürlich nicht. Gestern Abend habe ich Ethan angerufen und ihn angefleht, herzukommen, weil ich mich noch zu jung zum Sterben fühle.

Aber der Mistkerl hat einfach aufgelegt. Sogar Loan geht mir aus dem Weg, weil er mich unerträglich findet, wenn ich krank bin.

Deshalb habe ich sie alle aus meinem Testament gestrichen, diese undankbaren Menschen. Ich habe nämlich nicht nur eine einfache Erkältung. Seit drei Tagen leide ich unter dieser verdammten Grippe, der schlimmsten in meinem ganzen Leben. Bisher sorgt sich nur meine Mutter um mich. Leider ist sie mit meinem Vater in Amsterdam. Ich werde jung und einsam sterben.

»Gut, wenn du meinst. Halte mich auf dem Laufenden. Wenn das Fieber über vierzig Grad steigt, nehme ich das nächste Flugzeug.«

»Ja, ja. Küsschen.«

Trotz meiner vielen Decken bibbernd lege ich auf; im Zimmer ist es dunkel. Seit über vierundzwanzig Stunden habe ich nichts mehr gegessen, einfach deshalb, weil ich die meiste Zeit schlafe. Und auch, weil ich mich nicht in der Lage fühle, mich in die Küche zu schleppen.

Sogar die Kätzchen dürfen nicht zu mir ins Zimmer, weil ich Angst habe, sie könnten sich etwas einfangen. Ich schätze, die ganze Wohnung für sich allein zu haben ist für sie wie eine Woche Europa-Park.

Ich schalte den Fernseher ein und starte Netflix. Seit ich krank bin, schaue ich mir alle Staffeln von *Brooklyn Nine-Nine* an. Meine Schwester Julie meint immer, Jake Peralta wäre mein Alter Ego.

Plötzlich klingelt es. Mit geschlossenen Augen fluche ich leise vor mich hin. Ob Jade wohl wieder geht, wenn sie hereinkommt und mich für tot hält? Hoffentlich.

»Hallo? Hast du schon das Zeitliche gesegnet, oder komme ich noch rechtzeitig?«

Als ich die Stimme aus dem Wohnzimmer höre, erstarre ich und öffne die Augen erst wieder, als Zoé sich an den Türrahmen lehnt. Mit einem Mal überkommt mich ein endloser Hustenanfall und ich schäme mich.

»Wow …«, sagt sie und mustert mich. »Du siehst ja schrecklich aus.«

»Danke.«

»Die Fußmatte als Versteck für den Schlüssel ist übrigens keine besonders gute Idee.«

Frierend lasse ich mich zurücksinken.

»Was willst du hier? Ich bin ansteckend.«

Sie zuckt gleichgültig die Schultern, setzt sich neben mich und deponiert ihre Handtasche auf der Matratze.

»Ich habe mir Sorgen gemacht, weil du meine Instagram-Bilder nicht mehr geliked hast«, scherzt sie. Ich muss lächeln. »Hier, ich habe ein paar Kleinigkeiten mitgebracht.«

Sie holt zwei Tupperdosen und eine riesige Thermoskanne aus ihrer Tasche. Ich frage sie, was das ist.

»Zwiebelsuppe, Hühnersuppe und Zitronentee mit Honig. Meine Mutter hat mir das immer gemacht, als ich klein war. Es tut gut.«

Ich sehe sie erstaunt an, aber sie beachtet mich schon nicht mehr. Sie steht auf und sagt, dass sie alles in die Küche bringt. Eines muss ich wirklich sagen: Nie im Leben hätte ich erwartet, dass sich Zoé Sorgen um mich macht. Und was noch besser ist: Sie hat mir Suppe gekocht.

Ich räuspere mich und fahre mir mit der Hand durchs Haar. Ich kann immer noch nicht glauben, dass sie tatsächlich gekommen ist.

»Hast du Hunger?«, ruft sie aus der Küche.

Bei der Vorstellung, etwas schlucken zu müssen, wird mir übel, aber ich antworte mit Ja, um sie nicht zu beleidigen. Ich kann die Mikrowelle auf der anderen Seite der Wand hören. Einige Minuten später erscheint sie mit einem Tablett, auf dem sich eine heiße Schüssel und ein Löffel befinden.

»Ich habe die Katzen gefüttert. Sie haben mich mit ihren großen, süßen Augen angefleht.«

»Sie haben dich reingelegt …«

Sie geht um das Bett herum und setzt sich neben mich. Ich bemerke, dass sie ihre Schuhe ausgezogen hat. Ich lehne mich gegen das Kopfteil und Zoé stellt das Tablett auf meinen Schoß.

Der Fernseher läuft weiter und Zoé schaut zu, während ich langsam esse. Die Suppe ist ausgezeichnet, es gibt nichts daran auszusetzen.

»Danke, dass du gekommen bist.«

Sie nickt, ohne mich anzusehen.

»Irgendwie finde ich es komisch, hier bei dir zu sein …«

Ich ringe mir ein Lächeln ab. Sie hat recht. Als wir das letzte Mal allein in diesem Raum waren, ging es uns ausschließlich um Sex.

Plötzlich fragt sie mich, warum ich mitten in meinem Wohnzimmer eine Hängematte habe. Ich denke kurz nach.

»Warum nicht?«

Sie sieht sich um, und ich genieße meine Zwiebelsuppe. Als ich fertig bin, bringt sie das Tablett zurück in die Küche, und ich höre sie spülen. Ich war der Meinung, sie würde nun wieder gehen, doch sie kommt zurück, legt sich neben mich und schaut mit mir fern.

Sie bleibt den ganzen Tag.

Irgendwann schläft sie ein. Ich lasse sie schlafen und decke sie zu. Sie schnarcht leise, was mich zum Lächeln bringt. Schließlich schlafe ich ebenfalls ein.

Am nächsten Morgen fragt sie, ob sie duschen darf. Als sie aus dem Bad kommt, trägt sie zwar noch ihre Jeans, aber ich erkenne mein gestreiftes Hemd … und das Gummiband meiner Boxershorts.

»Hast du keine Vorlesung?«, frage ich sie, als es wieder Abend wird und sie immer noch neben mir liegt.

»Wir haben eine Woche Master Class. Violette schreibt für mich mit.«

Letztlich bleibt Zoé noch drei Tage. Ganz ehrlich, irgendwie ist es seltsam. Ich bin es nicht gewohnt, mit jemandem zusammen zu leben. Aber mit Zoé ist es nicht schwierig. Tagsüber liegt sie auf meiner Bettdecke und zeichnet.

Einmal im Leben halte ich den Mund, schaue fern und streichle dabei zärtlich die Rückseite ihrer Beine. Es ist einfach, friedlich und angenehm.

Ich bin nicht allein.

Abends bestellt sie etwas zu essen, und wir schlafen einander zugewandt ein. Am zweiten Abend bittet Zoé um meinen iPod.

»Erinnerst du dich? Ohne Musik kann ich nicht einschlafen.«

»Nie?«

»Nie. Außer ich bin so todmüde wie gestern.«

In diesen vier Tagen finde ich viel über sie heraus. Sie schläft jede Nacht mit meiner Musik in den Ohren und dem Kopf auf meiner Schulter ein, und ich weiß jetzt, dass sie ein Morgenmuffel ist. Aber sowas von.

Außerdem hätte ich sie bei einer heftigen Diskussion über *Star Wars* und *Herr der Ringe* beinah aus meiner Wohnung geworfen. Der Streit endete jedoch mit einem Kussmarathon.

»Zum Teufel mit den bösen Bakterien«, flüsterte ich und küsste sie leidenschaftlich.

Als es mir irgendwann wieder besser ging, kehrte sie in ihre eigene Wohnung zurück und ich war wieder allein.

Ich wünschte, ich hätte es nicht bemerkt …

Aber jetzt ist ihr Duft überall auf meinen Laken.

# 20

## Zoé

Auch mit Tiago habe ich über die Idee gesprochen, eine eigene Modelinie zu starten. Wie vermutet, unterstützt er mich voll und ganz. Er geht davon aus, dass ich ausreichend Mut und Ideen habe, um den Sprung ins kalte Wasser zu wagen, und das glaube ich ebenfalls.

Das Einzige, was mir dazu fehlt, ist Geld.

Auch er hat mit angeboten, in das Projekt zu investieren, aber ich habe abgelehnt. Im Moment gebe ich mich mit meinem Bekanntheitsgrad auf Instagram zufrieden. Heute ist ein Fotoshooting für eine Make-up-Marke geplant. Seit zwei Stunden pose ich von einer Maskenbildnerin geschminkt und von Profis eingekleidet in den Straßen von Paris.

Seltsamerweise fühle ich mich wohl dabei. Ich finde schnell ins Spiel und gebe die Prinzessin.

»Perfekt!«, sagt die Fotografin immer wieder.

Sie trägt ein gepunktetes Kleid im *Preppy*-Stil und hat sehr kurze Haare. Ich finde sie bezaubernd. Gleich bei meiner Ankunft vermittelte sie mir ein gutes Gefühl und gratulierte mir zu meinen YouTube-Videos.

»Du bist total fotogen«, lobt sie mich, als wir fertig sind. »Im Ernst, du bist fantastisch.«

Ich danke ihr und schenke ihr ein herzliches Lächeln. Nachdem ich mir die Fotos angesehen habe, gebe ich meine Zustimmung, und das kleine Team beginnt zusammenzupacken.

Ich nehme meine Tasche und will gerade gehen, als sie mir zuvorkommt:

»Ach übrigens … Wir haben vor, an der Place de la République noch etwas trinken zu gehen. Hast du Lust mitzukommen? Ich geben einen aus.«

In diesem Moment ist sie einfach toll – bildhübsch, rothaarig und ganz eindeutig dabei, mir Avancen zu machen. Als ich gerade den Mund öffnen will, um abzulehnen, fällt mir hinter ihrer Schulter etwas auf.

Überrascht hebe ich die Augenbrauen. Cool und sehr lässig kommt Jason mit einer Sonnenbrille auf der Nase auf uns zu. Seine Grippe hat er offenbar überstanden.

In einer Hand hält er eine Papiertüte und einen Starbucks-Becher. Sein Lächeln reicht fast bis in den Himmel.

»Hallo.«

Einen Augenblick fällt mir wieder ein, wie ich neben ihm lag, als er krank war – so nah, dass sich unser Atem vermischte. Die Fotografin, deren Namen ich vergessen habe, lächelt ihn verständnislos an.

»Seid ihr schon fertig? Habe ich etwa alles verpasst?«, fragt Jason und schiebt seine Brille ein Stück nach unten.

Ich nicke stumm.

»Dein Freund?«, fragt die Fotografin.

»Genau genommen bin ich ihr Agent«, entgegnet Jason, als wäre es das Normalste auf der Welt. »Zoé ist bei mir unter Vertrag.«

*Dieser Typ kennt keine Grenzen*. Seine Lüge täuscht natürlich niemanden; die Fotografin hebt nur die Augenbrauen. Ich entschuldige mich bei ihr und erkläre, dass ich in dreißig Minuten einen weiteren Termin habe.

Sie antwortet, aufgeschoben sei nicht aufgehoben, und verschwindet.

»Hier, bitte sehr.«

Ich nehme die Papiertüte an. Sie enthält einen Blaubeermuffin. Dazu gibt es Hibiskusblütentee. Sofort wird mir warm, und zwar nicht nur wegen des Tees. Es ist bereits das zweite Mal, dass Jason mich unerwartet irgendwo abholt, und ich muss sagen, dass es mir gefällt.

Natürlich ist mir klar, dass wir einander nichts bedeuten – allenfalls als Freunde. Aber ich könnte mich an diese Art von Aufmerksamkeit gewöhnen …

»Danke.«

»Gern. Nachdem ich fast gestorben wäre, habe ich mein Leben hinterfragt und mir vorgenommen, aufmerksamer zu werden.«

»Du hattest nur einen Infekt, Jason.«

»Ich wäre beinahe gestorben.«

Ich folge ihm durch Montmartre. Meine Absätze klappern auf dem Boden.

»Klar, weil du fast an einem Eiswürfel erstickt wärst, als du Limo getrunken hast. Dabei habe ich dir noch gesagt, du sollst aufpassen, du Idiot. Bist du immer so eine Drama-Queen?«

»Ich eine Drama-Queen? Das ist doch Schwachsinn.«

»Du hast geglaubt, du wärst süchtig nach Ecstasy …«

Jason antwortet, das hätte nichts damit zu tun, und ich muss lächeln, während ich sein Profil betrachte, die glatte und gerade Nase, die langen Wimpern und diese niedlichen Grübchen …

Plötzlich wendet er sich mir zu:

»Willst du deinen Muffin nicht essen?«

Trotz des lockeren Tonfalls ist sein Blick misstrauisch. Glücklicherweise rettet mich das Klingeln meines Telefons. Es ist Violette, die mich fragt, ob ich heute Abend ausgehe. Ich sage Ja; im Augenblick habe ich keine Lust, mich mit ihr und Loan in der Wohnung aufzuhalten.

Seit einer Woche benehmen sie sich wie Kaninchen im Frühling. Nicht, dass ich Mistinguette, Violettes Kaninchen, das bei uns wohnt, kränken will.

Als ich auflege, hakt Jason seinen kleinen Finger in meinem, um meine Aufmerksamkeit zu erregen.

»Rate mal, was ich gestern gemacht habe.«

»Wir haben uns doch darauf geeinigt, dass niemand wissen will, wann und wie du masturbierst, Jason.«

Er lacht und tut so, als wolle er mir die Nasenspitze abbeißen. Ich hoffe, ich werde nicht rot; das passiert mir nämlich in letzter Zeit ziemlich oft …

»Obwohl dieses Thema viel Potenzial bietet, wollte ich es heute nicht ausdiskutieren. Nein, ich habe mir deinen Lieblingsfilm angesehen.«

Mit weit aufgerissenen Augen bleibe ich abrupt stehen.

»Du hast *Ein süßer Fratz* geschaut? Ernsthaft?«, frage ich, und er nickt zufrieden. »Aber warum? Und was hältst du davon?«

Leider schwindet meine Begeisterung schnell, als er antwortet:

»Um ehrlich zu sein: Ich fand ihn schrecklich. Audrey Hepburn ist unglaublich, aber Fred Astaire ist längst nicht so charismatisch, wie ich dachte.«

»Oh …«

»Natürlich ist der Film trotzdem ein Klassiker! Und um deine erste Frage zu beantworten, ich habe ihn mir angesehen, weil er etwas mit deiner Liste zu tun hat.«

Sofort begreife ich, wovon er spricht. Tatsächlich hat Sarah »Szene aus dem Lieblingsfilm nachspielen« auf die Liste gesetzt.

Ehe ich ihn bremsen kann, tritt Jason ein Stück zurück und beginnt, das Lied »Bonjour Paris« zu singen. Halb tot vor Scham fordere ich ihn auf, sofort damit aufzuhören, doch das bringt ihn nur dazu, lauter zu singen.

*Himmel, hoffentlich trifft mich jetzt sofort ein Blitz.*

Die ersten Leute drehen sich neugierig nach uns um. Auch wenn es seltsam klingt – schließlich stelle ich mich regelmäßig in den sozialen Netzwerken dar –, hasse ich es, öffentliche Aufmerksamkeit zu erregen.

Ich denke darüber nach, mich aus dem Staub zu machen und Jason sich selbst zu überlassen.

Doch dann stelle ich fest, dass ihm die Menschen ringsum völlig egal sind. Er schenkt ihnen nicht die geringste Beachtung, und ich bin mir nicht einmal sicher, ob er sie überhaupt sieht.

Er kümmert sich einfach nicht darum. Und ich beneide ihn um diese Fähigkeit … So sehr, dass ich, als mein Einsatz kommt, nicht lang zögere.

Ich spiele meine Rolle und eile die Stufen des Montmartre singend – obendrein auch noch ziemlich falsch – und tanzend hinunter. Jason tut dasselbe und übertreibt seinen Part gerade so sehr, dass ich ihn erotischer finde als Fred Astaire.

Am Ende des Songs lache ich so sehr, dass mir die Luft wegbleibt. Ich halte mich an einem Laternenpfahl fest und wirble mit geschlossenen Augen herum. Dabei stoße ich mit einem festen, warmen Körper zusammen, den ich blind erkennen würde.

Sein Mund gleitet an meinem Hals entlang.

»Du bist so schön, wenn du lächelst«, flüstert er. Es fühlt sich an wie ein Stromstoß durch den Rest meines Körpers. »Nein, das nehme ich zurück. Du bist immer schön. Nackt, angezogen, wenn du lächelst, wenn du mir böse Blicke zuwirfst, ungeschminkt …«

Ich öffne die Augen. Sein Blick ist intensiv und durchdringend.

»Okay, vor allem nackt«, grinst er frech.

Ich bringe ihn mit einem Kuss zum Schweigen. Mir ist, als ob Flammen an der Innenseite meiner Oberschenkel hochzüngeln. Er zieht mich an sich, und der Kuss wird wilder. Plötzlich werde ich mir meines Körpers in seinen Händen bewusst, dieser Hände, die überall und nirgends auf einmal sind, zu nah und zu weit weg, und ich kann nicht mehr atmen, und ich will mehr, und …

»Kommst du heute Abend mit zu mir nach Hause?«, flüstert Jason sehr ernst.

Ich weiß, was das bedeutet. *Das ist der Moment.* Er will mich, ich will ihn, und wir sind lang genug um einander herumgetanzt.

»Ich bin mit Tiago verabredet.«

Das stimmt sogar. Wir haben vor, im Barrio Latino tanzen zu gehen. Schon lange freue ich mich darauf, den Laden endlich mal auszuprobieren. Trotzdem ist mir klar, dass ich Jasons Vorschlag nicht aus diesem Grund ablehne.

Ehrlich gesagt habe ich Angst. Was wäre, wenn wir es noch einmal probieren und es wieder in einer Katastrophe endet? Was, wenn wir wirklich sexuell nicht kompatibel sind?

In diesem Fall fürchte ich, dass unsere Freundschaft darunter leiden könnte.

Auch, wenn es mich selbst am meisten überrascht, aber … mir liegt sehr viel an dieser Beziehung.

»Okay«, antwortet er und streicht eine Haarsträhne von meinen Lippen zurück. »Dann eben ein andermal.«

»Kommst du mit? Samba tanzen bis zum Abwinken!«

Violette hockt im Schneidersitz auf ihrem Bett und verzieht

das Gesicht. Sie geht im Moment kaum noch aus, was ich ihr auch klipp und klar gesagt habe.

»Nein, vielen Dank. Ein anderes Mal!«, lehnt sie ab.

Ich zucke die Schultern, wünsche ihr eine gute Nacht und verschwinde. Loan sitzt im Wohnzimmer und sieht gestresst aus.

Als ich ihm mitteile, dass ich wahrscheinlich spät nach Hause komme, nickt er nur. Ziemlich verwirrt verlasse ich die Wohnung.

Draußen auf der Treppe schreibe ich Tiago.

**Ich**: Bin in fünf Minuten da. Komm nicht wieder zu spät.

Doch es kommt immer anders.

Auf dem Gehweg bleibe ich abrupt stehen, ebenso wie mein Herz. Der Wind zerzaust mein Haar, während die Dunkelheit mich wie ein Schraubstock umschlingt. Heftig blinzelnd blicke ich mich um.

Alle Reifen meines Autos sind platt. Zitternd gehe ich näher heran. Die Einschnitte sind klar erkennbar: Die Reifen wurden absichtlich aufgeschlitzt. Ich bekomme es mit der Angst zu tun und verdränge die schreckliche Wahrheit so weit wie möglich.

*Dieses Mal macht er keine Witze.*

Ich weiß, dass es Bryan war, und ich weiß, dass es eine Warnung ist, trotzdem will ich es noch immer nicht ganz wahrhaben. Ich versuche mich zu beruhigen und mir die stummen Tränen von den Wangen zu wischen. Erst nach einigen Minuten kehre ich in unsere Wohnung zurück.

Dann nehme ich heute Abend eben Loans Auto. Er wird mir den Abend sicher nicht verderben. Als ich oben ankomme und nach seinen Schlüsseln suche, die normalerweise auf der Küchenzeile liegen, fällt mir etwas auf.

Ein Geräusch.

Nein … ein lustvolles Stöhnen.

Als Erstes denke ich unwillkürlich an Clément. Trotz meiner Probleme freue ich mich für Violette. Bis mein Gehirn nachrechnet.

Clément kann nicht innerhalb der letzten Viertelstunde gekommen sein, denn ich stand ja unten vor der Tür. Ich hätte ihn gesehen.

»Scheiße«, murmle ich vor mich hin.

Loan und Violette haben Sex. In unserem Zimmer.

Ohne lange nachzudenken, verlasse ich eilig die Wohnung, und zwar mit leeren Händen. Keine Ahnung, was mit mir los ist. Ich glaube, ich flippe aus. Ich denke an meine platten Reifen, an Bryan, der mich manipuliert, an Violette und Loan, die endlich vereint sind, und an meine unsichere Zukunft. Und dann an Jason.

*Jason.*

Meine Füße setzen sich ganz von selbst in Bewegung. Ich schicke Tiago eine Nachricht, dass ich nicht kommen kann, und nehme die Metro. Drei Stationen später bin ich da. Ich bleibe nicht stehen, um dem Zögern gar nicht erst Raum zu bieten, sondern schlüpfe durch die offene Tür seines Hauses und renne die Treppe immer zwei Stufen auf einmal hinauf.

Ein einziger Gedanke lenkt meine Schritte.

*Hoffentlich ist er da, hoffentlich ist er da, hoffentlich ist er da.*

Ich klopfe an seine Tür, ohne mir die Mühe zu machen, meinen stoßweisen Atem zu beruhigen. Mein Herz schlägt wie wild. Und dann geht die Tür auf.

# 21

## Zoé

»Zoé?«

Jasons Stimme klingt besorgt. Mit der Hand auf der Klinke steht er an der Tür und runzelt die Stirn. Er trägt nur eine blaue Schlafanzughose, die perfekt über seine Hüften fällt. In einer der Taschen sitzt ein Kätzchen – Leia, wenn ich mich nicht irre.

»Was ist los?«, hakt er mit ernstem Gesicht nach.

Ich antworte nicht, sondern gehe auf ihn zu, lege die Armen um seine nackte Taille und lehne meine Wange an seine Brust. Zunächst reagiert er überrascht, doch dann umarmt er mich auch und legt sein Kinn auf meinen Kopf. Sein Körper ist glühend heiß.

*Hoffentlich zerquetsche ich Leia nicht.*

Mir wird nicht sofort klar, dass ich weine. Jason streichelt mir zärtlich den Rücken, ich merke es erst, als er mein Gesicht in die Hände nimmt und blass wird.

Wenn jemand weint, weiß Jason nicht, wie er reagieren soll. Er wirkt völlig verloren und gerät in Panik. Er lässt mich los, um das Kätzchen zu befreien, dann streicht er mir die Haare zurück und wischt mir die Tränen ab.

»Zoé, was ist passiert? Ich kann dir nicht helfen, wenn du nichts sagst.«

Alles läuft schief, würde ich am liebsten herausschreien.

Ein Teil von mir weigert sich, ihm alles zu erzählen. Ein

anderer, deutlich größerer Teil, vertraut ihm. Viel zu lang habe ich viel zu viel für mich behalten. Bis jetzt hat mir das nicht gerade weitergeholfen, und ich will nicht, dass es mich zerstört.

»Jemand hat meine Reifen aufgeschlitzt.«

Jason runzelt die Stirn und nimmt meine Worte sehr ernst.

»Wo? Vor der Wohnung?«, will er wissen. Ich nicke. »Okay. Aber dir ist hoffentlich nichts passiert?«

»Nein, mir geht es gut.«

»Umso besser. Weißt du, wer es war, oder …«

»Ja.«

»Verstehe.«

Es scheint ihn nicht zu überraschen. Er schließt die Tür und bringt mich zum Sofa. Ich wickle mich in seine Decke, während er nach oben ins Zwischengeschoss verschwindet. Es mag dumm sein, aber ich fühle mich sofort besser.

Unterstützt. Und in Sicherheit.

Jason kommt mit einer Tasse heißem Kaffee zurück, reicht sie mir und setzt sich zu mir. Er hat sich immer noch kein T-Shirt übergezogen. Der Joystick auf dem Tisch zeigt mir, dass er PlayStation gespielt hat, als ich kam.

»Willst du darüber reden?«

»Ich weiß nicht.«

Offensichtlich betroffen fährt er sich mit der Hand durch die Haare. Er hat keine Ahnung, wie er mit der Situation umgehen soll, was mich tief im Inneren schwach werden lässt.

»Okay … Hör zu, mir ist klar, dass ich wahrscheinlich der Letzte bin, dem du dich anvertrauen würdest. Meistens benehme ich mich wie ein großes Kind. Aber ich kann mit Krisen umgehen. Ich kann einiges ertragen. Zoé, ich möchte dir helfen«, fügt er sanft hinzu und verschränkt seine Finger mit meinen.

Zögernd atme ich durch. Ich weiß, dass ich ihm nicht alles sagen kann, denn sonst würde er wollen, dass ich zur Polizei gehe. Andererseits …

»Ich werde bedroht. Von jemandem aus meiner Vergangenheit.«

Er beißt die Zähne zusammen.

»Warum?«

»Er will Geld. Geld, das ich nicht habe.«

Jason antwortet nicht. Ich verstehe, dass er sich anstrengt, mir nicht zu zeigen, was er wirklich von dieser Geschichte hält.

»Ist er oder sie gefährlich?«

Ich muss daran denken, wie Bryan mir mit seinem T-Shirt ins Gesicht geschlagen hat.

Wie er meinen Kopf gegen die Wand geknallt hat.

Wie er mich die Treppe hinuntergeworfen hat.

Und ich lächle schwach und halte Jasons Hand fest.

»Nein, nicht wirklich. Er will mich nur einschüchtern. Er wird mir nicht wehtun, das weiß ich.«

Sofort wirkt Jason erleichtert. Mein Schuldbewusstsein drückt mir fast das Herz ab. Er vertraut mir. Er glaubt mir. Und ich lüge ihn an.

Ehrlich gesagt weiß ich nicht einmal, warum ich hergekommen bin. Ich hätte ihn da nicht mit hineinziehen dürfen. Aber nachdem ich gehört hatte, wie Violan sich miteinander vergnügten, fühlte ich mich so … allein.

»Immerhin hat er deine Reifen aufgeschlitzt. Eigentlich sollten wir zur …«

»Nein. Nicht zur Polizei.«

»Aber …«

»Bitte«, unterbreche ich ihn flehentlich. »Ich bin zu dir gekommen. Zu dir, zu niemand anderem. Ich will ja gar nicht, dass du ihn verprügelst oder so, sondern ich … Ich weiß auch nicht. Ich wollte nicht allein sein.«

Ich könnte mich ohrfeigen, dass mir das herausgerutscht ist. Schließlich ist mir klar, dass zwischen uns nicht diese Art von Beziehung besteht. Auf keinen Fall darf er denken, dass ich mich in ihn verliebe. Wir haben einen Deal, und daran halte ich mich. Außerdem ist mein Herz sowieso längst vergeben.

Obwohl Sarah mich bei unserem letzten Treffen verlassen und mir damit das Herz gebrochen hat. Immerhin hatte sie gute Gründe dafür.

»Hey«, flüstert Jason und kommt mir so nah, dass seine Knie meine berühren. »Ich bin da, okay? Wenn du mir versprichst, dass für dich kein Risiko besteht … dann respektiere ich deine Entscheidung.«

»Ich verspreche es«, erwidere ich beschämt mit leiser Stimme.

»Aber er bekommt nicht einen Cent von dir! Und wenn es bedeuten würde, dass ich dich rund um die Uhr hier anbinden muss, bis er die Sache fallen lässt – ich würde es tun. Ich bin froh, dass du gekommen bist«, fügt er sanft hinzu.

»Danke.«

Seine Finger zeichnen immer noch Kreise auf meinen unteren Rücken. Ich bin wirklich froh, jemanden zu haben, an den ich mich ohne Angst vor Verurteilung wenden kann.

Jason bohrt nämlich nicht weiter, wenn er feststellt, dass ich nicht darüber reden will.

Er unterstützt mich nur, das ist alles.

»Darf ich über Nacht hierbleiben?«

»Als ob ich zuließe, dass du nach Hause gehst!«

Mein Herz schlägt immer noch Purzelbäume, als Jason mich in sein Schlafzimmer führt und mir sagt, ich dürfe mir einen

Schlafanzug aus seinem Kleiderschrank aussuchen. Darth Vader schleicht mit hoch erhobenem Schwanz zwischen meinen Beinen hindurch. Meine Wahl fällt auf ein Star-Wars-T-Shirt und lange Sporthosen.

Ich schließe mich im Badezimmer ein, um mich umzuziehen, und wasche mir das Gesicht mit kaltem Wasser. Als ich wieder herauskomme, sitzt Jason neben seinem Nachttisch und beantwortet eine Nachricht. Ich nutze die Gelegenheit, um ihn heimlich zu bewundern.

Ich kann eben nicht anders, okay?

Als er sich umdreht, um seine Uhr abzulegen, ist mir ein ungehinderter Blick auf seine Schulterblätter vergönnt. *Verdammt.* Sein Rücken ist ein wahres Kunstwerk.

»Es ist noch ziemlich früh. Willst du gleich ins Bett gehen, oder soll ich uns eine Kleinigkeit kochen?«

Ich kehre in die Realität zurück und blinzle. Seine Füße sind nackt, und das empfinde ich als etwas so Intimes, dass ich innerlich erbebe.

»Ich würde lieber schlafen gehen.«

Er nickt und knipst das Licht aus, als ich mich unter seine Bettdecke kuschle. Sein Bett ist so weich, wie ich es in Erinnerung habe. Und es ist wirklich groß.

»Gute Nacht«, flüstert er im Halbdunkel.

»Gute Nacht.«

Ich liege auf dem Rücken. Die Sterne an der Decke fehlen mir. Ich bin zwar absolut nicht müde, habe aber nicht die geringste Lust, unter seinem Blick essen zu müssen.

Ich spüre, dass er sich zu mir umgedreht hat, und bemühe mich, ihn so weit wie möglich zu ignorieren. Hoffentlich ist das Pochen meines Herzens nicht hörbar. Aber ein paar Minuten später gebe ich dann doch nach und lege mich ebenfalls auf die Seite. Die Decke rutscht über meine Taille hinunter.

Unsere Blicke treffen sich fast automatisch. Wie ginge es auch anders? Er ist nur wenige Zentimeter von meinem Gesicht entfernt. Sein Blick durchdringt mich. Er lächelt nicht.

Ich schließe die Augen, um die Macht seines Blicks nicht ertragen zu müssen. In Erwartung eines Kontakts, so minimal er auch wäre, steht mein ganzer Körper in Flammen. Ich stelle mir vor, dass er mich berührt, mich wirklich berührt, und erbebe unter der dünnen Baumwolle seines T-Shirts.

Ich sehne mich danach, dass er mich alle meine Probleme vergessen lässt. Ist das etwa schlecht?

Plötzlich berührt mein Fuß versehentlich den seinen unter der Decke. Eine vertraute Wärme erfüllt meine Brust, während unsere Füße sich sanft gegenseitig zähmen. Sie streicheln einander zunächst noch zögernd, werden aber schnell immer mutiger. Schon bald umschlingen sich unsere Beine, und ich bin Jason so nah, dass unsere Nasen sich berühren.

Als ich die Augen öffne, stelle ich fest, dass sein Blick an meinen halb geöffneten Lippen hängt. Ich kann kaum noch atmen.

»Du bist gekommen.«

Seine Stimme ist nur ein Hauch in der Stille des Zimmers. Ich verstehe nicht sofort, was er meint. Er blockiert meine Beine mit seinen und drückt mir einen sanften Kuss in die Halsbeuge.

Seine Hände bahnen sich einen Weg unter mein T-Shirt und elektrisieren meine Haut.

»Du hattest ein Problem und bist damit zu mir gekommen«, erklärt er fast unhörbar.

Ich weiß nicht, was ich darauf antworten soll. Ich schmiege mich ganz fest an ihn und erlaube meinen Händen, die Muskeln seines Rückens erkunden. Ich will ihn so sehr, dass es mich fast zerreißt.

Wie gern würde ich es ihm sagen oder zeigen. Glücklicherweise scheint dieses Gefühl auf Gegenseitigkeit zu beruhen, denn er schiebt die Bettdecke beiseite und dreht mich auf den Rücken. Seine Lippen haben meinen Mund noch immer nicht berührt. Stattdessen wandern sie zu meinem Ohr, dann meinen Hals entlang bis zu meinem Busen.

»Ich liebe *Star Wars*«, sagt er mit heiserer Stimme, »aber das, was darunter ist, gefällt mir noch viel besser.«

Damit streift er mir das T-Shirt über den Kopf. Gänsehaut überzieht meinen Oberkörper, während Jason seine Spur aus Küssen weiter verfolgt, ohne meine Brüste dabei zu vergessen.

Er nimmt sie in die Hand und saugt auf eine so ehrfürchtige Weise daran, dass es mich in höchstem Maße erregt. Keuchend wölbe ich mich ihm entgegen. Seine Küsse verweilen auf meiner Haut und bahnen sich einen Weg zu meinem Bauch hinab. Als er bei meinen Shorts ankommt, zieht er sie ohne lange zu fragen an meinen Beinen hinunter.

Mein Körper ist ein ihm geweihter Tempel.

Jason küsst jedes meiner Beine von den Knöcheln bis zur Innenseite der Oberschenkel. Eisige Schauder rinnen meine Wirbelsäule hinab.

Seine bedächtigen Bewegungen werden mich noch umbringen.

»Jason …«

Sein Mund legt sich auf die Mitte meines Höschens und bringt mich so zum Schweigen. *Heilige Scheiße*. Mir entfährt ein lustvolles Wimmern, meine Hände umklammern das Laken. Das Bild seines Kopfes zwischen meinen Oberschenkeln trägt mich in ungeahnte Höhen.

Schließlich verschwindet auch mein Slip. Ich liege völlig nackt vor ihm. Das ist zwar nichts Neues, trotzdem bin ich aufgeregt. Als ob er es spürt, hält Jason mich an den Hüften fest und küsst meinen Nabel.

»Du bist so wunderschön. Ich kann es kaum erwarten, in dir zu sein.«

Mit diesen Worten packt er mich am Hintern und schiebt mich an den Rand des Bettes. Gespannt erwarte ich, was er vorhat. Er kniet sich auf den Boden und legt sich meine Beine über die Schultern. Keine Ahnung, was er da mit mir macht, aber es ist irgendetwas mit Zunge und Fingern.

Meine Ungeduld wächst und beherrscht mich so sehr, dass Jason seine köstliche Tätigkeit unterbricht und mir mit einem trägen Lächeln auf den feuchten Lippen zuflüstert:

»Ganz locker bleiben, Zo. Entspann deine Muskeln. *Alle* Muskeln.«

Ich gehorche mit brennenden Wangen. Nur wenige Sekunden später habe ich einen Orgasmus wie noch nie in meinem Leben. Jason kehrt zu meinem Gesicht zurück und küsst mich hungrig. Ich schmecke mich auf seiner Zunge, und meine Erregung kehrt sofort zurück.

Seine auch. Sie drückt sich gegen meinen Bauch.

»Zieh dich aus«, dränge ich ihn.

Ich richte mich auf und helfe ihm, die Hose auszuziehen, obwohl es nicht nötig wäre. Seine Boxershorts folgen. Jason öffnet die Schublade seines Nachttisches und nimmt ein Kondom heraus. Mit weiten Pupillen beobachte ich, wie er es überstreift, und mache ihm Platz im Bett. Aus irgendeinem Grund fällt mir sein Geständnis wieder ein, und ich kann nicht anders, als seine Oberschenkel zu streicheln.

Er erbebt unter meinen Fingern und lächelt verschämt.

»Ich weiß genau, was du da tust, du Hexe.«

»Ich liebe deine Schenkel. Ich will sie nur berühren, sonst nichts.«

Er setzt dazu an, etwas zu sagen, hält sich jedoch zurück. Stattdessen legt er sich zwischen meine Beine und küsst mich.

Seine Erektion reibt sich an mir. Ich werde unruhig vor Erwartung. Als er nach seinem Penis greift, seine Lippen immer noch ganz nah an meinem Mund, flüstere ich unwillkürlich:

»Möge die Macht mit uns sein.«

Sein Lächeln reicht bis zu den Ohren. Mit quälender Langsamkeit dringt er in mich ein. Das Gefühl ist köstlich. Ich beiße mir auf die Lippen und wühle meine Hände in sein Haar. Jason hat die Augen geschlossen und murmelt etwas, das ich nicht verstehe.

Ich bin sehr eng um ihn herum, aber er schafft es, bis zum Ansatz einzudringen. Er küsst meine Schulter, seine Wange liegt an meiner. Plötzlich zieht er sich ganz zurück, ehe er erneut eindringt. Ich stöhne vor Lust und hebe ihm das Becken entgegen. Doch nach jedem Eindringen zieht er sich wieder vollständig zurück, und meine Erregung fällt in sich zusammen.

»Ich bring dich um«, flüstere ich. Er lacht leise an meinem Hals.

»Ich will alles richtig machen, okay? Also sei nicht so ungeduldig. Ich weiß schon, was ich tue.«

Plötzlich berührt er einen sehr sensiblen Punkt. Ich stöhne unkontrolliert auf … und wieder zieht er sich aus mir zurück. Ich knurre frustriert und ziehe heftig an seinen Haaren.

»Fickst du mich jetzt endlich?!«

»Wenn es dir Lust bereitet, an meinen Haaren zu ziehen, nur zu!«, murmelt er.

Oh. Mein. Gott.

Er streichelt meine Klitoris mit seinem Penis. Ich keuche und schmachte weiter. Schon längst stehe ich am Rand des Abgrunds, und das weiß er genau. Schließlich erlöst er mich von meinem Elend und kehrt in mich zurück.

Und dieses Mal tut er das, worum ich ihn gebeten habe.

Ich schlinge die Beine um seine Taille und meine Hände um seinen Hals, während er sich immer schneller in mir hin und her bewegt. Ich spüre, wie er in mir pocht und anschwillt, ein Gefühl, dessen ich bestimmt niemals müde werde.

»Schneller«, flehe ich ihn an.

Er gehorcht und presst die Hände gegen das Kopfteil. Ich umfange seinen festen Hintern, dessen Muskelspiel mich bei jedem Stoß noch mehr erregt.

Sein Höhepunkt steht kurz bevor. Ich bitte ihn, sich auf den Rücken zu legen. Er stellt keine Fragen. Noch nicht einmal, als ich mich rittlings auf ihn setze, seinen Penis in die Hand nehme und ihn in mich einführe. Seine Hände liegen auf meinen Hüften, während ich mich auf und ab bewege. Unsere Becken begegnen sich in einem perfekt choreografierten Tanz. Nur das Geräusch, mit dem unsere beiden Körper sich berühren, ist in dieser erfüllten Nacht zu hören.

Bald schon mischt sich sein Keuchen in mein Stöhnen. Er greift nach meinem Nacken und zieht mich zu einem heißen Kuss zu sich herunter. Seine Zunge ist hart und fordernd. Ich gebe mich ihm ganz und gar, ohne jede Scham und völlig rückhaltlos. Als seine Finger meine Klitoris liebkosen, kann ich nicht mehr an mich halten.

Mein Höhepunkt ist überwältigend. Jason begleitet ihn mit letzten starken Stößen, dann kommt auch er und lehnt sich dabei an meine nassgeschwitzte Brust.

Ich ziehe ihn an mich, lege das Kinn auf seine Schulter und schließe die Augen, um wieder zur Besinnung zu kommen. Jason bebt noch in meinen Armen und verbirgt sein Gesicht an meinem Hals wie ein Kind.

Der einzige zusammenhängende Gedanke, zu dem ich fähig bin, ist:

*Verdammt, er hatte recht.*

## Jason

Verdammt, ich hatte recht.

Zoé und ich passen im Bett fantastisch zueinander. Nicht, dass mich das überrascht, auch wenn unsere ersten Erfahrungen auf diesem Gebiet durchaus Zweifel aufkommen ließen. Jetzt bin ich beruhigt: Das eben war wahrscheinlich der beste Sex meines Lebens. Und Sterne? Ich habe tatsächlich welche gesehen, verdammt noch mal. Ich dachte sogar für einen Moment, ich würde blind.

In dieser Nacht lieben wir uns noch zwei Mal – einmal auf dem Boden im Wohnzimmer, nachdem wir zuvor Himbeeren genascht haben. Jedes Mal ist es sensationell. Zoé gibt mir um vier Uhr morgens den Rest, als sie vorschlägt, PlayStation zu spielen.

*Dieses Mädchen könnte ich glatt heiraten.*

Also sitzen wir auf der Couch im Wohnzimmer, jeder mit seinem Joystick in der Hand, und sie macht mich gnadenlos fertig.

»Anfängerglück«, verteidige ich mich.

Sie trägt nur mein Star-Wars-Shirt und nichts darunter. Ihr rosa Haar ist zerzaust, und ich bin sehr zufrieden, weil ich weiß, dass ich der Grund dafür bin.

Noch nie war Zoé so sexy.

»Erzähl mir was, was du noch nie jemandem erzählt hast«, fordert sie mich plötzlich auf und legt ihre nackten Beine auf meinen Schoß. »Etwas, das dir peinlich ist.«

Ich lasse mich in die Kissen sinken, lege einen Arm auf die Rückenlehne des Sofas und verziehe das Gesicht, ehe ich loslege:

»Vor zwei Jahren brachte ich nach einer ziemlich wilden Nacht eine Frau mit nach Hause. Sie war nett, aber total verrückt. Das wusste ich nicht … Jedenfalls nicht, bis sie mir das Vorhautbändchen zerrissen hat.«

Zoé verschluckt sich an ihrem Glas Wasser und reißt die Augen auf. Ich grinse wie ein Idiot.

»Im Ernst?«

»Ich schwöre. Es gab keine Zeugen, weil ich mich zu sehr geschämt habe, um es den Jungs zu sagen. Im Krankenhaus habe ich dann zwar ein Selfie gemacht, aber mir war weiß Gott nicht nach Lachen zumute. Es tat höllisch weh.«

Sie lacht vergnügt mit zurückgeworfenem Kopf. Sie ist so schön, dass mein Herz bebt. Könnte sie wenigstens ein paar Sekunden lang aufhören, so zu strahlen? Scheiße.

»Jetzt bist du an der Reihe.«

Zoé hört auf zu lachen, und ihr Gesicht wird verschlossen. Sie denkt einen Moment nach, seufzt schließlich und murmelt vor sich hin:

»In Wirklichkeit heiße ich gar nicht Zoé.«

Ich erstarre und glaube, mich verhört zu haben.

»Warte. Was war das?«

»Zoé ist mein zweiter Name. In der Schule habe ich alle gebeten, mich so zu nennen, weil ich meinen richtigen Namen nicht leiden kann. Nur meine Mutter weigert sich, mich Zoé zu nennen … So, jetzt weißt du es.«

Die neue Information bringt mich zum Blinzeln. Zoé heißt also nicht Zoé. Das ist schwer zu verdauen, aber ihre roten Wangen beweisen, dass sie die Wahrheit sagt. Ich schätze, unser gemeinsamer Freundeskreis hat keine Ahnung davon.

»Und wie heißt du wirklich?«, flüstere ich, als ob uns jemand hören könnte.

Murrend verbirgt sie ihr Gesicht in den Händen. Als die Spannung auf dem Höhepunkt ist, flüstert sie:

»Dahlia. Dahlia Camara.«

Wir schweigen eine Weile. Dann bitte ich sie um einen Beweis. Sie wühlt in ihrer Tasche und hält mir ihren Führerschein unter die Nase. Ich bin platt. Meine Zoé heißt eigentlich Dahlia. Meine Dahlia. Plötzlich fällt mir etwas ein, und ich reiße die Augen weit auf.

»Aber dann … Das verändert ja alles!«

»Was denn?«

»Dann sind wir nicht mehr Zason… Sondern DAHSON!«

Zoé wirft mir einen verdrossenen Blick zu.

»Du spinnst.«

Ich lache und ziehe sie an mich, bis sie schließlich auf mir liegt. Ich küsse sie innig und flüstere ihr zu: »Dahlia. Also mir gefällt es sehr gut.«

Sie und Violette sollten eine Blumensekte gründen. Natürlich behalte ich die Idee für mich, und bald kehren wir zurück ins Bett, dieses Mal zum Schlafen. Ich warte gar nicht erst auf ihre Bitte, sondern reiche ihr meinen iPod.

Wir liegen uns gegenüber, jeder hat einen Knopf im Ohr, und lauschen den *Neon Trees*, die in voller Lautstärke singen: »Everybody Talks«. Dabei halten wir Händchen, und ich warte geduldig darauf, dass sie einschläft.

»Jason?«

»Hmm?«

»Hättest du Lust, das noch einmal zu machen?«

Ich erstarre, denn ich bin völlig erschöpft.

»Nicht sofort«, lacht sie. »Ich meine … so von Zeit zu Zeit. Verstehst du?«

»Als *Sex-Friends?*«

»Genau. Wir sind zwar nur Freunde, aber wir schlafen miteinander. Nur für den Sex. Ich meine … wir sind unglaublich.«

Mein Kopf schreit Nein. Mein Herz schreit Nein. Ich weiß ganz genau, dass es eine miserable Idee ist. Als sie früher am

Abend sagte, dass sie meine Schenkel liebt, hätte ich fast geantwortet: »Und ich liebe dich.«

Ich weiß nicht einmal, ob das stimmt. Aber ich weiß genau, dass sie mich dafür gehasst hätte. So wie sie mich verabscheuen würde, wenn sie erführe, dass ich zwar akzeptiere, dann und wann mit ihr zu schlafen, im Grunde aber sehr genau weiß, dass ich schon längst in sie verknallt bin.

*Sogar ziemlich heftig verknallt.*

Aber ich bin ein Idiot, daher antworte ich:

»Okay.«

# 22

## Zoé

Am nächsten Morgen wache ich in Jasons Armen auf. Ich liege auf dem Rücken, meine Beine sind mit seinen verschlungen, sein Kopf ruht auf meinem Bauch und sein Arm liegt um meine Taille.

Er schläft so friedlich, dass ich ihn beneide. Sein Haar ist zerzaust, sein Mund hat einen schmollenden Ausdruck und sieht sehr sexy aus. Meine Finger spielen mit seinen rebellischen Locken, bis er sanft aufwacht.

Seine Haut bildet einen auffallenden Kontrast zu meiner.

»Gut geschlafen?«, fragt er mich, ohne die Augen zu öffnen.

Sein Kopf hebt und senkt sich im Rhythmus meines Atems auf meinem nackten Bauch.

»Nicht gerade viel.«

Er lächelt frech und streckt mir die Hand entgegen. Amüsiert schlage ich in sein High Five ein. Weil er bald zur Uni muss, dusche ich schnell, ehe er mich nach Hause fährt. Ich spiele am Radio herum, was ihm nicht zu gefallen scheint, weil er mir einen Klaps auf die Hände gibt und mir rät, lieber an »meinem Hintern herumzufummeln«.

»Mir ist lieber, wenn du das machst«, antworte ich.

Jason hebt erfreut die Augenbrauen. Er biegt in meine Straße ein, steigt vor dem Haus aus und wirft einen Blick auf meine Reifen. Mit den Händen in den Jackentaschen stehe ich reglos hinter ihm.

»Ich kenne da jemanden«, sagt er und richtet sich auf. »Wenn du willst, macht er dir bestimmt einen guten Preis.«

Mit besorgter Miene wischt er sich die Hände an seiner Jeans ab. Sofort schießt mir die Antwort durch den Kopf, dass ich kein Mitleid will. Aber das wäre grundfalsch. Das hier ist kein Mitleid, sondern er bietet mir Hilfe an. Und es ist nichts Verwerfliches dabei, Hilfe anzunehmen.

»Sehr gern, vielen Dank.«

Er nickt und schaut zu den Fenstern der Wohnung hinauf. Niemand ist zu sehen. Er kommt näher, umfasst mein Gesicht mit beiden Händen und küsst mich verstohlen. Ich lasse ihn gewähren, bis ein Auto vorbeifährt und wir uns hastig trennen. Dabei fällt mein Blick auf das gegenüber geparkte Fahrzeug.

Sofort erstarrt mein ganzer Körper, und mir wird eiskalt. Mein Blick trifft den meines Bruders. Ich weiche vor Jason zurück, als hätte ich mich an ihm verbrannt.

Er ist hier. Mein Bruder ist hier, starrt Jason und mich an und sieht so wütend aus, dass mir fast übel wird. Ich will Jason gerade anflehen, mich nicht allein zu lassen, als er fragt:

»Kommst du heute Abend nach unserer Tour durchs Viertel mit zu mir?«

Stimmt ja, ich hatte fast vergessen, dass wir heute Abend alle miteinander ausgehen.

»Okay«, antworte ich verwirrt. »Und jetzt los, sonst kommst du zu spät zum Seminar.«

»Ich glaube, du bist die Einzige, die es hasst, zu spät zu kommen«, meint er lächelnd.

Aber zum Glück lässt er sich nicht lang bitten und winkt mir zum Abschied noch einmal zu. »Sei vorsichtig, okay?«, flüstert er mir zu, ehe er den Motor anlässt – als wüsste er Bescheid.

Kaum ist er um die Ecke gebogen, stürme ich wütend auf Bryan zu. Er öffnet die Autotür, steigt aus und wir treffen uns mitten auf der verlassenen Straße.

»Bist du völlig verrückt geworden?«, brülle ich ihn an. »Was ist dein Problem? Glaubst du wirklich, ich hätte Geld für neue Reifen? Du bist ein Psychopath, Bryan.«

Mein Bruder beißt die Zähne zusammen und zuckt ironisch die Schultern. Seine Augen sind dunkel und gerötet. Ich bin mir ziemlich sicher, dass er etwas genommen hat.

»Sag du es mir. Immerhin lässt du dich in einem Audi herumkutschieren.«

»Das hat nichts damit zu tun, und das weißt du auch.«

»Mama hatte recht«, faucht er mich an. »Und ich habe dich noch verteidigt, Dahlia. Ich verteidige dich immer. Aber offenbar stimmt es, dass du dir einen reichen Typen gesucht hast, der dich aushält. Wie viel zahlt er dir, um dich zu ficken?«

Meine Hand macht sich selbstständig. Mit einem klatschenden Geräusch landet sie auf seiner Wange, so heftig, dass meine Haut brennt. Erschrocken vor meiner eigenen Kühnheit erstarre ich. Noch nie habe ich es gewagt, ihn so direkt zu schlagen. Jahrelang habe ich mich immer nur verteidigt, aber ihn noch nie selbst angegriffen.

Bryan schaut mich verblüfft an. So überraschend es scheinen mag – er reagiert nicht. Er schlägt nicht zurück. Vielleicht, weil wir uns in der Öffentlichkeit aufhalten. Oder weil er es sich für später aufhebt.

»Vorsicht, Zoé«, knurrt er.

»Und wenn nicht? Ich warne dich, Bryan, lass meine Freunde aus dem Spiel. Das hier geht sie nichts an.«

»Dann beantworte endlich meine verfickten Nachrichten! Ich verstehe nicht, warum du so zu mir bist … Ich stehe doch immer noch auf deiner Seite, verdammt. Immer. Du gehst deiner Wege, ziehst nach Paris und lässt uns in der Scheiße sitzen. Findest du das in Ordnung? Sie wollen uns aus der Wohnung werfen, Da. Und du bist schuld daran. ›Familie ist das Wichtigste‹ – sagt dir das gar nichts?«

Beinah lache ich laut auf.

»Warum sollte meine Familie mir wichtig sein, wenn sie sich einen feuchten Dreck um mich schert?«, entgegne ich. »Hör auf, dir in die Tasche zu lügen. Verwandtschaft spielt nicht die geringste Rolle. Ob Vater, Mutter, Bruder oder Sohn – alles scheißegal. Wer mich nicht respektiert, den respektiere ich auch nicht.«

Mit diesen Worten wende ich mich ab. Meine Hände zittern. Ich fürchte mich davor, ihm den Rücken zu kehren, denn darin liegt immer ein Risiko. Aber ich habe offensichtlich einen guten Tag erwischt, denn er bleibt, wo er ist, und schreit mir lediglich nach:

»Ich warne dich zum letzten Mal, Zoé. Ich weiß, dass du Geld hast. Du bist einfach nur zu egoistisch. Frag eben deinen Kerl.«

Den Rest höre ich nicht mehr, weil die Haustür hinter mir ins Schloss fällt. In der Sicherheit der Wohnung spähe ich heimlich aus dem Fenster, um mich zu vergewissern, dass er nicht vor dem Haus bleibt.

Es dauert genau sieben Minuten, bis er endlich verschwindet.

Jetzt muss ich nur noch etwas Geld auftreiben, um es ihm zu geben.

Wir hatten beschlossen, mit der Clique in den Club zu gehen. Ich weiß nicht, ob ich es als Einzige so empfinde, aber die Geheimnisse in unserer Gruppe sind geradezu spürbar.

Das Geheimnis, das Jason und ich teilen, aber auch das von Violette und Loan. Loan hat mich in seinem Auto mitgenommen, nachdem ich ihm erzählt habe, dass meines nicht anspringt. Jetzt sitze ich zwischen Jason und Alexandra auf einer Bank und meine Ohren leiden unter der schlechten Musik. Alexandra verschlingt Loan mit den Augen. Am liebsten würde ich sie ihr ausstechen.

*Er ist vergeben, du Schlampe.*

Ja, ich hasse sie.

**Ich**: Wo bist du?! Jason klebt so an mir, dass ich Angst habe, er könnte mich aus Versehen vergewaltigen.

**Violette**: Schon unterwegs! Und wenn schon, dann versuch wenigstens, dich dabei zu amüsieren.

Ich hebe eine Augenbraue. Das Niveau ihrer Witze lässt darauf schließen, dass ihr Tag offenbar nicht besser war als meiner. Ich werfe Jason, der mir wirklich nicht von der Seite weicht, einen Blick zu.

»Hau ab«, stoße ich zwischen zusammengebissenen Zähnen hervor.

Alexandra steht plötzlich auf und setzt sich neben Loan, der heute irgendwie unglücklich aussieht. Jason nutzt die Gelegenheit, mich schamlos anzugrinsen. Ich werfe ihm einen finsteren Blick zu und leere meinen dritten Drink auf ex.

*Ich will nicht, dass die Leute etwas merken. Dabei ist es doch nicht mal kompliziert.*

»Wir haben noch gar keine Regeln für diese *Sex-Friends*-Sache ausgemacht«, sagt er ganz leise und stützt die Ellbogen auf die Knie.

»Keine Regeln.«

»Warum?«

»Dann brichst du sie wenigstens nicht.«

»Das ist doch blöd.«

Ich seufze, klaue ihm seinen Drink und behalte Alexandra im Auge.

»Also gut. Du willst eine Regel? Verlieb dich nicht.«

»Das ist mir klischeehaft. Ich dachte eher an: Sollen wir aufhören, andere Leute zu daten?«

Verblüfft schaue ich ihn an. In der Tat ist das eine Frage, die es verdient, gestellt zu werden. Warum habe ich nicht daran gedacht? Ich will gerade antworten, als ich in der Menge Violette entdecke.

»Vio!«, rufe ich.

Sie lächelt mir zu, und ich umarme sie überglücklich, weil sie endlich da ist.

»Tut mir leid, dass ich wieder mal zu spät bin.«

»Ach was!«, antwortet Jason in verführerischem Ton. »Wenn deine Verspätung der Auswahl deiner Klamotten zu verdanken ist, habe ich echt nichts dagegen.«

Er hat recht. Violette sieht in ihrem tief ausgeschnittenen Outfit umwerfend aus. Als sie Jason zwingt, seinen Platz zu räumen, und sich gleich einen Drink auf ex genehmigt, stoße ich einen anerkennenden Pfiff aus.

»Oh, da hatte aber jemand einen schlechten Tag. Dein Vergewaltigungswitz hätte mich stutzig machen müssen«, scherze ich und füge leise hinzu: »Trotzdem scheinst du eine wunderbare Nacht verbracht zu haben.«

Sie verschluckt sich wenig glamourös an ihrem Mojito. Ich muss lachen. An ihrem schockierten Gesichtsausdruck erkenne ich, dass der Sex mit Loan ihr erstes Mal war. Ich freue mich ehrlich für sie – es wurde auch wirklich höchste Zeit –, empfinde aber auch Mitgefühl.

»Ich weiß alles.«

»Was soll das heißen, du weißt alles?«

»Du und Loan. Ihr habt Mama und Papa gespielt. Ich habe euch gestern gehört.«

Ich erzähle ihr, was vorgefallen ist, wobei ich Bryan und Jason auslasse, und sie ist sprachlos. Zwar verstehe ich, dass sie sich ein wenig schämt, diesen kostbaren Moment mit mir geteilt zu haben, aber eigentlich ist das nicht nötig. Schließlich habe ich nicht viel mitbekommen. Also lächle ich:

»Ich bin sofort wieder gegangen, Ehrenwort.«

Neugierig beuge ich mich zu ihr und frage sie mit gesenkter Stimme, ob sie sich jetzt zu dritt vergnügen. Wenn ich sie mir alle zusammen vorstelle, muss ich grinsen. Clément und Loan sind zwei echt hübsche Jungs … und Violette ist auf ihre Art wirklich heiß.

»Autsch!«, jammere ich auf, als meine beste Freundin mich in den Arm kneift.

»Gnade, Zoé! Natürlich nicht! Ich schlafe nicht mit beiden, schon gar nicht zur gleichen Zeit!«

Ich zucke die Schultern und widerstehe dem Drang, ihr zu sagen, dass so etwas eine sehr schöne Erfahrung sein kann.

»Wie schade. Und weiter?«

»Nichts weiter. Ich habe Loan lediglich gebeten, mir den Gefallen zu tun, mich zu entjungfern. In aller Freundschaft, wie du mir geraten hast.«

*Oh*. Unwillkürlich empfinde ich eine gewisse Enttäuschung. Irgendwie hatte ich gehofft, sie hätte endlich ihre wahren Gefühle erkannt. Wieso sieht sie nicht, wie sehr die Situation Loan zu schaffen macht? Der arme Kerl scheint kurz davor zu sein, sich von der nächsten Brücke zu stürzen.

Ich fragte sie, ob es wenigstens gut war. In Gedanken versunken nickt sie nur. Gegenüber hat Alexandra die Hand auf Loans Bein gelegt. Dieses Mädchen ist ein wahrer Blutsauger.

»Ich verstehe nicht, warum wir sie immer wieder mitnehmen.«

»Was?« fragt Violette, die mir nicht zugehört hat.

»Ich überlege, warum wir noch mit Alexandra befreundet sind.«

Zu spät, ich habe sie verloren. Violette steht auf, lässt mich sitzen und geht zu den anderen. Ich flüchte mich in mein nächstes Glas, überschlage die Beine und beobachte das Drama, das sich vor meinen Augen abspielt. Zu sehen, wie Violette mit der Hand auf Loans Schulter Alexandra eine Abfuhr erteilt, ist absolut erheiternd.

Deutlich weniger erheiternd finde ich allerdings, dass dieses Biest sich tatsächlich geschlagen gibt und sich stattdessen auf Jason stürzt, der sich gerade mit Ethan unterhält. Sie lächelt ihn an, schiebt die Hüfte vor und bittet ihn, mit ihr zu tanzen. Ich weiß nicht, was mich wütender macht: dass sie mit Jason flirtet oder dass sie ihn als Notnagel sieht.

Nein, ich nehme zurück, was ich gesagt habe.

Was mich wirklich wütend macht, ist, dass er akzeptiert.

Die gute Nachricht ist, dass Alexandra Jason zwar den ganzen Abend angegraben hat, aber dass er mit mir nach Hause geht.

*Ätsch.*

In riesige Decken eingemummelt sitzen wir auf dem Balkon vor dem Computer. Nachdem ich mir die Mühe gemacht habe, mir *Star Wars* anzusehen, zwinge ich ihn jetzt, sich meine Lieblingsfilme zu Gemüte zu führen. Heute Abend beginnen wir mit dem Klassiker *Frühstück bei Tiffany*. Und weil ich Jason allmählich kenne, habe ich nach dem Ende des Films ein Quiz für ihn vorbereitet.

Wenn er die Mehrzahl der Fragen richtig beantwortet, belohne ich ihn mit Sex.

Ansonsten guckt er in die Röhre.

So kann ich mir wenigstens sicher sein, dass er wirklich zuhört. Und tatsächlich scheint er wild entschlossen, den Test zu bestehen, denn kaum öffne ich einmal den Mund, sagt er, dass ich still sein soll. Und so schauen wir uns den Film an der frischen Luft an, trinken Rotwein und genießen die beste Afterparty, die ich je erlebt habe.

»Also … ich fand ihn besser als *Ein süßer Fratz*«, lautet Jasons Fazit. »Audrey Hepburn ist wirklich toll.«

»Auf jeden Fall. Ich wüsste nicht, für wen ich mich zwischen ihr, Marilyn und Grace Kelly entscheiden sollte.«

»Nicht zu vergessen Judy Garland. Dorothy ist wichtig.«

»Du liebe Zeit, ja!«

Schließlich meistert Jason das Quiz mit Bravour. Er wirft mich über die Schulter und trägt mich ins Schlafzimmer, wo er nach sehr intensivem Sex neben mir liegt und keucht. Ich bin kurz davor, mit dem Kopfhörer in den Ohren einzuschlafen, als mir noch etwas einfällt:

»Jason.«

Sein Arm liegt um meine Taille, und er brummt leise in die Matratze.

»Ja?«

Die Stille dauert fast unendlich. Dann flüstere ich:

»Ich bin für Exklusivität.«

Danach schließe ich die Augen, damit ich das Lächeln nicht sehe, das sich auf seinem Gesicht ausbreitet.

Und ich träume einen viel zu vertrauten Traum …

# Drei Jahre zuvor

## Zoé

Das Leben ist eine große Enttäuschung.

Mein Bruder tut, was er kann, um sich für letztes Mal zu entschuldigen, aber es funktioniert nicht mehr. Ich bin immer auf der Hut und schließe mich nachts in meinem Zimmer ein. Als ich mit einem blauen Auge wieder in die Schule kam, hätte Sarah beinah die Polizei gerufen.

Den anderen habe ich erzählt, ich wäre die Treppe hinuntergefallen. Sie haben es akzeptiert. Die Leute akzeptieren so etwas meistens, weil sie nicht wahrhaben wollen, was vor ihrer Nase vor sich geht. Sarah hingegen fing an mit mir zu streiten und warf mir vor, es sei unverantwortlich von mir, zu Hause wohnen zu bleiben.

»Ich verstehe nicht, wie du so feige sein kannst«, sagte sie mit Tränen in den Augen. »Es ist wirklich dumm von dir, dass du nach einem solchen Vorfall nicht schnellstens abhaust.«

Das hat mich mehr verletzt als Bryans Faustschlag. Bin ich wirklich feige? Vielleicht. Man sagt immer, misshandelte Frauen seien dumm, weil sie bleiben, obwohl sie verprügelt werden. Und weil sie trotz allem weiterhin lieben.

Aber man verurteilt sie, ohne zu fragen, warum sie das tun.

Ich verstecke mich auf dem Schulklo, als ich eine Gruppe Mädchen hereinkommen höre.

» … also habe ich ihr gesagt, dass wir keine Freundinnen sind. Schließlich weiß jeder, dass sie eine Schlampe ist. Neulich abends hat sie erst Julien geküsst, und später habe ich sie mit Mathieu weggehen sehen. Ernsthaft, wer macht sowas? An ein und demselben Abend!«

Ich setze mich hastig auf die Kloschüssel, hebe die Füße hoch, stelle sie flach auf die Tür und verhalte mich mucksmäuschenstill. Keiner soll mich sehen und sich fragen, was ich während des Unterrichts hier zu suchen habe.

»Na ja, eigentlich überrascht mich das nicht. Hast du gesehen, wie sie sich anzieht? Die ist doch auf der Suche.«

Ich knirsche mit den Zähnen und muss mich bremsen, kein Buch nach ihnen zu werfen. Was für Idioten!

»Apropos Schlampen, weißt du, ob Sarah und Zoé sich getrennt haben?«

Mein Herz setzt einen Schlag aus. Ich höre, wie sie sich die Hände waschen.

»Keine Ahnung. Wieso?«

»Ist dir nicht aufgefallen, dass sie nicht mehr miteinander reden? Sehr seltsam. Bestimmt hat Zoé sie mit einem Kerl betrogen.«

»Echt jetzt?«, sagt eine schockierte Stimme.

»Ich weiß es nicht, und ehrlich gesagt, ist es mir auch egal.«

»Warum redest du dann darüber, blöde Kuh?«, würde ich am liebsten rufen. Als ich kurz davor bin, die Spülung zu betätigen und mit hocherhobenem Kopf aus meiner Kabine zu kommen, verlassen die Mädchen die Toilette. Schweigend denke ich über ihre Worte nach.

Denken wirklich alle, dass wir uns getrennt haben? Und schlimmer noch: Haben wir uns getrennt? Nein, natürlich nicht. Sarah und ich lieben uns. Unsere Beziehung ist beständig. Wir haben nur gerade Streit. Das passiert jedem mal.

Ich stelle sicher, dass ich allein bin, um das fortzusetzen, was ich tun wollte, ehe die Mädchen auftauchten. Ich beuge mich vor und stecke mir einen Finger in den Hals. Die Geste ekelt mich nach wie vor an, aber ich bleibe standhaft. Der Brechreiz stellt sich schnell ein.

Aber nichts kommt. Natürlich liegt es daran, dass ich heute Morgen nichts gegessen habe, aber ich hatte gehofft, mein Abendessen von gestern loszuwerden.

Sarah wäre unglaublich enttäuscht, wenn sie mich dabei sehen könnte. Die Sitzungen beim Schultherapeuten begannen gerade zu fruchten, als Bryan wieder alles ruinierte. Immer ruiniert er das Gute in meinem Leben.

Plötzlich klopft jemand an die Tür meiner Kabine. Erschrocken erstarre ich.

»Würdest du bitte herauskommen?«

Ich schließe die Augen und fluche leise vor mich hin. Es ist Madame Lalouette, die Vertrauenslehrerin. Ich habe keine Wahl. Ich ziehe ab, schnappe mir meine Tasche und verlasse lächelnd die Kabine.

»Ja?«

Sie steht vor mir und blickt mich beunruhigt und … mitleidig an.

»Guten Tag, Dahlia.«

»Zoé bitte.«

»Ist alles in Ordnung?«

»Ja. Mir ist nur etwas übel. Das passiert mir häufig, wenn ich meine Periode habe.«

Sie nickt, ohne mir zu glauben, und legt mir beruhigend die Hand auf den Arm.

»Es gibt da etwas, worüber ich mit dir reden möchte. Gehen wir in mein Büro?«

Verdammt. Jetzt sitze ich in der Falle, das weiß ich. Ich verziehe das Gesicht und erkläre ihr, ich müsse zurück in den Geschichtsunterricht, aber sie unterbricht mich:

»Ich gebe dir eine Entschuldigung mit. Es dauert nicht lang.«

Weil mir nichts anderes übrig bleibt, folge ich ihr geduldig. Seite an Seite überqueren wir den Innenhof. Einige Schülerinnen und Schüler sitzen in der Sonne und warten auf das Ende der Stunde. Unter ihnen ist Sarah, die es sich im Schneidersitz auf dem Rasen gemütlich gemacht hat. Um sie herum sitzen ihre Freundinnen, die ich nicht mag. Sie lacht über etwas, dann wendet sie mir plötzlich den Kopf zu, als hätte sie meinen Blick gespürt.

Ihr Lächeln erlischt, als sie sieht, wer mich begleitet. Mit schmerzendem Herzen wende ich mich ab.

Als wir im Büro der Vertrauenslehrerin ankommen, schließt diese die Tür und fordert mich auf, mich zu setzen. Eine gute Minute schweigen wir uns an. Ich warte ungerührt. Mein Veilchen ist mit der Zeit gelb geworden. Ihr Blick verweilt eine Sekunde zu lang darauf und ich begreife.

Sie weiß Bescheid.

»Keine Sorge, es gibt kein schulisches Problem. Ich wollte nur einmal mit dir reden.«

»Cool.«

»Wie geht es dir im Moment?«

*Um Himmels willen, kann mir jemand den Gnadenschuss geben?* Ich tue so, als würde ich ihre Frage nicht verstehen, und bete, dass es ihr zu peinlich ist und sie mich gehen lässt. So machen es die Leute üblicherweise; wenn sie sich unbehaglich fühlen, tun sie so als ob.

Wie Tiagos Vater, als er von der Homosexualität seines Sohnes erfuhr. Er hat nie etwas gesagt. Er weiß es, aber er schweigt es tot. Weil es einfacher ist, als sich einer Wahrheit zu stellen, die vielleicht verstört.

»So weit ganz gut. Die Schule ist ganz okay, aber das ist ja nichts Neues.«

»Verstehe. Sonst nichts? Ich weiß, dass es euch oft nicht leicht fällt, mit Erwachsenen zu sprechen, besonders mit der Vertrauenslehrerin. Aber ich bin für dich da, Dahlia.«

»Zoé«, korrigiere ich erneut.

»Du kannst mir sagen, was dich bedrückt.«

Schweigend zucke ich die Schultern. Ihr intensiver Blick verlässt meine Augen nicht. Schließlich ist sie es leid und seufzt enttäuscht.

»Ich weiß sehr wohl, dass du nicht krank bist.«

»Ich muss jetzt gehen.«

»Dahlia, warte!«, ruft sie mir nach, als ich zur Tür gehe. Mir ist kotzübel. »Du musst dich mit dieser Sache nicht allein herumschlagen. Ich kann dir helfen.«

»Ich werde darüber nachdenken. Auf Wiedersehen.«

Damit schließe ich die Tür und eile den Flur entlang. Aber ich gehe nicht in mein Klassenzimmer, sondern zum Ausgang. Ich fühle mich nicht wohl. Ich fühle mich erwischt, angeglotzt, entblößt, und ich bete, dass die Lehrerin nicht meine Mutter anruft. Alles, bloß das nicht.

Als ich durch das Schultor gehe, spüre ich eine Hand auf meinem Arm. Ich zucke zusammen und entdecke Sarah. Ihr Gesichtsausdruck ist verschlossen.

»Was machst du hier?«, fragt sie vorwurfsvoll.

Ich kann nicht lügen. Sie hat mich auf frischer Tat ertappt.

»Ich gehe nach Hause.«

»Du schwänzt«, sagt sie und presst die Lippen zusammen. »Mal wieder. Das tust du schon seit Wochen. Wenn du so weitermachst, versaust du dir dein Abi, Zoé.«

»Seit wann interessiert dich mein Leben?«

Ich bedaure den Satz sofort. Tatsächlich reagiert sie, als hätte ich sie geohrfeigt. Eigentlich würde ich gern sagen: »Jeder ist mal dran«, aber ich halte den Mund.

»Wow. So weit ist es also gekommen?«, flüstert sie und starrt auf ihre Füße.

»Sag du es mir. Jetzt, wo ich dich am meisten brauche, ignorierst du mich.«

»Ich *bin* für dich da. Und nur aus diesem und keinem anderen Grund dränge ich dich, über deine Probleme zu sprechen und dir helfen zu lassen. Solange du deinen Bruder das tun lässt ... was er tut ... wirst du aus der Nummer nicht rauskommen, Zoé. Du gehst unter.«

»Ich kann nicht zur Polizei gehen, das habe ich dir doch schon gesagt.«

»Dann muss ich es ablehnen, weiter für dich da zu sein, denn das möchte ich nicht mit ansehen.«

Ich entferne mich ein Stück vom Tor, um sicherzugehen, dass uns niemand hört. Sie folgt mir. Ihre Hände umklammern ihre Tasche. Wieder einmal muss ich anerkennen, wie schön sie ist. Ich würde sie so gern küssen, um ihr zu verstehen zu geben, dass alles in Ordnung ist, dass ich sie liebe und dass sich alles irgendwann einrenken wird.

Bis das Echo ihres letzten Satzes in mir wiederhallt. Ich starre sie verständnislos an.

»Was genau meinst du damit?«

Sie antwortet nicht. Mein Herz rast, und mein Atem stockt. Noch hoffe ich, dass ich sie missverstanden habe, aber ihr fester und entschlossener Ausdruck macht mir wenig Mut.

»Ich wollte es dir schon eine ganze Weile sagen ... Ich kann nicht mehr, Zoé«, flüstert sie. »Es ist zu viel.«

*Nein. Nein, nein, nein.* Das kann sie mir nicht antun. Zutiefst entsetzt trete ich einen Schritt zurück. Ich wusste immer, dass Bryan mir diese Liebesgeschichte versauen würde. Womit habe ich das verdient? Ich verstehe nicht. Soll ich in dieser Geschichte wirklich das Opfer sein?

*Warum verliere nur ich das, was mir das Liebste ist?*

»Machst du mit mir Schluss?«

Mein Ton klingt bitter. Es war nicht meine Absicht, aber ich kann nicht anders. Ich finde ihre Reaktion nicht fair. Würde sie mich lieben, bliebe sie bei mir.

*Bei einem Paar gibt es immer einen, der mehr liebt.*

»Es tut mir leid.«

»Scheiße, es ist mir egal, ob es dir leid tut!«, fauche ich sie an, während mir die Tränen über die Wangen laufen. »Ich … Entschuldige bitte, ich … Ich werde mich bessern. Versprochen. Sarah, bitte lass mich nicht allein. Nicht ausgerechnet jetzt.«

Ich hasse mich, weil ich weine, und ich hasse mich, weil ich nicht cool bleiben kann, als sie mich abserviert. Ich hatte mir immer geschworen, an dem Tag, an dem dies geschähe, mit Würde zu reagieren. Und doch versagt mir die Stimme, als ich sie anflehe:

»Du hast gesagt, du liebst mich.«

»Und ich habe es wirklich ernst gemeint«, fügt sie mit traurigem Blick hinzu. »Aber … du bist nicht mehr die Zoé, in die ich mich verliebt habe. Schau dich an … Du schwänzt die Schule, du betrinkst dich bei jeder Gelegenheit, lässt dich von deinem Bruder verprügeln und du wiegst … was weiß ich, vielleicht noch vierzig Kilo? Solange sich daran nichts ändert, ist es nicht mehr möglich. Ich möchte nicht für das verantwortlich sein, was gerade aus dir wird. Es ist zu viel für mich. Es tut mir leid … ganz ehrlich …«

Ich traue meinen Ohren nicht. Benommen und mit offenem Mund sehe ich ihr nach, wie sie weggeht und sich dabei entschuldigt. Am liebsten würde ich ihr nachrufen, dass sie der Feigling ist.

Aber kann ich es ihr wirklich verübeln? Ich bin zu mager und trotzdem zu fett. Ich bin müde. Ich bin mit den Gedanken woanders. Ich habe keine Ahnung, wie ich das Abi schaffen soll, und jetzt habe ich auch noch das einzige Glück verloren, das mir geblieben war.

An diesem Abend verstecke ich mich unter meiner Bettdecke, heule mir die Augen aus und schwöre mir: Ganz gleich, wie lange es dauert, ich werde wieder zu der Zoé werden, in die Sarah sich verliebt hat.

Weil ich niemand anderen mehr lieben will.

# 23

## Jason

Mitten in der Nacht wache ich auf. Normalerweise passiert mir das nicht, aber als ich nach Zoé taste, verstehe ich warum. Sie ist nicht mehr da. Ihr Platz fühlt sich unter meinen Fingern leer und kalt an. Es ist noch dunkel, und ihre Kleider liegen auf dem Boden neben dem Bett.

Nur mit Boxershorts bekleidet stehe ich auf, reibe mir die verschlafenen Augen und gehe ins Wohnzimmer. Es ist leer. Aber auf dem Küchentresen liegen die unterschiedlichsten Lebensmittelverpackungen. Hühnerbrust, Schokoriegel, Brot, Käse, Cornflakes …

Verwirrt runzle ich die Stirn. Was ist hier los? Ich stelle mir vor, dass Zoé wegen eines nächtlichen Hungeranfalls aufgestanden ist, und muss ein bisschen lächeln. Aber nur halbherzig. Irgendetwas stimmt nicht, das spüre ich.

Dann höre ich ein Geräusch aus dem Badezimmer. Vorsichtig gehe ich hin und flüstere:

»Zoé …?«

Die Badezimmertür steht halb offen, ein Lichtstrahl fällt in den Flur. Ich trete erst einmal nicht ein, weil es ihr peinlich sein könnte, mich zu sehen. Was, wenn sie krank geworden ist? Gerade will ich wieder ihren Namen rufen, als ich unbeabsichtigt im Spiegel ihr Spiegelbild bemerke.

Sie beugt sich über die Toilette. Ich glaube, dass ihr schlecht ist, und stoße die Tür auf.

Aber sofort bleibe ich wie angewurzelt stehen. Ein Schauder kriecht über meinen Rücken zu meiner Brust. Machtlos stehe ich nur da und weiß nicht, was ich tun soll.

»Was …?«

Zoé kniet nur mit einem T-Shirt bekleidet auf dem kalten Boden und steckt sich die Finger in den Hals. Ihr rosa Haar hängt wie ein Vorhang um ihr schönes, tränenüberströmtes Gesicht, und ihre schmalen Schultern zittern unter der Gewalt dessen, was sie sich antut.

Ich weiß, dass sie mich gehört hat, aber sie kann nicht aufhören und steckt sich drei Finger tief in ihren geöffneten Mund.

Der Anblick lässt mich zu Eis erstarren.

*Willst du deinen Muffin nicht essen?*

*Ich sehe fett darin aus.*

*Ach, Zoé … Ich hatte dich gar nicht gesehen. Und immer in der Nähe des Kühlschranks.*

Nein, verdammt noch mal.

Mein Herz zerspringt zu meinen Füßen in tausend Stücke.

»Hör auf, Zoé«, flüstere ich entsetzt.

Ich strecke eine Hand nach ihr aus, aber sie stößt mich brutal beiseite und steckt sich die Finger immer tiefer in den Rachen.

»Verschwinde, Jason. Scheiße, warum kommt nichts mehr!«, wütet sie und weint noch mehr.

Ich stehe immer noch stocksteif da und bin viel zu schockiert, um zu reagieren. Was soll ich tun? Sie daran hindern? Es zulassen? *Ich habe nicht die geringste Ahnung!* Zoé wird von neuerlichem Würgen erschüttert, und die Reste ihrer letzten Mahlzeit landen in der Toilette.

Ich sehe, wie sie schluchzt, die Ellbogen auf die Toilettenschüssel stützt und den Kopf in die Hände nimmt. Das ist zu viel für mich.

»Jetzt reicht es«, erkläre ich trocken. »Du schadest dir.«

»Hau endlich ab.«

Ich ignoriere ihre Aufforderung und versuche, sie von der Toilette wegzulotsen. Sie tobt, beleidigt mich, schlägt nach mir und kratzt mich. *Wie ein Tier*. Dieser einfache Gedanke wirkt wie ein Elektroschock. Endlich zeige ich eine Reaktion und hebe sie mit Gewalt hoch, während sie mich anbrüllt, sie in Ruhe zu lassen. Ihr Weinen macht mir schwer zu schaffen.

*Ich tue das nur zu ihrem Besten, ich tue das nur zu ihrem Besten, ich tue das nur zu ihrem Besten …*

Wie zum Teufel konnte ich die ganze Zeit so blind sein?

»Es tut mir leid«, sage ich immer wieder, während ich sie aus dem Badezimmer trage. Sie strampelt und tritt ins Leere. »Alles wird gut, versprochen. Verzeih mir …«

Immer noch kämpft sie laut schluchzend wie eine Wilde in meinen Armen. Ich drücke sie an mein Herz und stammle endlose Entschuldigungen. Meine Augen brennen, als wir schließlich mitten im Wohnzimmer eng umschlungen auf dem Boden landen.

Ich halte ihren Kopf in meiner Halsbeuge fest, und jetzt ist sie es, die weint und sich entschuldigt.

»Ich bin bei dir«, flüstere ich in ihre Haare wie ein Mantra. »Ich lass dich nicht los … Ich lass dich nie wieder los.«

Sie klammert sich an mich wie eine Ertrinkende an eine Boje, und jetzt weiß ich, dass Zoé viel gebrochener ist, als ich dachte.

Aber jetzt bin ich ja da.

Und ich gehe bestimmt nicht weg.

Die ganze Nacht habe ich kein Auge zugetan. Nachdem Zoé sich endlich beruhigt hatte, trug ich sie ins Bett. Sie schlief sehr bald ein. Von diesem Moment an habe ich sie nur noch angeschaut, als könne sie jeden Moment weglaufen.

Und natürlich empfinde ich die ganze Zeit Schuldgefühle. Bis ich mich schließlich zur Räson bringe: Ich bin nicht der Grund für ihre Probleme. Sie sind definitiv nicht neu. Auch wenn meine dämlichen Bemerkungen ziemlich kontraproduktiv waren …

Als sich der Morgen ankündigt, lasse ich sie allein, ziehe mich an und räume die Küche auf. *Wie soll ich jetzt weiter vorgehen?*

Ob ihr es glaubt oder nicht: Als Erstes will ich meine Mutter um Rat fragen. Allerdings will ich Zoés Geheimnis nicht verraten …

Deshalb suche ich Zuflucht bei der Suchmaschine.

*Wie kann man einer Person mit Bulimie nervosa helfen?*

Ich setze mich an die Küchenzeile und blättere durch die verschiedenen Ergebnisse. Ich stoße auf eine Seite für Angehörige von Menschen mit Essstörungen.

Die wichtigsten Ratschläge notiere ich mir in meinem Telefon:

– über etwas anderes als Essen reden,
– sie nicht verraten,
– zuhören ohne zu urteilen,
– Kommentare über Essverhalten oder Aussehen unbedingt vermeiden,
– Ernährungsratschläge einem Fachmann überlassen.

Wenn ich Zoé jedoch vorschlage, zu einem Therapeuten zu gehen, wird sie mich in die Wüste schicken und mich nie mehr sehen wollen.

Doch das ist im Moment wirklich nicht das Wichtigste. Und so mache ich Frühstück und suche dabei nach Therapeuten, die auf Essstörungen spezialisiert sind. Etwas anderes kann ich nicht für sie tun.

Ich bin gerade dabei, mir ein paar Nummern aufzuschreiben, als ich aufblicke und Zoé in der Tür stehen sehe. Mein Herz gerät in Panik. Ich habe Angst, etwas Dummes zu sagen, also lächle ich sie an, als wäre nichts passiert.

»Morgen. Gut geschlafen?«

Sie nickt mit leerem Blick, ohne mich anzusehen. Ich kenne sie, und ich weiß, dass sie sich schämt. Ihr wäre es lieber gewesen, wenn ich sie gestern nicht ertappt hätte. Weil ich nicht will, dass sie sich unbehaglich fühlt oder glaubt, dass ich sie verurteile, gehe ich auf sie zu und küsse sie auf den Mund. Meine Hände liegen auf ihren Hüften.

»Wozu hast du heute Lust?«, frage ich sie und widme mich wieder meinem Obstsalat.

Ich schneide Erdbeeren klein, während Leia, Darth Vader und Han Solo an Zoé hinaufklettern. Sie streichelt die Kätzchen und antwortet mit leiser Stimme:

»Ich weiß nicht.«

Ich schlage vor, dass sie darüber nachdenken soll, und toaste Brot. Ich habe ein ausgewogenes Frühstück vorbereitet, um sicherzustellen, dass sie etwas isst. Allerdings kommen mir Bedenken, dass sie es falsch interpretieren könnte.

Zoé setzt sich an den Tisch und wirft einen Blick auf ihren Obstsalat, das Glas Milch und die beiden Scheiben Toast. Ich tue so, als würde ich eine Nachricht auf meinem Telefon lesen, und scrolle stattdessen durch die Liste mit Tipps.

Nicht einmal vor meinem Abi war ich so nervös.

»Ich habe keinen Hunger.«

Trotz meines angespannten Lächelns bemühe ich mich um einen lockeren Ton.

*Zuhören, ohne zu urteilen.*

»Okay … Wie du willst.«

Sie wirft mir einen finsteren Blick zu und streichelt Han Solo auf ihrem Schoß.

»Hör auf, mich so anzusehen, Jason.«

»Ich? Wie sehe ich dich denn an?«

»Als wäre ich ein Welpe, der eingeschläfert werden muss. Ich werde schon nicht daran sterben, okay? Und jetzt Themenwechsel.«

Tja. Das läuft nicht so, wie ich es mir vorgestellt habe. Ich dachte eher an Tränen, Küsse und »Ich will, dass es mir besser geht«. Wie im Film eben.

»Wir müssen nicht darüber reden, wenn du nicht willst«, sage ich. »Aber sorry, Themenwechsel kommt nicht infrage. Ich kann nicht so tun, als wäre nichts passiert, und ich lasse dich sicher nicht in der Scheiße.«

»Du wärst nicht der Erste. So sind Kerle nun mal.«

Ich werfe ihr einen ernsten Blick zu und seufze. Jetzt kommen wir also zum Kern der Sache. Ich bin dran.

»Hör zu … Ich will nur, dass du weißt, dass ich dich nicht verurteile. Ganz gleich, was du durchmachst. Ich habe keine Ahnung, wie es sich anfühlt, in deiner Haut oder in deinem Kopf zu stecken. Aber du bist nicht allein. Du kannst mir alles sagen. Und vor allem: Ich finde dich einfach toll, Zoé. Ich habe keine Ahnung, wer dich vom Gegenteil überzeugt hat, aber du brauchst wirklich nicht abzunehmen. Und du solltest dir so etwas auch nicht antun, bloß weil die Gesellschaft bescheuert ist. Du bist perfekt«, flüstere ich, weil mir nichts mehr einfällt.

Sie schaut mich nicht an, schüttelt aber den Kopf. Meine kleine Rede scheint sie nicht zu berühren. Vielleicht ist sie mir böse, weil ich das Thema zur Sprache gebracht habe. Vermutlich habe ich wieder einmal alles falsch gemacht. Wie immer.

»Das ist wirklich nett von dir, aber du kannst es nicht verstehen.«

»Dann erkläre es mir.«

»Vergiss es, Jason«, antwortet sie und steht auf. »Ich gehe jetzt nach Hause. Danke für letzte Nacht.«

Ich vergesse mein Frühstück und folge ihr genervt ins Schlafzimmer. Zoé ignoriert mich, zieht mein Hemd aus und ihre eigenen Kleider an. Ich beobachte sie und suche ihren Blick, den sie mir jedoch verweigert.

»Was verstehe ich nicht? Sag es mir! Ich will dir doch nur helfen.«

»Du kannst mir nicht helfen, weil du das Problem nämlich falsch herum anpackst«, sagt sie und dreht sich um. »Du sagst, was ich mir antue ist schrecklich, nur weil die Gesellschaft behauptet ich wäre fett, aber das ist viel zu einfach gedacht! Es ist eine Krankheit, Jason. Verstehst du? Oft hat es gar nichts mit dem Gewicht zu tun. Wenn ich fresse, bis mir schlecht wird, will ich eine Leere füllen, die zu viele Menschen in mein Herz gegraben haben, und wenn ich mir den Finger in den Hals stecke, dann um mich dafür zu bestrafen, dass ich nur ein Stück Scheiße bin. Mein Gewicht ist bloß die Verpackung des Problems. Also bitte rede meine Krankheit nicht klein, indem du glaubst, dass ich kotze, um nicht fett zu sein. Dahinter steckt viel mehr.«

Mir fehlen die Worte. Plötzlich fühle ich mich unendlich dumm. Sie fährt fort, ihr Kleid und ihre Strumpfhosen anzuziehen, während ich mir stumm mit der Hand durchs Haar fahre. Ich würde sie gern um Entschuldigung bitten, weil ich es versaut habe, aber ich habe Angst, noch mehr Quatsch zu reden.

*Verdammt, ich hasse es, mich so hilflos zu fühlen.*

»Tut mir leid«, flüstere ich schließlich. »So sollte es nicht klingen … Ich versuche doch nur, alles richtig zu machen.«

Bei diesen Worten schaut Zoé mich endlich an. In ihren Augen stehen Tränen. Ich weiß nicht, was sie in meinem Gesicht sieht, aber ihr Ausdruck wird weicher.

»Ich weiß. Du konntest es nicht wissen … Entschuldige.«

»Zoé … Ich glaube, du brauchst Hilfe.«

»Nein«, erwidert sie und zieht die Schuhe an. »Es geht schon. Ich war zwar krank, aber jetzt bin ich es nicht mehr. Es war lediglich ein Rückfall. Ich habe die Sache im Griff.«

Zögernd setze ich mich neben sie aufs Bett und frage, was diesen Rückfall verursacht hat. Sie braucht einige Sekunden, ehe sie antwortet.

»Bis ich acht Jahre alt war, bin ich mit beiden Elternteilen aufgewachsen«, erzählt sie seufzend. »Und mit meinem großen Bruder. Damals bestrafte und belohnte mich meine Mutter mit Essen. Ich glaube nicht, dass sie sich dessen bewusst war. Wenn ich zum Beispiel eine Dummheit anstellte, wurde mir das Dessert gestrichen. Und wenn ich beim Zahnarzt nicht weinte, bekam ich zur Belohnung ein Stück Kuchen in der Bäckerei. So wuchs ich mit der Vorstellung auf, dass Essen alles bestimmte, was ich tat.«

Ich höre ihr aufmerksam zu. Dass sie über ihre Vergangenheit spricht, geschieht so selten, dass ich sie keinesfalls unterbrechen will. Abwesend betrachtet sie ihre Fingernägel.

»Und dann hat mein Vater uns verlassen. Er ertrug es nicht, dass meine Mutter trank. Ich flehte ihn an, mich mitzunehmen, aber er wünschte mir nur viel Glück, ehe er ging. Ich beneide ihn immer noch darum, dass ihm die Flucht gelungen ist … Ich hätte es ihm nachmachen sollen, als es noch möglich war.«

»Was ist passiert?«

Sie zuckt eine Schulter.

»Typische Scheiß-Familie. Ich war immer dünn, weißt du? Ich konnte essen, was ich wollte, habe aber nie zugenommen. Bis ich zwölf wurde. Ich hatte ziemlich ernste Atembeschwerden, und meine Mutter musste jede Nacht aufstehen, weil ich kurz vor den Ersticken war und Luftnot hatte. Ich kam ins

Krankenhaus, aber niemand konnte sagen, was mir fehlte. Und irgendwann wurde mir dann Kortison verschrieben … Innerhalb von zwei Wochen nahm ich fünf Kilo zu.«

Sie hält inne und beißt sich so heftig auf die Lippen, dass eine weiße Spur zurückbleibt. Aus einem Reflex heraus greife ich nach ihrer Hand und drücke sie, um ihr Mut zu machen, weiter zu sprechen.

»Als meine Mutter sah, wie ich auseinanderging, rastete sie aus. Ich natürlich auch. Wir besaßen keine Waage, deshalb wog ich mich mehrmals pro Woche in der Apotheke unten an der Straße. Es war demütigend. Ich wurde zusehends dicker und aufgedunsener. Meine Mutter sorgte dafür, dass die Behandlung sofort abgebrochen wurde, und zwang mich, ausgewogen zu essen. Auch damals war ich eigentlich nicht wirklich fett. Aber irgendwann glaubte ich es. Auch nach dem Ende der Kortison-Therapie nahm ich weiter zu. Weil ich nämlich alles nur so in mich hineinstopfte. Nicht, weil ich hungrig war, sondern weil ich die Leere in mir füllen wollte. Ich dachte … meine Mutter würde mich nicht lieben, wenn ich fett wäre. Mir den Bauch vollzuschlagen und immer runder zu werden war eine Möglichkeit, Abstand zwischen die Welt und mich zu bringen.«

Schweigend zeichne ich langsam Kreise auf ihren Handrücken. Zoé ist so hübsch und so sexy, sie wirkt so selbstbewusst und so stolz auf ihren Körper, dass ich nie auf diese Abgründe gekommen wäre. Es ist schrecklich.

»Danach wurde es immer schlimmer. Ich schwankte zwischen Heißhungerattacken und drakonischen Diäten, bei denen ich mich geradezu aushungerte. Als ich sechzehn war, fing ich an zu kotzen. Ich war beim Schulpsychologen, aber der half mir nicht weiter. Mit siebzehn wog ich nur noch neununddreißig Kilo. In der Schule kippte ich im Unterricht um und wurde ins Krankenhaus gebracht. Die Ärzte zwangen mich zu einer Therapie. Irgendwann verstand ich den Mechanismus meiner Krankheit, und es wurde besser. Seitdem hatte ich keinen Anfall mehr.«

»Dann war das gestern das erste Mal seit der Schulzeit?«

Sie zögert schuldbewusst.

»Schon. Aber in den letzten Monaten habe ich es schon mehrmals wieder versucht.«

»Warum?«

Ich weiß nicht, ob sie bemerkt, dass sich fast sofort ihr Teint verändert. Daher ist mir klar, dass sie lügt, als sie sagt:

»Ich habe keine Ahnung.«

»Und dieser Typ, der dich um Geld anbettelt … glaubst du nicht, dass er ein Grund für deinen Stress sein könnte? Zoé, diese Sache beunruhigt mich.«

Ich flehe alle dunklen Kräfte an, mich nicht eifersüchtig wirken zu lassen. Ich darf nicht fragen, wer dieser Mann ist. Ein Exfreund? Warum bettelt er sie um Geld an? Ist er wirklich gefährlich? Mit jedem Tag, der vergeht, hasse ich mich dafür, dass ich nichts unternehme, um ihr zu helfen.

Sie räuspert sich.

»Doch, kann durchaus sein. Aber das wird schon, ich verspreche es dir.«

Ich verstumme, weil ich nicht weiß, was ich darauf antworten soll.

Irgendwann entschließe ich mich zur Offenheit.

»Mensch, Zoé, ich fühle mich so hilflos. Nach dem, was du mir gerade erzählt hast, würde ich dir am liebsten hunderttausend Sachen sagen, aber ich habe Angst, dass nur Mist dabei herauskommt und du sauer auf mich bist.«

»Ist doch egal. Sag, was du zu sagen hast. Ich hätte dich nicht so anschreien sollen.«

»Ich möchte dir sagen, dass es mir leid tut, auch wenn ich nichts damit zu tun habe. Und dass du geliebt wirst. Sehr geliebt. Wenn deine Familie dich nicht so liebt, wie es sein sollte, schieß sie in den Wind. Schau mich an: Ich wurde von Menschen aufgezogen und geliebt, die nicht einmal mit mir verwandt sind. Dennoch sind sie meine Eltern und meine Schwestern. Ich würde für sie sterben. Die wahre Familie hat nichts mit Blutsverwandtschaft zu tun. Es sind die Menschen, die du dir ausgesucht hast: Loan, Ethan, Violette, Tiago …«

»Du?«

Ich schaue sie intensiv an.

»Ich auch«, sagte ich schließlich. »Auch ich bin deine Familie.«

Sie lächelt schmal und wirft sich in meine Arme. Ich halte sie zärtlich fest, füge aber doch noch hinzu:

»Aber ich bin eher ein sehr, sehr, sehr, sehr entfernter Cousin. Ein angeheirateter Cousin. Immerhin schlafen wir miteinander.«

Sie lacht an meiner Brust, richtet sich auf und wischt sich die Tränen von den Wangen. Ich nehme ihr Gesicht in meine Hände und drücke mehrere keusche Küsse auf ihren Mund und ihr Kinn.

»Die Leere kannst du auf andere Weise füllen. Und ich werde dir dabei helfen. Auch wenn die Suchmaschine bisher nicht viel dazu beigetragen hat …«

»Die Suchmaschine?«, fragt sie.

Verlegen verziehe ich das Gesicht.

»Ich war mir nicht sicher, wie ich nach gestern Nacht reagieren sollte, und habe im Internet recherchiert. Dabei sind mir ganz nebenher viele interessante Seiten untergekommen! Wusstest du, dass das größte Omelett der Welt 4400 Tonnen gewogen hat?«

Zoé fragt mich nicht, wie ich bei meiner Recherche auf diese Art Ergebnis gestoßen bin. Sie lacht auch nicht. Sie begnügt sich damit, mich anzuschauen und mein Kinn mit den Fingerspitzen zu streicheln.

»Du hast im Internet geschaut, wie du mir helfen kannst?«

»Äh … ja.«

Jetzt erhellt ein Lächeln ihr tränenüberströmtes Gesicht.

»Das hat noch nie jemand für mich getan.«

# 24

## Zoé

Ich glaube, ich verliebe mich gerade.

Keine Ahnung, wie das passieren konnte, aber tatsächlich ist es so. Dieses dümmliche Lächeln, wenn er mir eine Nachricht schickt. Dieses tiefe Bedürfnis, ihn zu berühren, wenn er in der Nähe ist. Dieses Herzrasen, wenn er mich anlächelt.

Ich hatte mir verboten, ihm auf den Leim zu gehen. Liebe ist zu kompliziert. Ich habe in meinem Leben keinen Platz für eine Beziehung, nicht bei all dem Scheiß, den ich mit mir herumschleppe. Das sage ich mir jedes Mal, wenn Jason und ich uns treffen, um miteinander zu schlafen.

Was *sehr oft* der Fall ist.

Wir sind geradezu unzertrennlich. In den seltenen Fällen, wenn wir uns einmal nicht sehen, schicken wir uns den ganzen Tag über GIFs. Es wird immer schwieriger, es vor anderen zu verbergen, obwohl Ethan inzwischen Bescheid weiß. Er beschwert sich, dass er »die Geheimnisse von allen bewahren muss«. Was auch immer das bedeuten mag.

Also, wie schon gesagt, ich versuche, mich zu bremsen. Aber das ist ganz schön schwer, wenn Jason mir Nachrichten wie diese schickt:

**Jason**: Ich muss dir ein Geständnis machen: Ich bin unheimlich gern mit dir zusammen.
**Jason**: Ganz ehrlich.

**Jason**: Also, du machst mich wirklich an.
**Jason**: Aber ich habe auch große Lust, dir ein Frühstück im Bett zu servieren, weißt du?
**Jason**: Und dich ins Restaurant auszuführen.
**Jason**: Und dich kurz vorher im Auto zu vögeln, weil du das kleine Kleid trägst, das ich so sehr liebe.
**Jason**: Ergibt das Sinn?

In solchen Momenten tue ich etwas, was ich schon lange nicht mehr getan habe.

Ich klicke mich durch Sarahs Facebook-Profil. Mit schmerzendem Herzen betrachte ich die letzten geposteten Fotos. Sie ist so wunderschön, wie ich sie in Erinnerung habe. Normalerweise hilft mir das, mich vorübergehend zusammenzureißen.

*Kann man zwei Menschen gleichzeitig lieben?*

Ohne nachzudenken, klicke ich auf »Nachricht senden«. Mein verängstigtes Herz hämmert wie eine geballte Faust in meiner Brust. Meine zitternden Finger gleiten über die Tastatur.

*Ich vermisse dich.*

Ich kämpfe mit mir – soll ich es wirklich absenden? –, als mich das Klingeln meines Telefons unterbricht. Ich zucke zusammen und lösche die Nachricht, ehe ich mich melde.

»Hallo.«

»Zoé?«

Ich runzle die Stirn, denn diese Stimme kenne ich nicht.

»Hier ist Julie. Jasons Schwester. Wir haben uns vor ungefähr zwei Monaten kennengelernt …«

Ich erstarre überrascht. Das habe ich ganz bestimmt nicht erwartet. Woher hat Jasons Schwester meine Nummer? Ein ungutes Gefühl macht sich in mir breit, und ich frage hastig, ob es Jason gut geht. Dieser Idiot könnte tatsächlich an einem Eiswürfel erstickt sein!

»Oh ja, keine Sorge! Bitte entschuldige die Störung. Ich wollte dir keine Unannehmlichkeiten bereiten oder dich beunruhigen. Es macht dir doch nichts aus, oder?«

*Doch, sogar sehr viel.*

»Nein …«

»Super. Sag es bitte Jason nicht weiter, sonst bringt er mich um. Er findet, dass ich ihn blamiere, wenn ich noch einmal nachhake, aber ich wollte wissen, ob du deine Meinung wegen heute Abend nicht vielleicht doch noch ändern würdest?«

»Heute Abend?«

Das Gespräch wird von Minute zu Minute peinlicher. Ich sehe Tiago, der gerade die Straße überquert und auf mich zukommt. Wir wollen zusammen nach Hause gehen.

»Ja. Ich wusste, dass mein Bruder sich nie trauen würde, dich einzuladen, daher wollte ich die Initiative ergreifen. Aber er sagt, du hättest andere Pläne. Ich hasse es, wie eine allzu anhängliche Schwester rüberzukommen, aber ich fände es wirklich toll, wenn du dabei wärst. Hast du … hast du heute Abend immer noch etwas vor?«

Ich verstumme mit offenem Mund, ehe ich verstehe. Tiago winkt mir schweigend zu. Ich drehe mich um, damit er den Schmerz in meinem Gesicht nicht sehen kann.

»Es ist nichts Intimes, keine Sorge!«, beruhigt Julie mich. »Nur ein paar Freunde der Familie, Kollegen meines Vaters … eine kleine Party eben. Du kannst jederzeit kommen.«

Ja gern – außer, dass Jason mich nicht dabeihaben will. Das ist ziemlich klar, nicht wahr? Seine Schwester wollte mich einladen, und er hat behauptet, ich hätte andere Pläne. Allerdings hat er nie von dieser Feier gesprochen, außer um mich wegen seiner Kleidung um Rat zu bitten.

»Ich bin heute Abend zu einer Party eingeladen«, erfinde ich hastig, nachdem ich mich erst einmal räuspern musste. »Es tut mir leid. Vielleicht ein anderes Mal.«

*Jason schämt sich für mich.* Ich weiß, dass sich unsere Beziehung nicht für Familienfeste eignet, aber ich dachte, wir wären zumindest Freunde. Sind wir doch. Oder?

»Na ja … Wenigstens habe ich es versucht«, sagt Julie. »Warte, ich schicke dir für alle Fälle lieber noch schnell die Adresse.«

Ich danke ihr und wünsche ihr einen schönen Abend. Als ich auflege, fragt mich Tiago, was los ist. Schockiert und enttäuscht schaue ich ihn an und verstaue mein Telefon in der Tasche.

»Heute Abend besaufen wir uns.«

»Los, runter damit!«, ermutigt mich Tiago und reicht mir den dritten Kurzen.

Ich lasse mich nicht lumpen und kippe mir lachend den Tequila hinter die Binde. Es fühlt sich gut an, einen Abend lang alles zu vergessen … Wenigstens für einen Abend. Heute Abend denke ich weder an Sarah, noch an Jason oder Bryan. Nur an mich.

Die Leute sind in Feierlaune und tanzen zu Latino-Rhythmen. Tiago geht auf die Tanzfläche. Ich sehe ihm zu und ermutige ihn lautstark. Ein ziemlich süßer Kerl gräbt ihn an, aber er flüstert ihm etwas zu, das ihn offenbar abschreckt.

Mein Telefon vibriert. Von den Tequila-Shots etwas verlangsamt hole ich es hervor.

**Jason**: Meine Manschettenknöpfe machen Furore.
**Jason**: Nicht, dass ich überrascht wäre ;)

*Arschloch.*

Ich glaube, ich habe es laut ausgesprochen, denn Tiago legt mir solidarisch die Hand auf den Arm.

»Was kümmert es dich?«, fragt er mich. »Du hast doch immer darauf bestanden, dass ihr nicht in einer Beziehung seid, oder?«

»Darum geht es nicht. Wenn zwischen uns alles in Ordnung wäre, hätte er mich eingeladen. Oder er hätte es mir als Witz verkauft, ungefähr so: ›Meine Schwester wollte, dass du kommst, hahahaha, ist das nicht komisch? Hahaha‹.«

Tiago sieht mich an, als wäre ich verrückt, und verdreht die Augen. Ich fahre fort:

»Stattdessen hat er, ohne mich zu fragen, für mich abgesagt, der Blödmann. Ich wüsste einfach gern, warum. Gut, ich gebe zu, dass ich ein paar Probleme habe, aber das ist doch kein Grund, mich derart von oben herab zu behandeln. Aber so sind reiche Leute – sie behandeln unsereinen von oben herab.«

»Das stimmt«, bestätigt Tiago und reicht mir ein neues Glas. »Er weiß nicht, was ihm entgeht!«

»Gut gesagt.«

Er nickt ernst, und wir leeren unsere Gläser in einem Zug.

Was aber danach geschieht … Es ist so, dass ich ziemlich schnell die Kontrolle verliere. Ich tanze sehr eng mit Tiago und werde von zwei Mädchen in kurzen Röcken angemacht. Leider habe ich nicht die geringste Lust auf einen Flirt.

Bis der Kellner die Bar anzündet wie im Kino und, nachdem das Feuer gelöscht ist, drei Mädchen auf den Tresen steigen. Tiago drängt mich, ebenfalls hinaufzusteigen, und schon bald ermutigt mich die ganze Bar. Natürlich will ich die Leute nicht enttäuschen, ziehe die Schuhe aus, und der Kellner hilft mir hinauf. Zwei echt tolle Mädchen tanzen neben mir.

Angefeuert von den Zurufen der Menge wiege ich mich sinnlich in den Hüften. Ein Typ ruft mir sogar zu, ich solle mein Höschen wegwerfen – ganz ehrlich, das ist nicht erfunden. Und weil ich schon immer davon geträumt habe, so was zu tun, tue ich es. Wie in *Coyote Ugly*, ernsthaft.

Ich würde ja gern behaupten, dass ich die Situation unter Kontrolle habe, aber das ist nicht der Fall. Als ich mich plötzlich vor dem Haus der Delaunays wiederfinde und dabei bin, über die Gartenmauer zu klettern, habe ich gar nichts mehr unter Kontrolle.

Derzeitiger Stand der Dinge: mehr als fünf Tequila intus, mein Höschen ist weg und meine Würde? Fehlanzeige.

»Warum sind wir eigentlich nicht durch die Haustür gegangen?«, fragt Tiago und schiebt von hinten nach.

Ich huste, weil ich Farnblätter im Mund habe, die ich erst einmal herausklauben muss. Ich habe die Absicht, Jason zu zeigen, dass man mich nicht ungestraft zum Narren hält.

»Eine ausgezeichnete Frage«, flüsterte ich nach reiflicher Überlegung. »Um ihn zu überraschen.«

»Das erinnert mich an die Episode von *New Girl*, als Nick in das Haus von Prince einbricht. Nur, dass du alles andere als nüchtern bist.«

Ich lache und hieve mich auf die Mauer. Vor lauter Grünzeug kann ich nichts sehen. Dafür höre ich absolut alles, was im Garten vorgeht, obwohl die Musik weitgehend von Stimmengewirr überlagert wird. Und von Gelächter. Ich frage mich, ob ich springen und unten landen kann, als wäre nichts passiert.

Ob sich wohl Leute in der Nähe der Mauer aufhalten? Aber warum sollten sie das tun?

»Ich springe jetzt«, flüstere ich meinem besten Freund zu, der mir jedoch rät, noch zu warten.

Ich schiebe die Blätter vor meinem Gesicht beiseite und versuche, etwas zu sehen. Die Bewegung bringt mich aus dem Gleichgewicht und ehe ich's mich versehe, falle ich. Unwillkürlich schreie ich auf.

Ich klatsche auf eine Wasseroberfläche und gehe unter, bis mein Hintern den harten Grund berührt. Vor lauter Angst zu sterben strample ich wie verrückt. Es kommt mir vor, als würden Stunden vergehen.

Ertrinke ich gerade? *Was ist das hier, verdammt noch mal?*

Endlich kommt mein Kopf wieder an die Oberfläche, und meine Lungen füllen sich mit Luft. Klatschnass und verblüfft sperre ich den Mund auf. Ich brauche ein paar Sekunden, bis es mir keuchend gelingt, mir das über den Augen klebende Haar zurückzustreichen.

Die Musik läuft noch immer. Als ich die Augen öffnen kann, begreife ich. Direkt an der Gartenmauer befindet sich ein riesiger Swimmingpool, und etwa fünfzig Gäste haben gesehen, wie ich hineingepurzelt bin.

*Oh Scheiße.*

Alle Anwesenden starren mich schockiert und verwirrt an. Ich will ihnen gerade erklären, dass ich mich im Garten geirrt habe, als ich feststelle, dass ich Gesellschaft bekommen habe.

Jason schwimmt in seinem schicken Anzug langsam auf mich zu und streckt mir die Hand entgegen. Sein Gesicht wirkt verschlossen. Noch nie im Leben habe ich mich so gedemütigt gefühlt, und die Schuld dafür trage ich ganz allein. *Was hat mich bloß geritten?*

»Komm«, sagt er in die lastende Stille. »Hast du dir wehgetan?«

Ich würde ihm gern sagen, dass es mir leid tut, aber ich kann nur den Kopf schütteln. Er scheint erleichtert zu sein.

»Nichts passiert!«, ruft er laut und lächelt in heimlichem

Einverständnis. »Entschuldigen Sie die Unterbrechung. Bei den Delaunays fallen eben oft schöne Frauen vom Himmel.«

Die Gesellschaft lacht verlegen. Ich greife nach seiner Hand und verlasse das Becken mit so viel Würde, wie ich unter diesen Umständen aufbringen kann. Mein Kleid klebt an meiner Haut. Ich zerre es nach unten, um so gut wie möglich meine Beine zu verbergen.

Den Garten, der elegant mit Leuchtgirlanden und weißen Sofas dekoriert ist, nehme ich kaum wahr. Ich bemerke Julie und Jade, beide mit einem Glas Champagner in der Hand. Die erste schaut mich verblüfft an, die andere schüttelt erbost den Kopf.

*Himmel, wie ich sie hasse.*

»Was machst du hier?«, flüstert Jason, während er mich ins Haus führt.

Hand in Hand treten wir durch eine Schiebetür, und ich schäme mich, weil ich alles volltropfe.

»Es tut mir wirklich … HICKS!«, beginne ich und bekomme einen schrecklichen Schluckauf. » … leid. Es tut mir leid.«

»Bist du betrunken?«

Wir betreten ein Badezimmer, und er schließt die Tür hinter uns. Er wirkt weniger verärgert als vielmehr verwirrt. Werde ich je einen wirklich wütenden Jason Delaunay zu Gesicht bekommen? Das ist die Frage.

»Nur ein bisschen«, lüge ich.

Er nimmt zwei Handtücher, wickelt mir eines um die Schultern und benutzt das andere, um mein Haar sanft abzurubbeln. Ich lasse ihn meinen Kopf trocken reiben, suche nach Worten und frage mich, wo Tiago ist …

Jason sagt, dass ich mich auf den Badewannenrand setzen soll, als jemand an die Tür klopft. Er ruft »besetzt« und kniet sich hin, um meine Beine abzutrocknen.

Plötzlich hält er verblüfft inne.

»Zoé! Du hast kein Höschen an!

Ich seufze, als er entgeistert den Saum meines Kleides anhebt.

»Ich weiß … Ich habe es verloren.«

»Was soll das heißen, du hast es verloren?«, fragt er entrüstet.

Ich fange an zu weinen und kann nicht mehr aufhören. So kündigt sich bei mir immer ein Kater an. Ich heule Jason vor, dass ich nicht nur mein Höschen, sondern auch Tiago verloren habe, dass ich total nass bin, dass er sich meinetwegen schämt, dass seine Schwester mich eingeladen hat, aber dass er mich nicht dabeihaben wollte und dass ich mich gleich übergeben muss, weil ich zu viel getrunken habe.

Ich weiß nicht, ob er alles versteht, aber seine Miene wird weicher. Sanft zieht er mich an sich. Ich knie zwischen seinen Beinen, die Wimperntusche brennt in meinen Augen.

»Zoé. Wenn du gern mitgekommen wärst, warum hast du es nicht einfach gesagt?«

»Weil ich nichts davon wusste!«

»Du hättest mir eine Nachricht schicken können, als du davon erfahren hast. Du hättest mich zur Schnecke machen können. Dann hätte ich dich bestimmt eingeladen.«

»Ich habe immer noch meinen Stolz, vielen Dank. Du hast deiner Schwester gesagt, dass ich andere Pläne hätte, ergo wolltest du mich nicht dabeihaben.«

Voller Unbehagen weicht er meinem Blick aus. Seine Hände liegen angenehm auf meinen Hüften.

»Du redest Unsinn … Ich habe Julie gesagt, du wärst beschäftigt, weil ich mir sicher war, dass du Abende wie diesen hasst. Zo, du hast mir sehr deutlich gemacht, dass du und ich nur Sex-Freunde sind. Natürlich wusste ich nicht, ob es für dich in Ordnung geht, zu einer Familienfeier zu kommen und meine Eltern zu treffen.«

Auch hier hat er recht.

»Aber ich hätte nicht für dich entscheiden sollen. Das tut mir leid. Nächstes Mal ...«, fügt er leicht lächelnd hinzu, »komm wenigstens durch die Haustür, okay? Ich hatte schon Angst, du hättest dir einen Schädelbruch geholt.«

Ich verziehe das Gesicht und verberge es in meinen Händen. Ich hasse Tequila. Wieder klopft jemand, und ich fühle mich miserabel. Jason küsst mich sanft, steht auf und öffnet die Tür. Seine Schwester Jade wartet im Flur. Eiskalt.

»Kann ich kurz mit dir reden?«

»Bin sofort wieder da«, sagte er zu mir und lässt mich allein.

Jade hasst mich. Sie hat mich seit unserem ersten Treffen im Visier, und ich kann es ihr nicht mal verübeln. Beide Male war ich ein ziemliches Biest.

Ich suche nach meinem Telefon, um Tiago anzurufen, doch dann fällt mir ein, dass ich meine Tasche bei ihm gelassen habe.

»Ist hier besetzt?«

Erschrocken drehe ich mich um. Ein Mann mittleren Alters steht an der Tür, schaut mich neugierig an und deutet mit dem Finger auf die Toilette. Ich verneine und verschwinde zitternd vor Kälte aus dem Badezimmer. Ich hoffe, mein Kleid ist nicht durchsichtig ...

» ... ernsthaft. Ich schäme mich, Jason.«

Ich bleibe mitten im Flur stehen. Jades Stimme dringt durch das offene, nur wenige Meter entfernte Fenster.

»Hör auf«, antwortet Jason mit angespannter Stimme.

»Sie hat versucht, bei uns einzubrechen und ist in unseren Pool gefallen! Vor Papas Kollegen und Mamas Freunden. Tolle Bekannte hast du da, Jason. Bravo!«

»Ach, lass das doch. Sie hat nichts Böses getan, und die Leute lachen darüber. Du bist die Einzige, die sich aufregt.«

Ich will nichts mehr hören, denn mir ist klar, dass der Streit außer Kontrolle gerät. Ob ich mich bemerkbar machen sollte?

Nach eisigem Schweigen fügt Jade entschlossen hinzu:

»Tu nicht so. Ich bin doch nicht blöd, ich weiß ganz genau, dass du sie nicht eingeladen hast. Und warum wohl? Weil du es *wusstest*.«

Dieser einfache Satz trifft mich mitten ins Herz. Mit zitternden Knien erwarte ich, dass Jason ihr zustimmt, aber seine Antwort könnte nicht klarer sein:

»Du hast recht, ich wusste, dass du und die anderen Arschlöcher sie verurteilen würden, denn im Gegensatz zu euch ist sie nicht so verdammt langweilig. Du brauchst gar nicht erst zu versuchen, mir ein schlechtes Gewissen einzureden, denn ich wollte sie lediglich vor eurer Scheiß-Verachtung bewahren.«

*Oh.*

Ich würde gern wieder auf die Toilette gehen, damit es nicht so aussieht, als würde ich lauschen, aber das Bad ist immer noch besetzt. Jason taucht wieder auf. Er schaut wütend. Als er mich sieht, erstarrt er, beißt die Zähne zusammen und nimmt meine Hand.

»Wir gehen nach Hause.«

# 25

## Jason

Nach diesem katastrophalen Abend muss ich Zoé versprechen, sie bei meinen Eltern für die Episode im Pool zu entschuldigen. Ich beruhige sie damit, dass das der interessanteste Teil des Festes war. Selbst meine Mutter hat unseren hastigen Abgang bedauert – ein echtes *Gossip Girl.*

Ich weiß nicht, ob Zoé hören konnte, dass Jade sie als »Sozialfall« und »Flittchen« bezeichnet hat, aber zumindest macht sie keine Bemerkungen darüber. Ich nahm sie mit nach Hause, damit sie in meinem Bett ihren Rausch ausschlafen konnte. Sie erzählte mir von ihrem Abend, dem unglücklichen Verlust ihres Höschens und von ihrer Wut, als sie dachte, sie hätte mich blamiert.

*Sie hat recht, ich hätte sie einladen sollen.* Allerdings hatte ich Angst, dass ich damit eine unserer unausgesprochenen Regeln brechen könnte. Darüber haben wir aber nicht mehr gesprochen. Es fällt mir ohnehin schwer, mich an die Vorstellung zu gewöhnen, dass ich »mehr« wollen könnte … Alles zu seiner Zeit.

»Okay, ich fasse also zusammen«, seufze ich und denke scharf nach. »Ich bin eine Krankheit …«

»Es ist weniger eine Krankheit als eine Infektion«, schneidet Loan mir das Wort ab.

*Mist, ich bin echt miserabel in diesem Spiel.* Violette, Loan, Zoé und ich sitzen am Wohnzimmertisch und spielen »Wer bin ich?«. Zoé scheint schon den ganzen Abend irgendwie woanders zu sein, obwohl sie verhalten grinst, als sie das Post-It auf meiner Stirn sieht.

»Okay, also eine Infektion, die ich mir eingefangen habe, meint ihr das?«

»Das wissen wir nicht«, beruhigt mich Violette und wirft Zoé einen mörderischen Blick zu. Darauf antwortet Zoé:

»Quatsch. Er ist genau der Typ, der sich so was einfängt.«

Es dauert ein paar Sekunden, ehe ich begreife. Ich wende mich an Zoé, die frech grinst und applaudiere ihr ironisch.

»Haha, ich lache mich tot. Aids?«

»Wir haben dir doch gesagt, es ist eine Infektion und keine Geschlechtskrankheit, Blödmann.«

*Himmel, heute Abend ist sie wirklich eine harte Nuss.*

»Syphilis?«

»Denk nach.«

»Papillomviren?«

Violette lacht, Zoé brummt unzufrieden.

»Himmel, will er sie jetzt alle durchgehen?«

Verlegen trete ich ihr unter dem Tisch gegen das Schienbein und murmle:

»Ich informiere mich eben. Chlamydien?«

»Masel tov!«

Ich entferne das Post-It von meiner Stirn und werfe es gereizt fort. Glaubt sie ernsthaft, dass ich mir so etwas einfangen würde? Zu ihrer Verteidigung muss ich sagen, dass sie heute ziemlich nervös zu sein scheint. Zum Schluss spielen nur noch sie und Loan. Ich verstehe nicht, was los ist, aber ihr Blickwechsel ist bemerkenswert. Irgendetwas stimmt hier nicht.

Etwas, das man mir offensichtlich vorenthält.

Nachdem Loan verloren hat, nutze ich die Gelegenheit, mein Telefon herauszuholen.

**Ich**: Was ist los?

Wir trinken einen letzten Kaffee vor einer Reality-Show. Zoé schenkt mir keine Beachtung. Als sie meine Nachricht bekommt, wirft sie mir einen flüchtigen Blick zu. Während sie ihre Antwort tippt, kommentieren Violette und Loan die Show. Dabei streichelt Loan Violettes Beine.

**Zoé**: Ich habe Lust auf dich.

Ich schlucke. Eine vertraute Wärme kriecht in meinen Bauch. Aber so kommt sie mir nicht davon, das schwöre ich beim Grab von David Bowie.

**Ich**: Das meine ich nicht.
**Zoé**: Jede Wette, dass ich dir in weniger als fünf Minuten einen Orgasmus verschaffe, nur mit meinem Mund.

*Okay, ich nehme zurück, was ich gesagt habe*. Erregt wie nie zuvor werfe ich ihr einen Blick zu, aber sie konzentriert sich auf ihr Telefon. Mist, ich bin wirklich ein Schlappschwanz.

**Ich**: Violette und Loan sind hier.
**Zoé**: Sie kommen nicht ins Zimmer, wenn ich sage, dass jemand bei mir ist. Wir müssen nur leise sein.
**Ich**: Wenn ich heute Nacht hierbleibe, bist du bestimmt nicht leise, das kannst du mir glauben.

Ich sehe, wie sie sich am anderen Ende des Tisches auf die Lippen beißt. Jetzt bin ich nur noch ein Nervenbündel, das kurz davor ist, zu explodieren.

**Zoé**: Dann musst du mich eben knebeln.

Ich halte es nicht mehr aus. Ich stehe auf, schnappe mir meine Jacke und halte sie mir vor den Schritt.

»Leute, es ist spät. Ich mache mich auf den Heimweg.«

Meine Freunde bitten mich, auf der Straße vorsichtig zu sein, und ich lasse die Wohnungstür hinter mir ins Schloss fallen. Ungeduldig warte ich im Flur. Mein Herz pocht aufgeregt. Ganz gleich, was sie mir verheimlicht, sie hat wahrscheinlich einen guten Grund dafür.

Ich muss fast eine halbe Stunde warten, ehe sich die Tür leise öffnet. Zoé macht mir ein Zeichen, auf Zehenspitzen hereinzukommen. Ich gebe mein Bestes und folge ihr schweigend Hand in Hand in ihr Zimmer.

Hinter Loans Tür kann ich den Fernseher hören.

*Mit etwas Glück merken sie vielleicht nichts.*

Ich schaue mich in Zoés und Violettes Zimmer um, das ich eigentlich bereits kenne. Zoés schmales Einzelbett ist eine echte Herausforderung. Zoé lässt mir jedoch keine Zeit, mich vorzubereiten, sondern drückt mich gegen die geschlossene Tür und krallt sich in mein T-Shirt.

»Sag mal, du bist ja heute Abend richtig animalisch …«, flüstere ich und nehme ihr Gesicht in die Hände. »Habe ich dir so sehr gefehlt?«

Sie bringt mich mit einem Kuss zum Schweigen. Ihre Zunge liebkost das Innere meines Mundes.

»Ich will dir etwas sagen«, flüstert sie, ohne mir in die Augen zu sehen. »Aber du musst mir versprechen, nicht zu antworten. Es ist wichtig, okay?«

Ich zögere ein wenig misstrauisch, ehe ich akzeptiere. Was auch immer sie mir sagen will, Gott weiß, dass ich es hören möchte. Sie schließt die Augen und flüstert:

»Es bedeutet mir sehr viel, dass du trotz all meiner Fehler geblieben bist. Dass du für mich da bist. Dass du mich verteidigst. Dass du mir zuhörst. Ich weiß, dass ich ziemlich gemein zu dir war, aber … mir liegt sehr viel an dem, was uns verbindet. Also danke.«

*Oh.* Ich öffne den Mund, ohne zu wissen, was ich sagen soll, ehe ich mich an mein Versprechen erinnere. Sie will keine Antwort. Und doch möchte ich, dass sie weiß, wie wichtig mir ihre Worte sind.

Ich möchte, dass sie weiß, dass ich jeden Tag von morgens bis abends an sie denke. Ich möchte ihr sagen, dass ich noch nie so viel für jemanden empfunden habe. Dass sie mich zum Lachen bringt und mir Lust darauf macht, ein besserer Mensch zu werden und etwas Vernünftiges mit meinem Leben anzufangen.

Aber ich habe versprochen, den Mund zu halten. Daher strecke ich die Hand nach ihrem T-Shirt aus, um unsere Körper sprechen zu lassen.

»Nein«, stoppt Zoé mich, schiebt meine Finger zurück und blickt mich endlich an. »Heute Abend bin ich es, die gibt, und du empfängst. Sozusagen als Dankeschön … und um dir zu zeigen, wie viel mir an dieser Freundschaft liegt …«

Mit diesen Worten zieht sie langsam ihr Oberteil aus, ohne auch nur eine Sekunde den Blickkontakt zu unterbrechen. Der Stoff gleitet über ihre Haut und fällt zu Boden. Dann folgen ihre Shorts. Es ist die wunderbarste Show, die ich je erlebt habe.

»Gefällt es dir?«, raunt sie.

*So eine dumme Frage.* Ich schlucke und bete, dass ich nicht sabbere, ohne es zu bemerken. Zoé steht in sexy Dessous vor mir und dreht sich um die eigene Achse. Sie trägt einen purpurfarbenen Body aus so zarter Spitze, dass ich ihre Brüste und jedes Detail weiter unten sehen kann.

Ein wahrer Aufruf zur Wollust.

Auch die hintere Partie ist nicht übel; ein mit Seidenschnüren geschlossener Neckholder. Zerstreut greife ich nach dem Knoten und träume davon, daran zu ziehen.

Sie lässt mir Zeit, die Show im Licht zu genießen. Ich lächle stolz; endlich einmal nimmt sie ihren Körper ganz und gar an. Ich genieße den Anblick ohne Verlegenheit und umschmeichle ihre Kurven mit Blicken. Ich weiß bereits, welchen Weg meine Zunge nehmen wird.

»Der Body ist traumhaft … Aber leider muss ich ihn jetzt entfernen.«

Zoé schiebt mich jedoch weg und kniet sich vor mich. Mir stockt der Atem. Ich schaue ihr zu, wie sie meinen Gürtel öffnet und meine Jeans aufknöpft.

Der Anblick ist atemberaubend.

»Jetzt noch nicht.«

Als ich ihre Lippen spüre, erstarre ich fast automatisch. Ihre Zunge zähmt mich so sanft und sinnlich, dass ich schneller atme und meine Muskeln sich entspannen. Ich lehne den Kopf an die Tür, und mein Daumen streichelt Zoés Kinn bis hin zu ihren vollen Lippen.

Frauen denken immer, ein Blowjob würde bedeuten, dem Mann die ganze Macht zu überlassen und sich zu erniedrigen. Dazu kann ich nur Eines sagen: Auch, wenn ihr dabei auf den Knien seid – es ist unser Penis, den ihr im Mund habt. Wenn einer von uns in diesem Augenblick die Macht hat, dann seid ihr es.

Und so, wie Zoé es macht, hat sie das ganz genau verstanden. Meine Lust verwandelt sich in einen kurzen Schmerz, während sie mich tiefer in den Mund nimmt und mir den Schaft streichelt.

»Oh Gott …«, knurre ich. »Du bist wunderbar …«

Zoé schaut mich unverwandt an, während sie meinen Schwanz lutscht, sogar noch, als ich mit den Händen in ihr Haar fahre, um ihren Kopf nach hinten zu ziehen.

*Ich sollte ihr hier und jetzt einen Heiratsantrag machen.*

Als sie an mir saugt und mich noch enger zwischen ihre Lippen nimmt, ist es um mich geschehen. Alles zieht sich zusammen, und ich komme mit geschlossenen Augen. Noch ehe ich die Lider wieder öffnen kann, küsst mich Zoé und knöpft mein Hemd auf.

Es rauscht in meinem Ohren, aber ich nehme mir nicht die Zeit, mich zu erholen. Ich greife nach ihrem Hintern, während sie mich auszieht, ohne ihren Mund von meinem Hals zu lösen. Als ich jedes Kleidungsstücks entledigt bin, öffne ich die Schleife auf ihrem Rücken und ziehe ihr den Body aus.

Sie bekommt eine Gänsehaut, was mich zum Lächeln bringt.

»Du weißt, dass du mir nicht danken musst, oder?«, flüstere ich und nehme zärtlich ihr Gesicht in die Hände.

»Du hast recht«, spöttelt sie. »Es war nur eine blöde Ausrede, um dir einen blasen zu dürfen.«

*Diese Frau bringt mich nochmal um, da bin ich ganz sicher.* Ich wickle mir ihr kurzes Haar um die Faust und beiße ihr sanft ins Kinn.

»Wenn ich dir sage, dass du die Klappe halten und dich auf alle Viere niederlassen sollst, kastrierst du mich dann?«

»Das kommt darauf an. Wird es mir gefallen?«

»Ja, ich denke, da besteht eine ganz gute Chance. Aber bei Feministinnen weiß man nie …«

Sie lächelt hinterhältig über meinen Witz. Mehr brauche ich nicht; ich packe sie am Hintern und hebe sie so hoch, dass sie die Beine um mich schlingen kann.

»So, und jetzt runter auf alle Viere, Prinzessin«, scherze ich, nachdem ich sie aufs Bett geworfen habe.

Zoé platziert sich auf dem Bett, und ich knie mich hinter sie, meine Hände auf ihren Hüften.

»Ich möchte, dass du dir etwas hinter die Ohren schreibst«, sage ich und streichle ihren Po. »Du brauchst dich nicht bei mir zu bedanken, dass ich bei dir bleibe, wenn es mal nicht so gut läuft. Niemals.«

Ich beginne, ihre Wirbelsäule zu küssen, vom unteren Rücken bis hinauf zu ihrem Nacken. Mein Mund verewigt sich auf jedem Quadratzentimeter Haut. Anschließend nimmt meine Zunge den entgegengesetzten Weg. Zoé zappelt unter mir und ich muss grinsen. Dieses Mal gehe ich bis ganz hinunter zu ihrer Klitoris. Sie erbebt.

»Halt dich am Kopfteil fest.«

Sie packt die Gitterstäbe, und ich dringe mit einem heftigen Stoß in sie ein. Zoé stöhnt mit gesenktem Kopf. Ich warte nicht länger, sondern beginne ein wildes Hin- und Her-Spiel. Es fühlt sich unglaublich gut an.

»Fester«, keucht Zoé und lässt ihr Becken kreisen.

Ich gebe ihr einen ordentlichen Klaps auf den Po, dringe noch tiefer in sie ein, beuge mich vor und massiere ihre Klitoris. Ich wechsle zwischen langsamen und ruckartigen Rhythmen ab, was sie an den Rand des Abgrunds bringt.

»Oh, Jason, ja … bitte«, fleht sie mich an.

Ich drücke meine gesamte Handfläche auf ihr Geschlecht und kann beinah die Hitze fühlen, die in ihr aufsteigt. Schließlich nehme ich die Hand weg und schlinge den Arm um ihre Brust, um sie aufzurichten und an mich zu ziehen. Ihr Rücken klebt an meiner verschwitzten Brust, ihr Arm umfängt meinen Hals.

Ich erweise ihrem Körper von oben bis unten die höchsten Ehren; ich küsse ihre Schultern, ihren Hals und ihren Mund. Dabei flüstere ich ihr Dinge zu, die ich hier lieber nicht wiederholen möchte, und meine Hände kneten ihre Brüste, während sie sich über meine gesamte Länge auf und ab bewegt.

Ich beherrsche mich nicht mehr. Ich gebe ihr alles, was ich habe. Es ist viel mehr, als ich dachte, aber leider viel weniger, als sie verdient.

*Bitte verlass mich nicht.*

»Zoé, ich komme in dir«, keuche ich.

Außer Atem realisiert sie, dass ich kein Kondom benutzt habe. Aber sie nickt und gibt mir grünes Licht. Ich ziehe mich aus ihr zurück und drehe sie um, um ihr beim Orgasmus in die Augen zu schauen.

Ihre Beine umschlingen mich eng, und ihre Zehen krallen sich bis zur Explosion in meinen Hintern.

»Verdammt … ich … Zoé …«

Sie packt mich heftig an den Haaren, und während des Höhepunkts schmiege ich meinen Kopf zwischen ihre Brüste.

»Verdammt, ich liebe dich!«

Ihr Körper versteift sich, während ich mich mit geschlossenen Augen in sie entleere. Mir ist nicht wirklich klar, was mir da gerade über die Lippen gekommen ist. Erst nachdem sich das Summen in meinen Ohren gelegt hat, kapiere ich.

*Scheiße.*

*Das habe ich nicht wirklich gesagt, oder? Himmel, hoffentlich habe ich es nicht gesagt.*

Die lastende Stille, die diesem phänomenalen Sex folgt, ist der schlagende Beweis dafür, dass ich wieder einmal Mist gebaut habe. Ich denke hastig nach. Mein Gesicht liegt noch immer auf ihrer Brust.

Ich habe die Wahl: Entweder tue ich so, als wäre nichts passiert, oder ich stehe dazu.

Plötzlich zieht Zoé die Muskeln ihrer Vagina um meinen

Penis zusammen. Mit einer schmerzlichen Grimasse ziehe ich mich angesichts der unausgesprochenen Aufforderung aus ihr zurück. Ich rolle mich neben sie; wir schweigen beide.

Ich hasse unausgesprochene Dinge, aber noch mehr hasse ich Streit. Daher stütze ich mich auf meine Ellbogen und betrachte sie. Mein Daumen streichelt ihr zartes Ohr.

»Jason …«

»Vergiss es, okay?«

Ich darf auf keinen Fall riskieren, sie in die Flucht zu schlagen, nur weil ich total verrückt nach ihr bin. *Warum um alles in der Welt beruht dieses Gefühl nicht auf Gegenseitigkeit?*

»So etwas kann ich nicht vergessen.«

Ihre Stimme ist flach. Sie beobachtet meine Reaktion und wartet auf meine Erklärung. Dabei möchte ich ihr am liebsten nur sagen, dass ich absolut nichts bereue.

Bis ich ihren verängstigten Blick wahrnehme. Nein, das kann ich ihr nicht antun. Also schenke ich ihr ein zerstreutes Lächeln und antworte gleichgültig:

»Das ist mir im Eifer des Gefechts nur so herausgerutscht, Zoé. Entspann dich.«

Das muss tatsächlich das Zauberwort gewesen sein, denn sie entspannt sich sofort und glaubt mir offenbar aufs Wort.

»Okay, cool.«

Ich schlucke meine Schuldgefühle hinunter und steige aus dem Bett. Während ich mich anziehe, spüre ich ihre Blicke. Zwar würde ich gern bleiben, aber nach einem unkontrollierten »Ich liebe dich« in Hündchenstellung sollte man es vielleicht lieber nicht übertreiben.

»Also dann … Bis demnächst.«

Beim Durchqueren des Flurs mache ich so wenig Lärm wie möglich. Mit Bauchschmerzen stürme ich die Treppe des Gebäudes hinunter; ich fühle mich zugleich schuldig und frustriert. Ich hasse es, zu lügen. Es ist nicht meine Art, meine Gefühle zu verbergen oder Offensichtliches zu leugnen.

Deshalb klappt es zwischen Sex-Freunden nur in jedem dritten Fall. Ganz gleich, was die Leute behaupten: Auch bei Sex ohne Hintergedanken können durchaus Gefühle ins Spiel kommen. Es gibt immer einen Doofen, der die Spielregeln nicht kapiert und am Ende mehr will.

Und in diesem Fall bin eben ich der Doofe.

Als ich nach Hause komme, dusche ich und lege mich zu Darth Vader auf die Couch. Aber ich halte es nur etwa zehn Minuten aus, ehe ich um Hilfe rufe.

**Ich**: Ich bin verliebt.

Zwar ist Mitternacht längst vorüber, aber ich weiß, dass mein Freund nicht schläft.

**Ethan**: Warst du wieder im Zoo und hast dir die Koalas angeschaut?
**Ich**: Ich bin in Zoé verliebt.
**Ethan**: Oh, Scheiße.

Er ruft mich sofort an und fragt nach Einzelheiten. Ich erzähle ihm, was gerade passiert ist und bitte ihn um Rat. Ethan denkt nach, ehe er antwortet:

»Ich verstehe nicht, warum du ihr nicht die Wahrheit gesagt hast.«

»Weil wir einen Deal hatten: Es geht nur um Sex.«

»Na ja, das Leben kümmert sich nicht um deine Deals. Was passieren sollte, ist passiert. Und wenn du es für dich behältst, wird es noch schlimmer, Jason. Im Ernst, du musst es ihr sagen.«

Verloren und müde stütze ich den Kopf in die Hände.

»Sie wird mich verlassen.«

Am anderen Ende der Leitung bleibt es still. Vermutlich habe ich Ethan kalt erwischt.

»Hör zu«, fährt er schließlich fort, »grüble heute Abend nicht mehr darüber nach. Was hältst du von einem Doppeldate diese Woche? Du, Ophélie, Zoé und ich.«

Ich wiege die Vor- und Nachteile ab und lächle schließlich ins Leere.

»Ethan, du bist ein Genie.«

# 26

## Zoé

»Hi.«

»Hey.«

Vor ESMOD gebe ich Violette ein Küsschen. Sie hat heute Morgen zu Hause nicht auf mich gewartet, doch das stört mich nicht besonders, weil ich noch viel zu sehr mit den Erinnerungen an gestern beschäftigt bin.

Jason hat gesagt, dass er mich liebt. Klar, er sagte es beim Höhepunkt. Aber das zählt doch auch, oder? Man sagt nicht »Ich liebe dich«, wenn man es nicht wenigstens ein bisschen meint – selbst im Überschwang der Gefühle. Ich muss zugeben, dass ich eine Sekunde lang versucht war, ihm das Gleiche zu antworten.

»Also letzte Nacht …«, sagt Violette, während wir den Hörsaal betreten.

»Was ist mit letzter Nacht?«

»Tu nicht so! Denkst du, du bist die Einzige, die heimlich lauscht? Wie du mir, so ich dir, Alte!«

*Na toll.* Ich verdrehe die Augen, muss aber lächeln. Als Jason gestern Abend ging, war mir klar, dass wir zu laut waren.

»Tratsche.«

Entrüstet antwortet sie, dass weder ich noch Jason sehr diskret waren. Ich widerstehe der Versuchung, sie darauf hinzuweisen, dass sie bestimmt auch nicht diskret gewesen wäre, wenn Loan so was mit ihr gemacht hätte.

Trotzdem verziehe ich beschämt das Gesicht. *Was stimmt nicht mit mir?* Ich bin Jason verfallen, obwohl ich mir geschworen hatte, mich zurückzuhalten – wie diese Weiber in Filmen. Ich wünschte, es wäre einfacher … aber ich muss immer wieder an Sarah denken. Das kann ich ihr nicht antun.

»Freu dich nicht zu früh, Kleines«, erwidere ich hastig, als Violette mir gratuliert. »Ich suche nichts Ernstes, und er auch nicht. Ich meine – immerhin reden wir von Jason.«

Sie scheint ein paar Sekunden enttäuscht zu sein, verliert aber sehr schnell das Interesse an unserem Gespräch. Das Seminar zieht sich endlos hin und lässt mir Zeit, über Jason nachzudenken. Soll ich mit ihm Schluss machen? Ich denke an das, was ich ihm gesagt habe: Mir liegt an unserer Freundschaft. Eigentlich wäre es schlimm, alles zu versauen, nur weil ich mein Herz niemand anderem als Sarah schenken kann.

Eine Trennung erscheint mir unmöglich. Ich fange an, die Zoé zu mögen, die ich bei ihm bin. Ich will nicht, dass sie verschwindet. Ich will nicht, dass *er* verschwindet.

Meine innere Debatte beginnt mich zu langweilen, als gegen Ende des Unterrichts mein Telefon vibriert.

**Bryan**: Hast du deinen Kerl nach dem Geld gefragt?

Mir schnürt sich die Kehle zu. Ich hatte meinen Bruder und seine Drohungen fast vergessen. Aber auch wenn ich die Unbeugsame spiele, weiß ich, dass seine Geduld Grenzen hat. Bisher hat er nur nichts unternommen, weil er mir eine Chance lassen will.

**Ich**: Noch nicht. Er ist ein paar Wochen im Ausland. Tut mir leid.

**Bryan**: Seltsam, ich habe ihn gerade dein Haus betreten sehen. Für wie blöd hältst du mich eigentlich? Keine Panik, Da. Aber sei vorsichtig … sonst frage ich ihn selbst.

Entsetzt erstarre ich. Mit blassem Gesicht lese ich die Nachricht erneut. Dieses Mal ist es ihm ernst.

»Was hast du?«

Ich schaue Violette an, die besorgt wirkt.

»Nichts, keine Sorge.«

»Ist es dein Bruder?«, flüstert sie und legt mir die Hand auf den Arm.

Beinah lache ich auf. Ich erinnere mich, ihr die Situation einmal an einem feuchtfröhlichen Abend kurz erklärt zu haben; offensichtlich hat sie aufmerksam zugehört.

**Ich**: Du bekommst dein Geld.

Ich seufze, stopfe das Telefon ganz tief in meine Tasche und bete, dass Bryan nicht ausgerechnet dann bei uns klingelt, wenn Jason und Loan da sind. Was soll ich nur tun? Jason kann ich auf keinen Fall fragen – lieber würde ich sterben.

Aber ich habe wirklich kein Geld, das ich Bryan geben könnte.

»Du bist weder seine Mutter noch seine Bank«, beruhigt mich meine beste Freundin.

»Schon klar.«

Ich gehe nicht weiter darauf ein, weil ich weiß, dass sie es nicht verstehen würde. Aber auf dem Heimweg in die Wohnung fühle ich mich gestresst. Vor dem Haus senke ich den Blick aus Angst, Bryan dort zu sehen, und atme erleichtert auf, als ich beim Betreten der Wohnung Jason an der Xbox entdecke. Gesund und munter.

Während ich unser Essen vom Inder aufwärme, lächelt er mir kurz zu.

»Dann seid ihr also jetzt zusammen?«, erkundigt sich Violette.

Jason antwortet für mich.

»Es ist rein körperlich.«

Unsere Freunde verziehen angeekelt das Gesicht. Loan versetzt Jason einen Klaps auf den Kopf und murmelt:

»Ich habe dir doch gesagt, du sollst die Finger von ihr lassen!«

Ich lächle und setze mich mit dem Mund voller Reis aufs Sofa, um mir die Fußnägel zu lackieren. Violette legt sich auf Loan und umarmt ihn. Ich sage nichts dazu, obwohl ich nicht übel Lust hätte.

Als Jason sein Spiel verliert, wirft er verärgert den Joystick auf den Boden. Aha, und ich soll eine schlechte Verliererin sein? Er bittet mich um einen Kuss, aber ich schiebe ihn weg.

»Hau ab, du *Loser*.«

Jason verzieht traurig das Gesicht, setzt sich neben mich und nimmt mir den Nagellack weg. Ich beobachte, wie er nach meinem Fuß greift und sich an die Arbeit macht. Er konzentriert sich ganz auf seine Aufgabe. Ganz ehrlich: Ein Mann, der einem die Fußnägel lackiert, ist unglaublich sexy.

»Hast du Samstagabend schon was vor?«, will er wissen.

»Keine Ahnung … Wenn Clément und Violettes Vater zum Abendessen herkommen, brauche ich irgendwo Asyl.«

Er schaut mich nicht an, aber sein Lächeln spricht an seiner Stelle.

»Das passt ja. Ich wollte dich ins Restaurant einladen.«

Abwartend hebe ich die Augenbrauen. Essen zu gehen ist zwar etwas Alltägliches, aber nach seiner gestrigen Offenbarung habe ich Angst, die Einladung anzunehmen. Er scheint meinen Vorbehalt zu verstehen, denn er pustet über den frischen Lack und fügt hinzu:

»Ethan und Ophélie kommen auch.«

»Hmm. Woher kommt die plötzliche Idee zu einem gemeinsamen Abendessen?«

Jason zuckt die Schultern.

»Je mehr Verrückte, desto lustiger.«

»Title of your sex-tape«, bringe ich einen Spruch aus *Brooklyn Nine-Nine*.

Er lacht und zeigt seine weißen Zähne. Dabei ist er so süß, dass ich es nicht übers Herz bringe, mich zu weigern. Schließlich ist es nur ein Abendessen mit Freunden. Was kann da schon schiefgehen?

»In Ordnung, aber ich zahle selbst.«

Ich habe zwar kein Geld, trotzdem bestehe ich darauf. Jason wirft mir einen schiefen Blick zu und zögert, ehe er akzeptiert. Auch wenn er als Gentleman aufgewachsen ist, weiß er sehr wohl, dass er nicht ablehnen kann.

Ich belohne ihn mit einem Kuss auf den Mund.

Der Rest der Woche vergeht sehr schnell.

Ich treffe mich nicht mit Jason, der seine Seminararbeit beendet und seine bevorstehende Reise nach Australien plant. Es fällt mir immer noch schwer, mich an diese Idee zu gewöhnen, und zwar aus dem einfachen Grund, dass er nie darüber spricht. Tatsächlich hat Jason vor, zum Ende des Sommers seine Reise anzutreten, was mich trauriger macht, als ich es mir gewünscht hätte … oder geglaubt habe?

Als wir am Samstagabend das Restaurant betreten, greift er wie selbstverständlich nach meiner Hand. Ethan und Ophélie warten an einem Tisch am Fenster auf uns und unterhalten sich leise und ziemlich verliebt.

*Warum ist es für sie so einfach?*

»Träume ich, oder ist Jason wirklich mal pünktlich?«, fragt Ethan statt einer Begrüßung.

Ich verteile Begrüßungsküsschen, ehe ich antworte, dass er sich mit mir daran gewöhnen musste. Wir setzen uns. Jasons Hand liegt auf meinem Knie.

»Ich wusste gar nicht, dass ihr zusammen seid«, erklärt Ophélie geradeheraus mit süßem Lächeln.

Ethan will ihr gerade widersprechen und tauscht einen seltsamen Blick mit Jason, aber Jason kommt ihm zuvor.

»Wir treffen uns nur gelegentlich, nichts weiter.«

»Oh … entschuldigt.«

Ich sage zu ihr, dass es in Ordnung ist, und wir widmen uns der Speisekarte. Ich fühle mich unbehaglich, ohne zu wissen warum. Ich habe keinen Hunger. Oder eigentlich doch, aber ich habe keine Lust zu essen. Wenn ich nur einen Salat bestelle, kommen die anderen vielleicht darauf, warum ich diese Entscheidung treffe, und dann ist es umso peinlicher.

Ich brauche zehn Minuten, um mit ratterndem Hirn und geröteten Wangen die Speisekarte zu studieren. Als Jason mit dem Finger die Karte hinunterdrückt, mich anlächelt und »Kuckuck« sagt, seufze ich.

»Weißt du schon, was du nimmst? Ich persönlich schwanke zwischen einem norwegischen Salat und einer Lasagne … Wir könnten doch beides nehmen und alles teilen. Ginge das für dich in Ordnung?«, fragt er.

In Augenblicken wie diesem kann ich nicht mehr zusammenhängend denken. Weil ich nämlich genau weiß, dass er das für mich tut. Ich kann nicht anders, ich verliebe mich schon wieder in ihn.

*Denk an Sarah. Du hast dir etwas versprochen, Zoé.*

»Absolut«, sage ich mit sanftem Lächeln.

Als unsere Gerichte kommen, teilen wir wie geplant. Ich erwische die beiden Herren mehrmals bei einem Blickkontakt, gebe mich aber gleichgültig und unterhalte mich mit Ophélie. Ethan will demnächst seine Eltern in Poitiers besuchen, und sie hat beschlossen, ihn zu begleiten.

»Obwohl ich ein paar Schuldgefühle deswegen habe …«

»Aber warum denn?«

»Eigentlich wollte ich mit meiner Cousine in die Alpen reisen, aber sie hat mich ermutigt, mit Ethan zu fahren. Es ist kompliziert.«

»Wir besuchen sie trotzdem für ein Wochenende, wenn du willst«, schlägt Ethan vor und nimmt ihre Hand.

»Es ist ohnehin egal.«

Angesichts unserer fragenden Blicke senkt Ophélie die Stimme und erklärt, dass ihre Cousine mit einem gewalttätigen Mann verheiratet ist.

*Oh.* Ich bete, dass der Schmerz nicht in meinem Gesicht zu sehen ist.

»Warum verlässt sie ihn nicht?«, fragt Jason mitfühlend.

Ich würde ihm gern sagen, dass es nicht so einfach ist. Stattdessen kaue ich energisch und wende den Blick nicht von meinem Teller.

»Ich schätze, mit Kindern ist es schwierig.«

»Vor allem ist sie dumm«, antwortet Ophélie so nachdrücklich, dass es mich überrascht. »Ich verstehe nicht, wie man bei einem Mann bleiben kann, der einen schlägt. Heutzutage gibt es doch Hilfe für misshandelte Frauen! Wenn sie trotz allem bleibt, reicht sie ihm noch den Prügel, um …«

»Bitte beende diesen Satz nicht.«

Alle Köpfe wenden sich zu mir. Ich wollte sie nicht so abrupt unterbrechen. Aber ihre Worte erschrecken mich so sehr, dass sich mein Mund geöffnet hat, bevor ich mich bremsen kann:

»Nichts gegen dich, Ophélie, ich finde dich wirklich toll, aber ich verbiete dir zu behaupten, dass eine misshandelte Frau, die bei ihrem Peiniger bleibt, ihm damit den Prügel reicht, um sich schlagen zu lassen. Glaubst du, deine Cousine tut das, weil es ihr gefällt, dass man ihr die Fresse poliert? Glaubst du, es macht sie an? Was denkst du, wie sie sich gefühlt hat, als sie dir gestand, was sie durchmacht? Natürlich kannst du nichts tun, wenn sie deine Hilfe nicht annimmt. Aber dass Tausende von Frauen in ihren Beziehungen bleiben, liegt nicht daran, dass sie dumm sind. Es liegt daran, dass es manchmal einfach zu schwer ist. Manchmal liebt man und hält an der verdammten Hoffnung fest, dass alles wieder so wird, wie es war. Manchmal bekommt man eine Faust ins Gesicht, und am nächsten Tag wird man wie eine Prinzessin behandelt; dann verdrängt man es … Solange du es nicht selbst erlebt hast, darfst du niemanden verurteilen, und vor allem darfst du häusliche Gewalt nicht damit rechtfertigen, dass einige Opfer bei ihren Peinigern bleiben. Eine Frau, die einen Rock trägt, fordert auch nicht automatisch zur Vergewaltigung auf.«

Ich bin mir bewusst, dass ich zu viel gesagt habe und lauter als nötig war. Ich spüre die Hitze in meinen Wangen und Jasons intensiven Blick.

Ophélie weiß nicht, wie sie sich verhalten soll. Sie stammelt etwas, aber ich unterbreche sie:

»Entschuldige. Ich hätte mich nicht so hinreißen lassen dürfen. Ich bin nur traurig wegen deiner Cousine.«

Ethan kommt uns zu Hilfe und wechselt feinfühlig das Thema. Als ich den Blick hebe, sehe ich Jasons Gesicht direkt neben meinem. Er betrachtet mich mit intensivem Mitgefühl. Ich kann leicht erraten, was in seinem Kopf vor sich geht.

Er hat die Schlüsse gezogen, er ist nicht dumm. Und weil

ich sie so nötig brauche, nehme ich unter dem Tisch seine dargebotene Hand an. Während des ganzen Essens streichelt er sanft meine Finger und reißt Witze, um die Stimmung aufzuhellen.

»Jason, hast du das gehört?«, schmunzelt Ethan beim Nachtisch. »Zoé sagt, sie würde Chris Hemsworth nicht von der Bettkante schubsen.«

Jason zuckt die Schultern. Sein Arm liegt auf der Lehne meines Stuhls.

»Sie hat absolut recht. Bei ihm würde ich auch nicht Nein sagen. Hast du dir seinen Körper mal angeschaut?«

Es folgt ein High Five, das diesen Namen verdient.

Wie geplant zahle ich selbst, und wir machen einen Spaziergang unter dem Eiffelturm. Jason fotografiert mich für Instagram und zieht mich auf die Seite.

»Moment mal, kleiner Schmetterling«, murmelt er, als ich versuche, zu den anderen aufzuschließen. »Wo willst du hin?«

Ich lache leise, und er zieht mich an sich. Ich küsse sein Kinn und schiebe die Hände unter seine Jacke. Er umhüllt meine Schultern und wickelt uns beide ein.

»Ich sagte doch, du würdest süchtig werden …«

»Und du hattest recht«, haucht er mit dem Gesicht in meinem Haar.

Er schiebt mich ein Stück von sich, um schließlich einen sanften Kuss auf meine Oberlippe zu drücken.

»So, das ist noch etwas, das du von der Liste streichen kannst.«

*Sich unter dem Eiffelturm küssen*. Klar.

Ich lächle überrascht, weil er die Liste offenbar auswendig kennt. Wir verharren eine Weile eng umschlungen und reglos in der Pariser Nacht. Ich denke an seine Reaktion zurück, als ich Ophélie ihre Aussage vorwarf. Leid, Schuld, Mitgefühl.

Jason sollte nur ein Sexabenteuer sein, und jetzt kennt er zwei meiner größten Geheimnisse.

Zwei meiner größten Schwächen.

»Willst du darüber reden?«, flüstert er.

Ich kneife die Augen zusammen. *Wie bringt er es fertig, immer meine Gedanken zu lesen?* Es ängstigt mich geradezu unvorstellbar.

»Nicht heute, okay?«

»In Ordnung.«

Als ich meine Lippen auf die Stelle lege, wo sich sein Adamsapfel unter der Haut bewegt, holt er tief Luft.

Ich sehe, wie er einen Blick zu unseren Freunden wirft. Ethan weicht unseren Blicken aus und zieht Ophélie ein Stück weiter weg. Seltsam. Ich will Jason gerade fragen, was da los ist, als er etwas aus der Tasche nimmt.

»Das ist für dich.«

Mit kaum kontrollierbarem Kichern nehme ich ihm das Etwas aus der Hand. Es ist eine CD in einer durchsichtigen Hülle. Darauf steht in schwarzen Buchstaben: »Ich liebe dich sehr, aber ich kann nicht gut mit Worten umgehen.« Darunter steht: »Beim Einschlafen hören«.

Ringsherum hat dieser Idiot Sterne und Planeten gezeichnet, ich kann sogar eine kleine blaue Rakete erkennen.

»Diese Dinger gibt es noch?«, scherze ich.

»Du kannst es dir jederzeit auf deinem Computer anhören.«

Ich lächle geschmeichelt. Das ist wirklich sehr nett von ihm.

»Das ist … Vielen Dank, ich werde es mir anhören.«

»Das ist noch nicht alles. Zo, ich muss dir etwas sagen«, fügt er mit unsicherer Stimme hinzu. »Aber du musst schwören, mich nicht zu hassen, okay?«

Sofort bekomme ich es mit der Angst zu tun. Aus dem einfachen Grund, weil er mich mit diesem Blick anschaut, den

Männer immer in Filmen haben, wenn sie die geliebte Frau um ihre Hand bitten.

Ein etwas dämlicher Blick.

Jason betrachtet meine Augen, meinen Mund, und plötzlich liegen seine Hände auf meinen Wangen. Mein Herz rast. Wenn er mir jetzt seine Liebe gesteht, was soll ich dann sagen? »Danke«?

»Ich weiß, wir waren uns eigentlich einig, aber …«

Mein Telefon klingelt und hindert ihn am Weitersprechen. Ich greife in meine Tasche, aber Jason flüstert:

»Zoé, bitte, geh nicht dran.«

»Ich muss …«

»Ich will dir etwas Wichtiges sagen«, fleht er mit ernstem Gesicht. »Das da kann doch warten, oder?«

Leider bin ich mir ziemlich sicher, was passieren wird, wenn ich diesen Anruf nicht annehme. Und weil ich ein Feigling bin, entschuldige ich mich und gehe dran.

Jason schüttelt den Kopf und wendet sich enttäuscht ab.

»Hallo?«

»Hi …«

Es ist Violette. Violette, die eigentlich mit ihrem Vater und Clément gemeinsam zu Abend essen wollte. Ich frage sie, was los ist.

»Tut mir leid, dich beim Essen zu stören, aber … Es ist etwas passiert«, erklärt sie mit monotoner Stimme.

Ich entferne mich ein Stück von Jason. Mein Herz bebt vor Angst.

»Was? Was meinst du damit?«

Zunächst bleibt sie stumm. Schließlich sagt sie:

»Bryan war bei uns in der Wohnung.«

# 27

## Zoé

Die Welt um mich herum bleibt stehen. Violette sagt mir am Telefon, dass es ihr gut gehe, dass Bryan wieder fort wäre und dass er total high war. Loan übernimmt das Telefon und gesteht mir, er habe meinem Bruder Geld gegeben, um ihn loszuwerden. Und dass Bryan bestimmt nicht mehr in unsere Wohnung käme, aber dass ich unbedingt die Polizei rufen müsse.

Die Polizei.

Ich verspreche ihm, es zu tun. Und behaupte, seinen Dealer zu kennen.

Ich lüge. Wie immer.

Weil das alles ist, was ich tun kann.

»Zoé?«

Wir haben Ethan und Ophélie ziemlich stehen lassen. Seit Violettes Anruf habe ich kein Wort mehr gesprochen. Ich weiß, dass Jason alles mit angehört hat, und habe keine Ahnung, was ich ihm sagen soll.

Unterwegs lässt er mich in Ruhe und respektiert mein Schweigen.

Ich rufe meinen Bruder bestimmt zehnmal an, aber er hat auf Mailbox geschaltet. Als wir Jasons Wohnung betreten, wähle ich immer noch vergeblich seine Nummer.

»Ach, jetzt willst du wohl nicht antworten, was?«, fluche ich leise vor mich hin. »Geh endlich dran, du Wichser!«

Jason steht mitten im Wohnzimmer und schaut mich ungerührt an. Er trägt noch seine Lederjacke.

»Zoé, sag mir endlich, was los ist.«

Ich antworte immer noch nicht, sondern warte auf ein Lebenszeichen von Bryan. Dieses Mal ist es ihm bitterernst, das weiß ich. Er war tatsächlich in unserer Wohnung. Er hat *meine Freunde* bedroht. Meine *Familie*.

Mit einer wütenden Geste wische ich mir die Tränen von den Wangen und werfe mein Telefon mit einem frustrierten Schrei gegen die Wand. Jason bietet mir Freiraum, aber er lässt mich nicht aus den Augen. Ich laufe hin und her und versuche mich zu beruhigen. Mein Gehirn ist in Aufruhr. Nach einigen endlosen Minuten versucht Jason es erneut.

»Bryan, das ist der Name auf deiner Liste … Ich wusste, dass er mir bekannt vorkam, aber jetzt fällt es mir wieder ein. Er ist ein Ex?«, erkundigt er sich. »Hat er … hat er dich geschlagen?«

Ich schließe die Augen, setze mich auf die Couch und vergrabe das Gesicht in den Händen. *Was kann ich bloß tun?* Im Moment bleibt mir nur noch die Wahrheit. Die zumindest schulde ich Jason.

»Er ist mein Bruder.«

Seine zweite Frage beantworte ich nicht, aber mein Schweigen spricht für sich. Jason zieht mit zusammengebissenen Zähnen hörbar die Luft ein. Er scheint nachzudenken und weigert sich immer noch, sich hinzusetzen.

»Schlägt er dich immer noch?«

Ich zögere nur einen Augenblick.

»Nein.«

»Wenn es so wäre, würdest du es mir sagen?«

Ich hebe den Kopf und lächle ins Leere. Der Mann kennt mich tatsächlich in- und auswendig.

»Nein.«

Es scheint ihn deutlich weniger zu amüsieren als mich.

»Wie soll ich dir dann vertrauen?«

»Gar nicht. Es geht nicht.«

Jason hakt nicht nach. Er seufzt, reibt sich das Gesicht mit einer Hand und setzt sich schließlich auf den Couchtisch. Unsere Knie berühren sich leicht.

»Wenn er gefährlich ist, müssen wir etwas unternehmen.«

»Willst du ihn verprügeln?«, spotte ich.

»Nicht wirklich. Erstens, weil ich keine Kämpfernatur bin – ich bin eher Robin als Batman, weißt du? Und zweitens, weil ich nicht glaube, dass es etwas ändern würde, außer ihn noch wütender zu machen.«

Genau das ist der Grund, warum ich mich in diesen Mann verliebt habe. Im Gegensatz zu den Typen, mit denen ich aufgewachsen bin, löst er Probleme nicht mit den Fäusten.

»Andererseits sollte er sich besser hüten, dir noch einmal zu nah zu kommen. Ich hatte in der Schule anderthalb Jahre Karate – leider musste ich aufhören, weil ein Junge mir das Handgelenk gebrochen hat«, fügt er abwinkend hinzu. »Zu meiner Verteidigung darf ich sagen, dass er fast hundert Kilo wog. Mit *dreizehn Jahren*.«

Ich lächle und streichle ihm zärtlich das Kinn.

»Schon kapiert, Robin. Kämpfen ist nicht so deins.«

»Gefällt dir das nicht?«

Es setzt eine kriegerische Miene auf, die mich nur noch mehr zum Lächeln bringt.

»Ich bevorzuge den Jason, der seinen Katzen Pfannkuchen macht.«

»Warum? Ein kämpfender Mann ist doch sehr sexy.«

»Vielleicht im Film. Im wirklichen Leben ist es alles andere als sexy, das kannst du mir glauben.«

Jason wird wieder ernst. Er stellt mir Fragen über meinen Bruder und meine Mutter, und ich bin so müde, dass ich sie ehrlich beantworte. Diesmal verheimliche ich ihm nichts; zumindest fast nichts.

Die Einschüchterungen, die Vorwürfe, die Beleidigungen und schließlich die Schläge. Die Feigheit meiner Mutter. Die Trennung von Sarah. Als ich fertig bin, kuscheln wir beide unter einer riesigen Decke auf der Couch. Jason hört mir zu und zeichnet Kreise auf mein Bein.

»Ein narzisstischer Perverser«, stellt er mit einem Blick ins Leere fest. »Er verführt, dann setzt er herab. Er manipuliert dich und redet dir die Schuld für etwas ein, womit du gar nichts zu tun hast. Der Ex meiner Schwester war so. Es war ein Teufelskreis, denn sobald sie sich endlich von ihm trennen wollte, kam er zurück und jammerte ihr vor, wie sehr er sie liebe, dass sie die Frau seines Lebens sei und dass er ihretwegen unglücklich wäre. Jedes Mal fühlte Jade sich schuldig und dachte, es läge an ihr. Aber wenn es nicht mehr nach ihren Vorstellungen läuft, werden diese Leute aggressiv.«

»Stimmt. Bryan wurde allerdings geradezu gewalttätig.«

»Ich will dich keineswegs verurteilen«, schickt er voraus, ehe er weiterspricht, »aber … warum hast du mit niemandem darüber gesprochen? Warum bist du nicht weggegangen?«

Fast automatisch senke ich den Blick auf das kleine Muttermal auf meiner rechten Handfläche. Bryan hat ebenfalls eins, an der gleichen Stelle, auf der gleichen Hand. Als Kinder fanden wir das immer lustig.

»Weil er mein Bruder ist. Und weil er mich liebt.«

»Nach allem, was er dir angetan hat, glaubst du immer noch, dass er dich liebt?«

»Liebe läuft nicht immer glatt, Jason«, seufze ich. »Manchmal ist sie gewalttätig, unerklärlich und bösartig. Manche

Leute lieben und betrügen. Andere lieben und schlagen zu. Die meisten von ihnen sind verrückt … aber haben auch ein Herz.«

Ich erwarte nicht, dass er es versteht, obwohl ich es mir wünsche. Ich entschuldige Bryans Verhalten nicht und vergleiche untreue Menschen auch nicht mit gewalttätigen Ehemännern. Bryan gehört wirklich ins Gefängnis, weil man nicht so lieben darf, wie er mich liebt.

Ich sage nur, dass sogar Mörder lieben können.

»Zoé … er ist eine Gefahr«, flüstert Jason. »Wenn du dich nicht in der Lage fühlst, ihn anzuzeigen, obwohl er dich so schlecht behandelt, beweist das nur, dass du in einem Teufelskreis gefangen bist. Aber jetzt bist du nicht mehr allein. Du kannst dich auf mich verlassen. Auf uns alle.«

»Ich brauche niemanden.«

Er verdreht die Augen und lacht leise.

»Wenn du meinst. Aber ich weigere mich, nichts zu unternehmen, solange dieser Typ da draußen frei herumläuft und weiß, wo du wohnst. Würdest du mal darüber nachdenken? Ich bitte dich.«

Ich nicke. Ich weiß, dass in einem solchen Fall die einzige Lösung in der Flucht besteht. Entweder Bryan oder ich. Aber wie könnte ich mich noch im Spiegel anschauen, wenn ich meinen eigenen Bruder bei der Polizei anzeigen würde? Und was wäre mit meiner Mutter? Ich kann sie nicht im Stich lassen, ganz gleich, wie oft sie weggesehen und das Wohnzimmer verlassen hat.

»Du könntest natürlich auch mit mir nach Australien fliehen … Nur mal so dahingesagt.«

Ich lege ihm die Hand auf den Mund, um ihn zum Schweigen zu bringen. Er lacht. Als wir ins Bett gehen, höre ich zum Einschlafen die CD, die er mir geschenkt hat. Die Melodie von

»To Build A Home« ertönt. Ich schließe die Augen, und mein Rücken schmiegt sich an seine nackte Brust.

Seine Hand liegt schützend auf meinem Bauch, und ich bete, dass dieser Moment für immer andauert.

Jason sträubt sich, mich heute allein zu lassen. Zwar hat er mit den Jungs etwas vor, aber er hat versucht, alles abzusagen, um hier bei mir zu bleiben. Ich musste ihn aus der Wohnung werfen und ihm die Tür vor der Nase zuschlagen.

Er drohte mir, mich heute Abend zu verhauen, und schrie so laut, dass alle Nachbarn ihn hören konnten. Dann ging er. Auf keinen Fall hält er mich für ein verwundetes Vögelchen.

Nachdem Jason mich gestern hat versprechen lassen, über mein Vorgehen nachzudenken, habe ich tatsächlich eine Entscheidung getroffen. Eine Entscheidung, die ich ihm verheimlicht habe – aus dem einfachen Grund, weil er darauf bestanden hätte, mit mir zu kommen.

Aber es ist etwas, das ich allein tun muss. Außerdem passt es ausgezeichnet, denn es steht auf meiner Liste.

**Ich**: Bist du zu Hause?
**Violette**: Nein, ich bringe meinen Vater zum Bahnhof. Brauchst du etwas?

Ich beruhige sie und füttere Jasons Katzen, ehe ich nach Hause gehe. Die Wohnung ist leer. Ich nehme mit, was ich brauche und lade alles in den Kofferraum meines Autos, das jetzt wieder neue Reifen hat.

Gestern hatte ich keine Klamotten dabei, deshalb trage ich eine Jogginghose und ein T-Shirt von Jason. Während der Fahrt kann ich kaum aufhören, daran zu schnüffeln.

Als ich vor der Wohnanlage ankomme, parke ich einfach

vor dem Eingang und lade mein Zeug aus. Glücklicherweise kommt in dem Moment, als ich hinein will, ein Mann aus dem Haus. Ich habe beide Hände voll, deshalb hält er mir die Tür auf.

»Brauchen Sie Hilfe?«

»Danke, es geht schon.«

Ich muss nur in den ersten Stock, aber ich nehme mit pochendem Herzen den Aufzug. Als ich heute Morgen aufgewacht bin, stand in meinem Kopf die Lösung fest. Ich will nicht mehr leiden. Ich weigere mich, mich noch einmal so panisch und hilflos zu fühlen wie gestern.

Und weil ich nicht den Mut habe, die Polizei zu informieren …

**Jason**: Wo bist du?
**Ich**: Immer noch bei dir zu Hause.
**Jason**: Da habe ich gerade kurz vorbeigeschaut. Du warst nicht da.

*Scheiße*. Ich habe keine Zeit zu antworten. Mein Telefon klingelt. Ich ignoriere den Anruf und verlasse den Aufzug.

**Jason**: Zoé!
**Jason**: Sag mir nicht, dass du wieder dort bist?!
**Jason**: ZOÉ!!!!!!!!
**Jason**: Ich warne dich, ich komme.

Ich verdrehe die Augen und klopfe an die Tür. Er blufft, denn er hat keine Ahnung, wo ich bin. Die Tür wird aufgerissen. Meine Mutter steht vor mir. Ihre Augen sind gerötet und weit geöffnet.

»Dahlia?«

»Hallo, Mama.«

Ich warte nicht, bis sie mich hereinbittet. Ich schiebe sie beiseite und gehe ins Wohnzimmer. Die Angst drückt mir die Kehle ab wie ein Schraubstock. Wie erwartet sitzt Bryan ohne Hemd auf der Couch und raucht. Als er mich sieht, wird sein Ausdruck weicher.

Ich hingegen sehe rot.

»Meine kleine Schwester kommt mich besuchen ... Was muss man nicht alles für einen einfachen Besuch unternehmen!«

»Schnauze.«

Er hebt eine Augenbraue, beißt die Zähne zusammen und drückt seine Zigarette im Aschenbecher aus. Ihn anzusehen tut mir weh. Ich erinnere mich an unser Kinderlachen, an unsere gemeinsamen Bäder und die Abende, an denen er mir Gute-Nacht-Geschichten erzählte. Ich weiß nicht mehr, wann er aufgehört hat, sich um mich zu kümmern.

»Genieße es, denn es ist das letzte Mal, dass du mich zu Gesicht bekommst«, fauche ich ihn an.

Ich glaube, ich erkenne einen ängstlichen Schimmer in seinen Augen, aber ich spreche weiter.

»Du wolltest Geld? Hier«, sage ich und werfe ihm Plastiktüten mit Kleidung und Geldscheinen vor die Füße. »Nimm es und mach damit, was du willst! Es ist mir scheißegal.«

Meine Mutter bleibt im Hintergrund an der Tür stehen und beobachtet die Szene. Mein Bruder wirft einen Blick auf die Opfergaben, die ich ihm darbringe. Meine Kehle ist wie zugeschnürt und meine Augen brennen, aber das verdränge ich. Wenn ich vor ihm weine, bin ich am Arsch. Aber was soll ich sonst machen? Ich serviere ihm mein Leben auf einem Silbertablett. Alle meine Kleider, ohne Ausnahme, alle Geschenke, die ich von Partnermarken erhalten habe und die eine ganze Menge wert sind. Das und meine Kreationen; meine herrlichen Kleider aus kostbaren Stoffen, die mir das Diplom sichern sollten.

Meine Zukunft, meine Identität, alles.

Mir bleiben lediglich eine Jeans, zwei Pullover und ein Paar Schuhe. Nicht zu vergessen das Kleid, das Jason mir geschenkt hat und das wegzugeben ich nicht den Mut hatte.

»Aber ich gebe dir einen guten Rat: Geh sparsam damit um. Denn das hier tue ich nicht noch mal«, bekräftige ich und trete mit entschlossenem Blick auf ihn zu. »Verstehst du, was ich dir sage? Du brauchst nicht zurückzukommen. Nicht zu ESMOD, nicht in meine Wohnung, nirgendwo hin. Ich gehe weg, weg von hier, weg von dir. Und ich will dich nie wieder sehen.«

»Hör auf«, stößt er zwischen zusammengebissenen Zähnen hervor.

Aber jetzt bin ich so richtig in Fahrt.

»Du bist krank, Bryan. Ich sage das nicht, um dich zu verletzen, sondern weil es wahr ist. Du gehörst dringend in Behandlung. Du sagst, du liebst mich? Dann schau dir doch verdammt noch mal an, was du aus meinem Leben gemacht hast. Du hast mich zerstört, Arschloch! Wie soll ich dich jetzt noch lieben können?«

Bryan wischt sich mit zitternder Hand die Augen und springt auf. Plötzlich steht er sehr nah vor mir. Er ist einen Kopf größer als ich.

»Du hast nicht auf meine Nachricht geantwortet«, schreit er. »Was hätte ich denn tun sollen? Alles ist deine Schuld! Du bist nie für mich da, du bist nie für uns da.«

Ich schüttle den Kopf und trete ganz dicht an ihn heran. Meine Nase berührt seine. Ich hefte meinen wütenden Blick auf seinen und schnaube eisig:

»Ich spiele deine Spielchen nicht mehr mit. Ich bin nur gekommen, um dich zu warnen: Vergreife dich nie wieder an meinen Freunden. Nie wieder!«

»Sonst passiert was?«

»Ich zeige dich an.«

In der lastenden Atmosphäre versucht meine Mutter einzugreifen und fleht mich an, Verständnis zu haben und versöhnlich zu bleiben. Sie sagt, dass Bryan mich nur sehen wolle, weil er mich vermisst. Ich ignoriere sie. Auch mein Bruder beachtet sie nicht. Sie ist schon lange nicht mehr Teil dieser Familie.

»Ich lasse dich nicht gehen, Da … Wir wissen beide, wie es beim letzten Mal geendet hat.«

»Fick dich!«, brülle ich ihn an.

Voller Ekel weiche ich zurück. Mir ist schlecht. Schließlich drehe ich ihm den Rücken zu. Mit entschlossenen Schritten strebe ich der Wohnungstür entgegen und warte jeden Moment darauf, geschlagen zu werden. Ich weiß, dass er mich nicht gehen lässt, ohne etwas zu unternehmen.

Im Flur höre ich, wie er mir folgt. Ich beschleunige meine Schritte.

»Da, warte. Hey!«

»Leb wohl, Bryan.«

Ich öffne gerade die Wohnungstür, als sich seine kräftige Hand auf meinen Arm legt. Ich trete ihm gegen das Schienbein, um mich zu befreien. Er stößt einen Schmerzensschrei aus und lässt mich los. Aber schon nach wenigen Schritten holt er mich wieder ein.

»Weißt du was? Du bist einfach nur undankbar!«, knurrt er und schüttelt mich. »So warst du schon immer. Es ist gut, dass du gehst! Ich tue alles, was in meiner Macht steht, um die Dinge in Ordnung zu bringen, aber dir ist das scheißegal!«

»Ganz genau, es ist mir scheißegal. Und jetzt lass mich in Frieden.«

»Wenn ich eines Tages mit einer Kugel im Kopf aufgefunden werde, weißt du, dass es deine Schuld ist!«

»Oh, bitte! Den Spruch kenne ich doch längst.«

Ich versuche mich loszureißen. Weil er seinen Griff jedoch nicht lockert, rufe ich um Hilfe.

»Halt die Klappe!«, herrscht er mich an.

»Lass mich los, du kranker Mistkerl!«

»Ach, du willst also gehen? Das willst du? Na, dann verschwinde endlich.«

Ich hätte es kommen sehen sollen. Es war wirklich ein Anfängerfehler.

Als er mich loslässt und wegschubst, ist meine einzige Reaktion, meinen Kopf zu schützen. Ich verliere das Gleichgewicht und purzele die gesamte Treppe hinunter.

*»Zoé!«*

Ich verstehe nicht sofort, was gerade passiert ist. Eben noch stand ich oben an der Treppe, und als nächstes finde ich mich ein paar Meter tiefer mit tauben Gliedmaßen wieder. *Ehrlich gesagt weiß ich nicht, was mein Körper noch ertragen kann …*

Jemand eilt auf mich zu. Hände legen sich auf meinen Kopf und tasten meinen Körper ab, um sicherzustellen, dass alles in Ordnung ist. Angewidert schiebe ich die Hände zurück, bis ich merke, dass es sich nicht um Bryan handelt.

»Jason?«

Sein verängstigter Blick verlässt mein Gesicht keine Sekunde. Seine Augen trinken mich geradezu, während er mir sanft befiehlt aufzustehen. Zwar ist mir ziemlich schwindelig, trotzdem frage ich ihn, was er hier macht. Doch er erkundigt sich nur, ob ich irgendwo Schmerzen habe, ob mir übel ist oder ob ich das Gefühl habe, ohnmächtig zu werden.

»Geht es ihr gut?«, fragt mein Bruder, der mitten auf der Treppe steht. »Da, geht es dir gut?«

Jason schenkt ihm keine Beachtung. Immer noch fassungslos beruhige ich ihn, indem ich aufstehe. Ich will ihm zeigen, dass es mir gut geht. Nur mein Rücken und meine Knie tun mir sehr weh. Und möglicherweise habe ich mir den Knöchel verstaucht. Nichts, was ich nicht aushalten könnte.

»Können wir bitte gehen?«, flüstere ich.

Jason nickt. Er sieht ernst und wütend aus. Noch nie habe ich ihn so gesehen.

»Dahlia!«, ruft mein Bruder hinter mir. »Da, warte. Es tut mir leid, verdammt … du hast recht, ich habe ein Problem. Ich … ich weiß nicht, warum ich so bin. Aber ich liebe dich. Du bist alles, was ich noch habe. Tu mir das nicht an.«

Ich schließe die Augen, um nicht zu weinen. Vorsichtshalber drehe ich mich nicht um, sonst bestünde die Gefahr, dass ich doch wieder nachgebe. Jason hat dieses Problem offenbar nicht, denn er wirbelt angespannt herum.

»Bist du Bryan?«

Gerade noch rechtzeitig wende ich den Kopf und sehe meinen Bruder nicken.

»Ich bin ihr Bru…«

Jasons Faust trifft mit voller Wucht auf seine Augenbraue. Ich zucke erschrocken zusammen. Auch Bryan hat den Angriff nicht erwartet, denn er stolpert und hält sich die Hand aufs Auge.

»Wenn du dich ihr je wieder näherst, kann ich dir versprechen, dass du für den Rest deines Lebens im Gefängnis landest.«

Bryan wischt sich wütend das Blut aus dem Gesicht.

»Du hast keine Beweise.«

»Ich bin reich. Ich brauche keine Beweise.«

Mit diesen Worten legt Jason mir den Arm um die Taille und hilft mir die Treppe hinunter. Ich spüre bereits, wie mein Knöchel unter dem Jogginganzug anschwillt. Jason bleibt stumm, bis wir am Auto sind, wo er mir vorsichtig auf den Beifahrersitz hilft.

Ich weiß, dass er wütend auf mich ist, aber es gelingt mir beim besten Willen nicht, mich schuldig zu fühlen.

Endlich habe ich es getan. Ich bin auf einem guten Weg.

Ich habe Bryan gegeben, was er wollte, und jetzt werde ich verschwinden.

# 28

## Jason

»Was macht der Kopf?«

»Geht so.«

»Und der Knöchel?«

»Geschwollen, aber weder gebrochen noch verstaucht.«

»Tut es irgendwo anders weh?«

»Ich bin nicht aus Zucker, Jason. Mir geht es gut.«

Ich antworte nicht darauf, sondern begnüge mich damit, die Lippen zusammenzupressen. Seit wir die Wohnung ihrer Mutter verlassen haben, habe ich Zoé kein einziges Mal angesehen. Ich kann mich nicht dazu durchringen. Um ehrlich zu sein, fühle ich mich nicht wohl mit Wut im Bauch. Ich bin es nicht gewohnt und weiß nicht, wie ich damit umgehen soll.

*Ich bin wirklich verdammt wütend, und das ist noch untertrieben.*

Ich weiß, dass Zoé ein großes Mädchen und sehr unabhängig ist und dass sie es alleine schaffen kann. Aber sie darf mir wirklich nicht verübeln, dass ich sie vor einem so gestörten Typen wie Bryan beschützen wollte. Sie wusste, wie besorgt ich war, und trotzdem ist sie schnurstracks in die Höhle des Löwen marschiert. Und obendrein hat sie mich auch noch schamlos angelogen.

»Du wurdest die Treppe hinuntergestoßen. Ich denke, ich habe das Recht, mir Sorgen zu machen, findest du nicht?«

Dieses Mal ist sie diejenige, die nicht antwortet. Sie zieht es vor, das Thema zu wechseln, während ich mein Hemd ausziehe, weil ich unter die Dusche will.

»Wie hast du mich gefunden?«

»Du hast in deinem Snapchat-Konto die Standortaktivierung angelassen. Und als ich ankam, verließ gerade jemand das Haus.«

Sie runzelt die Stirn und greift nach ihrem Telefon, zweifellos um den Standort zu deaktivieren. Die Hände in die Hüften gestemmt beobachte ich sie dabei. Zoé sitzt auf meiner Couch, trägt meine Klamotten und hat ein mit Eiswürfeln gefülltes Tuch um ihren geröteten Knöchel gewickelt.

Sie hatte Glück. Es hätte schlimmer kommen können.

»Ich fasse es noch immer nicht, dass du gegangen bist, ohne mir Bescheid zu sagen. Nach allem, was du mir gestern erzählt hast …«

»Ich musste ihn sehen«, seufzt sie. »Es tut mir leid, dass ich gelogen habe, aber du hättest mitkommen wollen, und das hätte nichts gebracht. Im Gegenteil.«

Von Kopf bis Fuß bebend schüttle ich den Kopf. Wir sollten wirklich besser die Polizei informieren. Er wird sie nicht in Frieden lassen, da bin ich mir sicher.

»Wird er weiter Probleme machen?«

Ich erwarte, dass sie sich zu mir umdreht, aber das tut sie nicht.

»Nein. Ich glaube, er hat verstanden.«

Das genügt nicht, damit ich mir keine Sorgen mehr mache. Nach wie vor weigert sie sich, die Polizei einzuschalten, und wir beide wissen, dass sie mich hassen würde, wenn ich es täte.

»Zoé.«

Dieses Mal erwidert sie meinen Blick. Ich schaue sie ernst an und sage:

»Tu mir so etwas nie wieder an.«

## Zoé

Noch nie im Leben habe ich mich derart erleichtert gefühlt. Zum ersten Mal seit langer Zeit schwebt nicht mehr der Schatten meines Bruders über mir. Bisher habe ich Violette noch nicht gesagt, dass ich umziehen muss, aber ich habe bereits angefangen, die einschlägigen Internetportale zu durchforsten.

Wie auch immer, mehr kann ich nicht tun.

Was bleibt mir noch, nachdem ich Bryan alles gegeben habe, was ich besaß? Ohne Praktikum und Abschlussarbeit kann ich bei ESMOD kein Diplom machen. Meiner besten Freundin gegenüber versuche ich das Gesicht zu wahren, weil ich nicht mit Fragen konfrontiert werden will und sie auch keinesfalls stressen möchte.

Was Jason betrifft … Sagen wir einfach, er lässt mich nicht aus den Augen. Das ist der Preis, den ich dafür zahlen muss, dass ich mich weigere, meinen Bruder hinter Gitter zu bringen. Apropos Bruder, er hat mir in der folgenden Woche nur eine einzige Nachricht geschickt: »Es tut mir leid.« Nachdem ich zwei Stunden lang geheult hatte, beschloss ich, seine Nummer zu blockieren.

Heute Abend essen wir mit unseren Freunden im Restaurant zu Abend. Violette scheint es nicht viel besser zu gehen als mir.

»Was gibt es Neues, Ethan?«, fragt Loan bei der Vorspeise.

Wir hören unserem Freund zu, der über seinen bevorstehenden Besuch in Poitiers spricht, bei dem Ophélie ihn begleiten wird. Neben mir stochert Jason in meinen Mozzarella-Tomaten herum. Seine Hand liegt auf meinem Oberschenkel.

»Ach ja … Außerdem bin ich befördert worden«, fügt Ethan errötend hinzu. »Ich hatte schon darauf gewartet, dass Gerard mich vorschlägt, aber ich war mir nicht sicher, ob es wirklich seine Absicht war. Ophélie hat mich gedrängt, mit ihm darüber zu sprechen, und … ich habe es getan. Er hat Ja gesagt.«

Alle gratulieren ihm, woraufhin er noch röter wird.

»Das hast du genau richtig gemacht«, sage ich und stoße mit ihm an. »Man sollte sein Glück immer selbst in die Hand nehmen.«

»Title of your sex-tape«, spottet Jason.

Amüsiert stoße ich ihm meinen Ellbogen in die Rippen. Als er Violette und Loan uns gegenüber leise miteinander reden sieht, runzelt er die Stirn und ruft:

»Hörst ihr jetzt endlich mal auf zu tuscheln? Man könnte wirklich meinen, ihr hättet jemanden umgebracht. Das geht schon so seit Wochen so. Ihr seid echt peinlich.«

Ich kichere und platze heraus:

»Das machen sie, seit sie miteinander geschlafen haben.«

*Oh, Scheiße.* Es ist, als würde das ganze Restaurant aufhören zu leben. Ich erstarre beschämt, während meine Freunde mich mit großen Augen anschauen.

»Mist …«

Violette scheint im Erdboden versinken zu wollen. Loan hingegen wirft mir einen bitterbösen Blick zu. Ich will gerade erklären, dass es nur ein Witz war, als Ethan mir zuvorkommt:

»Du hast es gewusst?«

Verblüfft wende ich mich ihm zu. *Soll das ein Scherz sein?*

»Ja! Du auch?«

»Ja«, antwortet Ethan und zuckt lässig die Schultern. »Ich habe es gleich am nächsten Morgen erfahren.«

Verletzt wende ich mich an Violette und werfe ihr einen anklagenden Blick zu. Ich kann nicht glauben, dass sie sich jemand anderem vor mir anvertraut hat!

»Ihr habt es Ethan vor mir gesagt?!«

Violette blickt genauso verloren drein und schaut ihren besten Freund vorwurfsvoll an.

»Du hast es Ethan erzählt?«

»Und du Zoé!«

»Nein, ich habe Zoé nichts gesagt! Sie hat uns gehört. Ein feiner Unterschied.«

»Was?!« Loan verschluckt sich fast.

Angesichts dieser kleinen Szene würde ich am liebsten laut auflachen, aber ich fürchte, das wäre ziemlich unangebracht. Also beschließe ich, die Streithähne mit einer lässigen Geste zu beschwichtigen.

»Keine Sorge, gesehen habe ich nichts.«

*Zu meinem tiefsten Bedauern.*

»Sie hat uns gehört, und du hast mir nichts gesagt?«, hakt Loan nach.

Ethan lacht sich ins Fäustchen und wirft mir einen komplizenhaften Blick zu. Ich beiße mir auf die Lippen und warte auf eine Antwort von Violette, die jedoch noch immer sprachlos ist. Die Situation ist zum Kaputtlachen.

Doch dann …

»Und keiner hat daran gedacht, mich auch einzuweihen? Warum nicht?«

Alle wenden sich überrascht zu Jason um. Er scheint verletzt und verärgert darüber, dass wir ihn außen vor gelassen haben. Alle müssen lachen. Ich hatte vergessen, dass Jason nichts davon wusste. Loan erklärt ihm, warum er Ethan und nicht ihn aufgesucht hat, was uns allen völlig logisch erscheint.

Jason hätte Tag und Nacht unanständige Anspielungen gemacht.

Die arme Violette hat sich immer noch nicht ganz aus ihrer Starre gelöst. Jason lächelt ihr zu und beruhigt sie:

»Im Ernst, Vio, wir haben alle unsere Macken. Vor allem wir! Schau dir nur Zoé an: Sie war eine echte Schlampe, ehe sie sich in mich verliebt hat.«

Meine Hand macht sich selbstständig. Ich versetze ihm eine so schallende Ohrfeige, dass alle um den Tisch herum verstummen. Meine Handfläche wird richtig heiß.

Ethan stößt einen bewundernden Pfiff aus, während mein Blut noch immer kocht. Jason verzieht das Gesicht und wagt es nicht, mir in die Augen zu sehen.

»Hast du das getan, weil ich gesagt habe, dass du eine Schlampe warst oder dass du in mich verliebt bist?«

»Blödmann.«

Ich weiß nicht, ob er versteht, dass es nicht witzig gemeint ist. Die anderen grinsen, ich jedoch nicht.

»Das war doch nur ein Witz, meine Schöne«, entschuldigt er sich und legt mir den Arm um die Schultern.

Ich schüttle ihn mit verschlossener Miene ab. Er denkt vermutlich, dass es mir nicht ernst ist, denn er setzt sein Gespräch mit den anderen fort. Während des restlichen Essens schweige ich. Ich kann einfach nicht fassen, dass er das gesagt hat. Und obendrein in aller Öffentlichkeit.

Es geht mir nicht um den dummen Spruch, ich wäre eine Schlampe. Ich kenne Jasons fragwürdigen Humor und weiß, dass er kein Wort davon wirklich meint.

Nein, es ist der Rest, der mir Magendrücken bereitet.

Viel zu früh für meinen Geschmack löst sich der Freundeskreis auf, und Jason und ich finden uns allein auf dem Parkplatz wieder. Ich gehe zu seinem Auto. Meine Absätze klappern auf dem Beton. Violette hat mich erst heute Morgen darauf hingewiesen, dass ich seit fünf Tagen die gleichen Kleider trage.

»Kannst du mich bitte nach Hause bringen?«, sage ich und öffne die Tür des Audi.

Jason bleibt mit den Schlüsseln in der Hand an der Fahrertür stehen.

»Kommst du nicht mit zu mir?«

»Nicht heute Abend.«

Ich lasse ihm keine Zeit, darauf zu antworten, sondern steige mit pochendem Herzen rasch in den Wagen. Mit gerunzelter Stirn setzt er sich hinters Steuer.

Auf dem Weg schweigen wir angespannt. Ich schaue die ganze Zeit aus dem Fenster. Vor dem Haus angekommen öffne ich meinen Sicherheitsgurt. Jason stellt den Motor ab und legt, als ich aussteigen will, seine Hand auf meine.

»Warte kurz.«

Ich beiße mir auf die Lippen, um nicht auf der Stelle zu flüchten. Jason ist bezaubernd und ich weiß, dass er nicht versucht hat, mich festzunageln, als er das sagte. Trotzdem.

»Es geht um das, was ich eben vor den anderen gesagt habe, oder? Es war doch nur ein Witz, Zo …«

»Glaubst du etwa, dass die anderen da einen Unterschied machen?«, antworte ich und schaue ihm ins Gesicht. »Genau deshalb wollte ich nicht, dass sie es erfahren. Irgendwann fangen sie an zu hoffen, dass wir ein süßes braves Pärchen werden. Aber das setzt uns unter Druck.«

Jason runzelt die Stirn und schüttelt den Kopf.

»Ich persönlich empfinde nicht den geringsten Druck. Es sind nicht die anderen, die meine Meinung zu diesem Thema beeinflussen, das darfst du mir glauben.«

»Ich sage doch nur, dass unsere Beziehung ganz gut lief, als noch alles geheim war. Aber jetzt … mir geht das zu schnell. Nach heute Abend werden sie denken, dass wir ineinander verliebt sind! Sie werden uns zusammen einladen und über uns als ›Jason und Zoé‹ sprechen, als wären wir ein und dieselbe Person …«

Jason betrachtet mich mit einem unbestimmten Lächeln. Doch er wirkt keineswegs amüsiert. Eher resigniert. Ich schaue fragend und er flüstert:

»Wäre das denn so schrecklich?«

Das Herz rutscht mir in die Hose. Seine Augen sind voller Hoffnung. *Hat er es absichtlich in der Öffentlichkeit gesagt, um etwas heraufzubeschwören?* Er wartet auf meine Reaktion, meine Antwort, aber ich kann ihn nur anstarren.

*Nein, es wäre überhaupt nicht schrecklich*, möchte ich am liebsten sagen.

»Tu das bitte nicht«, hauche ich flehend.

»Entschuldige … Aber ich kann es einfach nicht mehr für mich behalten. Ich habe es versucht, ehrlich.«

Ich schüttle den Kopf und steige mit zitternden Händen aus dem Auto. Ich höre, wie er leise vor sich hin flucht und ebenfalls aussteigt. Als ich auf die Haustür zugehe, überholt er mich, um mir den Weg zu versperren.

»Warum läufst du jedes Mal davon, wenn ich versuche, ein ernsthaftes Gespräch mit dir zu führen?«, fragt er vorwurfsvoll. »Du willst es vielleicht nicht hören, aber das ist dein Problem. Ich möchte es sagen.«

Ich trete einen Schritt zurück und verberge das Gesicht in den Händen. Ich bin mir nicht sicher, ob ich es überlebe, wenn Jason sich erklärt und ich ihn zurückweisen muss.

»Warum tust du mir das an?«

»Glaubst du, ich habe das gewollt?«, lacht er bitter. »Glaub mir, alles war viel einfacher, als ich dich noch nicht leiden konnte. Es hat mich davon abgehalten, mich in dich zu verlieben.«

Mir stockt der Atem. Mein ganzer Körper erbebt unter der Wirkung seiner Worte. Ich nehme die Hände vom Gesicht und schaue ihn an. Er wirkt verängstigt und unbehaglich. Dieser unglaubliche Mann ist dabei, mir zu gestehen, dass er mich ebenfalls liebt.

Was soll ich bloß tun?

*Panikattacke.*

»Ich …« stammelt er und zerrt an seinen Haaren. »Verdammt, es ist so schwierig.«

»Du verrennst dich da in etwas, Jason. Du hast mir selbst gesagt, dass du dich an jeder Straßenecke zu verlieben glaubst.«

Er schüttelt den Kopf mit zusammengepresstem Kiefer.

»Das hier ist etwas anderes. Du bist anders.«

»Nein, ganz bestimmt nicht.«

»Hör endlich auf, mir zu erklären, wie ich mich fühle!«, kontert er aufgebracht. »Du hast keine Ahnung, okay? Ich weiß, dass es anders ist, weil es noch nie so war wie jetzt. Du tust mir weh, Zoé. Du tust mir weh, wenn du nicht neben mir schläfst, du tust mir weh, wenn du lauthals lachst, du tust mir *ständig* weh. Ich ertrage es nicht, wenn du morgens nach Hause gehst. Und Scheiße, ich möchte dir beim Orgasmus immer wieder sagen, dass ich dich liebe, denn es stimmt und ich wüsste nicht, warum ich es verschweigen sollte. Ich liebe dich. So, jetzt habe ich es ausgesprochen. Und nun mach damit, was du willst.«

Ich kann kaum noch atmen. Innerlich ringe ich nach Luft und habe das Gefühl, langsam zu sterben. Weil Jason besser aussieht denn je, weil mir noch nie jemand eine solcher Erklärung gemacht hat, aber vor allem, weil seit langer Zeit niemand mehr zu mir »Ich liebe dich« gesagt oder es auch nur gedacht hat.

»Ich kann nicht«, sage ich und unterdrücke die Tränen. »Es tut mir leid.«

Jason lächelt mit zusammengebissenen Zähnen und wendet sich ab. Er ist tief getroffen. *Ich hasse mich, ich hasse mich, ich hasse mich.* Ich hasse mich so sehr, dass ich einfach nach Hause gehen und alles Essbare, das ich in die Finger bekomme, in mich reinstopfen will.

»Nein. So nehme ich das nicht an«, antwortet Jason kühl. »Wenn du mich loswerden willst, musst du dir etwas Besseres einfallen lassen. Das habe ich verdient.«

»Ich bin nicht für das Leben in einer Zweierbeziehung geschaffen«, erfinde ich.

»Oh, bitte! So ein Quatsch. Was denkst du, was wir seit Monaten machen, Zoé? Wir *sind* in einer Beziehung. Wir sind längst über Gelegenheitssex hinaus, und zwar seit dem Moment, als du angefangen hast, bei mir zu übernachten, ohne dass wir Sex hatten.«

*Oh. Gott.* Wie betäubt öffne ich den Mund. Er hat recht. Wir *sind* in einer Beziehung. Und wir sind nicht besser als Violan, die seit über einem Jahr den Kopf in den Sand stecken.

Ich habe mein Versprechen gebrochen. Ich habe Sarah verraten.

»Ich … ich muss gehen.«

Ich versuche, an ihm vorbeizukommen, aber er hält mich zurück. Er umfasst mein Gesicht mit den Händen und legt seine Stirn an meine. Ich spüre seinen Atem auf meinen Lippen und bemühe mich, nicht zu weinen, was mir sehr schwerfällt.

»Warum liebst du mich nicht? Ich flehe dich an, sag es mir wenigstens … Lass mich nicht im Dunkeln tappen.«

»Ich … darum geht es nicht, Jason.«

Seine Augen schimmern hoffnungsvoll. Er schaut auf meine Lippen, dann küsst er mich. Ich schließe die Augen, um seinen vertrauten und berauschenden Geschmack zu genießen.

»Worum geht es dann?«

»Ich bin nicht wie du, Jason. Ich vögle nicht herum, weil ich nach der Liebe meines Lebens suche, ich tue es, weil ich nichts anderes wirklich kann.«

Nun ist er es, der zurückweicht. Sein trauriger und gleichzeitig verärgerter Gesichtsausdruck dringt mir tief ins Herz. Immer müssen die Menschen um mich herum leiden. Das ist der Grund, weshalb sie mich verlassen.

»Verdammt, was hat man dir angetan? Was hat *sie* dir angetan?«

Ich erstarre mit zitternden Knien. *Nein, nein, nein, stopp.* Jetzt hat er das eine Wort zu viel ausgesprochen. Sarah ist Off-Limits. Dazu hat er kein Recht. Das kann er mir nicht antun.

»Hör sofort damit auf«, fahre ich auf.

»Warum? Es ist doch ihre Schuld, oder? Also sag mir, was hat sie dir getan, dass du dich weigerst, dich wieder zu verlieben? Dass du solche Angst hast?«

Weinend ziehe ich mich von ihm zurück und flehe ihn an, aufzuhören, aber er macht weiter. Gnadenlos.

»Lass mich raten: Sie hat dir das Herz gebrochen, weil sie dich mit jemand anderem betrogen hat? Sie hat dich von einem Tag auf den anderen verlassen? Weißt du was: Das kenne ich auch! Das haben wir alle mal durchgemacht!«

»Jason, hör auf …«

Er tut, als höre er mich nicht. Auf seiner Stirn pocht eine Ader.

»Komm schon, sag es mir! Was hat sie dir angetan, Zoé?«

*»Sie ist gestorben!«*

Das Schweigen, das auf mein Geständnis folgt, ist geradezu ohrenbetäubend.

Jason ist blass geworden und schaut mich an, ohne etwas zu sagen. Ich höre nichts als das Schluchzen aus meinem Mund und mein verrücktes Herz, das in meiner Brust tobt.

*Sarah ist tot. Sie ist tot, und ich weiß nicht, ob ich jemals darüber hinwegkommen werde.*

# Drei Jahre zuvor

## Zoé

*Oh, I'm in a mess right now*, singt Ed Sheeran in einem seiner Songs.

»Wo du recht hast, hast du recht, Bruder«, flüstere ich und trinke noch einen Schluck Bier.

»Bitte?«

Ich drehe mich zu Tiago um, der mich besorgt anschaut. Er ärgert sich, dass er gekommen ist, das sehe ich ihm an. Die Partys meines Bruders mochte er nie. Zu viele Drogenkonsumenten, zu viele Homophobe, zu viel von allem. Ich mag diese Partys auch nicht. Eigentlich habe ich keine Ahnung, warum ich mit diesen Leuten auf einer Couch sitze, wo ich Bryan doch verabscheue: Seinetwegen hat Sarah mich verlassen. Seinetwegen behandelt sie mich seit drei Wochen als wäre ich Luft.

»Nichts, nichts.«

»Zoé, ich glaube, wir gehen besser schlafen.«

Kevin, einer der Freunde meines Bruders, reicht mir ein neues Bier, und ich zwinkere Tiago zu.

»Sei nicht so verklemmt.«

»Du bist betrunken. Und bekifft.«

»Stimmt nicht. Ich hab nichts geraucht. Noch nicht.«

Es ist mir peinlich, dass er mich in einem derartigen Zustand sieht, aber der Schmerz in meinem Herzen ist stärker als die Scham. Ich will trinken und rauchen, bis der Kummer verschwindet.

»Du klingst schon wie dein Bruder.«

Mein Lächeln erlischt. Verletzt schaue ich ihn an. Er scheint zu bereuen, was er gerade gesagt hat, aber er nimmt es nicht zurück. Ich will ihm gerade sagen, dass es mir leid tut, als jemand an der Tür klingelt. Tiago steht hastig auf und öffnet. Ich verstehe nicht. Zumindest nicht, bis ich *sie* auf der Schwelle entdecke.

Vor Panik werde ich stocksteif. Was wird sie von mir denken, wenn sie mich so sieht? Was passiert, wenn mein Bruder ins Wohnzimmer kommt und ihr über den Weg läuft? Ihr Blick irrt durch den Raum, bis sie mich entdeckt.

Klick.

Sarah steht da und trägt unter einer Jeansjacke den Pyjama, den ich ihr letzte Weihnachten geschenkt habe. Ein blauer Pyjama mit rosa Flamingos. Damals fand ich ihn witzig.

Ich gehe zu den beiden. »Was hast du getan?«, flüstere ich Tiago zu.

»Ich habe Verstärkung angefordert. Du machst mir Angst, Zo.«

»Bryan darf sie auf keinen Fall hier sehen, verdammt!«

Ich nehme Sarahs Hand, so klein, so warm und so vertraut, und ziehe sie eilig in mein Zimmer. Niemand hat uns beachtet.

»Ich muss jetzt los«, gesteht Tiago zögernd. »Mein Vater ruft schon die ganze Zeit an …«

»Nur zu«, beruhigt Sarah ihn. »Ab jetzt übernehme ich.«

»Ich bin doch kein Kind mehr!«

Aber sie hören mir nicht zu. Tiago drückt mir einen Kuss auf die Stirn, verschwindet und schließt die Tür hinter sich. Sarah und ich schauen uns an und wissen nicht, was wir sagen sollen. Es ist lange her, dass sie zum letzten Mal hier in meinem Zimmer war.

Ich vermisse ihren Körper. Ich vermisse alles an ihr.

»Warum bist du hergekommen? Aus Schadenfreude?«

Meine Worte scheinen sie zu verletzen.

»Worüber genau sollte ich mich freuen? Ich mache mir einfach Sorgen.«

»Aber warum? Du hast mir schließlich sehr deutlich zu verstehen gegeben, dass du mich nicht mehr liebst.«

Bei diesen Worten betrachtet sie eingehend ihre Fingernägel. Ich bete, dass Bryan nicht unangekündigt hier auftaucht, weil er mich aus den Augen verloren hat.

»Du weißt sehr wohl, dass das nicht stimmt …«

Mein Herz springt in meiner Brust. Habe ich richtig gehört?

»Was?«

»Glaubst du ernsthaft, dass das so einfach funktioniert?«, murmelt sie. »Dass ich mit dem Finger schnippen und aufhören kann, dich zu lieben?«

Eine Hoffnung keimt in mir auf. Ich wage nicht, etwas zu sagen, aus Angst, sie könne sich entscheiden, wieder zu gehen. Wie verzweifelt habe ich gehofft, dass sie zu mir zurückkäme, mir sagen würde, sie hätte sich geirrt, und mich anflehen würde, sie zurückzunehmen?

»Zumindest hast du mich das glauben lassen.«

»Es war gelogen.«

*Verdammt*. Ich beruhige meinen Atem und bete, dass sich der Alkohol in meinem Körper so schnell wie möglich abbaut. Ich möchte nicht total dicht sein, wenn Sarah bereit ist, wieder mit mir zusammenkommen.

»Ich verstehe nicht.«

Sie seufzt und weicht meinem Blick aus. Ich habe sie noch nie so zögerlich erlebt, diese Sarah, die sonst nicht auf den Mund gefallen ist.

»Ich habe mit dir Schluss gemacht, weil ich hoffte, dass es

wie eine Art Elektroschock wirkt. Ich … ich habe auf eine Reaktion von dir gewartet. Irgendwas. Natürlich liebe ich dich immer noch«, fügt sie hinzu und schaut mich endlich an. »*Ich liebe dich bis zu den Sternen*, weißt du noch?«

Ich schließe die Augen. Eine namenlose Erleichterung überkommt mich. Es ist, als könne ich nach einem Monat unter Wasser plötzlich wieder atmen.

»Meine Güte, wie albern wir doch sind.«

Sie lächelt, und weil Worte nicht ausreichen, um meine Gefühle in diesem Moment zu erklären, küsse ich sie. Sie greift mir in die Haare, erwidert meinen Kuss und ihre Tränen vermischen sich mit meinen.

»Du hast mir so gefehlt.«

Sie küsst mich immer wieder, sucht schließlich Zuflucht in meiner Halsbeuge und umschlingt meine Taille. Ich umarme sie, als wolle ich sie nie wieder loslassen.

»Zoé.«

»Hmm?«

»Ich bitte dich, geh von hier weg.«

Sie hebt den Kopf. Diesmal ziehe ich mich angesichts ihres herausfordernden Blickes nicht zurück. Es ist nicht das erste Mal, dass sie mir vorschlägt, wegzugehen. Bis heute habe ich immer Nein gesagt. Erstens, weil ich nicht über die nötigen Mittel verfüge, und zweitens, weil ich dazu nicht in der Lage bin.

»Und meine Mutter?«

»Liebes, was ich jetzt sage, klingt vielleicht schrecklich … aber deine Mutter hat sich jahrelang nicht um dich gesorgt. Du bist nicht für sie verantwortlich. Belaste dich nicht auch noch damit.«

Ich weiß, dass sie recht hat. Aber warum ist es dann so schwer?

Von draußen hören wir plötzlich das Geräusch von zerbrochenem Glas, gefolgt von allgemeinem Gelächter.

In einer solchen Umgebung kann ich nicht mehr leben.

»Okay.«

Sarah schaut mich ungläubig an.

»Im Ernst?«

»Im Ernst.«

»Wahnsinn! Cool. Super. Äh ... Okay ...«

Ich lache und sie lässt sich davon anstecken. Hastig stopfe ich das Nötigste in einen kleinen Rucksack – Geld, Ausweis, Telefon, Kleidung zum Wechseln – und nehme die Schlüssel meines Motorrollers. Sarah, Tiago und ich haben ihn zu meinem siebzehnten Geburtstag gemeinsam gekauft. Er gehört uns allen dreien, aber während der Woche benutze ich ihn.

»Ich kann kaum glauben, dass wir das tun«, flüstere ich und öffne mein Fenster weit.

Sarah nimmt meine Hand und umklammert sie. Ihr glückliches und stolzes Gesicht ist alles Gold der Welt wert. *Verdammt, für dieses Gesicht könnte ich sterben.*

»Alles wird gut ... Du wirst nie wieder in diese Bruchbude zurückkehren, das verspreche ich dir.«

Ich küsse sie innig und bitte sie, als Erste zu gehen. Vorsichtig steigt sie über das Fenstersims und landet zwei Meter tiefer. Ich will ihr gerade folgen, als die Tür zu meinem Zimmer ohne Vorwarnung aufgestoßen wird.

»Da, du wirst nicht glauben, was ...«

Mein Bruder unterbricht sich mitten im Satz und sieht mich an. Ich zittere vor Panik, denn ich weiß ganz genau, wonach es aussieht. Wenigstens kann er von seinem Standort aus Sarah nicht sehen.

»Was machst du da?«

Seine Stimme klingt ruhig und bedächtig, aber ich kenne ihn. Ich weiß, dass er Wut im Bauch hat. Sarah macht mir von unten her Zeichen, aber ich ignoriere sie.

»Ich gehe weg.«

Lügen wäre sinnlos. Er errät es sowieso.

»Nein, das glaube ich nicht.«

»Tut mir leid.«

Ich schwinge schnell die Beine über das Fensterbrett, doch Bryan packt mich bereits an den Schultern, um mich aufzuhalten.

»Du gehst nirgendwo hin! Nicht ehe wir geredet haben!«

Ich wehre mich so gut ich kann und ignoriere Sarah, die mir zuruft, ich soll springen. Leider bin ich nicht die Stärkste, und Bryan gelingt es, mich zurück in mein Zimmer zu ziehen. Dabei stolpere ich über ihn und beiße ihm mit aller Kraft in die Hand.

Er brüllt vor Schmerz. Sofort nutze ich die Gelegenheit, wieder durchs Fenster zu klettern und zu springen. Ich lande auf den Knien und stöhne wie ein Tier. Sarah ist sofort bei mir und will wissen, ob es mir gut geht.

»Schnell, wir müssen los.«

Ich nehme ihre Hand. Bryan erscheint wieder am Fenster. Der Ärmste sieht völlig hilflos aus.

»Zoé, mach keinen Quatsch! Ich habe Nein gesagt! Ich warne dich … Wenn du nicht zurückkommst, mache ich mich kaputt. Hörst du mich? Zoé!«

Ich zwinge mich, nicht hinzuhören. Wir rennen so gut es eben geht zu meinem Roller. Sarah setzt sich hinter mich, lehnt aber den Helm ab, den ich ihr reiche.

»Und du?«

»Wir haben nur den einen, und ich möchte, dass du ihn trägst. Bitte.«

Sie seufzt, fügt sich aber. Sie setzt den Helm auf und schlingt mir die Arme um die Taille. Ich blicke nicht zurück, während ich das Wohngebiet mit Höchstgeschwindigkeit verlasse.

Zwar laufen mir Tränen über das Gesicht, aber ich mache mir keine Sorgen. Ich habe es getan. Zum ersten Mal in meinem Leben habe ich eine Entscheidung getroffen, die mir ganz allein gehört. Und alles dank dieses Mädchens hinter mir, einem Mädchen, nach dem ich verrückt bin. Ich lache und weine gleichzeitig. Der Wind zerzaust mein Haar.

Das ist also die Freiheit.

»Wo fahren wir hin?«, rufe ich.

»Zu mir! Ich verstecke dich in meinem Zimmer, bis ich mit meinen Eltern gesprochen habe.«

Amüsiert wende ich ihr halb das Gesicht zu.

»Darf ich in deinem Bett schlafen?«

Sie lacht, hält mich noch fester und schreit mir ins Ohr:

»Wenn man bedenkt, wie sehr ich dich vermisst habe, werden wir wohl nicht gerade viel schlafen.«

*Das gefällt mir ganz ausgezeichnet.* Euphorisch konzentriere ich mich auf die Straße. Ich fühle mich unbesiegbar. Vielleicht liegt es am Alkohol, ich weiß es nicht, aber endlich habe ich das Gefühl, dass alles gut wird.

Dass sich alles zum Besten wenden wird.

Die Nacht gehört uns. Am liebsten würde ich Sarah fragen, ob wir tatsächlich abhauen sollen. Weit weg von hier, nur wir beide, und uns anderswo ein neues Leben aufbauen.

»Schneller!«, ruft sie hinter mir.

Ich lache und gehorche mit Adrenalin in den Adern. Der Wind peitscht meine Wangen und Arme. Ich trage nur einen Wollpullover. Wir sind allein auf der Straße. Im Rückspiegel sehe ich, wie Sarah vor Glück schreit und die Arme in den Himmel hebt.

Ich will ihr gerade sagen, dass sie sich festhalten soll, als es passiert.

Schnell wie ein Wimpernschlag.

Etwas trifft uns hart. Der Roller schlittert mit einem kreischend metallischen Geräusch, das mich wahrscheinlich den Rest meines Lebens verfolgen wird, und kippt schließlich um. Mein Bein wird eingeklemmt, und nur mein Kopf schlägt auf dem Beton auf.

Schwarzes Loch.

Als ich wieder zu Bewusstsein komme, höre ich absolut nichts. Es ist wie ein Film ohne Ton.

Ich liege auf dem Boden, der Roller lastet auf meinem tauben Bein, und ich habe Schmerzen. Ich fühle eine warme Flüssigkeit über meine Schläfen laufen. Vermutlich ist es Blut, aber ich achte nicht darauf.

*Sarah.*

Ich bin nicht in der Lage, mich zu bewegen, aber ich kann nur an Sarah denken.

*Wo ist sie?* Mit übermenschlicher Anstrengung bewege ich den Kopf und blicke mich nach ihr um. Alles, was ich sehen kann, ist ein Auto mit verbeulter Motorhaube und offenen Türen.

Eine Frau rennt in heller Panik auf mich zu, eine andere kniet ein paar Meter entfernt auf dem Boden. Tränen laufen über meine Wangen, als ich die leblose Gestalt zu ihren Füßen sehe.

Und den Pyjama mit den rosa Flamingos.

# 29

## Zoé

Immer noch sehe ich die Szene vor mir, realistischer als in meinen schlimmsten Albträumen.

»Sie war sofort tot«, schluchze ich und kann nicht aufhören zu weinen. »Ein Auto fuhr uns an und sie … sie wurde vom Roller geschleudert.«

Jason weiß nicht, wie er auf meine Geschichte reagieren soll. Schuldbewusstsein zeichnet sich auf seinen feinen Gesichtszügen ab. Er öffnet den Mund, schließt ihn aber sofort wieder. Schließlich kommt er auf mich zu und umarmt mich. Ich klammere mich an seine Schultern und bete, dass er mich nie wieder loslässt.

»Du warst nicht schuld, mein Schatz. Es tut mir so unendlich leid …«

Er hält mich fest und streichelt mir mit einer sanften Geste das Haar.

»Ich hatte getrunken und bin trotzdem gefahren. Es ist meine Schuld, Jason.«

»Du warst jung. Natürlich hast du einen Fehler gemacht. Manche Fehler ziehen schwere Konsequenzen nach sich, aber glaubst du nicht, dass du schon genug gestraft bist, weil Sarah nicht mehr da ist? Du kannst nicht immer die Schuld auf dich nehmen. Du warst nicht allein auf dieser Straße. Sarah hat dich gebeten, schneller zu fahren … Sie hat sich nicht festgehalten … Damit will ich nicht sagen, dass es ihre Schuld war«, beeilt er sich hinzuzufügen. »Ich finde nur, dass jeder seinen Teil Verantwortung an diesem Unfall trägt. Das entgegenkommende Auto hätte euch sehen müssen …«

Ich wische meine Tränen fort. Mein Körper schmerzt. Das Atmen schmerzt. Aufrecht zu stehen schmerzt. Und an *sie* zu denken schmerzt geradezu unerträglich.

Es war schwer, in einer Welt zu überleben, in der mich alles an sie erinnerte. In einer Welt, in der ich in die Wohnung meiner Mutter zurückkehren und Bryans Bemerkungen über den Unfall ertragen musste.

»Es ist deine Schuld.«

»Da siehst du, was du getan hast.«

»Du hättest eben auf mich hören sollen.«

In einer Welt, in der mich mein narbenbedeckter Körper daran hindert, den schlimmsten Fehler meines Lebens zu vergessen.

»Ich kann ihr das nicht antun, Jason, tut mir leid …« Zunächst scheint er nicht zu verstehen, wovon ich rede. Dann jedoch erkenne ich an seinem Gesicht, dass er begreift. Ich kann nicht mit ihm zusammen sein, denn ich habe mir selbst das Versprechen gegeben, nie mehr jemand anderen zu lieben.

Weil ich sie nicht töten und dann sofort wieder vergessen, ersetzen und in der Versenkung verschwinden lassen kann, als wäre sie nur eine vorübergehende Erscheinung in meinem Leben gewesen.

»Zoé …« flüstert Jason, offenbar ohne zu wissen, wie er vorgehen soll. »Was passiert ist, ist schrecklich. Dafür fehlen mir wirklich die Worte … Zu wissen, dass du so etwas hast durchmachen müssen, bringt mich fast um, und mir ist klar, dass nichts deinen Verlust ersetzen kann.«

Seine Stimme versagt, seine Maske zerbröckelt.

»Aber Sarah ist nicht mehr da, mein Schatz. Du musst vorwärts gehen … Du hast ein Recht auf Glück. Niemand verlangt von dir, sie zu vergessen oder zu ersetzen, denn das wird nie möglich sein, weil man Menschen auf ganz unterschiedliche Weise liebt. Aber sie ist nicht mehr da«, wiederholt er. Ich weine heftiger. »Ich hingegen bin hier, verdammt. Ich bin hier …«

Stumm und mit zerrissener Seele beobachte ich ihn. Jason lächelt kläglich, ehe er hinzufügt:

»Aber ich werde nicht für immer bleiben. Ich bin in dich verliebt und will mich nicht mehr verstecken. Ich bin es leid, mit einer Frau zu schlafen, die ich liebe, die ich aber nicht haben kann. So masochistisch bin ich nicht veranlagt. Also bitte … triff eine Entscheidung. Lass mich fallen oder nimm mich, ganz egal, aber lass mich nicht im Ungewissen. Es gibt Grenzen für das, was ich ertragen kann … sogar von dir.«

Mit leerem Kopf stehe ich da wie eine Idiotin. Noch nie hat mir jemand eine solche Erklärung gemacht. Und ich weiß, dass er recht hat, dass Sarah nicht mehr da ist und dass ich nicht mein Leben lang auf ein Phantom warten kann, aber es ist stärker als ich.

Wenn sie mich sehen könnte, was würde sie sagen? Zweifellos, dass ich sie verraten habe. Dass sie umsonst gestorben ist.

Schlimmer noch: Wieso darf ich glücklich sein, während Sarah nie die Chance hatte, achtzehn Jahre alt zu werden?

»Ich …«

Mir fehlen die Worte. Doch Jason versteht, denn er atmet tief durch, nickt und wendet den Blick ab. Seine Enttäuschung trifft mich hart wie eine Mauer. Und doch bin ich nicht in der Lage, ihn aufzuhalten, als er mir eine Hand in den Nacken legt, mich auf die Stirn küsst … und dann geht.

Ich wünschte, ich könnte ihm die Wahrheit sagen. Ich wünschte, ich könnte ihm verständlich machen, dass ich Angst vor ihm habe, dass meine Liebe zu ihm mich erschreckt, dass ich fürchte, ihn mehr zu lieben als Sarah und dass ich davor zittere, ihn zu sehr zu lieben und ihn ebenfalls zu verlieren.

*»Sind Sterne unsterblich?«*

*»Nein. Nach einiger Zeit sterben sie, genau wie wir.«*

Ich betrachte das Sternbild, das auf meinen Unterarm tätowiert ist. Es verspottet mich grausam. Sarah war mein Stern, und wie jeder andere Stern ist sie erloschen. Das hindert sie jedoch nicht daran, in meinem Herzen und in meinen Erinnerungen weiterzuleben.

Wären unsere Rollen vertauscht, würde ich mir wünschen, dass sie vorwärts blickt.

*Nicht wahr?*

Meine Gedanken werden unterbrochen, als Jason sein Auto startet und davonfährt. Ich sehe ihm nach. Meine Tränen trocknen. Einen Moment lang stelle ich mir die Rückkehr in ein Leben ohne Jason vor, und es ist eine echte Qual.

»Du dumme Nuss.«

Ich hole mein Telefon aus der Tasche und rufe ihn an, ohne seinen Wagen aus den Augen zu lassen. Beim dritten Klingeln sehe ich, wie er vor einer roten Ampel stehen bleibt.

Mein Herz setzt einen Schlag aus. Ich denke nicht eine Sekunde nach, ziehe die Schuhe aus und renne los. Dabei bete ich, dass die Ampel nicht grün wird. Meine Waden schmerzen heftig. Ich laufe barfuß über den Asphalt und keuche.

Fast wie diese dämlichen Schauspielerinnen, die auf Flughäfen irgendwem nachrennen. Ein echtes Klischee.

Als ich nur noch wenige Meter vom Auto entfernt bin, schaltet die Ampel auf Grün. Ich gebe noch einmal richtig Gas und schaffe es, an die Scheibe zu klopfen, als Jason gerade anfahren will. Er bleibt sofort stehen und dreht sich zu mir um.

Seine Augen werden riesengroß. Er lässt das Fenster hinunter, während ich mit den Händen auf den Hüften nach Luft ringe.

»Warte, ich … Bitte, ich … Es tut mir leid«, japse ich.

Er wirft mir einen zögernden Blick zu und steigt aus dem Auto. Tiefes Schweigen. Ich habe Angst, aber ich schalte die leise, missbilligende Stimme in mir aus. Ich will keine Angst mehr haben.

»Ich möchte mit dir zusammen sein. Ich liebe Sarah und werde nie aufhören, sie zu lieben … aber du hast recht. Du bist hier, und ich will bei dir sein. Bitte geh nicht weg«, flehe ich ihn an.

Das alles zu sagen drückt mir fast das Herz ab, und doch kam es mir noch nie so wahrhaftig vor. Jason lässt sich nicht lang bitten. Er seufzt, wirft den Kopf zurück und kommt leise fluchend näher.

Unsere Lippen treffen sich, und ich lege ihm die Arme um den Hals. Meine Brust scheint zu explodieren und entlässt ganze Schwärme von Schmetterlingen, als er mich hochhebt. Sein liebevoller Mund verschlingt mich geradezu und flüstert sinnliche, nicht enden wollende Dankeschöns, wobei er verspricht, sich um mich zu kümmern.

»Du änderst deine Meinung doch hoffentlich nicht wieder, oder?«

Ich lächle schüchtern und schüttle den Kopf.

»Vielleicht wird es anfangs ein bisschen schwierig, und ich entschuldige mich schon mal im Voraus dafür … aber nein, meine Meinung ändere ich nicht.«

Sein Lächeln reicht bis zu den Sternen. Zärtlich berührt er meinen Hals.

»Ich liebe dich«, flüstert er so leise, dass ich nicht genau weiß, ob es ihm überhaupt bewusst ist.

»Ich weiß.«

Jason blickt mich ebenso verblüfft wie amüsiert an.

»Träume ich oder hast du gerade *Star Wars* zitiert?«

Mein Lächeln spricht für sich.

# Dritter Teil

## Folge mir, ich folge dir

# 30

## Jason

»Wie lang muss man es drauflassen?«

»Zehn Minuten.«

»Aber es brennt.«

»Das ist normal, Jason.«

»Es brennt wirklich.«

Zoé versetzt mir einen Klaps auf die Hände, weil ich versuche, mir ins Gesicht zu greifen. Sie misshandelt mich gern. Aber was soll ich sagen? Ich finde es toll.

»Ich habe dir doch gesagt: Nicht anfassen! Es geht gleich vorbei.«

Ich gehorche und betrachte mich im Spiegel über ihrer Schulter. Ich spüre meine Haut nicht mehr. Das Produkt kribbelt auf meinen Wangen und zwischen meinem Mund und meiner Nase. Zoé hat heute Gesichtsmasken mit Ton gekauft und mich gefragt, ob ich sie zusammen mit ihr ausprobieren möchte.

Ich war neugierig, okay?

Und nun sitzen wir mit grau angestrichenen Gesichtern wie Idioten im Badezimmer herum. *Hashtag Goal Couple.*

»Was machst du da?«

»Ich bewahre diesen Moment«, grinst Zoé und nimmt uns mit ihrem Telefon ins Visier.

Ich lege die Arme um ihre Taille, das Kinn auf ihre Schulter und lächle mit allen Zähnen. Sie macht ein Foto und postet es auf Instagram mit dem Kommentar: »Lush x Bae«. Ich weiß nicht, wer Lush ist, aber ich schätze, ich bin Bae.

Kaum zwei Minuten später erhalte ich mehrere Benachrichtigungen in der Facebook-Gruppe, die ich mit den Jungs teile. Natürlich haben sie das Bild gesehen und machen sich sofort darüber lustig.

**Loan**: Ich habe einen Screenshot gemacht.
**Ethan**: Ich rate dir, uns nicht zu deiner Hochzeit einzuladen.
**Ich**: Pff. Es ist gut für die Haut, okay? Zumindest denke ich an meine Poren. Könnt ihr das auch von euch behaupten?
**Ethan**: Was sind Poren?

Ich habe zwar keine Ahnung, aber laut Zoé sind sie wichtig.

Nach zehn Minuten reinige ich mein Gesicht mit einem feuchten Waschlappen, und ich schwöre, es ist die reinste Magie! Meine Haut ist so weich, dass ich sie immer wieder streicheln muss. Zoé scheint belustigt über meine Entdeckung und küsst langsam meinen Hals von oben bis unten.

Seit wir offiziell ein Paar sind, hat sie sich verändert. Natürlich ist Zoé immer noch die Gleiche – manchmal ganz schön nervig –, aber ich empfinde sie als viel natürlicher und weniger defensiv. Zoé kann endlich loslassen und hat aufgehört, gegen mich anzukämpfen.

Tja, ich muss sagen, unser Ding funktioniert richtig gut. Wir sind entsetzlich nett geworden – und die Jungs finden es witzig, mich ständig daran zu erinnern.

»Ich muss lernen«, flüstere ich, als Zoé ihre Hände unter den Bund meiner Boxershorts schiebt.

»Morgen kannst du auch noch lernen.«

Mit diesen Worten knabbert sie an meinem Schlüsselbein und setzt sich dann mit verführerischem Blick auf die Couch.

Nur mit einem langen, weißen T-Shirt bekleidet fordert sie mich heraus, zu ihr zu kommen. Ich schlucke und widerstehe der Versuchung.

»Geht nicht. Morgen arbeite ich im Schwimmbad. Es ist mein letzter Tag.«

»Sehr gut. Ich möchte dich keinesfalls vom rechten Weg abbringen …« sagt sie, spreizt die Beine und *oh mein Gott, sie trägt absolut nichts darunter.*

Meine Atmung beschleunigt sich, und im Handumdrehen bin ich bei ihr. Zwar muss ich mitten im schönsten Geschehen unterbrechen, weil uns eine der Katzen aus ihrem Katzenklo anstarrt und Zoé sich daran stört, aber es lohnt sich trotzdem.

Ich weiß, dass sie sich seit einigen Wochen einsam und nutzlos fühlt. Es ist ihr nicht mehr möglich, ihr Jahr an der ESMOD mit einem Diplom abzuschließen, und sie weigert sich kategorisch, es zu wiederholen – es wäre auch zu teuer. Sie wohnt praktisch bei mir, bis sie eine eigene Wohnung findet. Seit dem Zwischenfall auf der Treppe hat sich ihr Bruder nicht mehr gemeldet, was ein gutes Zeichen ist.

Zwar kann ich diesen Vorfall noch immer nicht vergessen, aber lassen wir das.

Meine Situation bietet jedenfalls keinen Anlass zur Beschwerde. Zoé ist tagsüber unterwegs, füttert jeden Morgen die Katzen, und abends essen wir immer zusammen. Manchmal gehen wir weg, oft chillen wir aber auch im Bett, schauen Netflix und lieben uns. Noch nie im Leben war ich so glücklich und zufrieden.

Ich werde zum Trottel.

Oh, Scheiße. Ich werde wie *Loan!*

Plötzlich spüre ich Zoés Lippen an meinem Hintern, was meine Wirbelsäule sofort elektrisiert. Sie liebt es, mein Tattoo zu küssen, als wolle sie sich über mich lustig machen.

»Sag mal …«, setze ich an und drehe mich auf dem Rücken. Zoé unternimmt nichts, um sich zu bedecken und legt ihre nackten Beine über meine Knie. Mit feurigen Blicken massiere ich ihr die Füße. Ich liebe es, wenn sie so ist – sich ihres Körpers vollständig bewusst und ohne dass sie versucht, ihn um jeden Preis zu verstecken.

»Erzähl mir von Sarah.«

Sie erstarrt und verstummt. Seit dem Abend, als sie mir von dem Unfall berichtet hat, haben wir nicht mehr darüber gesprochen. Ich weiß, dass es wichtig für sie ist, um wieder Tritt zu fassen, und muss zugeben, dass ich neugierig bin … Wenn Zoé sie so sehr geliebt hat, will ich wissen, warum.

»War sie ebenfalls bisexuell?«, beginne ich, um es ihr leichter zu machen. »Wussten die Leute, dass ihr zusammen wart, oder war es eine verbotene Liebe wie bei Romeo und Julia?«

Nach und nach entspannt sich Zoé. Ihr Blick wandert ins Leere. Ich ahne, dass sie an ihre Ex denkt, an die Vergangenheit, die sie verbunden hat, und an Erinnerungen, die schmerzen.

»Ja, die Leute wussten es. Und nein: Sarah war non-binär und pansexuell. Sie hat sich nicht nur mit einem Geschlecht identifiziert. Ich erinnere mich noch an den Tag, an dem sie mir gestand, dass sie sich sowohl als Frau als auch als Mann fühlte … Ich glaube, ich habe sie nie so sehr geliebt wie in diesem Moment. Ich fand es einfach toll, dass sie sich ganz genau kannte und mit sich selbst im Reinen war!«

Ich höre ihr aufmerksam zu und streiche ihr eine Haarsträhne hinters Ohr. Ich kenne diesen Stolz und diese bedingungslose Liebe, die ihre Stimme zum Schwingen bringt; beides habe ich auch, wenn ich mit Julie über sie spreche. Es bringt mich zum Lächeln.

»Und sie liebte alte Filme. Sie scheint ziemlich cool gewesen zu sein.«

»Ja«, fährt Zoé fort. »Sie war total vom Kino besessen. Sie wollte mit ihren Filmen die Welt verändern und ›eine der besten Regisseurinnen ihrer Generation‹ werden. Ich habe ihren Ehrgeiz immer bewundert … ihre Bereitschaft, die Stimme zu erheben und über Feminismus zu sprechen, aber auch über Sexualität und Gender.«

Nachdem Zoé einmal angefangen hat, kann sie nicht mehr aufhören. Sie erzählt mir, wie sie sich als Teenager auf einer von Tiago organisierten Party kennenlernten und wie der Rest ihrer Beziehung verlief. Mit allen Höhen und Tiefen.

»Sie wäre so stolz auf dich«, flüstere ich, doch sie lacht nur kühl.

»Glaubst du wirklich? Denn bis jetzt sehe ich nichts, was ich erreicht hätte, um sie stolz zu machen. Ich besuche ihre Eltern nicht mehr, weil ich mich zu sehr schäme, ich wage es nicht, meinen Abonnenten zu sagen, dass ich bisexuell bin, ich habe meinen Traum, Modedesignerin zu werden, aufgegeben, und ich bin dem Charme eines anderen erlegen. Bravo, Dahlia!«

Ich bringe sie zum Schweigen, indem ich die Hand um ihr Kinn lege und sie ernst anblicke.

»Du hast dich gegen deinen Bruder gestellt, du hast deine Freunde beschützt, indem du deinen Traum geopfert hast, und du hast dich endlich entschieden, dein Herz wieder zu öffnen. Ich nenne das einen Sieg. Alles andere wird folgen.«

Sie lächelt schwach. Sie weiß, dass ich recht habe; wie immer, möchte ich sagen. Sie ist unglaublich, und ich glaube an sie. Zoé wird Großes vollbringen. Sie muss nur noch mehr Selbstvertrauen gewinnen und sich vor allem verzeihen.

»Darf ich dich etwas fragen?«, erkundigt sie sich zögernd und sieht mich mit nachdenklichem Blick an.

»Logisch.«

»Bist du eigentlich hetero? Ich habe mir diese Frage schon öfter gestellt ...«

»Kein Problem«, unterbreche ich sie, ehe ich über die Frage nachdenke. »Ehrlich gesagt habe ich keine Ahnung. Ich habe es noch nie wirklich hinterfragt. Ich denke, man kann nie mit Sicherheit behaupten, hundertprozentig heterosexuell zu sein, oder? Im Moment würde ich davon ausgehen, dass ich es bin, weil ich mich noch nie zu einem Mann hingezogen gefühlt habe. Aber man soll niemals nie sagen. Jedenfalls hätte ich kein Problem damit, weißt du. Etiketten liegen mir nicht. Ich bin weder schwul noch hetero, weder bi noch sonst etwas. Ich lebe einfach im Hier und Jetzt.«

Ich unterbreche mich, als ich Zoés Blick bemerke. Sie lächelt so strahlend, dass sie den ganzen Raum erleuchtet, und verdammt, es tut weh. Als ich sie frage, was los ist, schüttelt sie den Kopf und küsst mich.

»Du bist einfach nur unglaublich. Und ob du es glaubst oder nicht, es überrascht mich.«

»Äh ... Danke?«

»Gern geschehen.«

»Okay, Themenwechsel: Wie läuft die Wohnungssuche?«

Misstrauisch hebt sie die Augenbrauen.

»Wieso? Hast du mich schon satt?«

»Na ja, ich wollte nicht gleich mit der Tür ins Haus fallen, aber als ich heimkam, war das Essen noch nicht fertig und ...«

Sie tritt nach mir, und ich muss lachen.

»Du weißt genau, dass du mich nicht störst. Diese Wohnung ist viel zu groß für eine Person, und es gefällt mir, deine Klamotten auf dem Boden zu finden, wenn ich nach Hause komme. Wie im Märchen vom kleinen Däumling.«

Sie lächelt sanft und gibt zu, dass sie ziemlich unordentlich ist.

»Ich weiß noch nicht genau, wie es weitergehen soll. Alles hat sich so schnell verändert, dass ich ziemlich durcheinander bin.«

»Das ist normal. Niemand drängt dich.«

Zoé sieht mich merkwürdig an, als wolle sie mir widersprechen.

»Bist nicht du derjenige, der diesen Sommer nach Australien geht?«

*Ah. Dieses kleine Detail hätte ich beinahe vergessen.*

Australien schien eine gute Idee zu sein, bevor ich Zoé kennenlernte. Und es war immer noch so, als ich davon ausgehen musste, dass meine Gefühle nicht erwidert wurden. Inzwischen jedoch stelle ich mein ganzes Leben infrage. Ich würde Zoé gerne bitten, mitzukommen, aber ich weiß, dass sie dazu nicht bereit ist.

»Bis dahin dauert es noch …«

Sie wird still, und ich weiß nicht, was ich davon halten soll. Manchmal wünsche ich mir, ich wüsste, was in ihrem Kopf vorgeht. Erwartet sie, dass ich bleibe? Würde sie gern mitkommen? Ich habe keine Ahnung.

Ich weiß ja nicht einmal, was ich selbst will.

»Möchtest du darüber reden?«

»Worüber?«

»Über meine Australienreise.«

Jetzt blickt sie mir direkt in die Augen. Ihre sind wie zwei Perlen in einem unglaublich reinen Blau. Ich senke den Kopf, sie bleibt gelassen.

»Ich weiß nicht, was ich dazu sagen soll.«

»Ich schon«, sage ich, schiebe ihre Füße beiseite und greife nach ihren Hüften, sodass sie auf meinem Schoß landet. »Ich weiß noch nicht, was ich mit meinem Leben anfangen soll, aber ich wusste immer, dass ich reisen will. Die Welt sehen.

Nur dass in der Zwischenzeit eine rosahaarige Nervensäge aufgetaucht ist.«

»Das ändert gar nichts.«

»Na ja«, ich verziehe das Gesicht, »sie ist schon eine ziemliche Nervensäge …«

»Jason.«

Sie seufzt und legt den Kopf an meine Schulter. Ich hatte jedoch Zeit, die Furcht auf ihren Gesichtszügen zu erkennen. Ich weiß genau, was sie mir sagen wird: Es geht ihr zu schnell, was ich durchaus verstehe. Ich erkenne mich selbst nicht wieder. Zu schnell vorzupreschen ist eigentlich gar nicht meine Art.

*Aber wenn nun Zoé die Frau meines Lebens wäre und ich würde alles vermasseln, nur um reisen zu können?*

»Wir haben gesagt, wir lassen es ruhig angehen … Das hast du mir versprochen.«

»Und das bleibt auch so.«

»Einverstanden. Dann wollen wir jetzt nicht mehr darüber reden. Du machst deinen Master, gehst nach Australien, isst Kängurufleisch und schickst mir schweinische Postkarten.«

*Wenn es sie glücklich macht.* Ich lächle und gebe ihr einen Kuss. Danach sprechen wir nicht mehr darüber.

Ich schalte den Fernseher ein, während sie auf ihrem Telefon durch Instagram scrollt. Neugierig bitte ich sie, mir die Kommentare unter dem Bild von uns beiden vorzulesen. Einige Follower machen ihr Komplimente, wie schön sie sei und fragen sie, welche Pflegeprodukte sie verwendet, während andere herumnörgeln und unbedingt wissen wollen, ob ich ihr Freund bin, wie ich heiße und wie lange wir schon zusammen sind. Die meisten erinnern sich an das Wort »Bae«, gratulieren ihr und schreiben, wir wären ein sehr hübsches Paar.

»Sie lieben dich bereits … Aber wen überrascht das?«, spottet Zoé, lächelt aber dabei.

»Niemanden. Jeder liebt mich, mein Schatz.«

Mein Lächeln verschwindet, als wir auf einen speziellen Kommentar stoßen, der bereits einhundertzweiunddreißig Mal gelikt wurde, auf den aber nur zwölf Menschen geantwortet haben. Zoé beißt die Zähne zusammen und will weiterwischen, aber ich halte sie auf und scrolle durch die Unterhaltung.

*»Bisexuell, von wegen. Wie alle neugierigen Mädchen, die behaupten, bi zu sein, nimmt sie sich am Ende einen Kerl. Typisch.«*

*»Wer sagt, dass sie bi ist?«*

*»Ich habe eine Freundin, die sie kennt. Dieses Mädchen ist eine Schwindlerin; angeblich gehört sie der LGBTQ+-Community an, aber überraschenderweise hat man sie noch nie mit einem Mädchen gesehen!«*

*»Das kannst du nicht behaupten, ohne sie zu kennen. Warum sollte sie lügen?«*

*»Um cool rüberzukommen? Um eine Ausrede zu haben, sich durch ganz Paris zu vögeln? Such dir was aus.«*

*»Tut mir leid, ich muss gleich weg, aber SIE SOLL EINE LESBE SEIN??? Verdammt, danach sieht sie nicht aus!«*

Den Rest kann ich nicht mehr lesen, weil Zoé das Bild wegklickt und zu ihrem Profil zurückkehrt. Was sie dort sieht, lässt sie verbittert auflachen.

»Ich habe innerhalb von zwei Stunden sechzehn Abonnenten verloren. Na toll.«

»Soll das ein Witz sein?«, grummele ich verblüfft.

Es ist absoluter Schwachsinn. Ich verstehe nicht, wie man so gemein und vor allem so intolerant sein kann, ohne die Menschen auch nur zu kennen, die man so vehement und eifrig kritisiert.

»Vergiss es«, unterbricht mich Zoé. »Ich bin müde, ich gehe schlafen. Kommst du mit?«

»Ich bleibe noch auf und lerne ein bisschen … Gute Nacht.«

Sie nickt angespannt und lässt mich im Wohnzimmer allein.

Mein letzter Tag im Schwimmbad kostet mich fast ein Tränchen. Diese kleinen Monster werden mir einfach fehlen. Sie haben alle zusammen zum Abschied eine Karte mit einem Dankeschön für mich besorgt. Als ich mich von ihnen verabschiede, empfinde ich eine mir völlig unbekannte Wehmut.

Ich habe das Gefühl, alle verlassen zu müssen, und bin mir nicht sicher, ob es mir gefällt.

Meiner Mutter gefällt es übrigens auch nicht, wenn ich ihren vielen Nachrichten glauben darf. Ich bin schon schwach geworden und habe ihr verraten, dass Zoé meine Freundin ist, was zu »Sie muss unbedingt mal zum Abendessen kommen« und »Ich will sie kennenlernen, Jason, bitte. Tu es für deine Mutter« geführt hat, was ich bewusst ignoriert habe.

Weil ich mich ihrer keineswegs schäme und möchte, dass sie das weiß, habe ich Zoé vorgeschlagen, mit zu meinen Eltern zu kommen. Sie riss die Augen auf und gab vor, darüber nachzudenken.

Sie denkt jetzt seit einer geschlagenen Woche nach.

»Hast du ein Visum beantragt?«, fragt mich Ethan, als ich mich mit den Jungs zum Mittagessen treffe.

»Habe ich. Kein Problem.«

»Ich kann echt nicht glauben, dass du wirklich gehst«, sagt Loan. »Wir sind seit der zweiten Klasse befreundet. Stell dir mal vor!«

»Irgendwie ist es schon komisch … Wer wird mich in Zukunft davon abhalten, Frauen zu schwängern und Ecstasy zu schnüffeln?«

»Ecstasy wird nicht geschnüffelt, du Depp. Man schluckt es.«

Ethan lacht, ich verdrehe die Augen. Die Jungs fragen mich,

wie meine Familie damit umgeht. Ich berichte, dass meine Eltern nicht sonderlich begeistert sind und dass mich nur Julie nach der Sache mit dem Pool nicht meidet.

Bei der Erinnerung an diesen Abend müssen alle grinsen. Sie waren nicht dabei, aber natürlich habe ich ihnen alles haarklein erzählt. *Entschuldige, Zoé.*

»Ich verstehe nicht, warum Jade alles so persönlich nimmt, wenn es um dich geht. Als wäre sie eifersüchtig.«

»Weil sie nicht anständig gevögelt wird. Deshalb.«

Loan verschluckt sich an seinem Glas Wasser, und Ethan klopft ihm amüsiert den Rücken. Ich liebe meine Schwester, aber sie nervt mich ungemein.

»Und wie denkt Zoé darüber?«

Ich lasse unser kleines Paradies der vergangenen Tage Revue passieren und erinnere mich an ihren sanften, aber ängstlichen Blick, als sie zugab, mit mir zusammen sein zu wollen. Sie hat nicht gesagt, dass sie mich liebt, aber damit kann ich umgehen. Es stand sozusagen zwischen den Zeilen. Sie wird es sagen, wenn sie sich bereit fühlt.

»Nicht viel … Wir lassen alles ganz ruhig angehen.«

»Jason, ihr trefft euch seit Januar. Willst du nicht mal einen höheren Gang einlegen? Australien ist weit weg, ihr müsst euch über die Zukunft dieser Beziehung einigen.«

»Entschuldige, aber seit wann kennst du Violette noch mal?«

Er wirft mir einen grimmigen Blick zu, der alles sagt.

»Ich verstehe nicht, warum wir ›einen höheren Gang einlegen‹ sollten. Jeder so, wie er mag. Bis vor sechs Monaten habe ich noch jede Nacht ein anderes Mädchen abgeschleppt. Ich glaube, ich bin schnell genug! Ich renne sogar.«

»Okay, aber die Zeit drängt«, bekräftigt Loan. »Wollt ihr eine Fernbeziehung führen? Wollt ihr euch treu bleiben? Oder kommt sie vielleicht mit?«

»Ich weiß es nicht, okay?«, seufze ich. »Ich will nicht, dass sie ausrastet, deshalb stelle ich diese Fragen nicht. Wir werden es beizeiten sehen.«

Ethan scheint meine Gereiztheit zu spüren, denn er kommt mir zu Hilfe.

»Loan, du und Jason seid völlig verschieden. Du musst immer genau wissen, wo du stehst, und musst Dinge hinterfragen, er aber nicht. Es ist seine erste wirkliche Beziehung seit langer Zeit, also lass ihn in Frieden. Armer Kerl.«

»Danke!«, sage ich und werfe meinem besten Freund einen finsteren Blick zu. Mit einem Mal scheint Loan ein schlechtes Gewissen zu haben.

Er zuckt die Schultern und entschuldigt sich.

»Außerdem bin ich absolut nicht der Richtige, um dir Ratschläge zu erteilen. Die Sache mit Violette habe ich total versaut. Wir haben uns gestritten. So etwas ist noch nie passiert …«

Ich stelle keine Fragen, sondern tausche nur einen unbehaglichen Blick mit Ethan. Und wie immer findet er die richtigen Worte. Ein wahrer Gandhi.

»Das wird schon, Loan. Und du Jason, triff bloß keine voreiligen Entschlüsse. Wir haben nur dieses eine Leben, nicht wahr? Du könntest morgen sterben, Mann. Genieße es einfach. Genieße es, solange du da bist; verrückt machen kannst du dich später immer noch. Ich mache es jedenfalls so.«

Er hat recht, das Leben rast nur so dahin. Wir haben das Glück zu leben und gesund zu sein, mit viel zu viel Alkohol in den Gläsern und noch allen Haaren auf dem Kopf.

Ich weiß nicht, wohin diese Beziehung uns führen wird, aber ich habe nicht die Absicht, sie dadurch zu ruinieren, dass ich daran denke, was alles schiefgehen könnte.

# 31

## Zoé

Die folgenden Tage verbringe ich damit, durch die neuen Kommentare unter dem Bild von Jason und mir zu scrollen. Es hört nicht auf. Es gibt immer wieder jemanden, der seinen Senf dazugeben muss. Einige Leute nennen mich eine Lügnerin oder werfen mir vor, mich zu schämen, dass ich bi bin. Andere machen mir Mut und verteidigen mich. Ich schweige zu allem.

Eigentlich würde ich ihnen gern verständlich machen, dass meine sexuelle Orientierung sie nichts angeht, dass sie meine Privatsache ist und dass ich damit umgehen kann, wie ich will.

Andererseits liegt es mir am Herzen, über alles zu reden. Über Sarah, über Jason und über meine Wut wegen der Biphobie, die ich tagtäglich ertrage, ohne mit der Wimper zu zucken.

»Hör nicht auf die eifersüchtigen und dummen Leute«, sagt Tiago, als er mit der Kamera in der Hand zu mir kommt. »Sie werden irgendwann zu etwas anderem übergehen.«

Den heutigen Tag verbringen wir im Louvre, um Fotos zu machen. In den letzten Wochen habe ich alles ein bisschen auf die lange Bank geschoben. Ohne Kleidung verfüge ich allerdings auch nicht über Material, das ich in den Netzwerken veröffentlichen kann.

Daher habe ich mir von Violette ein Kleid und einen Hut geliehen; für heute reicht das. Ich begutachte die Bilder. Ich posiere neben den Skulpturen in der Mitte der Salle Richelieu, und mein rosa Haar bildet einen wilden Kontrast zur Umgebung.

»Das ist perfekt, danke.«

Wir packen unsere Taschen und gehen hinaus in die sonnige Cour Carrée. Mir geht es in letzter Zeit nicht gut. Ich habe wieder damit begonnen, so viel zu essen, dass ich mich dessen schäme. Das Schlimmste dabei ist, dass es allmählich besser wurde. Das habe ich Jason zu verdanken.

»Ich kann immer noch nicht glauben, dass du diesem Drecksack alles gegeben hast … und auch noch ohne mir etwas davon zu sagen«, grummelt Tiago und beäugt mein Outfit.

»Du weißt, warum.«

Natürlich habe ich ihm am Ende alles gestanden. Ihm die Wahrheit vorzuenthalten brach mir schier das Herz. Seine Reaktion war vielfältig: Er beschuldigte mich, ihm Bryans Rückkehr verschwiegen zu haben, fragte mich, ob er Jason heiraten dürfe, wenn ich nicht dazu bereit wäre (ich habe abgelehnt), und bestand schließlich darauf, dass ich zu ihm ziehe.

Letzteres werde ich wohl akzeptieren.

»Aber wirklich schlimm ist deine Situation nicht«, sagt er lächelnd und legt mir den Arm um die Schultern. »Du wirst schon bald wieder auf die Beine kommen. Du hast nicht das Geld, um ESMOD zu wiederholen, na und? Schau dir doch mal dein Instagram-Profil an. Deine Karriere ist bereits in vollem Gang. Du musst es nur so machen wie Sophia Amoruso! Sie begann bei eBay und ist heute CEO von Nasty Gal. Du musst nur ordentlich die Werbetrommel rühren … und Zeichen setzen.«

Während des gesamten Rückwegs denke ich über seine Idee nach. Tiago liegt nicht ganz falsch. Dank YouTube und Instagram habe ich bereits einen Fuß in der Modewelt. Ich muss mich nur anders und originell präsentieren und etwas machen, das einen bleibenden Eindruck hinterlässt.

Bleibt nur noch herauszufinden, was.

»Hallo ihr Nieten!«

Violette und Loan antworten mir mit einem Nicken, weigern sich aber, in Anwesenheit des jeweils anderen zu sprechen. Leise schließe ich die Wohnungstür. Die Atmosphäre ist seit einiger Zeit so eisig, dass ich lieber bei Jason geblieben wäre; kurz gesagt, meine beiden Mitbewohner haben Krach.

Wenn ihr mich fragt – ich halte mich da lieber raus.

Und so verbringe ich den Abend damit, über meine Zukunft nachzudenken, im Internet die besten Secondhand-Läden von Paris und die Adressen kostenloser Psychologen herauszusuchen. Ich habe beschlossen, endlich die Kontrolle über mein Leben zu übernehmen.

*Erklärt sie und führt sich eine Familienpackung Chips zu Gemüte.*

Bevor ich einschlafe, bekomme ich einen Snap von Jason. Beim Anblick seiner nackten Brust muss ich lächeln. Er liegt im Bett und schaut mit den Kätzchen zu seinen Füßen Netflix.

»Ich gucke Sense8 ohne dich.«

*Dieser …!*

**Ich**: Du hast versprochen, damit zu warten, Mistkerl!
**Jason**: Du hättest nur hierbleiben müssen ☺ ☎.
**Ich**: Wenn ich dir ein sexy Foto schicke, wartest du dann auf mich?
**Jason**: … jetzt wird es ernst.

Ich verdrehe die Augen und öffne die Knöpfe meiner Schlafanzugjacke, wobei ich einen lila Spitzen-BH enthülle. Sich für Sense8 zu prostituieren, wenn das kein echter Fan ist!

Als ich das Foto mache, wird mir übel und ich habe gerade noch Zeit, ins Badezimmer zu laufen, ehe ich sämtliche Chips mit Barbecue-Geschmack wieder auskotze. Ich spucke die Säure aus und wische mir mit leerem Magen den Mund ab.

Das passiert, wenn man sich vollstopft, bis man keinen Hunger mehr hat.

*Genau das Richtige für die Fette.*

»Du schwänzt in letzter Zeit ziemlich häufig … ist alles in Ordnung?«

Am nächsten Tag weiche ich Violettes Blick aus, während wir an der Küchenzeile zu Mittag essen. Eigentlich hatte ich nicht vor, schon so bald mit ihr darüber zu sprechen, vor allem, um sie nicht zu beunruhigen, aber da sie das Thema gerade selbst zur Sprache bringt …

»Ich höre bei ESMOD auf.«

»Wie bitte?«, entfährt es ihr, und sie hört zu kauen auf.

Ich lächle traurig und beschließe, möglichst ungezwungen zu bleiben. Ich kenne meine beste Freundin, wenn sie merkt, dass ich betroffen bin, würde sie alles tun, damit ich den Abschluss doch noch hinbekomme, auch wenn es bedeuten würde, mir ihren eigenen Platz zu überlassen.

»Wie meinst du das, du hörst bei ESMOD auf? Du gehst ja mit mir um wie Washington mit Hamilton, das verbiete ich dir!«

Ich lache, gebe mich theatralisch und singe ein paar Zeilen aus *One Last Time.*

»Zoé, lass Lin-Manuel Miranda außen vor! Sag mir, was los ist.«

Ich seufze und werde wieder ernst. Wenn es nicht einmal dem Musical *Hamilton* gelingt, sie abzulenken, habe ich keine andere Wahl mehr.

»Es gefällt mir nicht mehr …«

»Bullshit!«, explodiert sie so laut, dass ich zusammenzucke. »Ausgerechnet du, Zoé Camara, ›die Zukunft der Haute Couture‹, du willst mir weismachen, dass es dir nicht mehr gefällt? Und das nur einen Monat vor dem Ende! Du solltest dein Abschlussprojekt fertigmachen, dir einen Praktikumsplatz suchen …«

»Ich weiß. Es ist nur so … oh Mann!«, gebe ich nach. »Ich kann es mir nicht mehr leisten, okay? Ich habe meinen gesamten Besitz meinem Bruder gegeben. Meine Kleidung, meine Kreationen, meine Ersparnisse. Alles.«

Mit fassungslosem Gesicht hört sie auf zu essen. Ich kenne diesen Blick – sie denkt über den besten Weg nach, mir zu helfen wie einem verlassenen kleinen Welpen mit süßer Schnauze. Ich hasse diesen Blick.

»Ich verstehe nicht. Warum hast du das getan?«

»Weil er mich um Geld angebettelt hat, Vio. Er ist sogar *hierher* gekommen, verdammt noch mal. Zu uns nach Hause. Und das war alles, was ich ihm geben konnte …«

»Was bedeutet das? Du machst mir Angst.«

»Ich ziehe aus.«

Violette starrt mich so entsetzt an, als hätte ich das ganze Glas Nutella leergegessen.

»Aber … das kannst du nicht machen!«

»Es tut mir leid. Wenn ich bliebe, könnte ich nicht nur die Miete nicht mehr bezahlen, sondern mein Bruder könnte zurückkommen. Ich muss ein für allemal von seinem Radar verschwinden. Ich muss alles hinter mir lassen und mich mit anderen Dingen beschäftigen.«

»Das ist nicht fair.«

Ich würde ihr gern sagen, dass das ganze Leben ungerecht ist. Dass manchmal die Guten sterben und die Grausamen eine ruhige Kugel schieben. Aber ich will ihre Unschuld nicht zerstören und greife nach ihrer Hand.

»Ich spiele mit dem Gedanken, bei Tiago einzuziehen. Die Wohnung ist kleiner und liegt in einem Vorort. Das passt schon.«

»Das ist schrecklich.«

»Nun sieh mal einer an. Du bist tatsächlich zu einer echten Pariserin geworden«, sage ich lachend, während sie aufsteht, um mich zu umarmen.

Mit geschlossenen Augen halte ich sie ganz fest. Sie flüstert mir Trostworte zu und sagt, dass sie mir helfen kann und dass sie immer für mich da ist. Ich nicke nur. Der Alltag mit Violette wird mir fehlen, aber ich habe die richtige Entscheidung getroffen.

Zum ersten Mal seit langer Zeit schaue ich wieder nach vorn.

»Ach übrigens«, sagt sie, nachdem sie sich von mir gelöst und sich die Tränen abgewischt hat. »Ich habe gesehen, was sich unter dem Bild von dir und Jason auf Insta abspielt … kommst du damit klar?«

»Ja, keine Sorge. Es braucht mehr als ein paar dumme Sprüche, um mir wehzutun.«

»Die Leute sind wirklich bescheuert. Ihr wart so süß!«

Ich lehne mich an den Tresen. Mein Teller Nudeln ist bereits leer, und ich schäme mich, weil ich immer noch Hunger habe.

»Alles wäre viel einfacher, wenn du dir ›Bi and not confused‹ auf die Stirn schreiben könntest«, bekräftigt Violette. »Oder ›My sexuality = my business‹. Das würde eine Menge Leute zum Schweigen bringen.«

Sie lacht über ihren Einfall, während ich sie mit offenem Mund anstarre. Es ist wie eine göttliche Eingebung. In der Sekunde, als Violette diese Idee verkündet, wird mir klar, dass es genau das ist, was ich tun muss. *Völlig logisch!*

»Oh mein Gott, ich liebe dich!«, rufe ich und falle ihr um den Hals. »Erinnere mich daran, dir ganz viel Schokolade zu schenken, okay? Du verdienst sie!«

»Äh … okay. Das mache ich wirklich, ich warne dich!«

Ich lasse sie verwirrt auf ihrem Hocker zurück und sprinte in das Zimmer, das wir uns teilen. Mit wild hämmerndem Herzen schließe ich die Tür, hole meine Kamera und baue mein Stativ auf.

Ich muss jetzt ganz schnell ein Video drehen. Und dieses Mal werde ich nicht kneifen. Plötzlich weiß ich ganz genau, was ich zu tun habe.

Ich werfe einen prüfenden Blick auf mein Make-up und rücke den Ring an meinem Nasenflügel zurecht. Hinter mir drapiere ich voller Stolz die bisexuelle Flagge – rosa, violett und blau. Ich atme tief durch, ordne meine Gedanken und drücke auf »Start«.

Möge die Show beginnen.

»Hallo zusammen, hier ist Zoé! Es ist schon eine ganze Weile her, dass ich zuletzt ein Video gepostet habe, sorry. Aber heute habe ich ein ganz anderes Thema für euch … ein viel persönlicheres. Ich will gar nicht erst lang um den heißen Brei herumreden: Vor ein paar Monaten habe ich einen Mann kennengelernt. Einen Mann, der mich dazu gebracht hat, über viele Aspekte meines Lebens nachzudenken, und zwar sowohl die beruflichen als auch die persönlichen. Einer Sache allerdings war und bin ich mir schon immer sicher.«

Mit erhobenem Kinn schaue ich entschlossen in die Linse.

»Ich bin absolut bisexuell, Leute«, gestehe ich lachend. »Mit ziemlich genau fünfzehn Jahren wurde es mir klar. Damals hatte ich gewisse Zweifel, ich dachte, meine Empfindungen seien lediglich sexuell bedingt, denn ich wusste, dass Frauen sich zu anderen Frauen hingezogen fühlen können, ohne lesbisch zu sein.

Ich wollte mich aber nicht selbst belügen oder mein Coming-Out provozieren, falls es nicht stimmen sollte. Ich war allein und verwirrt. Also vergrub ich meine Gefühle sehr tief in mir. Bis ich schließlich ein Mädchen kennenlernte ...«

Ich spüre einen Kloß in der Kehle und atme tief durch, um nicht zu weinen. Sarahs Gesicht kommt mir in den Sinn, so unglaublich schön und lustig. Und immer ein wenig rebellisch.

»Ich weiß nicht, wie es passiert ist, aber ... immer, wenn ich mit ihr redete, hatte ich Schmetterlinge im Bauch. Ich musste ständig an sie denken. Und in diesem Moment wurde mir klar: Ich liebe sowohl Männer als auch Frauen, und daran ist nichts Verwerfliches. Ich bin immer noch ich selbst. Lange hatte ich Angst, eine ›schlechte‹ Bisexuelle zu sein, und vielleicht ist das der Grund, dass ich bis heute nicht öffentlich darüber gesprochen habe. Natürlich auch, weil mein Privatleben meine Sache ist und ich eigentlich keinen Sinn darin sehe, meine Bisexualität zu verkünden, ebenso wenig wie jeder Heterosexuelle über seine Vorlieben redet. Aber das ist dumm.«

Ich mache eine Pause und denke an die letzten Instagram-Kommentare zurück. Ich werde nicht mit dem Finger auf gewisse Leute zeigen, aber ich halte es für wichtig, bestimmte Dinge klarzustellen. Daher füge ich hinzu:

»Unabhängig von eurem Alter, Geschlecht oder eurer sexuellen Orientierung möchte ich euch sagen, dass ich euch wahrnehme. Dass ich euch zuhöre und dass ich euch liebe. Hört nicht auf die anderen. Seid stolz auf das, was ihr seid, aber wenn ihr euch nicht selbstbewusst genug fühlt, der Welt eure Wahrheit zu sagen, dann müsst ihr das nicht tun. Niemand zwingt euch. Wenn euch jemand als Lügner bezeichnet oder euch nahelegt, Dinge zu tun, die euch unangenehm sind, dann muss euch eines klar sein: Diese Leute sind nicht eure Freunde.«

Mit euphorischem Lächeln deute ich auf die Fahne hinter mir.

»Jetzt wisst ihr es also: Ich bin bi. Ja, das gibt es. Und nein, es ist keine Phase. Nein, ich schlafe nicht mit jedem. Und nein, ich sitze nicht hier, um eure lesbischen Fantasien anzuheizen. Ich habe viele Mädchen gedatet, und heute lebe ich in einer Beziehung mit einem Mann – einem wunderbaren Mann. Wenn euch das stört, ist es nicht mein Problem. Denn meine Sexualität geht nur mich etwas an, und ich bin keineswegs verpflichtet, sie zu rechtfertigen oder mein diesbezügliches Schweigen zu entschuldigen.«

Adrenalin durchpulst meinen Körper, und ich halte kurz inne, ehe ich fortfahre.

»Weil ich jedoch zu lang geschwiegen habe, will ich nun den Stein ins Rollen bringen. Wenn man eine Stimme hat, sollte man sie auch benutzen, nicht wahr? Aus diesem Grund kündige ich hiermit offiziell die bevorstehende Eröffnung eines Onlineshops an, in dem ich selbst entworfene Kleidung verkaufen werde. Kleider, T-Shirts und Shorts mit einer Besonderheit: Sie sind zu hundert Prozent LGBT und zu hundert Prozent feministisch. Ihr findet sie unter dem Namen …«

Scheiße. Ich habe vergessen, mir einen Namen zu überlegen. Fieberhaft denke ich nach, dann lächle ich.

»Dahlia Camara.«

Ich beende das Video mit dem Versprechen, meine Fans auf dem Laufenden zu halten. Als ich die Kamera abschalte, bin ich so aufgeregt, dass ich vergesse zu atmen.

Ich werde meinen eigenen Onlineshop eröffnen. *Oh. Mein. Gott.* Okay, natürlich ist die Tatsache an sich nichts Außerordentliches, aber es ist immerhin schon ein sehr guter Anfang! Mein Kopf dreht sich und mir wird schlecht. Ich weiß nicht, was mich geritten hat, und möglicherweise ist es ja auch eine übereilte Entscheidung, aber ich spüre es tief in meinem Innern: Das ist es, was ich tun möchte.

Ich will für die Minderheiten sprechen. Für Leute, die anders, aber ebenso viel wert sind. Leute wie ich. Wenn Sophia Amoruso bei eBay angefangen hat, kann ich das auch.

Ich setze mich vor meinem Computer und poste das Video auf meinem YouTube-Kanal. Während es lädt, schicke ich eine Nachricht an Jason, um meine Begeisterung mit ihm zu teilen. Diese ist jedoch nur von kurzer Dauer …

Heftige Übelkeit packt mich. Ich laufe zur Toilette und erbreche meine Nudeln und mein Frühstück. *Scheiße, was ist mit mir los?* Violette fragt, ob alles okay ist. Ich beruhige sie und sage ihr, dass ich mir offenbar etwas eingefangen habe.

*Es sei denn …*

»Den Wievielten haben wir heute?«, erkundige ich mich, während ich mir den Mund abwische.

»Den 22., glaube ich.«

Ich setze mich auf die Toilette, rechne kurz nach und fluche leise vor mich hin. Ich bin fünf Tage über die Zeit – etwas, was sonst nie passiert.

*Nein, nein, nein, nein, NEIN. Alles, nur das nicht.*

»Bin gleich wieder da.«

Violette achtet nicht auf mich. Ich stürme hinunter zur Apotheke. Als ich wieder daheim bin, schließe ich mich im Bad ein. Meine Hände zittern wie noch nie. Mein Herz bleibt fast stehen, aber ich halte durch. Vielleicht irre ich mich ja.

Der Appetit, die Müdigkeit, die Verspätung, die Übelkeit. *Eigentlich kann es nur das sein, nicht wahr?*

Es sind die längsten drei Minuten meines Lebens. Ich bin kurz vor dem Nervenzusammenbruch und halte den Schwangerschaftstest in einer Hand, als Jason auf meine Nachricht antwortet:

**Jason**: Ich habe gerade dein Video gesehen und … Wow. Ich bin verliebt (und super stolz auf dich). #MeinMädchenIstDasBeste

In diesem Augenblick sind die drei Minuten abgelaufen. Ich wende den Blick auf meine andere Hand. Mir wird speiübel. Das Ergebnis ist klar und deutlich.

Ich bin schwanger.

# 32

## Zoé

Als ich zwölf war, haben Bryan und ich uns ständig gestritten. Damals verprügelte er mich noch nicht, aber er verfügte über andere Waffen. In jenem Jahr entdeckte ich, dass Worte ebenso verheerend sein können wie Schläge.

Für immer wird mir dieser gleichgültig hingeworfene Satz im Gedächtnis bleiben: »Du warst sowieso nicht gewollt«. Er hat mich jahrelang verfolgt. Ich begriff nicht, warum er so etwas sagen sollte, wenn es nicht stimmte, aber erst recht nicht, wenn es der Wahrheit entsprach.

Damals sprach ich mit meiner Mutter darüber und hoffte, dass sie mich beruhigen würde.

»Mama, Bryan sagt, ich wäre nicht gewollt gewesen …«

Und wisst ihr, was sie getan hat? Sie antwortete mit einer ausweichenden Geste:

»Doch, natürlich.«

Ich verstand sofort, dass sie log … und es hat mich fast umgebracht. Schließlich bedeutete es, dass niemand gewollt hatte, dass es mich gibt. Ich war ein Unfall. Ein Fehler. Ein Irrtum.

Seitdem habe ich mir immer geschworen, dass mein Kind, sollte ich jemals schwanger werden, ein Wunschkind wäre.

Was heute allerdings absolut nicht der Fall ist. Seit einer Stunde schiebe ich Panik in meinem Zimmer und knabbere mir die Fingernägel ab. Ich bin schwanger. Ich habe ein Baby im Bauch. Ein winzig kleines Baby ohne Arme und Beine, mit einem Herzen so groß wie … Wie was überhaupt? Keine Ahnung. *Verdammte Scheiße.* Was soll ich bloß tun? Ich bin zu jung für ein Baby!

Einen Moment lang denke ich an Jason, den Vater dieses nicht vorgesehenen kleinen Embryos. Ich stelle mir vor, wie er mich anruft, um mich zu fragen, wie er das Kind füttern soll: »Glaubst du, es mag Schokoladenkrümel auf seinem Pfannkuchen?«

»Gott, das kann ich dem armen Kind nicht antun.«

Ich versuche mich zu beruhigen, indem ich meinen Kopf zwischen die Knie drücke und tief durchatme. *Es wird schon. Alles wird gut.* Viele junge Frauen werden jeden Tag schwanger, und sie werden damit fertig.

Fassen wir zusammen:

– Ich bin zwanzig Jahre alt.

– Ich bin pleite.

– Ich bin arbeitslos.

– Der Vater dieses Kindes war bis vor wenigen Wochen nur ein Sex-Abenteuer.

– Außerdem geht er bald nach Australien.

– Seine Familie hasst mich.

*… Ja, ja, schon gut, es hätte schlimmer kommen können!*

Ich richte mich auf, ziehe meine Jacke an und greife nach meiner Handtasche. Ich muss es Jason sagen. Meine Beine zittern beim bloßen Gedanken an die Worte, die ich aussprechen muss, aber ich darf es ihm nicht vorenthalten.

Mit großen Schritten gehe ich zur Tür. Meine Hand liegt ganz natürlich auf meinem Bauch.

»Ich schlafe heute bei Jason«, verkünde ich.

Violette sitzt auf der Couch im Wohnzimmer, während Loan etwas kocht. Die Atmosphäre ist eisig.

Ich habe Schuldgefühle, weil ich meine beste Freundin im Stich lasse, aber mir bleibt keine Wahl.

»Pass auf dich auf.«

Ich befolge ihren Rat und fahre wegen des Regens ganz vorsichtig. Unterwegs denke ich darüber nach, wie ich es Jason beibringen soll. Für ein paar Minuten fühle ich mich unglaublich schuldig, doch dann rufe ich mich zur Vernunft: Schließlich bin nicht die Einzige, die dafür verantwortlich ist. Wir haben beide Mist gebaut.

*Und zwar massiven Mist!*

Um ehrlich zu sein, ich habe keine Ahnung, wie er reagieren wird. Ich hoffe nur, dass er mir nicht vorwirft, ich hätte ihn reingelegt, auch wenn ich ihm so etwas absolut nicht zutraue.

Ich vertraue ihm.

Ich vertraue uns.

*Bitte brich mir nicht das Herz.*

Als ich vor seiner Tür stehe, bin ich nass bis auf die Haut. Ich nehme mir Zeit, mit rasendem Herzen tief durchzuatmen … dann klingele ich.

Jede Sekunde, die ich warten muss, macht mich krank. In meinen Ohren summt es, während ich mich an unseren Sex erinnere. Ich schätze, er war es wert.

»Zo?«

Mit etwas Mühe kehre ich auf den Boden der Tatsachen zurück. Jason steht mir gegenüber, trägt kurze Sporthosen und einen Kapuzenpulli. Mit einem lasziven Lächeln schiebt er die Kapuze nach hinten.

»Gib's zu: Du kannst mich einfach nicht lang entbehren.«

Er lässt mir keine Möglichkeit zu antworten, nimmt meine Hand und zieht mich an sich. Ich klammere mich an seine Brust und begrüße seine Lippen wie gewohnt. Sie schmecken nach Cola.

Verträumt streichle ich über sein Kinn, wo die Härchen schon wieder nachwachsen. Er ist so schön … warum ist er so schön?

»Wir müssen reden«, flüstere ich in seinen Mund.

Ich gehe an ihm vorbei, begrüße die Katzen mit einer Streicheleinheit und baue mich mitten im Wohnzimmer auf. Jason scheint etwas von seinem Übermut verloren zu haben. Auf seiner Stirn zeigt sich eine kleine Falte. Am liebsten würde ich ihn genau dort küssen, wo sich seine Augenbrauen treffen … Ihm sagen, er soll sich keine Sorgen machen. Dass alles in Ordnung kommen wird.

*Zumindest hoffe ich das.*

Ich will ihm gerade alles erzählen, als er mich unterbricht:

»Ist es, weil ich das letzte Bild von Kendall Jenner gelikt habe? Zuerst wollte ich es nicht tun, aber dann dachte ich mir: ›Fuck, sie sieht wirklich toll aus‹ und ließ mich hinreißen …«

»Ich bin schwanger.«

Das nimmt ihm den Wind aus den Segeln. Mein Herz schlägt so hart, dass ich Angst habe, es könne explodieren. Meine Beine geben zum Glück nicht nach.

Keiner von uns beiden bewegt sich. Jason hat sich unter dem Schock in eine Salzsäule verwandelt. Ich warte geduldig, trotz der Nervosität, die mir fast den Magen umdreht.

»Du … was?« murmelt er.

»Ich habe gerade einen Schwangerschaftstest gemacht, und er war positiv. Ich bin schwanger.«

Er schüttelt leicht den Kopf, als wolle er es nicht wahrhaben, dann vergräbt er das Gesicht in den Händen. Ich lasse ihn die Nachricht verdauen. Sein Blick irrt über die Zimmerdecke, während er unaufhörlich »Fuck, fuck, fuck« vor sich hin flucht.

Wenigstens fragt er mich nicht, ob er der Vater ist. Das ist immerhin ein guter Anfang, oder?

»Jason.«

»… fuck, fuck, fuck …«

»Jason!«

»Cool, cool, cool, cool, cool, cool«, ruft er schließlich aus und lässt die Arme hängen. »Cool. Coooooooool.«

Er scheint nachzudenken und nickt langsam vor sich hin. Er hat mich noch kein einziges Mal angesehen. Ich unterdrücke meine Tränen. Er hasst mich, ganz bestimmt. Er ist einfach nur zu höflich, um es auszusprechen. Aber das finde ich fast noch schlimmer.

»Es ist zwar nicht genau das, was ich geplant hatte.« Sein Lachen klingt verzweifelt, und er fährt sich mit der Hand über das Gesicht. »Aber es ist nicht schlimm.«

»Es tut mir leid.«

Ich ärgere mich sofort, dass ich das gesagt habe, aber es war stärker als ich. Ich hasse diesen Automatismus vieler Frauen, die sich dafür entschuldigen, schwanger geworden zu sein, als ob es ihre Schuld wäre.

*Das ist es nicht!*

Endlich blickt Jason mich stirnrunzelnd an. Als er meine Verunsicherung erkennt, kommt er näher und umfasst sanft mein Gesicht.

»Wie bitte? Hör auf, warum entschuldigst du dich?«, sagt er und legt seine Stirn an meine. »Hey, schau mich an … Es ist nicht deine Schuld, okay? Wir waren zu zweit. Und außerdem ist es nicht das Ende der Welt.«

Ich nicke, mein Körper ist komplett angespannt. Er ist mir nicht böse … Bei dieser Feststellung muss ich fast lachen. Tief in meinem Herzen war mir klar, dass ich auf Jason zählen kann. *Ich habe mich nicht ohne Grund in ihn verliebt.*

Er drückt mir einen Kuss auf die Stirn, hält mich ein Stück von sich weg, und seine Hände gleiten auf meine Schultern. Er ist blass, aber in seinen Augen erkenne ich, dass es in seinem Kopf arbeitet.

»Also … Es ist nicht schlimm«, sagt er und schenkt mir ein fiebriges Lächeln. »Das wird schon. Wir können es schaffen. Ich kümmere mich um dich, Zoé – um euch beide. Ich werde den Job annehmen, den mein Vater mir schon die ganze Zeit anbietet, und … ich zwinge dich nicht, bei mir zu wohnen, wenn du nicht willst, aber du weißt, dass es für mich in Ordnung ist. Wir werden das schon schaffen …«

Wie betäubt starre ich ihn an. Dafür gibt es einen Grund: Ich habe kein Wort von dem verstanden, was er gerade zu mir gesagt hat. Ich habe alles Mögliche erwartet, aber nicht das.

»Aber du willst doch nach Australien.«

Verwirrt runzelt er die Stirn.

»Was kümmert mich Australien? Du bekommst ein Baby«, murmelte er, als wäre das völlig selbstverständlich.

Ich schweige und lasse seine Worte sacken. Je stummer ich werde, desto besser verstehe ich. Er glaubt, ich wäre gekommen, damit er Verantwortung übernimmt – er denkt, ich suche Hilfe. Dabei bin ich nur gekommen, weil ich es für eine Form von Höflichkeit hielt, ihn zu informieren.

Er will das Baby behalten.

*Dabei habe ich nie behauptet, dass das für mich infrage kommt.*

»Jason …«, flüstere ich traurig. »Es tut mir leid, aber … ich habe nicht vor, es auszutragen.«

Etwas zerbricht in seinem Gesicht, genau wie in meinem Herzen. Ich bin überrascht, dass ich die Menschen, die ich liebe, immer noch unglücklich machen kann – es ist eine echte Begabung. Als seine Hände mich loslassen, würde ich am liebsten im Erdboden versinken. Mir ist, als hätte ich ihm eine Ohrfeige versetzt.

»Ich verstehe nicht.«

Seine Stimme klingt hart und verletzt. Es fällt mir unglaublich schwer, es ihm zu erklären:

»Ich bin viel zu jung … *Wir* sind viel zu jung! Ich meine, schau uns doch an: Bis vor einem Monat war ich für dich nichts als eine Affäre. Wir sind noch nicht bereit, ein Kind großzuziehen.«

»Viele Leute gründen mit siebzehn, achtzehn eine Familie«, widerspricht er mir. »Warum nicht wir?«

»Weil wir keine Familie sind. Himmel noch mal, wir kennen uns erst seit Dezember! Ich liebe dich, aber das genügt nicht. Wir sprechen hier von einem Menschen. Wir können ihn nicht aus einer Laune heraus bekommen und damit sein Leben ruinieren. Ich … Ich habe selbst viel zu viele Probleme und komme nicht mal allein über die Runden! Es wäre eine Katastrophe. Und auf gar keinen Fall will ich werden wie meine Mutter.«

Jason kommt wieder näher und greift nach meinen Händen. Er hält sie fest und schaut mich flehend an.

»Zoé … Bitte, denk noch einmal darüber nach. Es geht uns beide an. Ich lasse dich bestimmt nicht im Stich. Ich komme für alles auf.«

Das Schlimmste ist, dass ich ihm glaube. Ich weiß, dass er für diese Beziehung alles geben würde. Aber ich will nicht, dass er sich gezwungen fühlt, bei mir zu bleiben, nur weil wir ein Baby haben.

»Es tut mir leid …«, sage ich, und mir versagt fast die Stimme. »Es geht nicht. Es ist nicht der richtige Moment. Ich will noch tausend Dinge tun, ehe ich Mutter werde. Mag sein, dass eine Abtreibung abscheulich ist, und du musst mir bitte verzeihen, aber ich sehe keinen anderen Weg …«

Die Panik in seinem Gesicht mischt sich mit Mitgefühl. Er verzieht das Gesicht und antwortet schließlich, dass er es nicht für abscheulich hält.

»Ich bin froh, dass Abtreibungen möglich sind und dass Frauen eine Wahl haben. Ich verurteile niemanden, okay? Ich finde nur, dass wir noch Zeit haben, darüber zu reden und gemeinsam eine Entscheidung zu treffen.«

»Du verstehst es einfach nicht: Ich habe meine Entscheidung bereits getroffen.«

Es auszusprechen zerreißt mich fast. Mir ist, als hätte ich mich mit meinem eigenen Dolch aufgespießt. Jasons Reaktion gibt mir den Rest. Er lässt meine Hände wieder los, und sein Gesicht spiegelt Schmerz, Unverständnis und Wut wider. Und Vorwurf.

»Das ist nicht fair …«, sagt er und schüttelt den Kopf. »Es ist auch mein Baby.«

Schützend lege ich die Hand auf meinen Bauch. *Unser* Baby. Ein Baby, das wir beide zusammen gemacht haben – halb Jason, halb ich. Für einen Moment überrascht mich die Schönheit dieses Gedankens.

Hätte es seine Hautfarbe? Meine blauen Augen?

»Aber es ist mein Körper.«

Ein unangemessenes Lächeln erscheint auf seinem Gesicht, und er fährt sich darüber, damit es verschwindet. Er erkennt, dass ich in der Tat die Einzige bin, die am Ende diese Entscheidung treffen kann. Natürlich hat er ein Mitspracherecht, aber die einzige Richterin hier bin ich.

»Warum bist du dann gekommen, wenn deine Entscheidung längst gefallen ist?«, antwortet er mit vor Wut zitternder Stimme. »Warum hast du dir überhaupt die Mühe gemacht, es mir zu sagen?«

Zu spät sehe ich die Tränen, die in seinen Augen schimmern. Vor Erstaunen setzt mein Herz einen Schlag aus. Jason weint. Er weint um ein Baby, das nicht größer ist als eine Erbse, er kämpft, um ihm eine Chance zu geben. Gegen *mich*.

Mir fehlen die Worte, und doch mache ich weiter, koste es, was es wolle. Ich will mich nicht entmutigen lassen.

»Weil ich der Meinung bin, dass du ein Recht hast, es zu erfahren.«

»Wie nett von dir«, bedankt er sich und applaudiert spöttisch. »Danke, Zoé. Wie gnädig.«

»Hör auf, mich zu verurteilen.«

»Und was jetzt?«

»Ich weiß es nicht, verdammt!«, schreie ich so laut, dass Han Solo auf dem Sofa zusammenzuckt. »Ich bin total von der Rolle, okay? Ich weiß nur, dass wir alles an die Wand fahren, wenn ich dieses Baby behalte. Ich habe es dir gesagt, Jason, ich habe dich verdammt noch mal gewarnt. Bist du dir darüber im Klaren, wie viel Überwindung es mich gekostet hat, all das zu akzeptieren?«, frage ich und deute auf den Raum, der uns trennt. »Ich hatte nur eine Bedingung, eine einzige: Es langsam angehen zu lassen. Du hast es versprochen! Aber dies hier ist nicht das, was ich ›es langsam angehen‹ nenne.«

Er beißt sich auf die Lippen, ohne die Tränen der Enttäuschung wegzuwischen, die ihm über die Wangen laufen. Ich sehne mich danach, ihn in die Arme zu nehmen, ihm zu sagen, dass ich ihn liebe, dass es mir leid tut, dass alles viel zu schnell geht und dass er mir verzeihen muss.

»Zoé, bitte hör mir zu«, fleht er ruhig, aber heiser. »Meine Mutter … Meine Mutter hat mich nicht gewollt. Okay? Sie mag mich verlassen haben, aber es vergeht keine Sekunde, in der ich nicht dankbar dafür bin, dass sie mich nicht abgetrieben hat. Denn sonst wäre ich heute nicht hier. Und ich will verdammt noch mal nicht, dass wir es irgendwann bereuen. Ich will mich nicht mein Leben lang fragen, wie er ausgesehen hätte, wenn …«

Er beendet den Satz nicht. Mein verräterisches Herz beginnt, sich einen Alltag mit drei Personen in dieser Wohnung vorzustellen – zwischen kurzen Nächten, Weinen und Lachen … und einen Moment lang gelingt es mir, eine gewisse Beruhigung darin zu finden.

Bis Jasons Telefon uns unterbricht. Es ist vorbei, der Moment ist vergangen. Ich schlucke und weiche seinem Blick aus.

»Geh ruhig dran.«

»Wir reden gerade miteinander.«

»Es könnte wichtig sein …«

Er seufzt, fügt sich aber. Ich nutze diese Gelegenheit, um durchzuatmen und mich von meinen Gefühlen zu erholen. Ich hatte erwartet, dass das Gespräch schwierig würde, aber nicht in diesem Ausmaß. Glaubt er, es fiele mir leicht, abzutreiben?

Es wird das Schwerste werden, das ich je getan habe.

*Aber wenn ich es behalte, könnten wir drei vielleicht …*

Als ich Jason ansehe, erkenne ich sofort, dass etwas nicht stimmt. Sein Gesicht ist sehr ernst.

»Wo ist das?«, erkundigt er sich bei seinem Gesprächspartner. »Scheiße … Okay … Ja. Nein, er hat mich noch nicht angerufen … Ich bin mit Zoé zusammen.«

Beunruhigt werfe ich ihm einen fragenden Blick zu. Er schaltet auf Lautsprecher. Ich erkenne Ethans Stimme und das Geräusch eines Autos.

» … unterwegs. Loan kommt direkt hin. Ich rufe nur an, um Bescheid zu sagen. Es ist überall im Fernsehen.«

Ich verstehe noch immer nichts. Jason erklärt: »Sie haben einen gefährlichen Einsatz. Ein Brand im Industriegebiet von Paris.« Ich reiße die Augen auf und stelle mir den Aufruhr vor.

»Jason?«

»Ja?«

»Ich kann Ophélie nicht erreichen. Kannst du bitte versuchen, sie anzurufen und ihr sagen, dass ich sie liebe? Bitte.«

Mir läuft es kalt den Rücken hinunter. Ich weiß, dass nur ein geringes Risiko besteht, dass er oder Loan während des Einsatzes zu Schaden kommen, trotzdem ist es schrecklich, so etwas zu hören.

Jason hingegen verdreht die Augen.

»Hör auf, dich wie eine Drama-Queen aufzuführen. Du kannst es ihr selbst sagen.«

»Ich meine es ernst«, übertönt Ethans Stimme den umgebenden Lärm. »Du tust es, okay? Ich zähle auf dich, Jason. Zoé, kannst du mich hören? Sorg dafür, dass er das tut. Ich vertraue dir.«

Trotz der Situation lächle ich amüsiert.

»Ich schwöre es beim Grab von David Bowie.«

»Ja, ist gut«, antwortet Jason. »Und jetzt los, rette die Welt, Zorro.«

Ethan lacht und sagt, er soll sich ins Knie ficken, ehe er auflegt.

Ich verschwende keine Sekunde und schalte den Fernseher ein. Ethan hat recht, die Meldung ist auf allen Nachrichtensendern. Den Berichterstattern zufolge griff das Feuer zufällig über, nachdem eine Gruppe Jugendlicher ein Auto angezündet hatte.

»Du solltest versuchen, Vio anzurufen«, sagt Jason und setzt sich neben mich.

In gegenseitigem Einvernehmen legen wir unsere Differenzen bei und versuchen Ruhe zu bewahren. Violette meldet sich gleich beim ersten Klingeln, als ob sie auf einen wichtigen Anruf gewartet hätte.

»Violette! Schalte auf BFM!«

»Ich weiß, es läuft schon seit einigen Minuten. Loan ist gerade gerufen worden.«

Trotz ihres ruhigen Tonfalls gehe ich davon aus, dass sie

völlig außer sich ist. Ich hoffe, dass Loan nichts passiert, denn davon würde sie sich nie erholen …

»Scheiße«, fluche ich entsetzt, als ich die Bilder sehe, die über den Bildschirm flimmern. »Das klingt nach einer ziemlichen Katastrophe.«

Und das ist es tatsächlich. Jason und ich bleiben am Telefon, um Violette Gesellschaft zu leisten, die sich allein in unserer Wohnung aufhält. Ich schlage ihr vor, herzukommen, aber sie weigert sich und versucht, ihre Angst zu verheimlichen. Sogar Jason neben mir schweigt. Er greift lediglich ein, um meine beste Freundin zu beruhigen, die schließlich doch zusammenbricht.

Als sie zugibt, dass sie in Loan verliebt ist, tauschen Jason und ich einen Blick.

»Alles wird gut«, sagt er zu ihr. »Ich kenne diesen Langeweiler seit der Schule, und du kannst mir glauben, er ist unbesiegbar. Er wird gesund und munter nach Hause kommen. Wie immer.«

Jasons Stimme wird vom Geräusch einer heftigen Explosion übertönt. Wir zucken gleichzeitig zusammen und erbleichen. Im Fernsehen sind die vernichtenden Flammen zu sehen. Sie berühren, umarmen und ersticken. Und sie töten.

»Scheiße …«

Die Journalistin, die sich zum Zeitpunkt der Explosion sofort geduckt hat, nimmt pflichtbewusst ihre Arbeit wieder auf:

»Offenbar ist gerade ein Benzintank explodiert.«

Erst jetzt wird mir wirklich klar, was da vor unseren Augen passiert. Dies ist kein Einsatz wie jeder andere … Ethan war keine Drama-Queen.

Violette am anderen Ende der Leitung ist verstummt. Vorsichtshalber schaue ich Jason nicht an. Ich bin mir sicher, dass auch er den Ernst der Lage verstanden hat.

Als die Journalistin berichtet, dass sich zum Zeitpunkt der Explosion Feuerwehrleute im Gebäude aufhielten, greift Jason nach meiner Hand. Ich überlasse sie ihm, halte sie mit aller Kraft fest und begrabe meine Angst tief in meinem Innern.

*Sei stark, Zoé. Sei stark für ihn.*

Ich beruhige mich, indem ich mir immer wieder sage, dass alles gut gehen wird. Ich habe meine Trauer bereits durchlebt. Gott wird mir das nicht ein zweites Mal antun, nicht so bald.

»Die Einsatzleitung befürchtet, dass es bei der Explosion Opfer gegeben haben könnte«, verkünden die Nachrichten.

Noch nie hatte ich so viel Angst wie an diesem Abend. Ich sage das nicht gern, denn Sarahs Tod mitzuerleben, war zweifellos die traumatischste Erfahrung meines Lebens. Aber damals hatte ich keine Angst. Dazu war keine Zeit, als ich wieder zu Bewusstsein kam, hatte Sarah uns bereits verlassen.

»Ich muss jetzt allein sein«, stammelt Violette und legt auf.

Ich lege das Telefon auf den Tisch, ohne den Blick auch nur eine Sekunde vom Fernseher abzuwenden. Jason verhält sich ganz still, aber es ist, als teilten wir uns ein gemeinsames Herz. Ich spüre alles, was ihn bewegt: Qual, Angst, Schuld. Aber auch Hoffnung.

Und dann beginnt das Grauen … das Grauen des Wartens.

# 33

## Jason

Die Nachricht kommt mitten in der Nacht.

Wie alle schlechten Nachrichten.

Nachdem ich vier schweigsame Stunden damit verbracht habe, mit Panik im Herzen und chaotischen Gefühlen Zoés Hand zu halten, höre ich das Telefon klingeln. Zoé und ich schauen uns an.

Ich weiß sofort, dass er tot ist.

Ich muss nicht einmal nachschauen, wer uns anruft, ich weiß, dass es Violette ist. Loan ist vor einer Stunde nach Hause gekommen, aber von Ethan haben wir noch immer nichts gehört. Ethan, der erst vor Kurzem befördert wurde. Ethan, der diesen Sommer seine Eltern besuchen wollte. Ethan … dessen letzte Worte zu mir »Fick dich ins Knie« waren.

*Ich weiß es.*

Und doch reagiere ich nicht. Tief im Inneren hoffe ich vielleicht, dass jemand sich verwählt hat. Hoffnung tötet auf kleiner Flamme, heißt es.

Kategorisch schüttle ich den Kopf und weigere mich, den Anruf anzunehmen. Zoé streckt den Arm aus, aber ich klammere mich an ihre Hand wie an eine Rettungsboje auf offener See. Mein Herz rast und zieht sich in meiner Brust zusammen.

*Weil ich es weiß.*

»Hallo?«, meldet sich Zoé bedrückt und müde.

Es folgt eine beängstigende Stille. Ich starre sie wie versteinert an. Ich warte. Ich bin ganz ruhig. Es dauert nur drei Sekunden.

Eins.

Zwei.

Drei.

Ihr Gesicht verzerrt sich und in ihren schönen Augen stehen Tränen, als sie meinen begegnen.

Mein Herz macht einen Satz ins Leere, als die Tatsache nicht mehr zu leugnen ist.

Immer und immer wieder schüttle ich mit zusammengebissenen Zähnen den Kopf, immer und immer wieder, Tränen laufen mir über die Wangen, mein Blick verschwimmt, immer und immer wieder, und …

»Alles klar … danke …«

Als Zoé auflegt, werde ich schwach und lege den Kopf auf ihren Bauch. Sie umarmt mich und lehnt sich an meinen Rücken. Ich breche zusammen.

Ich schluchze wie ein Kind, mein Herz schreit seinen Schmerz in den Himmel. Ich will Zoé sagen, wie groß mein Schmerz ist, dass ich verdammt noch mal nicht dachte, dass es derart wehtun würde, dass ich nie darüber hinwegkommen werde, dass es so sehr schmerzt, dass ich vermutlich daran krepiere, aber ich bin nicht in der Lage, den Mund zu öffnen.

»Es tut mir so unendlich leid, mein Liebster … so unendlich leid …«, flüstert sie an meinem Rücken.

Ich schließe die Augen und hoffe, dass ich mich in Luft auflöse. Ich bete, dass das alles nur ein Albtraum ist. Ich bete, dass Zoé dieses Baby will, das unter ihrem Bauchnabel heranwächst, ich bete, dass meine beiden besten Freunde gesund und munter nach Hause kommen, und ich bete, dass das Leben mir zulächelt, wie es mir immer zugelächelt hat.

Aber leider funktioniert es nicht. Mein Freund ist heute Abend gestorben, und ich muss lernen, damit zu leben.

Denn anscheinend ist es das, was die Leute tun.

# 34

## Zoé

In solchen Momenten erkennt man, wie stark die menschliche Natur doch ist. Ist das Herz einmal gebrochen, denkt man, dass es niemals mehr weiterschlagen wird. Und doch überrascht es uns immer wieder. Es bricht weiterhin, Tag für Tag.

Nach Ethans Tod wird Jason zu einem echten Wrack. Auch ich habe einen Freund verloren, aber meinen Schmerz kann ich nicht an seinem messen. In den Tagen nach der Tragödie besuche ich ihn ständig. Zunächst setzt ein Verdrängungsmechanismus ein, er geht ganz in Lächeln und kleinen Aufmerksamkeiten auf und schlägt mir Dinge vor, an die er vorher nie gedacht hätte.

»Weißt du, wovon ich immer geträumt habe? Fallschirmspringen. Hättest du Lust? Ich könnte für morgen einen Termin vereinbaren!«

»Ich glaube, wir sollten lieber miteinander reden …«

»Wir wollten das mal mit Ethan machen«, sagt er lachend und schenkt sich den dritten Drink an diesem Morgen ein. »Aber dieser Hasenfuß hat sich in letzter Minute gedrückt.«

Ich schaffe es schließlich, ihn davon abzubringen, indem ich ihm einen Restaurantbesuch vorschlage. Am nächsten Tag spricht er von Bungeejumping, und ich verstehe, was mit ihm los ist. Jason hat sich noch nie dem Tod aus nächster Nähe stellen müssen und weiß nicht, wie man damit umgeht. Daher unternimmt er alles, um sich lebendig zu fühlen, und unterdrückt Gefühle, die ihm Angst einjagen könnten.

Ich verurteile ihn nicht, weil ich es verstehe. Jeder reagiert anders. Als Sarah starb, war ich wütend. Auf mich, auf meinen Bruder, auf die ganze Welt. Ich flüchtete mich in Einsamkeit und Selbstgeißelung. Ich wollte alles verbrennen. Aber Tiago war für mich da und hat mir da rausgeholfen. Er hat dafür gesorgt, dass ich verstand, dass man nicht jedes Mal zusammenbrechen kann, wenn ein lieber Mensch einen verlässt.

Nach dem zweiten Tag wache ich mitten in der Nacht auf, weil mir eine Spinne über den Bauch krabbelt. Als ich die Augen öffne, stelle ich fest, dass es keine Spinne, sondern Jason ist. Er ist noch mit Jeans und Schuhen bekleidet und streichelt meinen Bauch mit den Fingerspitzen.

Sofort erkenne ich, dass er getrunken hat, ehe er ins Bett ging. Allmählich wird das zur Gewohnheit …

»Jason, was machst du da?«

»Warum willst du dieses Baby nicht?«, flüstert er. »Babys sind süß. Sie nehmen nicht viel Platz in Anspruch.«

Tatsächlich ist er völlig betrunken. Wir haben unsere letzte Diskussion nach den jüngsten Ereignissen unterbrochen. Ich weiß nicht, ob wir noch ein Paar sind, aber es ist klar, dass er mich braucht, um sich dieser Herausforderung zu stellen. Deshalb bleibe ich bei ihm.

»Wir reden morgen früh darüber, okay? Du bist jetzt nicht in der richtigen Verfassung.«

Sein Blick ruht auf meinem Bauch. Ich weiß nicht, was er dort sieht, aber es versetzt ihn in einen völlig lethargischen Zustand.

»Ich will nicht, dass Menschen sterben. Findest du es nicht schrecklich, dass Menschen sterben?«

Ich antworte nicht, sondern tue so, als wäre ich wieder eingeschlafen.

*Oh doch, Jason. Mehr als du ahnst.*

Auf die Verdrängungsphase folgt die Depression. Er verschließt sich vollständig. Er weigert sich, mir die Wohnungstür zu öffnen und hängt wie ein Zombie auf seiner Couch herum. Jeden Tag, ohne Ausnahme. Selbst Loans Anrufe ignoriert er. Loan erträgt den Schlag mit mehr Würde und flüchtet sich eher in Schweigen als in Alkohol. Als er mich fragt, wie es Jason geht, ertappe ich mich beim Lügen.

»Es geht. Er braucht nur etwas Zeit, das ist alles.«

»Ich verstehe … Aber er kommt doch zur Beerdigung, oder?«

»Ja natürlich.«

Die Wahrheit ist, dass Jason in sich zusammenfällt.

Wenig überraschend wird der Alkohol sein bester Freund.

Ich erkenne ihn nicht wieder. Er schaut fern, beschwert sich und säuft wie ein Loch. Er wird auch unfreundlich … er wirft mir vor, ihn nicht genug zu lieben. Neulich habe ich einen Abend damit verbracht, sein Erbrochenes im Bad wegzuwischen.

Am nächsten Tag hat er sich überschwänglich dafür entschuldigt, was ihn jedoch nicht daran hinderte, abends genauso weiterzumachen. Ich ertrage das alles, ohne etwas dazu zu sagen, weil ich ihn liebe und seinen Schmerz verstehe.

Aber eines Tages habe ich es dann doch satt. Am Tag vor der Beerdigung stehe ich vor seiner Tür. Als er nach dem fünften Klingeln immer noch nicht aufmacht, öffne ich die Tür mit dem unter der Fußmatte versteckten Schlüssel.

Wie erwartet schaukelt Jason in der Hängematte in der Mitte des Wohnzimmers. In seinem Schoß liegt eine Schnapsflasche. Ich knirsche mit den Zähnen. Er hört offenbar Musik.

»Hi.«

»Ich habe dich nicht gebeten, hereinzukommen.«

»Freundlich wie eh und je …«

Verärgert lege ich meine Einkäufe auf der Küchenzeile ab. Jason scheint es wahrzunehmen, denn ein Anflug von Schuldbewusstsein legt sich über sein Gesicht. Seit sechs Tagen hat er sich nicht mehr rasiert, und ein Bart überwuchert sein kantiges Kinn.

»Entschuldige, aber ich möchte allein sein.«

Ich achte nicht auf ihn und räume ein wenig auf. Wenigstens füttert er seine Katzen. Die Ärmsten stürzen sich sofort auf mich, sie vermissen ihre Streicheleinheiten. Ich knie mich auf den Boden und knuddle sie erst einmal ausgiebig.

Nach langem Schweigen und ohne Jason anzusehen sage ich schließlich:

»Er wird nie verschwinden, weißt du … Aber er wird sich jeden Tag ein wenig abmildern. Eines Morgens spürst du ihn kaum noch, weil er ein Teil von dir geworden ist.«

Obwohl ich ihn nicht ansehe, bemerke ich seinen Blick auf meinem Rücken.

»Wovon redest du?«

»Vom Schmerz.«

Er antwortet nicht. Ich will ihm klarmachen, dass ich mehr Verständnis für seinen Schmerz habe, als er glaubt. Schließlich habe ich ihn ebenfalls kennengelernt. Aber mit den Jahren wird er einem so vertraut, dass man ihn kaum noch bemerkt. Man muss nur die ersten Tage überstehen … Das erste Jahr ist das schwierigste.

Aber irgendwann wird man wieder gesund.

»Jason, ich weiß, dass du trauerst«, sage ich und stehe auf.

»Aber du musst mit mir reden. Ich mache mir Sorgen um dich. Du darfst dich da nicht so drin vergraben …«

»Warum nicht?«, antwortet er mit einem grausamen Lächeln, das nicht zu ihm passt. »Wenigstens bin ich noch am Leben.«

Der letzte Satz ist wie ein Schlag ins Gesicht. Jason kann schlecht mit Trauer umgehen, das ist sicher. Ich habe versucht, für ihn da zu sein, aber es funktioniert nicht. Und deshalb beschließe ich, die Methode zu ändern.

*Manche Menschen muss man eben härter anpacken.*

Mit grimmigem Blick gehe ich auf ihn zu und reiße ihm die Flasche aus den Händen. Er runzelt die Stirn und will sich beschweren, als ich mit harter Stimme antwortete:

»Ja, ganz genau, du bist noch am Leben. Also hör endlich auf, dich wie ein undankbares Arschloch zu benehmen, und freu dich drüber. Nicht jeder hat so viel Glück.«

Mit diesen Worten werfe ich die Flasche in den Müll, nehme meine Jacke und verlasse die Wohnung wie ein Tornado.

Vor der Kirche hat sich eine Menschenmenge versammelt. Nicht, dass mich das überrascht.

Ethan war nicht der Einzige, der in jener Nacht als Held sein Leben verlor. Zwei Leichenwagen sind ein paar Schritte entfernt geparkt, ein Anblick, der mich erschaudern lässt. Ein Stück weiter entdecke ich Ophélie ganz in Schwarz. Ich frage mich, wie sie es schafft, nicht in Tränen auszubrechen.

Nach Sarahs Tod konnte ich zwei Wochen die Wohnung nicht verlassen.

»Wir suchen uns einen Platz«, sagt Jason zu Loan, der zusammen mit einigen anderen den Sarg tragen wird. »Viel Glück.«

Er nimmt meine Hand und zieht mich in die Kirche. Violette folgt uns still. Während wir uns zwischen die anderen

Trauergäste setzen, beobachte ich Jason. Er erschien heute Morgen nüchtern und sauber rasiert in unserer Wohnung.

Als er mich traurig anlächelte, wurde mir klar, dass meine Holzhammermethode funktioniert hatte.

»Ich bin froh, dass du da bist.«

Statt einer Antwort lächelt er nur und beißt die Zähne so fest zusammen, dass es ihm fast den Kiefer spaltet. Sein Blick schweift über die Menge, dann beugt er sich zu mir.

»Ich habe da jemanden gesehen, den ich kenne. Ich sage nur schnell Hallo und komme dann wieder.«

Ich nicke, lasse ihn gehen und bleibe mit Violette allein zurück. Sie macht nicht ein einziges Mal den Mund auf, was ihr gar nicht ähnlich sieht. Als alle einen Platz gefunden haben, beginnt die Zeremonie. Ich stelle mich auf die Zehenspitzen und halte Ausschau nach Jason, doch er ist nirgendwo zu sehen.

Loan und die anderen gehen mit dem Sarg auf den Schultern den Mittelgang hinunter. Es ist das Traurigste, was ich je gesehen habe. Zunächst denke ich, dass sich Jason nicht mehr problemlos durch die Menschenmenge drängeln konnte, aber nachdem ich mit Blicken überall nach ihm gesucht habe, begreife ich, dass er nicht in der Kirche ist.

Das Ende der Zeremonie ist sehr bewegend. Die Worte von Ethans Verwandten sind am schwersten zu ertragen, besonders die Rede seiner Mutter. Ophélia kommt ihr schnell zu Hilfe. Plötzlich fällt mir ein, was Ethan uns in jener Nacht versprechen ließ.

*Kannst du bitte versuchen, sie anzurufen, und ihr sagen, dass ich sie liebe?*

*Zoé, kannst du mich hören? Sorg dafür, dass er das tut. Ich vertraue dir.*

Ethan kannte Ophélie erst seit wenigen Monaten, und doch

war er überzeugt, dass sie die Frau seines Lebens war. Nach unserem Doppeldate schickte er mir eine Nachricht wegen Ophélies unpassender Wortwahl: *Ich weiß nicht, was du erlebt hast, und werde dich nicht danach fragen. Ich möchte nur, dass du eines weißt: Du bist ganz besonders. Achte nicht auf diejenigen, die dich vom Strahlen abhalten wollen.*

Worte, die ich nie vergessen habe.

Nach dem letzten Abschied mache ich mich auf die Suche nach Jason. Beunruhigt schlendere ich zwischen den Gästen umher. Ich fürchte, dass er irgendwo trinkt, obwohl ich mich bemühe, an ihn zu glauben. *Er wird es schon hinbekommen, das weiß ich.*

Nach einigen Minuten finde ich ihn mit einem anderen Mann hinter der Kirche. Beide lachen und rauchen – ich sehe sofort, dass es sich nicht um eine Zigarette handelt.

»Jason.«

Auf frischer Tat ertappt dreht er sich um. Seine Augen sind gerötet – ein Zeichen, dass er geweint hat –, und sein Lächeln verschwindet wie Schnee in der Sonne. Als er mich sieht, gibt er seinem neuen Freund den Joint zurück. Ich werfe dem Mann einen so bösen Blick zu, dass er uns schnell allein lässt.

Stumm messen wir einander mit Blicken. Ich brauche keine Erklärung, ich weiß, dass er nicht an der Zeremonie teilgenommen hat. Er hat mich angelogen, um entkommen und kiffen zu können.

Angesichts meines Schweigens gibt Jason schließlich klein bei. Er lacht gezwungen mit stockendem Atem.

»Es fiel mir zu schwer.«

Ich nicke schweigend und mitfühlend.

»Es tut mir leid … Ich konnte einfach nicht bleiben. Scheiße, ich baue wirklich nur Mist«, sagt er und verbirgt das Gesicht in den Händen. »Es tut mir so leid.«

»Schon gut.«

»Ich kann damit nicht umgehen, Zo. Ich weiß nicht, wie die Leute das machen, und ich fühle mich so verdammt egoistisch! Als hätte ich kein Recht dazu, weißt du? Es sind seine Eltern, die zusammenbrechen sollten, nicht ich. Ich bin ein Niemand. Aber … Ich vermisse ihn.«

»Jason, du hast gerade einen Freund verloren. Es ist nicht egoistisch, traurig zu sein. Dass du damit nicht umgehen kannst, ist verständlich. Niemand ist dir böse.«

»Hast du mir nicht erst kürzlich gesagt, ich soll aufhören, mich wie ein ›undankbares Arschloch‹ aufzuführen?«, scherzt er und kommt näher.

Meine Lippen verziehen sich zu einem Lächeln, und ich nehme seine Hand. Endlich ist er wieder da, der Jason, in den ich mich verliebt habe.

»Ich wollte dir einen kleinen Schubs versetzen. Versprich mir nur, dass du mit dem Saufen aufhörst, okay? Wenn du so weitermachst, bist du für mich tot.«

*Ich muss mir nur meine Mutter ansehen.*

Jason verspricht es und bedankt sich mit einem Kuss auf meine Wange. Als ich ihn frage, ob er bereit ist, nickt er, und ich ziehe ihn hinter mir her. Wir haben einige Mühe, zu Ophélie vorzudringen. Als sie uns endlich sieht, nehme ich sie automatisch in die Arme.

*Das ist von Ethan.*

Sie lächelt mir zu und umarmt Jason, als ob er ein Kind wäre, das man trösten muss.

»Wir wollten dir nur sagen …« beginnt er. »Ethan hat dich sehr geliebt. So.«

Ophélie fällt es schwer, ihre Gefühle unter Kontrolle zu bringen, aber schließlich senkt sie den Blick, um ihre Tränen zu verbergen.

»Danke … Ich wusste es, aber es fühlt sich gut an, es zu hören.«

»Ruf mich ruhig an, wenn du irgendetwas brauchst.«

Schließlich lassen wir sie in Ruhe und gehen zum Auto. Wir sprechen kein Wort. Gerne würde ich Jason fragen, wo er und ich jetzt stehen. Ich würde ihm gern sagen, dass ich am Montag einen Arzttermin habe und mich davor fürchte … aber es scheint nie der richtige Moment zu sein. Also tue ich so, als wäre alles in Ordnung.

Weil es einfacher ist.

# 35

## Zoé

»Schau dir das hier mal an.«

»Verdammt, Tiago, hör endlich auf! Ich ändere meine Meinung nicht, und wenn du mir noch so viele Fotos von pummeligen Babys zeigst«.

Er wirft mir einen grimmigen Blick zu und dreht sein Telefon um. Hastig werfe ich einen zögernden Blick darauf, ehe ich nachgebe.

»Na gut, lass mal sehen.«

»Ha!«, trumpft er auf und deutet mit dem Finger auf mich. »Niemand kann pummeligen Babys widerstehen.«

Ich verdrehe die Augen. In der Tat – der kleine Junge, den er mir zeigt, ist bezaubernd. Ich bekomme plötzlich Lust, in seine Pausbäckchen zu beißen – ein verstörender Wunsch, der mir die Tränen in die Augen treibt.

»Sag mir doch bitte noch mal, wozu genau dieser Termin gedacht ist.«

»Zu nichts Besonderem. Es handelt sich lediglich um eine Formalität. Die Schwangerschaft wird bestätigt, und man spricht über die … verschiedenen Möglichkeiten.«

Tiago nickt stumm und hält meine Hand ganz fest. Wir haben beschlossen, zu Fuß zu gehen und die Pariser Sonne zu genießen.

»Und warum hast du statt mir nicht den Papa gebeten, dich zu begleiten?«

»Ich will nicht, dass er sich falsche Vorstellungen macht … außerdem hat er gerade andere Dinge im Kopf. Ich muss nicht noch meine Sorgen dazu beitragen.«

Obwohl ich ihn unendlich vermisse. Im Ernst, ich bin sehr betroffen. Ich weiß, wie man trauert, aber ich kann nicht anders. Ich denke von morgens bis abends an Jason. Seit er sich wieder zusammenreißt, habe ich keine Ausrede mehr, ihn zu besuchen, auch wenn wir vor Violan so tun, als wäre alles in Ordnung.

Ich schäme mich, es zu sagen, aber nach dem Schrecken dieses dunklen Tages folgten die guten Nachrichten für mich rasch aufeinander. Meine einwöchige Internetpause traf bei meinen Abonnenten auf Verständnis. In der Zwischenzeit konnte ich verfolgen, für wie viel Begeisterung mein Comingout auf Video sorgte.

Es wurde so oft gelikt, dass die LGBT-Accounts es übernahmen und fleißig teilten.

All das scheint inzwischen so weit weg zu sein …

»Oh, guck mal!«

Ich folge Tiagos Finger und kneife die Augen gegen die Sonne zusammen. Angespannt erkenne ich das Schaufenster eines Babyausstatters.

»Komm, lass uns einen Blick darauf werfen.«

»Träum weiter. Ich weiß genau, was du da gerade tust, und es ist gemein! Du solltest dich schämen. Mein Baby und ich zeigen mit dem Finger auf dich.«

Tiago ist vor Freude gehüpft, als ich ihm von meiner Schwangerschaft erzählte. Er hat sich für eine Seite entschieden, und zwar definitiv nicht für meine.

»Komm schon, nur ganz kurz.«

Ich seufze und lasse mich von ihm vor den Laden ziehen. Die Wahrheit ist, dass ich Angst habe, doch noch klein beizugeben.

Denn genau das wird passieren, das weiß ich. Schließlich werde ich dieses Baby doch behalten und eine junge Mutter werden.

Ich, Zoé Camara.

Es scheint, als würde sich die Welt rückwärts drehen.

»Das ist ja vielleicht süß«, schwärmt Tiago und zeigt auf ein winziges gelbes Kleid.

Wie zu erwarten war, begeistere ich mich schnell für das Spiel. Ich beschließe, nichts anzufassen, während ich zwischen den Regalen hindurchschlendere. Sämtliche Produkte sind mikroskopisch klein. Es ist mir ein Rätsel, dass ein Mensch so klein und doch in meinem Bauch so groß sein kann.

»Oh. Mein. Gott.«

Ich schwöre, die Welt ist gegen mich. Mit resigniertem Blick schüttle ich den Kopf, ehe ich nach einem Body der kleinsten Größe greife, der gerade vor mir liegt. Er stammt aus einer speziellen Star-Wars-Kollektion.

Auf dem Body ist der Kopf von Darth Vader abgebildet, genau der, der auf Jasons Hintern tätowiert ist, und darunter stehen die Worte: »Ich liebe meinen Papa«. Eine unendliche und unerwartete Zärtlichkeit packt mich. Ein Baby, halb Jason, halb ich ... wäre das wirklich so schrecklich?

Nach Tiagos siegreichem Ausdruck zu schließen funktioniert sein machiavellistischer Plan. Ich werfe ihm einen grimmigen Blick zu und mache ein Foto von dem Body. Schließlich kaufe ich ihn, natürlich nur, weil er so niedlich ist und man kleine Unternehmen unterstützen sollte ...

»Ich verbiete dir, auch nur einen Ton dazu zu sagen«, drohe ich meinem besten Freund.

Breit lächelnd hebt Tiago die Hände zum Himmel. Auf dem Weg zum Krankenhaus schicke ich das Bild an Jason. Lange Zeit bekomme ich keine Antwort. Erst als ich im Wartezimmer sitze und Angst im Bauch habe, vibriert mein Telefon.

**Jason**: #Zason

Ich lächle mit Tränen in den Augen.
*Zason.*

Tiago zerquetscht mir fast die Finger. Als ich ihn darauf hinweise, entschuldigt er sich, ohne jedoch seinen Griff zu lockern. Die Ärztin setzt sich neben uns und lächelt uns freundlich an.

»Sind Sie der Vater?«

»Oh nein, ich bin total schwul.«

Sie hebt eine Augenbraue und schaut uns nacheinander an.

»Er konnte nicht kommen«, antworte ich schließlich.

»Kein Problem. Vorsicht, das ist kalt.«

Zu spät. Reflexartig ziehe ich den Bauch zusammen. Das Gel ist eisig auf meiner Haut, aber ich beklage mich nicht. Dazu bin ich viel zu aufgeregt. Und auch zu ängstlich. Ob meine Mutter damals das Gleiche empfunden hat?

»Also, dann ist das heute der erste Ultraschall«, erklärt die Ärztin. »Man wird noch nicht viel sehen, weil es noch sehr früh ist, aber wir brauchen ihn, um die Schwangerschaft zu bestätigen. Danach müssen Sie noch ein paar Papiere unterschreiben, okay?«

Ich nicke weise und schaue auf den kleinen Bildschirm. Als sie mir das Gerät auf den Bauch legt, sagt sie:

»Vor allem wollen wir wissen, ob da drin nur einer ist. Normalerweise kann ich auch den Zeitpunkt der Befruchtung und der Entbindung bestimmen. Also, Kerlchen … wo versteckst du dich?«

Ich frage mich, ob sie hören können, wie mein Herz wummert. Nun bin ich es, die Tiagos Hand zerquetscht. Schade, dass Jason nicht hier ist. Trotz unserer Differenzen hätte ich diesen Moment gern mit ihm erlebt. Ich erwarte das Verdikt, als die Ärztin die Stirn runzelt.

»Wann, sagen Sie, haben Sie den Schwangerschaftstest gemacht?«

Ich erstarre.

»Vergangene Woche …«

»Stand dort, wie lange die Schwangerschaft bereits besteht?«

»Äh … nein. Was ist los?«

Sie schluckt und verzieht das Gesicht. Ich gerate in Panik, während sie das Gerät wegnimmt und mir das Gel vom Bauch wischt. Mit meinem Baby stimmt etwas nicht. Ich habe irgendwas verbockt, ich weiß es, ich spüre es.

Tiago wiederholt meine Frage. Die Ärztin schaut mir direkt in die Augen. Offenbar fühlt sie sich unbehaglich.

»Sie sind nicht schwanger, meine Liebe. Es tut mir leid.«

Schweigen. Die Hand meines besten Freundes legt sich tröstend auf meine Schulter. Ich verstehe gar nichts mehr. Was soll das heißen, ich bin nicht schwanger? Und was ist mit meinem Mulatten-Baby im Star-Wars-Body?

»Habe ich … habe ich es verloren? Habe ich etwas falsch gemacht?«

»Nein, keine Sorge. Sie waren einfach niemals schwanger. So etwas passiert öfter als man denkt.«

»Aber … das kann doch nicht sein!«, antworte ich bockig. »Ich habe einen Schwangerschaftstest gemacht. Er war positiv.«

»Genau wie Kondome sind Schwangerschaftstests nicht hundertprozentig zuverlässig. Deshalb sollte man immer mehrere machen. Es war eine Scheinschwangerschaft, Zoé«, sagt sie traurig.

Ich habe keine Ahnung, wie ich reagieren soll. Eigentlich sollte ich glücklich und erleichtert sein. Es war nur falscher

Alarm, alles ist in Ordnung. Ich kann mit meinem Leben weitermachen.

Nur weigere ich mich, es zu glauben.

»Das ist unmöglich«, wiederhole ich. »Mir war übel, ich … ich habe mich in zwei Tagen zweimal übergeben, und meine Periode hat sich verspätet!«

»Hatten Sie in letzter Zeit viel Stress?«

Ich lache ihr fast ins Gesicht. *Ich und Stress? Nein, überhaupt nicht.* Angesichts meines Ausdrucks muss sie lächeln.

»So etwas passiert Frauen, die Angst davor haben, schwanger zu werden, oder auch einfach nur, wenn sie zu viel Stress haben. Stress kann bestimmte schwangerschaftsspezifische Symptome verursachen, ohne dass ein Embryo vorhanden ist. Es ist rein psychologisch.«

Also hat sich alles von Anfang an nur in meinem Kopf abgespielt. Es gab nie ein Baby in meinem Bauch. Mein Gehirn hat es einfach erfunden.

»Zoé … geht es dir gut?«

»Ja, ganz toll«, sage ich lächelnd. »Ich ziehe mich jetzt an. Würdest du bitte draußen auf mich warten?«

Tiago küsst mich auf die Stirn und lässt mich allein. Ich reinige meinen Bauch mit abrupten Gesten und ziehe meine Jeans und meine Bluse an. Als das erledigt ist, muss ich mich für ein paar Sekunden hinsetzen, um Luft zu holen.

Ich spüre den Beginn einer Panikattacke und versuche mich zu beruhigen. Meine Hände zittern, aber ich klemme sie unter meine Beine.

Kein Baby. In diesem Körper ist nichts. Nur Leere und Essen. *Wie überraschend.*

Ich atme langsam, wild entschlossen, nicht zusammenzubrechen, und nehme mein Telefon.

**Ich**: Termin beim Doc. Falscher Alarm. Kein Baby.

Lange starre ich auf den Bildschirm und warte auf eine Antwort. Als keine kommt, fällt die Maske von mir ab, und ich kann mich nicht länger verstellen.

Ich breche in Tränen aus.

# 36

## Jason

Es sind die längsten zwei Wochen meines Lebens.

Ich erhole mich langsam von Ethans Tod, was sich als komplizierter erweist, als man denkt. Die gute Nachricht ist, dass ich aufgehört habe, mich zu besaufen. Ich schäme mich dafür, wie ich Zoé anfangs behandelt habe. Trotz allem, was zwischen uns passiert ist, hat sie mich nicht hängen lassen …

Eine wahre Heilige.

Ich hätte ihr gern geholfen, als sie erfuhr, dass sie nicht schwanger war. Ich muss zugeben, die Nachricht hat mir schwer zu schaffen gemacht. Ich habe sie bestimmt zehnmal angerufen, ehe sie antwortete: »Alles in bester Ordnung ☺«.

Seitdem herrscht Funkstille. Ich weiß nicht mal, ob wir noch zusammen sind.

Und Scheiße, ich vermisse sie. Ganz furchtbar.

Jeden Abend gehe ich mit dem Gedanken an ihr Lächeln ins Bett, und jeden Morgen wache ich mit der Erinnerung an ihren Duft auf, der meine Laken durchdringt. Sogar die Katzen fangen an, sie zurückzufordern.

»Ist Zoé nicht da?«, frage ich, als ich mit Pizzas in der Hand die Wohnung von Violan betrete.

Ach ja, da ist noch eine Neuigkeit. Loan und Violette sind endlich ein Paar – Halleluja! Natürlich freue ich mich für sie. Auch wenn ich ein wenig eifersüchtig bin. Ich habe alles vermasselt.

»Nein, sie ist gestern zu Tiago gezogen.«

*Oh.* Ich tue so, als hätte ich es vergessen, weil ich nicht zugeben will, dass Zoé nicht mehr mit mir redet. Obwohl ich enttäuscht bin, dass sie es mir nicht gesagt hat, ist die Erleichterung größer. Wenigstens kann ihr Bruder sie dort nicht finden.

Ich stelle die Pizzen auf den Couchtisch und setze mich auf den Einzelsessel. Ich habe nicht viel Zeit zum Essen, denn um vierzehn Uhr muss ich Mathis abholen.

»Apropos, ich habe eine Überraschung«, ruft Violette und leckt sich das Fett von den Fingern.

Sie steht auf und eilt in den Flur. Ich werfe Loan einen fragenden Blick zu, aber den sieht er nicht, weil er viel zu beschäftigt damit ist, ihr nachzublicken. Ich kann mich gerade noch daran hindern, die Augen zu verdrehen. Seit sie zusammen sind, küssen und berühren sie sich permanent.

Das Schlimmste daran ist, dass sie es nicht einmal merken. Igitt.

»Schau, das hier ist gestern gekommen! Das allererste Produkt des Labels Dahlia Camara.«

Neugierig betrachte ich, was Violette uns zeigt. Es handelt sich um ein schlichtes weißes T-Shirt mit der roten Aufschrift: *ALWAYS A SLUT FOR EQUAL RIGHTS.*

»Schon? Das ging aber schnell«, stellt Loan fest.

»Wir haben mehrere Prototypen am Computer gemacht, aber sie wollte wissen, wie es aussehen würde, bevor sie damit anfängt. Und so sieht es aus! Handgenäht. Es ist wunderschön, nicht wahr?«

Ich beuge mich vor, um den Stoff zu berühren. Er ist sehr weich.

Obwohl Zoé mir nichts darüber erzählt, verfolge ich die Entwicklung ihres Onlineshops über Instagram. Sie hat ihn gerade erst eröffnet, der Verkauf startet später. Ich habe mir schon vorgenommen, eine Bestellung aufzugeben.

»Hast du die Prototypen zufällig da?«

»Ja, warte kurz.«

Völlig aufgedreht setzt sie sich mit ihrem Computer neben mich. Ich sehe zu, wie sie eine Datei öffnet und mir zeigt, was Zoé entworfen hat.

Wow. Es sind meist T-Shirts, und zwar in allen möglichen Farben. Alle sind uni, und auf jedem prangt eine andere Aufschrift in Rot, Schwarz oder Weiß:

No, I'M bisexual, YOU'RE confused

My sexuality = my business

I hope she likes girls

Sick of your heteronormative bullshit

Marriage is about love, not gender

*Zoé wie sie leibt und lebt.*

»Das ist großartig. Ich bin hin und weg.«

»Ich weiß«, antwortet Violette stolz. »Die Leute sind total begeistert. Die Sache wird durch die Decke gehen, das spüre ich.«

Danach verstumme ich. Ich höre ihnen zu, wie sie beim Essen reden und scherzen, aber ich bin mit meinen Gedanken woanders. Dann kommt der Moment, wo sie sich in einer unsichtbaren Blase einschließen, die ich nicht durchdringen kann. Violette hält Monologe, und Loan schaut sie lächelnd an und unterbricht sie nur, um sie auf den Hals zu küssen.

Als sie lachend auf seinen Kuss reagiert, senke ich den Blick und greife nach meinem Telefon.

**Ich**: Violette hat mir gerade deine Prototypen gezeigt. Sie sind toll, Zo … Bravo.

Sie antwortet mir nicht sofort, was ich verstehe. Trotzdem hoffe ich, dass sie es irgendwann tut.

»Okay, ich muss los. Sehen wir uns Samstag? Schließlich muss meine Abreise gebührend gefeiert werden.

»Wir sind dabei.«

Ich lächle die beiden an und mache mich auf den Weg. Warum scheint für sie alles so einfach zu sein? Ethans Tod, ihre Paarbeziehung, ihr Leben … Ich hingegen habe das Gefühl, dass alles um mich herum zusammenbricht. Ich verliere einen meiner besten Freunde, ein Baby, das nie existiert hat, das einzige Mädchen, das ich je geliebt habe, und in zwei Wochen fliege ich ans andere Ende der Welt.

Mein Telefon vibriert, als ich vor Julies Haus einparke.

**Zoé**: Ich vermisse dich.

Mein Herz setzt aus.

**Ich**: Ich vermisse dich auch.
**Zoé**: Warum treffen wir uns dann nicht?
**Ich**: Keine Ahnung …

## Zoé

Bei Tiago zu wohnen ist eine tolle Sache. Er ist fast nie zu Hause, und ich muss zugeben, dass er sehr sauber ist. Er kocht auch.

Er hingegen hat nicht gerade den Jackpot geknackt, als er mich bei sich aufnahm. Das behaupte nicht ich, sondern er. Im Gegensatz zu Jason ist er kein Fan von Kleidung, die auf dem Boden herumliegt.

»Ich komme heute Abend nicht nach Hause«, verkündet er, während ich mit den Füßen auf dem Couchtisch ein neues YouTube-Video poste. »Könntest du bitte spülen?«

»Ja, Mama.«

»Ciao.«

Ich gieße mir ein Glas Sprudel ein und lege Musik auf.

Die CD, die Jason mir geschenkt hat, lockt mich, und ich halte nur wenige Sekunden durch, ehe ich schwach werde. Ich spiele sie ab, während ich mit schwerem Herzen an meinen neuen Kreationen arbeite.

Je mehr Songs ich höre, desto weniger konzentriere ich mich. Boney M., Ed Sheeran, ABBA, Charlie Puth, Hayley Kiyoko, G-Eazy … Der Soundtrack ist perfekt. Ich widerstehe dem Drang, Jason eine Nachricht zu schicken – eher aus Stolz als aus irgendeinem anderen Grund.

Es ist eine Ewigkeit her, dass wir uns das letzte Mal gesehen haben, und ich verstehe nicht, warum. *Haben wir uns getrennt?* Es ist durchaus möglich, dass ich es nicht bemerkt habe.

Sentimental wühle ich in meiner Tasche und hole die Liste hervor, die er mir zu Beginn unserer Beziehung geklaut hatte.

Der Anfang von allem.

– Flotter Dreier
– Kochkurs belegen
– Norwegisch lernen
– Einen ganzen Tag lang zu allem »Ja« sagen
– Bryan die Wahrheit ins Gesicht schreien
– Tattoo machen lassen
– Etwas Illegales tun
– Szene aus dem Lieblingsfilm nachspielen
– Sex an einem ungewöhnlichen Ort
– Sich unter dem Eiffelturm küssen

– Im Regen tanzen
– Roadtrip durch Europa (Florenz, Venedig, Berlin, Amsterdam)
– Ein Kleid von Elie Saab kaufen
– Sich verlieben
– Sich selbst lieben!!!!!!

Einfach so hat Jason mir geholfen, fast alles abzuhaken. Ich lese die Liste, lese sie noch einmal und muss lächeln. Mit dem Daumen versuche ich, ein paar ausgelaufene Filzstiftspuren zu entfernen, allerdings ohne Erfolg. Ich runzle die Stirn und stelle fest, dass sie von der Rückseite stammen.

Fasziniert drehe ich die Liste um.

*Was ist …?*

Vor mir liegt eine ganz andere, mit Bleistift geschriebene Liste. Ich erkenne Jasons Handschrift sofort.

– Fallschirmspringen
– Zoé die Wahrheit über unser Kennenlernen gestehen
– In Island das Nordlicht bewundern
– Zwillinge bekommen, damit man sie gleich anziehen kann
– Um die Welt reisen
– Sich verlieben
– Jade auf Tinder liken
– Carrie Fisher treffen

Ich sitze still vor dem Blatt Papier und traue meinen Augen nicht. Jason hat auf der Rückseite meiner Liste seine eigene erstellt. Wie zwei Seiten derselben Medaille. *Wann hat er das getan?*

Er hat mir diesen Zettel schon vor Monaten zurückgegeben … und doch hatte er das Kästchen »sich verlieben« bereits angekreuzt. Bei dieser Entdeckung bekomme ich eine Gänsehaut.

Ohne auch nur noch eine Sekunde zu warten, schnappe ich mir mein Telefon und tippe in Windeseile.

**Ich**: Wie wäre es mit Kino?

Zwei Wochen haben wir nicht miteinander geredet, und drei Wochen sind wir uns aus dem Weg gegangen. Aus welchem Grund? Aus gar keinem. Wir blockieren uns, weil wir Schiss haben. Aber jetzt ist Schluss damit.

*Ich will leben.*

Seine Antwort kommt sofort.

**Jason**: Wann?
**Ich**: Jetzt sofort.
**Jason**: Welches Kino?
**Ich**: Das weißt du ganz genau.
**Jason**: Bin schon unterwegs.

# 37

## Zoé

Als ich am Kino ankomme, fällt mir ein, dass ich keinen bestimmten Film vorgeschlagen habe. Star Wars läuft schon lange nicht mehr, Gott sei Dank. Ich gehe zur Kasse, ohne zu wissen, was ich tun soll. *Soll ich hier auf ihn warten?*

»Guten Tag. Einmal äh …«

Ich zögere und durchsuche die Liste der infrage kommenden Filme. Der Mann mir gegenüber unterbricht mich. Mit gerötetem Gesicht lehnt er sich über die Theke.

»Sind Sie Dahlia?«

Überrascht schaue ich ihn an. Ich bin es nicht gewöhnt, dass man mich so nennt.

»Ja … warum?«

»Dachte ich mir«, sagt er lächelnd und zeigt auf mein Haar. »Es war nicht schwer zu erraten. Also, Ihr Kerl hat gesagt, er wartet im Kino 2 auf Sie.«

Ich nehme die Eintrittskarte, die er mir gibt, danke ihm und gehe in den entsprechenden Saal. Die Liste halte ich in meiner Hand verborgen, das macht mir Mut.

Mit einem Knoten im Magen betrete ich das dunkle Kino. Der Film hat bereits begonnen. Es ist nicht überfüllt, aber ich weiß ohnehin, wo Jason sitzt – auf dem gleichen Platz wie beim letzten Mal. Ich setze mich in die letzte Reihe. Mein Herz pocht wie wild.

Er wendet den Kopf nicht und konzentriert sich ganz auf

den Film, als ich ihn mit meinem Arm streife. Ich habe Lampenfieber. Seltsam, nicht wahr? Heimlich betrachte ich ihn von der Seite. Jason trägt eine dunkle Jeans und ein Deadpool-T-Shirt, in dem er teuflisch sexy aussieht. Als hätte er meinen Blick gespürt, schaut Jason mich an und lächelt sanft.

»Offenbar bist du mein Kerl«, flüstere ich.

Er hebt die Augenbrauen. Amüsiert winke ich ab, und er wendet sich wieder der Leinwand zu. Genau wie ich. Meine Brust hebt und senkt sich im Rhythmus meiner Atmung. Er scheint nicht zu …

*Oh.*

Seine Finger berühren sanft meine Hand auf meinem Oberschenkel. Als wollten sie um Erlaubnis bitten. Ich nehme seine Hand, führe sie an meinen Mund und küsse seine Fingerspitzen. Ich weiß nicht, wann oder wie es passiert, aber bald liegt mein Kopf auf seiner Schulter, und er wendet mir das Gesicht zu, um meine Lippen zu erreichen.

Alles einfach so.

Es ist ein Wiedersehenskuss, ein Versöhnungskuss, ein Vergebungskuss.

»Es tut mir leid«, sage ich genau in dem Moment, als er flüstert: »Entschuldigung«.

Er grinst mich breit an, während ich die Augen verdrehe.

»Himmel, sind wir trottelig geworden. Ich hasse es.«

Er schlingt einen Arm um mich und zieht mich an sich. Sein Parfüm ist noch das Gleiche. Ich schnüffle diskret an ihm und freue mich, es wiederzuerkennen. Ich weiß nicht, ob Ethans Tod unsere Probleme belanglos hat werden lassen, aber ich kann mich nicht erinnern, warum wir eigentlich gestritten haben.

»Ich bin sauer auf mich «, sagt er leise. »Weil ich dich wegen des Babys angeraunzt habe und wegen meines Verhaltens nach Ethans Tod … Ich war ein echtes Arschloch.«

»Das ist nicht wahr. Es war einfach kompliziert für alle.«

»Ganz egal. Ich hätte auf dich zugehen müssen. Aber ich hatte solche Angst, dass du unsere Trennung bestätigen würdest … Ich will dich nicht verlieren, Zoé.«

Er beendet seinen Satz, indem er sein Gesicht in meine Halsbeuge schmiegt. Ich streichle liebevoll sein Haar und reiche ihm die Liste. Er nimmt sie, ohne zu verstehen, und ich bitte ihn, sie umzudrehen.

Als er seine Handschrift entdeckt, verzieht Jason das Gesicht.

»Kannst du mir das erklären?«, hauche ich und zeige auf den zweiten Punkt.

Verlegen befeuchtet er seine Lippen. Offensichtlich hatte er noch nicht vor, es mir zu sagen. Zumindest nicht jetzt.

Während ich noch davon ausgehe, dass er es wohl nie zugeben wird, schaut er mir in die Augen und flüstert mir ins Ohr:

»Die Wahrheit ist, dass du mir bereits aufgefallen bist, als du die Bar betreten hast. Das ging übrigens den meisten Typen an diesem Abend so. Du warst überwältigend, und du hattest dieses ansteckende Lachen, das man noch im ersten Stock hören konnte. Ich habe auf den richtigen Zeitpunkt gewartet, dich anzusprechen … aber alles schien mir irgendwie zu spießig. Als ich dann sah, wie du an der Toilette angestanden hast, bin ich hingegangen und habe einen wildfremden Typen in ein Gespräch verwickelt. Ich habe ihm keine Sekunde zugehört … bis mir klar wurde, dass du mich ansiehst. *Mich.*«

Ich bin mir nicht sicher, ob ich noch weiß, wie man atmet. Wie betäubt betrachte ich ihn, ohne zu blinzeln. Plötzlich bin ich mir seines warmen Körpers ganz nah an meinem sehr bewusst, seiner Lippen, die mein Ohrläppchen liebkosen, seines Atems an meiner Wange.

»Schon nach zwei Worten wusste ich, dass ich mit dir nach Hause gehen wollte. Du warst schön, lustig und hattest feministische Ansichten, und die Blicke der anderen kümmerten dich nicht. Du hast sie nicht einmal wahrgenommen. Leider hast du mich nach allen Regeln der Kunst abblitzen lassen …«, kichert er und kratzt sich den Kopf. »Also habe ich meine Taktik geändert: Ich nahm Tiago beiseite und sagte ihm, dass ich an dir interessiert wäre. Weißt du, was er zu mir gesagt hat?«

Völlig perplex schüttle ich den Kopf. *Meine Fresse, das war eine Verschwörung!*

»›Sie braucht keinen Casanova wie dich. Dieses Mädchen liegt mir sehr am Herzen, also sollte sich der nächste auf der Liste besser in sie verlieben.‹«

Jason lehnt sich ein Stück zurück, um mich anzusehen. Ich bin zu fassungslos, um zu antworten. Mit köstlichen Schaudern im ganzen Körper warte ich lieber auf das, was noch kommt.

Jason schenkt mir ein unwiderstehliches Lächeln.

»Und nun rate mal, was ich Idiot getan habe.«

Ich antworte nicht. In meinen Augen stehen Tränen. Ich lasse zu, dass er mein Gesicht zwischen seine großen Hände nimmt und seine Nase gegen meine stupst.

»Ich liebe dich«, murmelt er. »Und das ist überhaupt nicht dumm, sondern die Wahrheit.«

Ich hebe den Kopf, um ihm zu antworten, aber er kommt mir zuvor:

»Na ja, aber ich muss dir schon gestehen, dass ich dich an diesem Abend am liebsten vögeln wollte.«

Das Geständnis bringt mich zum Lachen. Hastig schlage ich mir die Hand vor den Mund und hoffe, dass mich niemand gehört hat. Jason wartet und beobachtet mich unter seinen langen Wimpern. Schließlich schüttele ich resigniert den Kopf.

*»Jeg elsker deg.«*

»Gesundheit!«

»Es heißt ›Ich liebe dich‹ auf Norwegisch, Blödmann.«

Nun lacht er, was uns einige »Pst!« aus den Reihen vor uns beschert. Falls er geglaubt hat, ich würde diese Liste auf die leichte Schulter nehmen, dann hat er sich geschnitten.

Gott sei Dank küsst Jason mich noch einmal. Meine Lippen öffnen sich unter seinem Ansturm und seine Zunge liebkost meine. Sein Geschmack ist so beruhigend und vertraut, dass ich mich an ihn presse, um mehr davon zu bekommen. Mit einer Hand streichelt er meinen Rücken, während die andere in meinem Nacken liegt.

*Verdammt, er hat mir so gefehlt*. Durch meine Knochen frisst sich ein Feuer, und bald brennt jeder Quadratzentimeter meiner Haut unter seinen Fingern. Ich kann nichts dagegen tun.

»Komm mit mir nach Australien«, bettelt er zwischen zwei Küssen.

*Ja, ja, ja, ja!*

»Tu das bitte nicht … Stell mich bitte nicht vor die Wahl.«

»Warum nicht?«

Ich knabbere an seinen Lippen und folge gierig der Kurve seines Kinns. Schließlich lege ich meinen Mund auf seinen Adamsapfel, was ihn erbeben lässt.

»Ich hatte Angst, *schwanger* zu sein, Jason … Ich bin zwar verrückt nach dir, aber das geht mir alles zu schnell. Außerdem habe ich hier noch so viel zu erledigen. Ich kann doch nicht alles für einen superheißen Kerl aufgeben, nicht wahr?«

Er lächelt bekümmert, sein Finger streichelt meine Schläfe und folgt dann dem Umriss meines Ohrs. Die Zeit ohne ihn hat meine Sinne geschärft. Ich glaube, ich könnte einen Höhepunkt erreichen, indem ich mich einfach nur an ihm reibe.

»Nein, du hast recht. Und deine T-Shirts werden bestimmt der Burner.«

»Und sie sind nur der Anfang.«

Er nickt so stolz, dass ich schier dahinschmelze.

»Ich verstehe ... aber wie wollen wir es machen?«, fragt er. »Ich könnte vielleicht hierbleiben.«

»Kommt nicht infrage. Du musst gehen. Keiner von uns darf für den anderen seine Träume aufgeben, okay? Wir müssen nur ... die Zeit genießen, bis du gehst. Und wie es weitergeht, sehen wir, wenn es soweit ist.«

Er scheint ein paar Sekunden darüber nachzudenken, ehe er nickt.

»Australien ist weit weg ...«

»Was geschehen muss, wird geschehen. Hab Vertrauen.«

»Ich hatte immer Vertrauen. Von Anfang an.«

Ohne mir Zeit für eine Reaktion zu lassen, küsst er mich leidenschaftlich. Dieser Kuss ist anders als der erste. Er ist härter und fordernder, hungrig nach einer Nähe, auf die er zu lange verzichten musste. Ich fahre mit meiner Zunge an seinen Lippen entlang. Unsere Körper sind wie elektrisch aufgeladen. Meine Hände studieren seinen Körper unter seinem T-Shirt und schon bald geraten wir außer Kontrolle.

Mir ist klar, dass wir in einem Kino sind, und ich weiß, dass wir nicht allein sind, aber ich habe nicht das Herz, ihn aufzuhalten, als er meine Schenkel spreizt und mir hilft, mich auf seinen Schoß zu setzen. Erregt und stoßweise atmend macht er mir ein Zeichen, leise zu sein.

Ich weiß nicht, ob es daran liegt, dass ich schon lange keinen Sex mehr hatte, oder daran, dass wir uns ganz klar exhibitionistisch verhalten, aber das Verlangen nach ihm erstickt mich fast und fließt glühend durch meine Adern. Dieser Mann wirkt schlimmer als eine Droge.

In der Dunkelheit, die uns umgibt, beuge ich mich zu ihm hinunter, und die Dialoge des Films untermalen meine Küsse auf seinen Hals. Er lässt mich gewähren. Seine Hände liegen auf meinen Pobacken und heben mein Kleid an, um mir den Slip herunterzuziehen. Ich muss mich gewaltsam bremsen, um ihm nicht die Kleider vom Leib zu reißen, während ich langsam seine Jeans aufknöpfe.

Ich hatte noch nie Sex mit jemandem, der vollständig bekleidet war, und ich muss sagen, es ist seltsam und sehr aufregend. Erst recht, als er meine Brüste in den Mund nimmt, und zwar samt dem dünnen Stoff.

Ich bringe mein Moralempfinden zum Schweigen und klammere mich an die Rückenlehne des Kinosessels, als Jason schließlich in mich eindringt. *Heilige Scheiße, tut das gut*. Ich ahne sofort, dass es nicht lang dauern wird. Meine Gefühle schwirren umher, meine »Ich liebe dich« streifen seine Brust und meine »Verlass mich nicht« treffen seinen Mund.

Ich hebe und senke mich in qualvoller Langsamkeit auf seinem Schoß und bebe unter seinen erfahrenen Händen. Er hat sie in meinen Hintern gekrallt und mein Kleid verbirgt sie vor dem Publikum um uns herum. Würde uns jemand beobachten, könnte er glauben, dass wir uns liebevoll umarmen.

Ich küsse Jasons Schläfe. Seine Bewegungen werden schneller und zwingen mein Becken, ihm auf halbem Weg entgegenzukommen. Schon bald zittere ich am ganzen Körper und als ich explodiere, beiße ich ihn in die Schulter. Er spannt sich an, erstickt seinen Orgasmus, und seine letzten Küsse rekeln sich auf meinem Schlüsselbein.

»Jason?«, hauche ich.

»Mmh?«

Jetzt oder nie. Ich muss es ihm einfach sagen.

»Ich hasse deine Schwester.«

Ein mattes Lächeln erscheint auf seinen lüsternen Lippen.

»Alle hassen sie, mein Schatz.«

# Epilog

## Ein Jahr später

### Zoé

Wie bestellt und nicht abgeholt warte ich mit meinem Koffer in der Hand auf dem Bürgersteig. Der Koffer ist gelb und winzig, gerade richtig für ein Wochenende. Es ist das erste Mal, dass ich in New York bin, und das weiß Jason ganz genau. Schließlich habe ich den Film *96 Hours* mindestens hundert Mal gesehen, oft genug, um mich verrückt zu machen.

Mit dem Telefon in der Hand beobachte ich jeden Kerl, der mir ein wenig zu nah kommt.

*Was zum Teufel will er?*

Jason sollte mich schon vor zehn Minuten abholen. Taxis und Luxuslimousinen wechseln sich ab, während ich mir die Beine in den Bauch stehe und alle fünf Sekunden mein Outfit überprüfe. Es ist elf Monate her, seit ich meinen Freund zuletzt gesehen habe – Videochat zählt nicht –, und ich will hübsch für ihn sein.

Deshalb trage ich ein selbst entworfenes Kleid aus blutroter Seide mit V-Ausschnitt und lockeren Ärmeln.

**Ich**: Wenn du in fünf Minuten nicht hier bist, suche ich mir einen anderen Chuck Bass und mache Babys mit ihm.

Seine Antwort lässt nicht lang auf sich warten.

**Jason**: Ich bin schon seit zehn Minuten hier. Genau wie verabredet.

Ich blicke gerade rechtzeitig auf, um zu sehen, wie er auf der anderen Straßenseite aus seinem Auto steigt. Mein Herz setzt einen Schlag aus, als unsere Blicke sich treffen. *Oh Gott.* Es ist noch schöner, als ich ihn in Erinnerung habe. Seine dunkle, von der australischen Sonne stark gebräunte Haut zaubert Glanz in seine Schokoladenaugen. Er hat einen Dreitagebart, der sein markantes Kinn wie ein leichter Schleier bedeckt.

Ich spüre meine Beine nicht mehr. *Bin ich etwa dahingeschmolzen?*

Jason lächelt mich halb aufgeregt, halb schüchtern an. Mehr braucht es nicht. Ich eile auf ihn zu. Zur Hölle mit meiner Würde als rebellisches Mädchen! Jason fängt mich im Flug auf, meine Beine umschließen seine Taille, während sich mein Mund an seinem festsaugt. Fast ein Jahr habe ich auf diesen Moment gewartet – ich verdiene einen Hollywood-Kuss.

Er hält mich ganz fest und küsst mich gierig. Nun schmelze ich wirklich in seinen Armen dahin; es tut so gut, dass ich weinen könnte.

Nie hätte ich gedacht, dass dieses Jahr der Trennung so schwer sein würde.

»Scheiße, du hast mir so gefehlt!«

»Morgen sperre ich dich in unserem Hotelzimmer ein«, sagt er. »Ohne mich gehst du nirgends mehr hin.«

Zu spät bemerke ich, dass die Leute uns beobachten. Jason stellt mich wieder auf den Boden und bedeckt mein Gesicht mit Küssen.

»Darf ich wissen, warum ich warten musste, obwohl du die ganze Zeit hier warst?«

»Ich wollte sehen, ob vielleicht ein albanischer Zuhälter an dir interessiert wäre. Ich bin im Moment ein bisschen knapp bei Kasse …«

»Hör bloß auf, du Arsch. Dieser Film hat mich ohnehin schon traumatisiert.«

Er lacht und legt mir die Hände auf die Hüften.

»Ich habe dich angeschaut, einfach nur angeschaut. Und ich habe mich amüsiert wie ein kleiner Junge. Du warst stinksauer!«

»Ich hasse Leute, die zu spät kommen«, meckere ich.

»Weiß ich doch.«

Er zwinkert mir zu, nimmt meine Hand und geht mit mir zum Auto. Ich lade meinen Koffer in den Kofferraum und setze mich auf den Beifahrersitz. Ihn wiederzusehen ist sowohl merkwürdig als auch vertraut. Wir hatten uns angewöhnt, so oft wie möglich miteinander zu telefonieren; er berichtete von seinem Tagesablauf, ich von meiner kleinen Firma – aber sich persönlich zu sehen ist etwas ganz anderes. Endlich können wir uns wieder berühren.

Und das ändert wirklich alles.

»Dann erzähl mal«, seufzt Jason mit den Händen am Lenkrad. »Wie geht es meinen Babys?«

Ich lächle amüsiert. Vor seiner Abreise hat er mir seine drei Kätzchen anvertraut. Auch wenn ich anfangs ein wenig skeptisch war, gewöhnte ich mich sehr schnell daran, sie um mich zu haben.

»Bestens. Sie sind ganz schön groß geworden und längst keine ›Kätzchen‹ mehr. Ich hab sie übers Wochenende bei Julie einquartiert. Mathis war begeistert.«

»Danke, Schätzchen.«

Ich plaudere über das, was es an Neuigkeiten gibt, angefangen bei Violan. Die beiden genießen ihre perfekte Liebe; es ist fast ekelhaft. Glücklicherweise wohne ich nicht mehr mit ihnen zusammen. Und auch nicht mehr bei Tiago. Ich habe gespart und konnte mir eine kleine Wohnung in Asnières leisten. Den Katzen und mir geht es dort sehr gut.

Jason hat einen Job als Surflehrer für Kinder angenommen und wohnt in einer winzigen Hütte am Strand. Jedes Mal, wenn er sie mir auf Video zeigt, würde ich am liebsten sofort hinfahren.

»Und wie läuft es mit deiner Arbeit?«, erkundigt er sich.

»Ausgezeichnet! Die Verkäufe der zweiten Kollektion laufen wie geschmiert. Ein amerikanisches Label hat mir vorgeschlagen, meine T-Shirts über ihre Website zu verkaufen. Damit erhöht sich meine Sichtbarkeit.«

»Hey toll! Ich bin total stolz auf dich. Herzlichen Glückwunsch.«

»Danke«, sage ich lächelnd und drücke seine Hand.

Mein kleiner Onlineshop hat sich in der Tat richtig gut gemacht … Meine Abonnenten haben sich sofort in das Konzept verliebt. Ich habe genug Umsatz gemacht, um die Aufmerksamkeit der Deutschen, der Italiener und jetzt auch der Amerikaner zu erregen. Das hat mir nicht nur geholfen, einige Ersparnisse anzulegen, sondern ich habe mich dadurch auch unabhängig gefühlt. Zwar konnte ich das Studium bei ESMOD nicht abschließen, aber das ist nicht weiter schlimm. Meinen Traum, Modedesignerin zu werden, brauche ich trotzdem nicht aufzugeben.

Und dank Jason werde ich diesem Traum heute Abend ein Stück näher kommen …

»Ich kann immer noch nicht glauben, dass wir endlich wieder zusammen sind«, murmelt er beim Einparken. »Es sind zwar nur zwei Tage, aber immerhin.«

Als Jason vergangenes Jahr ans andere Ende der Welt aufbrach, versprachen wir einander, von einem Tag auf den anderen zu leben. Die Idee dabei war, herauszufinden, wohin uns diese Beziehung führen würde – und genau das haben wir getan. Jetzt, ein Jahr später, nach Millionen Textnachrichten und unzähligen Sexspielchen via Videochat, sind wir noch immer zusammen.

*Gebt es zu, das hättet ihr nicht erwartet.*

Ja, ich weiß. Ich auch nicht.

Und weil Jason sein Versprechen, mich zur Elie-Saab-Modenschau im letzten Sommer mitzunehmen, nicht einhalten konnte, setzt er es heute in die Tat um. Ich werde offiziell an der Vorschau der Herbst/Winter-Kollektion 2017–2018 teilnehmen und bin schon ganz zappelig! Violette hat mir heute Morgen eine Nachricht geschickt und mir mitgeteilt, dass sie mich aus tiefstem Herzen hasst.

Ich verstehe sie.

»Wir sind früh dran«, sagt Jason, als wir aus dem Auto steigen. »Soll ich dich in der Zwischenzeit ein bisschen herumführen? Wenn wir nämlich jetzt in unser Zimmer gehen, kommen wir da nicht mehr raus.«

*Ach was!*

»Ja klar.«

Er lädt meinen Koffer aus, übergibt ihn dem Türsteher vor dem Hotel und flüstert ihm etwas zu, das ich nicht hören kann. Der Mann nickt und kümmert sich um mein Gepäck, während Jason mich huckepack nimmt.

Wir schlendern durch New York und unterhalten uns über alles Mögliche; es kommt mir fast unwirklich vor. Noch vor einem Jahr war ich der Meinung, ich hätte mein Leben komplett in den Sand gesetzt. Inzwischen habe ich verstanden, dass die Dinge erst dann zu Ende sind, wenn wir es beschließen. Ich habe mich von meiner Familie gelöst, die mir nicht guttat, habe um eine erste Liebe getrauert, die ich nie vergessen werde, und habe eine Therapie angefangen.

Inzwischen geht es mir viel besser. Natürlich weiß ich, dass das alles nicht nur Jasons Verdienst ist, aber er hat viel dazu beigetragen. Unsere Liste steckt noch immer in meinem Portemonnaie. Nur noch drei Punkte sind zu erledigen.

- Roadtrip durch Europa (Florenz, Venedig, Berlin, Amsterdam)
- Ein Kleid von Elie Saab kaufen
- Sich selbst lieben!!!

Ich weiß, dass ich wahrscheinlich nie in der Lage sein werde, mir ein Kleid von Elie Saab zu kaufen, denn es kostet so viel wie ein Auto, aber die beiden anderen Punkte sind machbar.

Ich liebe mich selbst jeden Tag ein bisschen mehr. Und was den Roadtrip betrifft ... sagen wir mal, das hängt vom Verlauf dieses Wochenendes ab.

Nachdem wir am Empire State Building, dem Central Park und dem Metropolitan Museum of Art vorbeigeschlendert sind, kehren wir in einem kleinen Cupcake-Café ein. Ich mache Fotos für Instagram, als die Kellnerin kommt, um unsere Bestellungen entgegenzunehmen. Sie fragt uns, was wir wollen, und ich beobachte sie, während Jason Blaubeermuffins bestellt.

Ohne Übertreibung: Dieses Mädchen ist einfach wunderschön – sehr schlank, mit blauen Augen und roten Haaren, die auf ihrem Kopf Feuer zu fangen scheinen. Im Gegensatz zu ihrer Kollegin trägt sie löchrige Shorts, ein Mini-Shirt und Turnschuhe.

Offensichtlich ist sie nicht gern hier.

»*We'll have this, then.*«

»*Nothing to drink?*«, fragt sie ein wenig verärgert.

Jason schaut mich fragend an, und ich bestelle eine Cola.

»*Azalea!*«, ruft die andere Kellnerin. Unsere Bedienung verdreht die Augen. »*Come back here, please.*«

Die Rothaarige dreht sich wortlos um und kehrt hinter die Theke zurück. Jason blickt ihr lächelnd und amüsiert nach.

»Sieh mal einer an … Noch eine Blume.«

»Schnauze.«

Wir verbringen eine gute Stunde mit Reden und Essen. Ich erzähle ihm, wie aufgeregt ich wegen der Modenschau bin, und er macht mir ein Kompliment zu meinem Outfit. Schließlich kommt er auf die Liste zu sprechen und beglückwünscht sich.

Wenn man ihm so zuhört, hatte er die Idee des Jahrhunderts, als er diesen Deal vorschlug.

»Und wann ist der Roadtrip fällig?«

»Na ja … kommt drauf an«, murmle ich und fordere ihn mit Blicken heraus.

Plötzlich scheint er auf der Hut zu sein.

»Worauf denn?«

»Darauf, was du übermorgen vorhast.«

Ich genieße die Wirkung meiner Andeutung. Er schweigt und runzelt die Stirn. Ich schenke ihm mein breitestes Lächeln und bin stolz auf meine kleine Überraschung.

»Tja, übermorgen muss ich mich vermutlich noch von unserem monumentalen Sex heute Abend erholen … Und du?«

»Ich auch. Aber sei bitte mal für zwei Minuten ernst, geht das?«, flüstere ich. Mein Gesicht ist nur wenige Zentimeter von seinem entfernt. »Hiermit teile ich dir mit, dass ich nicht nach Paris zurückkehre.«

Jason scheint erst nach und nach zu begreifen, was mich noch mehr zum Lächeln bringt. Ich denke schon lange darüber nach. Das Jahr Trennung hat uns gezeigt, dass die Sache mit uns etwas Ernstes ist. Ich will nicht noch einmal zwölf Monate ohne ihn verbringen.

*Ich bin bereit.*

»Meinst du das ernst? Aber … unsere Katzen? Deine Wohnung? Dein Job?«

»Die Katzen fühlen sich bei Mathis sehr wohl. Meine Wohnung habe ich untervermietet, und meinen Job kann ich überall auf der Welt machen. Um den Rest kümmert sich Violette vor Ort. Ich brauche eine Auszeit weit weg von allem, und zwar in Begleitung meines Freundes …«

Er lässt mich nicht ausreden, sondern küsst mich leidenschaftlich auf den Mund. Ich lache unter seinen Lippen und bin unendlich glücklich über seine Reaktion. Meine Idee scheint ihm zu gefallen.

»Willst du etwas Lustiges hören?«, fragt er und nimmt etwas aus seiner Jacke. »Ich hatte vor, nach diesem Wochenende mit dir nach Hause zu fliegen. Ich liebe Australien, aber ich bin es leid, allein zu schlafen.«

Er zeigt mir zwei Flugtickets nach Paris. Offenbar ergänzen wir uns wirklich.

Und dieses Mal trennen wir uns nicht mehr.

»Ich möchte aber nicht zurück nach Paris. Ich möchte auch mal die Welt sehen.«

»Wir brauchen uns nur ein anderes Ziel zu suchen«, schlägt er vor und hält mir seinen Schlüsselbund vor die Nase.

Lächelnd betrachte ich seinen Schlüsselanhänger in Form einer Weltkugel. Jason versetzt sie in eine Drehung und schaut mich mit verführerisch erhobenen Augenbrauen an.

»Dein Spiel, mein Schatz.«

Mit pochendem Herzen beobachte ich, wie sich die Kugel dreht … und dann halte ich sie mit dem Finger an.

# Triggerwarnung

*Never Too Late* enthält Elemente, die triggern können.
Diese sind:
*Essstörungen, Depression, toxische Beziehungen, Gewalt und Homophobie.*

# Anmerkung der Autorin

Vielleicht spürt man es: *Never Too Late* ist ein Roman, der viel tiefer und persönlicher geworden ist, als ich mir vorgestellt hatte. Vielleicht war er deshalb so schwierig zu schreiben. Im Gegensatz zu *Never Too Close* wollte ich selbst zu Wort kommen und über das sprechen, was mir wichtig ist. Über das, was mich als Frau und als Mensch berührt und entrüstet.

Aus diesem Grund schrieb ich über Situationen, die ich selbst gesehen, erlebt und gehört habe. Dennoch möchte ich darauf hinweisen, dass die Sachlage in jedem Fall anders ist. Die Haltung von Zoé, sei es in Bezug auf ungute Beziehungen, Homosexualität oder Essstörungen, passt nicht auf jeden.

Trotzdem ist sie wahrheitsgetreu.

Wenn ihr also ähnliche Dämonen bekämpft, solltet ihr wissen, dass ihr nicht allein seid. Dass ihr stark und großartig seid und dass ihr absolut alles verdient, was ihr euch erhofft. Es ist kein Zeichen von Schwäche, jemanden um Hilfe zu bitten.

Und es wird immer jemand da sein, der euch die Hand reicht. Besonders erwähnen möchte ich all jene, die sich in ihrer Haut nicht wohl fühlen, die belästigt, verfolgt oder zurückgewiesen und wegen ihrer Hautfarbe, ihrer Religion, ihres Gewichtes, ihrer Identität und/oder ihrer sexuellen Orientierung verurteilt werden: Ihr seid Superhelden. Lasst euch nicht von den Leuten kritisieren, weil ihr nicht in ein Schema passt. Lasst euch von niemandem zensieren. Seid ihr selbst, liebt wen ihr wollt und entschuldigt euch niemals dafür. Es ist das schönste Geschenk, das ihr euch selbst machen könnt.

# Danksagung

Zunächst einmal möchte ich mich bei mir selbst bedanken.

Dafür, dass ich so genial bin.

Und ansonsten ... nein, das ist eigentlich alles.

Zwar wurde ich aufgefordert, es damit bewenden zu lassen, aber ich schätze, es gibt *wirklich* Leute, denen ich danken sollte. Jetzt müsst ihr also meine beste Imitation von Marion Cotillard bei der Oscar-Verleihung ertragen – ich habe euch gewarnt.

Das Schreiben dieses Romans war sehr mühsam – so etwas passiert, wenn man Perfektionistin und ewig unzufrieden ist. Und doch ist es gelungen! Ich möchte daher all jenen danken, die mir während dieses Prozesses geholfen, mich unterstützt und ertragen haben.

Ich beginne mit meiner Mutter, denn ohne sie wäre es nie so weit gekommen. Ich liebe dich, und ich kann dir nie genügend für das danken, was du aus mir gemacht hast.

Ich finde nicht leicht Freunde, aber die wenigen, die ich habe, sind wahre Engel. Danke an Maria, meine Parabatai, und an Johan, dafür, dass ihr meine Manuskripte gelesen und mich während meiner Panikattacken unterstützt habt, und dafür, dass ihr mich angetrieben habt, als ich fürchtete, es nie zu schaffen. Ihr seid die Besten.

Aber ich habe auch noch andere Freunde, wie Agathe (meine Seelenverwandte), Doriane, Clara, Andréa, Em, Lucie, Lydia, Roxanne, Audrey, Amale und natürlich Noah (der eigentlich Vincent heißt, aber wen interessiert das schon?). Danke, dass ihr mich aufheitert und auch dann noch an mich glaubt, wenn es mir selbst nicht gelingt.

Natürlich möchte ich mich bei meiner Lektorin Sylvie bedanken, die meine Figuren verstanden und da hingebracht hat, wo sie heute stehen. #TeamPerfekteTypen

Ein großes Dankeschön geht an meine Freundin Mélusine, die sich sehr bemüht, die schönen Bücher von Hugo über soziale Netzwerke zu fördern. Und natürlich danke ich dem Team im Hintergrund, das weniger öffentlich agiert – darunter dem Grafiker dieses unglaublich schönen Covers.

Ich darf diese Danksagung nicht schreiben, ohne Starbucks zu erwähnen – danke, dass ihr meine vielen Stunden Schreiben gesponsert habt (oder auch nicht). #RIP für alle »Refresha Cool Lime mit Himbeer«, die während der Niederschrift dieses Buches im Kampf ihr Leben lassen mussten. Sie sind zahlreich.

Da dieses wunderbare Abenteuer ohne euch nicht dasselbe wäre, danke ich all meinen Leser*innen und den Blogger*innen. Eure Unterstützung, eure Botschaften, eure Meinungen, eure Fotos: Ihr habt zum Erfolg von Violan beigetragen, und ich weiß, dass ihr dasselbe für Zason tun werdet. Ich liebe euch alle bis zu den Sternen. Also bitte, teilt mich weiterhin in den sozialen Netzwerken, erzählt euren Freunden davon und schreibt Rezensionen auf Verkaufsseiten … so werden wir weit kommen. *Danke, danke, danke!*

Besonders erwähnen möchte ich meine erstaunlichen Freundinnen und Freunde auf Wattpad – unter ihnen meine Patin, die Fee Emma L, Élodie, Shirley, Emma P, Clara V, Nadège … und viele andere mehr.

Abschließend möchte ich mich bei Hugues de Saint Vincent bedanken. Weil ich es zu seinen Lebzeiten nicht von Angesicht zu Angesicht geschafft habe, hole ich es hier nach: Danke, dass du an mich geglaubt hast, dass du mir eine Chance gegeben hast und dass du ein so kompetenter und fürsorglicher Chef gewesen bist.